À MA SŒUR
ET UNIQUE

DU MÊME AUTEUR

FILS DU FEU, *roman*, Grasset, 2016.
QUAND DIEU BOXAIT EN AMATEUR, *roman*, Grasset, 2018.
FUNAMBULE MAJUSCULE, Grasset, 2021.

GUY BOLEY

À MA SŒUR ET UNIQUE

roman

BERNARD GRASSET
PARIS

Photo de la bande : © JF Paga.

ISBN 978-2-246-83533-2

À mes enfants, Julie, Marie et Jean-Baptiste,

À mes petits-enfants, Margot, Anaël, Jane Loue et Ezra

PREMIÈRE PARTIE

Ecce homo

Ce n'est pas un livre : qu'importent les livres !
Ces cercueils, ces linceuls !
Le Passé est le butin des livres,
Mais ici règne l'Aujourd'hui Éternel.

Ce n'est pas un livre : qu'importent les livres !
Qu'importent les cercueils, les linceuls !
C'est une volonté, c'est une promesse,
C'est un dernier éclatement de ponts,
Un vent de mer, une levée d'ancre,
Un bruit de roue, une prise de gouvernail ;
Le canon tonne, son feu fume blanc,
La mer rit, l'Inouïe !

Friedrich NIETZSCHE, *Premiers poèmes*

1.

Le 3 janvier 1889 au matin, les yeux encore rougis des lectures, des écrits ou des insomnies de la nuit, la tête entre enclume et marteau tant ses incessants maux de tête sont de puissance vulcanale, le corps vêtu de ce costume sans couleur et sans fibres à force d'être usé, les pieds chaussés de ces brodequins lui permettant ses trois à huit heures de marche quotidienne au cours desquelles il glorifie ou invective nuages et paysages selon que son esprit est d'humeur badine ou chafouine, ainsi défait, ainsi vêtu, tant souverain que déjeté, il descend l'escalier de la pension bon marché qu'il occupe provisoirement en cet hiver 89, car il habite sans cesse en des lieux différents, selon les maux et les saisons, Stresa, Venise, Tautenburg, Marienbad, Nice, Sorrente, Gênes, Rome, Messine, Rapallo, Portofino ou Sils-Maria, mais toujours pauvrement, sans luxe, ni or, ni faste, en de piètres hôtels, garnis, meublés, pensions dites de famille, le choix de ces cambuses sans âme où il posera son unique malle de voyage n'étant dicté que par ce qu'il exècre le plus au monde, la trivialité, l'argent bien sûr, ou plutôt son manque, alors on se rabat là où on peut, là où le gîte est bon marché et le couvert frugal, le choix du pays, de la région ou de la ville n'étant, lui, par contre, jamais guidé par un impératif roturier mais par une souveraine exigence : la quête du climat idéal, lequel se devra d'être ni trop chaud, ni trop froid, ni trop sec, ni trop humide, ni trop variant, ni trop banal, tantôt près d'un lac, tantôt près d'une montagne, tantôt près d'une mer, et toute sa vie, sa vie d'errant, de fugitif errant, sera ainsi ballottée au gré des hasards atmosphériques, des caprices des saisons, des moyens financiers, des humeurs, des douleurs, des degrés de sécheresse ou d'humidité, des lubies passagères, des amours avortées, des amitiés déçues, des oppressions, des dépressions, des nerfs à soigner, des yeux à guérir, des crises d'euphorie ou de neurasthénie, l'important, le vital, au bout du compte, étant, en quelque lieu qu'il soit, que s'y trouvent des pavés pour y poser ses pieds, des chemins pour y marcher des lieues, des routes pour fatiguer son corps et endormir ses plaies afin de libérer sa tête et parvenir à enfanter aphorismes, chants, poèmes, dans lesquels, les jours de grâce et d'illumination, ressusciteront des dieux païens, grecs, hindous, inexistants, antéchristiques, métaphoriques ou perses, qui referont le monde à l'image de la vraie vie, et non de sa caricature, ou pire, de sa soumission à la morale des hommes, c'est-à-dire, en ces temps décadents, à celle de Dieu dont il surveille, plume à la main, la lente et terrible agonie.

*

En ce jour du 3 janvier 1889, c'est à Turin, au 6 de la Via Carlo Alberto que ses pas et le climat l'ont mené. Il s'est levé à l'aube, si tant est qu'il fasse encore une différence entre crépuscule et aurore, entre migraines diurnes et nocturnes, et achève de descendre les escaliers de bois aux marches incertaines. Puis il traverse le couloir aussi étroit que sombre qui empeste le soudard et la pisse de chat, ouvre la lourde porte de chêne à la peinture verte écaillée, reçoit dans le visage les odeurs du dehors, les vents, les cris, les rires, les parfums volatils, puanteurs stagnantes, bruits du peuple et des cieux, du caniveau et des chéneaux, les frissons, les hiements, les hoquets des humains, ceux des outils qu'ils manient, charrettes, odeurs de foin, graisse et crottin. Tout est bon pour le nez, tout est bon à l'oreille, la vie l'émerveille dans sa diversité, dans sa banalité, dans sa rotondité. Il marque un moment d'arrêt une fois le seuil franchi : c'est une nouvelle journée que le destin lui offre. Il danse silencieusement à l'intérieur de lui ; ses maux de tête s'égaillent. Puis il referme la lourde porte, avance de quelques pas, rectifie la position de son chapeau sur sa tête, règle ses binocles et aperçoit, ou entrevoit, ou simplement entend, à la station des fiacres postés en face de lui, un cheval gémir sous la raclée que lui flanque un cocher à puissants coups de poing et de lanières de cuir. Alors se précipite, saute au cou de l'animal, d'aucuns disent à l'oreille, lui parle comme sans doute Van Gogh aux corbeaux parla juste avant l'étincelle finale, console tout en pleurant la bête martyrisée, embrasse du cheval visage, yeux, naseaux, bave et mors, lui susurre ou chuchote des mots de brume et d'aube que seuls les simples d'esprit et les enfants comprennent. D'aucuns diront qu'il ne poussa à l'oreille de la bête que râles et cris désordonnés ; d'autres prétendront qu'il n'y eut jamais, en vérité, ni cocher ni cheval. Qu'importe la légende : il s'écroule, inconscient, ou parfaitement conscient de l'ironie du sort, lucide peut-être comme le sont les nuages, les éclairs ou la foudre. On affirmera que c'est à partir de là qu'il est devenu fou. Il a quarante-quatre ans, il ne bougera plus, restera cloîtré à l'intérieur de lui, jetant encore, parfois, sur le papier, les murs de son asile ou au silence de sa chambre, quelques phrases lumineuses, ambiguës, laissant croire que le génie en lui sinon prospère, du moins sommeille encore, ou veille, ou simplement ricane, se liquéfie peut-être, puis ne cédera plus rien, plus un pouce de parole, plus une once de lumière, et mourra onze ans plus tard sous son nom de baptême, Nietzsche, précédé des deux prénoms qui lui furent associés, Friedrich Wilhelm, en hommage au roi prénommé ainsi, né le même jour que lui, un 15 octobre, mais pas la même année, comme quoi le destin, qu'on soit génie ou roi, prince de sang ou de l'ombre, s'en amuse à son gré de ces jours aboutés qui forment une existence, et de ces vies déboutées que l'on nomme destins, dans un cycle sans fin où tout meurt et renaît. Cette amusante roue qui chez chacun de nous se prédit, se déroule, se délite et s'enfuit, Nietzsche l'avait nommée :

l'éternel retour. Il en avait fait un précepte, une théorie, un acte de foi, assemblage de mots et conjonctions de phrases, et pour finir des livres. Des livres aérés, des livres aériens, des livres prophétiques, des livres camisoles. Mais de ce qu'il écrivait ou disait avant de s'écrouler, tout le monde s'en fichait : de ses mots, de ses éclairs, de ses orages, de ses moustaches, de ses migraines, de ses brodequins grotesques à la semelle usée et de son Zarathoustra délaissant son ascèse et dévalant des monts pour s'en aller prêcher au troupeau assoupi la parole essentielle. L'océan Nietzsche, en ces temps-là, n'était que ruisselet.

2.

Le propriétaire du logement qu'il loue, au 6 de la Via Carlo Alberto, baguenaudait dans la rue au moment même où le drame se produisit. Il rentrait du marché un gros pain sous le bras, sa blouse s'en trouvait madrée d'un peu de farine blanche. Il l'époussetait machinalement d'un revers de la main lorsqu'il vit, ou crut voir, son locataire embrasser le canasson, ou l'idée qu'on s'en fait, puis se vautrer au sol, tendre les poings au ciel et se mettre à hurler à tue-tête des phrases incohérentes. Raisons pour lesquelles il laissa choir immédiatement son pain et se précipita par-devers l'homme hagard avant que la populace des rues de Turin ne vienne s'en mêler, provoquant attroupement et caquetages insensés, ameutant carabiniers, docteurs et hommes de loi, notables et hommes de foi, pérégrins et canaille.

*

Et le voici bien emprunté, Davide Fino, puisque tel est son nom, logeur de son état, désormais debout dans la chambrette du fou. À ses côtés prie son épouse. Immobiles, silencieux, expectants, ils se triturent tous deux leurs doigts gourds boudinés et contemplent cet homme au sommeil agité, locataire d'ordinaire fort civil, au port de corps ducal et aux façons chevaleresques, au langage aussi précieux que rare, au parler doux, riant parfois comme un enfant, vivant dans une pauvreté qui n'est pas celle des pauvres mais des illuminés, homme qu'ils nomment tous deux, sans l'ombre d'une moquerie mais avec déférence : Monsieur le Professeur.

Bien que propriétaires des lieux, ils se sentent à présent égarés et intrus en leur propre demeure. Ils ressemblent à ces paysans que l'on peignait jadis, au beau milieu d'un champ, orants ou priants debout quand sonnait l'angélus, émus, gênés, respectueux, soumis qu'ils étaient à Dieu, au roi, au clocher, ainsi qu'à l'heure qui tinte, aux saisons qui défilent, aux jours qui raccourcissent, ceux de leur vie bien sûr. Ils acceptaient leur petitesse face à tous ces mystères et ces puissances obscures qui les dépassaient, les écrasaient, les agenouillaient, et trop souvent, hélas, les asservissaient.

*

Sur la fiche de police qu'ils lui ont fait remplir lors de son admission, comme la loi le leur impose, il avait écrit :

Friedrich Wilhelm Nietzsche, professeur

On n'en sait guère plus sinon qu'il se nourrit de rien et qu'il marche beaucoup. Très peu ou pas d'alcool du tout. Aucune visite, mâle ou galante. Énormément de courrier, qu'il envoie ; très peu de courrier, qu'il reçoit. Manières affables, presque féminines. Quant à son caractère, du moins de ce qu'il en laisse percer : timide, exquis, lunaire, à la limite d'une préciosité galante et surannée d'aristocrate sur le déclin, façon austro-hongroise.

On sait aussi qu'il se rend quelquefois au café Fiorio, qu'il y boit de l'eau ou un chocolat chaud, qu'il y joue du piano. Qu'il y chante, aussi, quand personne ne l'écoute. Qu'il chante pour lui-même, semblable à la Carmen solaire de l'opéra éponyme : *Je chante pour moi-même, il n'est pas interdit de chanter...*

Quant à ses biens personnels, matériels, puisque c'est elle, la femme du logeur, qui les lave, les repasse et les plie : quatre chemises de nuit, trois chemises de laine, huit paires de chaussettes, une bonne veste et un manteau épais. Et des livres bien sûr. On pense qu'il s'agit là de toute sa fortune.

*

Dormant paisiblement sur le sofa où ils l'ont allongé, Nietzsche ressemble à présent au soldat rimbaldien dans son trou de verdure. Ses ultimes convulsions ont cessé il y a peu. On ne voit de son visage que l'énorme moustache, on dirait une perruque implantée sous son nez, petit animal à fourrure, fouine, hermine ou belette, une sorte de balai de crin tout à la fois comique, pitoyable et grotesque, une forêt de poils entremêlés de nuit qui lui masque les lèvres, le lieu de la parole, comme pour en condamner l'accès. Dans un de ses livres, il avait écrit : *Quand on vit seul, on ne parle pas trop fort ; on n'écrit pas trop fort non plus*, mais ça, bien évidemment, ses deux logeurs l'ignorent et l'ignoreront toujours. Ils auront au moins eu, face à son corps assoupi, la sagesse de le pressentir.

Mais voici qu'il revient à lui, rouvre les yeux, s'étire, pose ses mains à plat sur le sofa. Celles-ci sont fines et pâles, marmoréennes et ivoirines ; ce sont là adjectifs de statue ou de cadavre, ce qu'il sera bientôt, et dans cet ordre exact. On pourrait légitimement s'attendre à ce qu'il soit surpris de se retrouver en sa propre chambre, couché sur son sofa, veillé par un couple dont il a peut-être tout oublié, et qu'il se conduise comme un qui a rêvé, comme un qui n'y croit pas, qu'il s'abaisse à proférer, presque malgré lui, ces répliques insipides que pondent dans les mauvais théâtres les dramaturges exsangues : « Où suis-je ? Qui suis-je ? Que fais-je ? »

Il a l'élégance d'épargner à ses pieux logeurs de telles platitudes ; et sans ambages s'assied. Se saisit aussitôt d'une feuille manuscrite qui gît à ses côtés, la lit, la repose, semble en méditer le contenu, hoche la tête une fois, puis deux, se lève d'un bond et se met à trotter à petites enjambées, nerveuses et saccadées, semblable à ces jouets mécaniques que l'on remonte avec une clef, puis s'immobilise au milieu de la chambre, regarde par la fenêtre, réfléchit et demande à son logeur si tout est prêt pour le Congrès des Princes Européens qu'il entend convoquer le 8 janvier 1889 à Rome. Et surtout : s'il a bien expédié le courrier qu'il lui avait confié ? Lequel courrier contient, précise-t-il, des invitations adressées, entre autres : au roi Umberto d'Italie, au secrétaire d'État du Vatican Mariani ainsi qu'à Amédée de Savoie et Maria Vittoria, duc et duchesse d'Aoste.

Et Davide Fino, logeur de son état, de répondre que tout a été fait comme il était bon que tout cela fût fait, qu'il ne faut craindre de rien et que l'on va, comme chaque soir, lui monter sa soupe et sa portion de pain, qu'il s'allonge seulement, qu'il se repose encore, on est à vos côtés, n'ayez crainte, Monsieur le Professeur, tout se passera fort bien, on s'occupe de tout.

3.

Franz Overbeck, l'ami de toujours, l'anti-Judas qui jamais ne trahira, le premier qui de ses yeux vit Nietzsche dramatiquement confus mais qui, par pudeur, n'en dira jamais rien à la postérité. Depuis Bâle, il accourt à Turin et recueille en ses bras son ami hébété qui sur son épaule déverse des torrents de larmes, et à son cou s'épanche comme il le fit peut-être au cou du vieux cheval battu qui n'en pouvait plus de devoir tirer des chariots, des charrettes, des fiacres, des carrosses, des tombereaux, des corbillards et leurs charretées de pierres, d'os, de fleurs, de fruits, de terre, de merdes et de morts.

Et c'est cela qu'on lui raconte, à Monsieur Overbeck, lui aussi professeur à l'Université de Bâle. On lui dit, en bousculant les mots tant l'émotion n'a pas faibli : l'embrassade hystérique au cou du canasson – on n'est pas sûr de l'avoir vraiment vue mais d'autres, cochers de leur état, et donc gens de confiance, sur la Sainte Croix ont juré que cela fut et qu'il embrassa bien le cou de l'animal – mais nous Davide Fino, logeur de notre état et homme de parole, on a bien vu, de nos propres yeux, son nez sur le pavé, sa tête dans les étoiles, son grand étonnement et son lanternement, et son visage sensé se recouvrir soudain d'un triste crépuscule.

On lui raconte aussi son corps désordonné, ses cris, ses danses de Saint-Guy, ses paroles gargouillantes d'entre lesquelles parfois jaillissaient des phrases compréhensibles : « Ne touchez pas mon corps, je suis le Crucifié ! », comme s'il s'exprimait par paraboles et qu'une malédiction, satanique ou divine, s'était en cet instant amusée à guider ou à brouiller ses pensées.

On lui raconte encore la façon dont on est prestement accouru, le gros pain blanc qui tombe épandant sa farine, et lui, Monsieur Nietzsche, d'ordinaire si racé, craignant d'être attrapé, qui se relève comme un diable à ressort, qui profite de la chute du pain pour fuir sous les arcades, et la course après lui en criant : « Ne craignez rien, Monsieur le Professeur, c'est moi, Davide Fino, votre logeur » ; l'habileté prodiguée pour le saisir, l'empoigner, le retenir et le protéger avant que la foule s'agglutine, que mécréants ricanent et que gens de loi ou de police, vers ces lieux sans soleil où règne la déraison ne l'emportent à jamais et ne le rendent plus fou encore qu'il ne l'était déjà.

On lui raconte ainsi, à Monsieur Overbeck, avec tout de même, dans la voix, un soupçon de fierté, la grande geste héroïque de notre sauvetage, et nos essoufflements et notre épuisement ; on mime le portement du corps, non comme le Christ porta sa croix en haut du Golgotha, ne blasphémons pas, mais portement tout de même, depuis la rue pavée jusqu'au long couloir sombre, et puis les escaliers étroits et rudes, aux relents d'ivrognes, les marches à gravir et les ahanements, le souffle qui devient court, le corps qui pèse tant qu'on le dirait de marbre et la sueur qui perle comme un ruisseau de larmes.

On lui raconte également la porte que l'on ouvre, la chambre encombrée de papiers, de notes et de livres, tasses de thé moitié vides, le sofa qu'on dégage des feuilles éparses qui le recouvraient, feuilles remplies d'écritures impeccables et cursives où même les ratures semblaient obéir à un ordre souverain ; puis le corps que l'on dépose comme celui du Christ qu'on descend de la croix – n'y voyez pas davantage blasphème : le geste était le même et l'intention semblable – puis le bouton de col que l'on dégrafe afin d'oxygéner le cœur et le cerveau, puis notre corps, Monsieur Overbeck, notre propre corps à nous, Davide Fino, logeur de notre état, notre corps que l'on se trouve soudain contraint d'appuyer sur le sien car de nouvelles convulsions atrocement l'agitent et on ne sait, en un premier temps, y remédier autrement que par la force en contraignant son corps, d'une puissance insoupçonnable eu égard à sa taille et à sa silhouette, à ne pas exploser, ne pas s'éparpiller. Alors on le protège de notre corps à nous, tout à la fois armure et muraille et cocon.

Mais grâce à Dieu, présente à nos côtés, notre épouse, logeuse de son état, qui comme toute Turinoise possède en ses veines un peu du sang de la Madone que sans même réfléchir elle déverse en lui, sachant trouver les mots de dictame et de baume, les mots de lait, de miel, de palme et de myrrhe qui très vite le calment, le bercent, l'assoupissent et l'endorment. Et nous voici tous deux, elle et moi Monsieur Overbeck, qui le veillons alors, immobiles et debout, comme rois mages en l'étable, priant par-devers lui avec nos pauvres mots de rocs et de rocaille, nos mots de cathédrale empruntés aux statues, nos mots de basse extrace, nous n'en avons pas d'autres, qui supplient le Seigneur de ne pas l'emporter dans son monde de feu comme l'a fait le Vésuve d'avec Pompéi : qu'il épargne ce brave homme des laves de la folie et de la déraison.

Il dort enfin. De petits spasmes, çà et là, semblables à ces locomotives à vapeur qui lentement s'arrêtent ; encore un ou deux sursauts, puis tout s'apaise.

Mais cet état de somme, hélas, ne dure guère : déjà ses cils s'entrouvrent, sa tête émerge de la trop brève carapace de sommeil qui mesquinement l'enveloppait et l'on assiste, bouleversés, à son retour sur terre. Car le voici déjà debout, trépignant, tressautant, vrillant l'intérieur de nos crânes avec ses histoires insensées, sa duchesse d'Aoste, son cortège de princes et ses lettres à poster par-devers rois et papes.

On lui raconte alors, au professeur Overbeck – car le langage est à Turin comme un déluge biblique, on peut parler quarante jours quarante nuits sans que gorge s'assèche – on lui raconte donc l'avant-cheval, l'avant-baiser, l'avant-folie, l'avant-chute de l'ange ; on chante sa vie paisible, digne d'un saint François d'Assise, son langage aux oiseaux, aux fleurs et aux enfants ; ces repas de pain et d'oignons ou parfois, lorsque son corps ne supportait plus rien, juste quelques tomates et un peu d'huile d'olive. Sans omettre bien sûr, les jours de grande liesse et d'estomac serein : ces pâtes qu'il aimait tant, parfois de la viande rouge qui saigne sous la dent, et ces cacaos pris au café Fiorio, qu'il nomme chocolats chauds.

On lui rapporte ensuite l'extérieur de sa vie, du moins ce que d'autres en ont dit car les gens à Turin ont la langue abondante et salée : ses brodequins usées et sa canne de bois pour étayer son corps tout en scandant sa marche, ses longues randonnées dans les rues de la ville, au jardin Valentino, le long du Pô, sous les arcades, au Monte dei Cappuccini, sur les collines environnantes, jusqu'à la basilique de Superga, et parfois au-delà, comme si marcher avait été pour lui une façon de fuir ce qui risquait de lui arriver ; ou une façon d'aller à la rencontre de ce qui devait, de toute façon, lui advenir.

Sans oublier, Monsieur Overbeck, ces fioles à moitié vides à moitié pleines que l'on vient de dénombrer en groupant ses affaires – on connaissait leur existence, on ignorait qu'il en possédât tant : tranquillisants, calmants, somnifères, sédatifs, narcotiques, psycholeptiques, bromure, chloral, Véronal et hydrate de chloral. De quoi soigner ou affaisser un pensionnat, un régiment, une armée d'excités. De quoi ensommeiller, durant mille et une nuits, toutes les âmes qui vivent au travers de chez nous, depuis la plaine du Pô jusqu'au fond des Apennins, depuis Milan la riche jusqu'à Naples la pauvre.

*

Et là sur le sofa, assis à leurs côtés, n'écoutant même pas l'épopée de sa chute que Davide Fino, logeur de son état, retrace au professeur Overbeck avec l'exaltation et le lyrisme d'un Péguy piémontais, tenant entre ses mains un livre qu'il a lui-même écrit mais dont il ne garde aucune sorte de souvenir, ne sachant même plus ce qu'écrire veut dire, cet homme simple et doux aux yeux d'enfant craintif, qui possède une fourrure sous le nez, belette, fouine, martre ou loutre, et qui semble intrigué par les pages qu'il vient de feuilleter, demande d'une voix distraite en refermant l'ouvrage dont il scrute le titre et le nom de l'auteur :

« Connaissez-vous ce Monsieur Friedrich Nietzsche ? »

4.

La gare de Turin est d'une beauté quasi sauvage, quelque chose en elle de massif et de montagnard. Lumineuse, aérée, solide, elle est semblable à la ville. Même l'immense verrière qui couronne la Porta Nuova et que maintient un éventail de poutrelles finement curvilignes ne paraît pas fragile, mais robuste, née des mains d'un Vulcain qui connaît son affaire ; une grâce impressionniste bien plantée sur ses jambes, les deux mains sur les hanches, italienne d'acier au regard de vitrail qui attend d'un pied ferme la venue d'un Monet dans le fracas des trains.

*

Sur les quais : la foule des voyageurs, badauds et cheminots, chariots qu'on pousse, traîne et tire, le plus souvent bardés de malles, de coffres, de chapelières. Au milieu de ces croisements d'humains et de bagages, deux hommes vêtus de façon aussi fade et banale que ceux qui les entourent. Images en noir et blanc. Costumes sobres, redingotes ternes, têtes coiffées de melons. Beckettiens avant l'heure.

C'est cela que cherche Franz Overbeck : paraître le plus anonyme et discret possible. Ce qui serait aisé, s'il était seul, mais Nietzsche s'est levé ce matin dans un état d'excitation extrême, gesticulant, tout à la fois joyeux, nerveux, colérique, sémillant, agacé, pétillant, malicieux, enfantin, maussade exacerbé ou exalté cordial. Depuis l'aube, il chante, danse, piaille, hurlant dans sa chambre, d'une voix haut perchée, qu'il est la réincarnation de Voltaire, Napoléon, Shakespeare, et autres billevesées. On l'a aussitôt bourré de médicaments ; des doses d'équidé. Ça l'a calmé. Hélas provisoirement. Car sitôt parvenu à la gare, découvrant la foule il s'est soudain senti redevenir l'Élu que l'humanité depuis des millénaires espère. D'où ses bras grands ouverts, sa voix de messie fou, ses bénédictions et rires de conquérant. Et le voici sautant au cou des porteurs, aiguilleurs, voyageurs, pas longtemps, heureusement, car Franz veille, le tire par une manche et lui dit à l'oreille qu'il est indigne pour le personnage qu'il incarne de s'abaisser ainsi au cœur de la piétaille ! Le roi Umberto lui-même, qui ne devrait pas tarder à arriver, accompagné du secrétaire d'État du Vatican Mariani et des duc et duchesse d'Aoste, ne se permettrait jamais d'agir ainsi. De la dignité, Friedrich ! Je te prie fermement : de la dignité !

Alors Nietzsche se calme. Et Overbeck une fois encore, à l'aide d'un puissant sédatif, le renvoie dans ce monde où l'indolence est reine.

*

Dans le train, Franz Overbeck doute. Il a peur d'avoir mal agi et d'avoir pris, sans en référer à quiconque, la mauvaise décision. Peur de Nietzsche, de ses débordements, d'un badaud inquisiteur, d'un carabinier qu'un zèle extrême aiguillonnerait vers eux. D'autant que Nietzsche, exsangue et apathique, de nouveau assommé par les drogues, sorte de chiffe molle au regard effrayant, oscille d'un pied sur l'autre tel un ours forain. Franz Overbeck craint qu'on arrête, qu'on embarque et enferme son ami aux yeux d'enfant perdu au fin fond d'un cloaque, asile ou dispensaire, car pour les autorités qui règnent à Turin, il n'est que cela, Nietzsche : un pouilleux, un va-nu-pieds, un vagabond, un original écrivant des textes dont personne ne veut et que personne ne lit. Et qui plus est : un étranger. Né en Prusse, pensionné par la Suisse, vivant ici ou là, se prétendant Polonais d'origine, vomissant les Allemands, mettant Bizet aux nues et Wagner aux enfers, semant sûrement sa graine anarchiste et païenne partout là où il passe, lui qui n'est de nulle part.

Ils n'ont pas tort de le juger ainsi car c'est bien ce qu'il est : un apatride. Tant des terres que des lettres. Un fugitif errant. Un homme qui n'eut jamais ni femme, ni oriflamme, ni doctrine, ni disciples, ni chapelle, ni domicile fixe. Pas vraiment de profession, ou si peu. Pas vraiment de salaire, juste une petite pension. Un homme qui jamais rien ne posséda et depuis quelques jours, hélas, même plus la raison. Si les carabiniers l'interpellent, ce clochard illuminé, et découvrent ce qu'il est (athée déicide, penseur mécréant, ancien protestant protestant envers les protestants), on aura peine, en ces terres chrétiennes, catholiques et papales, à expliquer ses écrits, ramassis d'anathèmes, ainsi que son désir de vouloir renverser les valeurs dominantes : on comprendra plutôt pourquoi il cherche à fuir ainsi, incognito, déguisé en un lui-même aussi falot qu'évaporé.

Le plus difficile, songe Franz en tendant ses billets à ceux qui les contrôlent, va être désormais de durer. Faire en sorte que personne ne se doute – du moins jusqu'à la frontière – du dérèglement intérieur de son ami. Qu'ils aient simplement l'air, Franz et lui, de deux tranquilles compagnons de voyage, deux intellectuels que leurs travaux accablent, deux Messieurs honnêtes, Suisses au-dessus de tout soupçon, c'est-à-dire neutres et protestants, esthètes illuminés, absents du monde, austères et bien-pensants. Qu'ils aient l'air, tout bonnement, d'être juste ce qu'ils sont, ce qu'ils furent ou ce qu'ils auraient dû être : l'un professeur de philologie, de langue et de civilisation grecque ; l'autre, théologien libéral occupant la chaire d'histoire de l'Église, tous deux collègues de travail à l'Université de Bâle.

5.

Le wagon est bondé d’ouvriers et de saisonniers. Odeurs de terre et de feuilles ; odeurs de ces silex pointus qu’on taille à la massette, de ces blocs de calcaire qu’on éventre à l’explosif et qui laissent sur les peaux, les cheveux, des relents de cordite, de noix fraîches ou de poudre à canon. Odeurs de sciure aussi, de pin, de pives, de sève, effluves entêtants d’animaux, de chèvres, de goudron froid, de sueur et de tabac. Visages autant tannés que fatigués, peaux ridées quel que soit l’âge. Mains larges et crevassées, aux doigts noueux, aux ongles bleuis par les coups et par tout ce qui broie, piétine ou pince. Épaules massives, vêtements amples, lourds, usés, velours à côtes épaisses, cotons écrus, cuirs hongroyés ayant passé leur vie de corps en corps, d’aïeux en descendants, de muscles en muscles et de servage en servage. Çà et là, pourtant, des vêtements plus légers, des bliauds d’horlogers, de bergers, de fromagers, de l’échancrure desquels dépassent des pulls d’une laine si vierge que l’on se demande si elle n’a pas été arrachée aux moutons et collée, sans doute dès l’aube, à même la peau. Pour chausser les pieds : des brodequins crottés, certains un peu moins que d'autres, d'aucuns taillés dans le cuir, d'autres creusés à même le bois, d'autres encore, incertains, de chaux ou de marbre blanc, d'argile ou de fusain, de titane ou de bronze, comme si ces travailleurs portaient en eux, lambeaux des siècles anciens, quelques vestiges des arts grecs ou romains qui en leurs veines encore, sous la masse ou la houe, sous l'enclume ou la faux, le maillet ou le pilon, la varlope ou le pétrin, secrètement sommeillent.

Nietzsche, toujours roi de lui-même, maître en ses royaumes, souverain dans sa folie et perché sur ses trônes, pénètre dans le wagon et ne peut s'empêcher de saluer ces corps avachis à la façon des précieux et ridicules qui, chez Molière, se prennent pour des marquis. Le tout dans un latin mâtiné de grec ancien bardé d'accents prussiens. Pitoyable. Puis il se redresse dans une grande envolée de crinière et de moustache, et crie de sa voix de fausset :
Soyez contents, je suis Dieu, j'ai pris ce déguisement.

On dirait un saint François d'Assise légèrement ivre s'adressant à des oiseaux inertes. La plupart des passagers sourient. Certains, amusés, soulèvent leur casquette afin, malicieusement, de recevoir la folle bénédiction ; quelques fripons ricanent ; des faquins applaudissent. Aucun ne le rabroue, et nul ne l'injurie. Le peuple a du respect pour les Messieurs en costume, gantés, redingotés et chapeautés de melon, fussent-ils un peu fêlés. Du respect, aussi, pour ceux qui déchoient et se retrouvent ici, au milieu d'eux, de leurs odeurs, de leur épuisement et de leurs ronflements, dans ce wagon de troisième classe que l'on réserve aux pauvres et qui, pour cette raison, n'en est pas plus éclairé que chauffé.

Le voyage va durer dix-huit heures : une matinée, un après-midi, une soirée et une moitié de nuit. La simple traversée du tunnel du Saint-Gothard, quinze petits kilomètres, dure à elle seule une cinquantaine de minutes. Un cheval irait plus vite. Les voyageurs qui empruntent régulièrement cette ligne depuis son ouverture, sept ans à peine, appréhendent ce passage. Ça se voit dans leurs yeux, dans leur comportement. C'est long, cinquante minutes dans le noir intégral. Cinquante minutes au cours desquelles il peut tout se passer, tant dans le wagon qu'à l'extérieur ; tant venant des humains aux éboulis sanguins, que de la haute montagne aux éboulements de roches. Sûr que c'est long, cinquante minutes dans le noir, se dit Franz Overbeck ; encore plus long quand on est assis face à un fou.

Il frémit aussitôt d'oser penser de pareilles choses : *assis face à un fou*. Parce que c'est quoi, au juste, un fou ? se demande-t-il. S'il s'agit simplement, comme le soumet le dictionnaire, de quelqu'un atteint de troubles et de désordres mentaux, alors Nietzsche est aussi fou que nous tous. De nous qui ne cessons de devenir un autre ; de nous qui ne cessons d'être troubles dans nos propos, désordonnés dans nos actions. Si graines de fou existent, nous les plantons en nous, sitôt que nous pensons.

Il y a une vingtaine d'années, lors de ces interminables conversations qui commençaient de jour et s'achevaient de nuit lorsqu'ils habitaient ensemble dans ce logement propret qu'ils louaient à la veuve Adolphine Vogler-Rieser, couturière de son état, au numéro 45 de la Schützengraben dans la bonne ville de Bâle, Nietzsche ne cessait de marteler à l'ami Overbeck : « Il ne suffit pas de se trouver, encore faut-il savoir se perdre. »

Franz se demande si c'est vraiment cela qu'il entendait par *se perdre* : traverser un tunnel qui n'en finit pas de finir, incessamment rouler tandis que la mémoire s'épuise à force de redondance, comme si les rails eux-mêmes ne savaient rien faire d'autre que tourner sur eux-mêmes, en quête de cette gare où gît l'ultime quai.

6.

La nuit est tombée depuis longtemps déjà. Après les ténèbres oppressantes du tunnel du Saint-Gothard, voici l'ombre apaisante de la nuit de janvier. Nuit d'hiver étoilée, tendrement bleutée, un rien transparente, que réchauffent de temps à autre de pâles rayons de lune. Atmosphère romantique aux langueurs schubertiennes que viennent perturber, hélas, les rots, ronflements, pets, odeurs de corps ensommeillés, ainsi que les relents de nourriture, d'ail, de saucisson, de pain ranci, d'animaux enfermés.

Nietzsche somnole, sa tête balle. Il sourit légèrement avec au coin des lèvres un parfum d'innocence. Il ressemble, se dit Franz qui ne jure que par ce que la mythologie contient de salutaire, à Harpocrate, ce dieu que les Égyptiens avaient représenté sous les traits d'un enfant, le doigt devant, ou dans la bouche, et que les Grecs récupérèrent et adoptèrent sous un joli nom drapé de mystère : *le dieu du silence*.

Puis Fritz s'ébroue, ouvre les yeux, découvre Franz assis en face de lui dans la pénombre du wagon, lui sourit, lui demande sans préambule, en l'appelant par son prénom, s'il se souvient de cette chanson napolitaine qu'il lui chantait souvent lorsqu'ils habitaient tous deux dans ce logement qu'ils avaient baptisé *la Grotte de Baumann.* Il s'agissait d'un chant traditionnel d'amour et de marin, de houle et de falaises, de sirènes et d'alcyons, que l'on chante en pêchant l'espadon pour faire venir à soi une femme que l'on désire, ou en retenir une autre dont la passion semble faiblir. Une mélodie simple, au refrain entêtant. Overbeck hoche la tête, oui, il s'en souvient très bien de *Amore e pescatore*, un vieil air sicilien qui clôturait leurs nuits après d'interminables heures à ne faire que parler et débattre, les laissant tous deux radieusement épuisés. Nietzsche dit à Overbeck qu'il va la lui interpréter. Il prend sa respiration, ouvre ses lèvres, puis, se ravisant, lui dit qu'il va plutôt lui en chanter une autre puisque celle-ci, ils la connaissent déjà tous deux par cœur. Il choisit alors un poème intitulé *Venise*, qu'il a lui-même écrit dans *Ecce homo*, en 1888, l'an passé donc, à l'intérieur d'un chapitre nommé *Pourquoi je suis si avisé*, chapitre lui-même intercalé entre le précédent *Pourquoi je suis si sage*, et le suivant *Pourquoi j'écris de si bons livres.* Poème, ajoute-t-il, que grâce à son piano et à son talent de compositeur, il est parvenu, avec infiniment de grâce, à mettre en musique.

Nietzsche regarde par la fenêtre, il dit à Franz qu'il aime beaucoup la nuit, puis, le front collé à la vitre, après de longues minutes de mutisme total et d'immobilité, il se met soudainement à chanter :

Récemment, près d'un pont
dans la nuit brune j'attendais.
Au loin, un chant,
gouttes d'or perlant
sur le miroir tremblant, emportées.
Gondoles, lumières et musique,
ivres, partaient se perdre dans la nuit…
Mon âme, un luth
pincé d'une invisible main,
se chanta pour l'accompagner tout bas
un chant de gondolier,
tremblant de trouble félicité.
Quelqu'un l'écoutait-il ?

Il n'est donc pas fou, sursaute Overbeck. Il se souvient de tout : de moi, de mon prénom, de notre amitié aussi solide qu'ancienne, et des paroles entières de complaintes diverses, fussent-elles de Palerme, de Gênes ou de Venise ; il se souvient de notre adresse exacte chez la veuve Adolphine Vogler-Rieser, couturière de son état, et de la date exacte à laquelle j'ai emménagé en cet immeuble, à ses côtés : le 23 avril 1870. Son cerveau fonctionne parfaitement.

*

Un fiacre les attend à la gare de Bâle. On avait bien sûr promis à Nietzsche que ce carrosse le conduirait, sitôt arrivé, au *Congrès des Princes Européens* qu'il a lui-même convoqués et où seront présents le roi Umberto d'Italie, le secrétaire d'État du Vatican Mariani ainsi qu'Amédée de Savoie et Maria Vittoria, duc et duchesse d'Aoste. On ne lui a pas menti : le véhicule est là. Debout à ses côtés, deux infirmiers l'attendent, ainsi que le professeur Wille, médecin aliéniste à Bâle.

*

Theodor Ziehen
Médecin-chef de la clinique de Iéna

Feuille principale du registre des malades de la maison de santé pour aliénés de Iéna, N° 814

Année 1889, jan.8

(Irren-Heil und Pflege-Anstalt z. Iéna, grand-duché de Saxe-Weimar)

1. Entré, le 18 janvier 1889.
2. Nom : Nietzsche.
Prénom : Friedrich.
3. Lieu de naissance : Röcken.
4. Dernier domicile ou lieu de séjour : maison d'aliénés de Bâle.
5. Date de naissance : 15 octobre 1844.
6. Situation de famille : célibataire.

7. Religion : luthérienne.
8. Profession : professeur en retraite.
9. Durée de la maladie avant l'admission : dix ans.

Hérédité : maladie mentale ; 1 chez père.
B. Autres causes : syphilis.

13. Forme de la maladie : troubles psychiques paralytiques.
16. Le patient a-t-il déjà séjourné dans une maison d'aliénés ? (oui !)

I. Premières constatations : Accompagné de sa mère et d'un médecin bâlois, le malade est venu de la maison d'aliénés de Bâle, où il a passé quelques jours, après avoir été ramené de Turin. Historique de la maladie de Bâle. Bain de propreté. Repos au lit. Est conduit dans le bâtiment central.

II. Hérédité : père mort, ramollissement du cerveau. Parmi les frères et sœurs du père, plusieurs rachitiques, tous très doués. La mère vit, peu intelligente. Ont eu trois enfants : 1° Friedrich ; 2° Elisabeth, mariée avec Bernh. Förster, bonne santé ; 3° Joseph, mort à deux ans, attaque d'apoplexie.

III. Biographie : A toujours été un peu bizarre. Très doué. Élève de Ritschl. Sur la recommandation de ce dernier était déjà professeur à l'Université de Bâle à vingt-trois ans. 1866 : syphilis par contagion ; 1869 : Obtient la chaire de philologie classique à l'Université de Bâle.

IV. Historique de la maladie : 1878 : A abandonné le professorat à cause de sa nervosité et de maux d'yeux.

EXAMEN MEDICAL

Taille : 1 m 71, musculature et couche de graisse moyennes. Poids : 66 kilos. Cheveux bruns, peu fournis. Oreille droite, longueur : 5,8. Gauche : 5,6. Circonférence du crâne : 57 cm. Des deux côtés, prolongation en pointe de l'hélix dans la partie descendante. Arc glosso-pharyngien allant jusqu'à la luette. Visage très coloré. Bruits du cœur faibles mais purs. Rougissements vasomoteurs normaux. Artères souples et sinueuses. Base des poumons normale. Langue un peu chargée.
Premières constatations cliniques : l'expression du visage dénote de la confiance en soi-même et la conscience de sa propre valeur, et souvent aussi de la suffisance et de l'affectation. Il gesticule et parle continuellement d'une voix affectée et faisant usage de mots grandiloquents, parfois en italien, parfois en français.

À de nombreuses reprises, il essaie de serrer la main des médecins. Sa conversation n'est qu'un enchevêtrement d'idées sans aucune cohésion. De temps à autre il parle de ses grandes compositions musicales et il en chante des fragments. Il se prend pour Dieu et demande qu'on l'appelle Dionysos le crucifié.

Constatations physiologiques : en marchant, le malade remonte l'épaule gauche dans un mouvement de contraction et laisse tomber l'épaule droite. Chancelle en faisant demi-tour. Irritabilité idiomusculaire avancée. Réflexe de l'anconé légèrement augmenté, réflexe du rotulien augmenté ; de même pour le réflexe de l'achilléen. Léger clonus du pied gauche. Réflexe épigastrique légèrement accentué. Réflexe du crémastérien faible, surtout à gauche. Réflexe plantaire plutôt accentué. Examen de sensibilité rendu impossible à cause de l'agitation du malade ; d'après les apparences, hyperesthésie générale. La tête n'est pas sensible à la percussion.

7.

Chaque matin, je désespère de savoir comment je survivrai à la journée qui commence. Évadé plusieurs fois des portes de la mort, mais affreusement torturé par la douleur – je vis au jour le jour ; et chaque jour contient l'histoire de toute une maladie. La vie devient une affaire difficile.

Je suis mort parce que je suis bête. Je suis bête parce que je suis mort. Gardons-nous de dire que la mort est le contraire de la vie, la vie n'est qu'une variété de mort, et une variété très rare. Il est des états de souffrance physique qui sont des bienfaits, car ils font oublier qu'on souffre ailleurs. La souffrance n'est nullement un argument contre la vie. La folie elle-même est quelquefois le masque d'un savoir douloureux et lucide. La maladie est une autre façon d'étudier la vie. La meilleure, peut-être, puisqu'elle passe par le corps.

Que veux-tu donc, mon corps, de la musique ?

La vie sans musique n'est qu'une erreur, une besogne éreintante, un exil. Il faut avoir une musique en soi pour faire danser le monde. Vivre sans musique, quelle absurdité ! Je vous le dis, il faut avoir encore du chaos en soi pour enfanter une étoile dansante.
Je n'écris pas qu'avec la main, le pied veut sans cesse écrire aussi. Ferme, libre et audacieux, il court tantôt à travers champs, tantôt sur le papier. Déjà mon pied ivre de danse se balance. Mes talons se cambrent, mes orteils s'efforcent de comprendre – car le danseur porte ses oreilles dans ses orteils.

Je ne sais rien qu'un philosophe souhaite plus être qu'un bon danseur. Car la danse est son idéal, son art aussi, sa seule piété, enfin : son « culte divin ». Ce n'est qu'en dansant que je sais lire le symbole des plus hautes choses. Des vérités faites pour nos pieds, des vérités qui se puissent danser. Il faut marcher sur chaque corde, danser sur toute possibilité, avoir son génie dans les pieds. Qu'il soit perdu pour nous, le jour où nous n'avons pas dansé !

*

`20 janvier. Malgré l'absorption de 3,0 d'hydrate d'amylène : aucun sommeil.`

Danse maintenant sur mille dos,
Sur les dos des vagues ; dos, ô fourberies,
Salut à celui qui crée de nouvelles danses !
Et nous, dansons, dansons de mille façons,

Et dansons ! Dansons comme les baladins
Entre les saints et les putains,
Dansons entre Dieu et le monde !
Que ceux qui ne savent pas danser avec les vents,
Que ceux qui s'enveloppent d'écharpes,
Que les vieillards, les invalides,
Que les tartufes, les hypocrites,
Que les lourdauds bien honorés,
Que toutes les oies de vertu s'éloignent de notre paradis !

24 janvier. Très bruyant. De temps en temps l'isolement devient nécessaire.

Maintenant je suis léger, maintenant, je vole, maintenant je vois au-dessus de moi ; par moi c'est maintenant un dieu qui danse. Mon style est une danse. Zarathoustra est un danseur. Un danseur au combat. Haut les cœurs, bons danseurs, haut, plus haut ! Et n'oubliez pas le bon rire !

21 janvier. Malgré une dose de 2,0 de chloral, n'a pas cessé de faire du bruit ; a dû finalement être isolé.

8.

Au Paraguay, à une trentaine de kilomètres à l'est de Asunción, la capitale, se trouve un très joli lac connu sous le nom de *Lago Ypacaray.* Les collines le bordant sont couvertes d'arbres aussi joufflus que serrés, feuillus à souhait, pimpants, joyeux, moutonneux, véritables boules de verdure qui semblent se déverser en direction des rives, comme si la canopée s'était prise pour une coulée de lave et que la forêt tout entière s'inclinait face au lac, roi des sèves et des eaux, dans un déluge de feuilles lisses et dentelées. Images idylliques pour jolis contes de fées, même le douanier Rousseau n'aurait su où poser ses pinceaux tant la toile est parfaite. L'idée immédiate, sans doute naïve et surannée, d'un paradis terrestre.

On s'imagine alors dans cette carte postale, confit dans le sable doré, visage pain d'épice, paupières et cerveau clos ; on imagine aussi de tendres vaguelettes, poussées par une brise brésilienne traversant le lac et caressant nos pieds au rythme des bossas. Quelques animaux sauvages viennent manger ou picorer dans le creux de nos mains, des colibris améthystes éclaboussent le ciel de leur plumage coloré et des aras bleutés pérorent joyeusement. On comprend la raison pour laquelle les Indiens tupis-guaranis ont nommé ce lieu *Ypacaray* ; *Ypa* : le lac ; *Karai* : béni.

En bordure de ce lac : la petite ville de San Bernardino. Et en bordure de cette ville, fondée en 1881 par des immigrants et des colons allemands : l'hôtel del Lago. Sa façade principale, aux boiseries d'un vert bavarois encastrées dans un crépi jaune pâle, est tournée face au lac. C'est à la fois arrogant, colonial, seigneurial, avec cependant, dans sa grandiloquence, quelque chose de naïf : l'idée d'une fabuleuse maison de poupée ou, pourquoi pas, d'une mosquée miniature qu'un dieu amérindien mâtiné d'Ottoman aurait bâtie pour quelque enfant teuton, fils de prince, de magnat ou d'escroc.

Sur cette façade, dans une niche encadrée par deux jolies tourelles aux fenêtres en ogive qui semblent d'inspiration arabo-andalouse, on peut lire :

HÔTEL DEL LAGO. 1888.

*

Nous sommes en 1889, un an après que l'hôtel a ouvert. Inutile de préciser que tout sent le neuf, la peinture, l'encaustique, la fleur fraîche et le bois séveux. Les employés, vêtus de frac, de jabots et de dentelles, sont aussi doux et lisses que le coton et le lin de leurs livrées. Charme exquis, dignité, sourires figés et, bien sûr, âme allemande oblige : ordre et discipline.

Partout où se pose le regard : des colonnades, pilastres, piédouches, statues émouvantes et grotesques de dieux et de princes plus ou moins vertueux. Ici, un piano marqueté, aux motifs travaillés comme dentelle de Bavière ; là, une ribambelle d'affiquets, de brimborions, de colifichets et autres affûtiaux kitsch figés au garde-à-vous sur les torses de gouvernantes, intendantes, régisseuses ou majordomes. Au-dessus des têtes, suspendus à des tire-fonds de bronze : des lustres à pendeloques ou à verre à facettes. Au sol : des planchers rouges en quebracho qui semblent contenir, ou retenir, la chaleur du soleil, la gaieté des forêts, la lumière de leurs fleurs.

En empruntant un escalier en caracole, on monte jusqu'à l'étage où l'on découvre alors, émerveillé, de longs et calmes couloirs feutrés que séparent, à la façon de ces rideaux japonais qui se nomment *noren*, des pendillons d'étoffes qui ballottent dans un air doux et frais que des ventilateurs aux pales de papier de soie très lentement distillent.

Le long de ces couloirs : des portes de chambres, jaune crème, au liseré d'or qu'encadrent, de part et d'autre, des colonnettes de stuc sur le dessus desquelles sont posés des vases quotidiennement garnis de fleurs fraîches et exotiques cueillies dans le jardin d'Éden que surplombent les fenêtres et qui cernent l'hôtel comme un royal diadème.

Si l'on pousse la porte de l'une de ces chambres, c'est comme si l'on entrait par effraction dans un poème baudelairien : *tout n'est qu'ordre et beauté, luxe, calme et volupté* : dais de velours lazuli, dessus-de-lit ou courtepointes de satin bleu pervenche, ciels de lit damassés de fils d'or, tapis de pied en martre, ou loutre, ou skunks, qu'adoucissent et protègent des thibaudes feutrées. Les rideaux de tulle gris papillonnent légèrement, laissant filer, si la fenêtre est entrouverte, une brise venant du lac qui emmène parfois, dans son sillage, des rires, des clapotis, le ricanement aigu d'un caracara ou le cri rauque et moqueur d'un quelconque palmipède.

Ces chambres sont aussi apaisantes que le sable doré bordant le lac Ypacarai ; aussi rassurantes que les forêts et leurs sentinelles d'arbres protégeant le décor ; aussi chaudes que le soleil tropical et fraîches que la brise atlantique. On a immédiatement envie d'y planter son corps en le vidant de tout ce que notre vie peut contenir de lourd, de pesant, de fonte et de feux mal éteints. Dans ces lits, songe-t-on, on ne peut que s'enfouir et clore nos paupières en se disant : me voilà enfin parvenu au-delà de mes souffrances et de mes plaies béantes. Vite, poser toutes ses valises ici ; et ne plus jamais, surtout, ne jamais les rouvrir.

9.

Paraguay. San Bernardino. Hôtel del Lago.

Le 3 juin 1889, Vanessa Lujan Benítez, camérière de son état, traverse le couloir de l'aile ouest afin de se rendre, comme chaque soir, à la buanderie, mais elle constate, ce soir-là, que la porte de la chambre numéro 35 est restée entrouverte, ce qui, en ces lieux où tout est si feutré, si réglementé, constitue une anomalie que sa condition de soubrette contraint à signaler. Elle alerte en conséquence sa supérieure hiérarchique, Magdalena Hummel, *Camarera Mayor*, laquelle, dûment avertie, grimpe l'escalier en caracole, ose un œil au travers de la porte échancrée, et, épouvantée, s'en va chercher le majordome en chef, Günter Hass, qu'elle se doit de nommer *Herr Intendant.* Aussitôt, ce dernier gravit à son tour les marches, traverse le couloir d'un pas preste et ferme mais cependant nappé de discrétion, s'arrête face à la porte, rajuste son gilet et sa mèche de cheveux, toussote, susurre le patronyme du client occupant la chambre numéro *fünf und dreißig*, le répète à peine un peu plus fort sans pour autant lever la voix, et, enfin, après avoir dignement respiré et posé sur son visage le masque impassible d'un dieu inca, pousse la porte et entre.

*

L'homme gît sur le dos, couché à même la courtepointe de satin bleu pervenche. Il est de dimanche vêtu, ses bottines vernies chaussent encore ses pieds. Aux entours de son lit et jusque sous le sommier s'amoncellent des cadavres de bouteilles de toutes sortes et de toutes origines qui n'ont en commun que d'avoir contenu de l'alcool : alcool de canne, absinthe, rhum, schnaps. Cela va faire six jours exactement que cet homme ne fait rien d'autre, nuit et jour, que de boire. On ne l'ignorait pas mais le client est roi, et tant qu'il n'entrave pas la bonne renommée de l'établissement, qu'il ne hurle pas, n'importune aucun de ses voisins, n'indispose pas les soubrettes ou ne brame pas par les fenêtres, qu'il mène, après tout, sa vie, fût-ce une vie d'alcoolique, cela ne nous concerne pas.

L'*Herr Intendant* Günter Hass se sent pris d'un frisson mais demeure de marbre : de la tenue, de la retenue, de la dignité. C'est un hôtel de luxe, pas un bordel amérindien. Il avance d'un pas. Rectifie sa posture. Décence et majesté sont au majordome ce que courage et force sont au soldat prussien. Il toussote nerveusement, recule de quelques pas, clôt doucement la porte. Puis s'avance à nouveau, plus près encore, afin de constater ce qu'il savait déjà : cet homme-là ne dort pas du sommeil de l'ivrogne. Il est bel et bien mort. Sur la table de nuit, un sachet de morphine, un autre de strychnine ; ils sont tous deux ouverts, comme les yeux du défunt qui ne fixent plus rien.

Ainsi fut découvert le cadavre de *Herr Professor* Bernhard Förster, colon amateur et antisémite professionnel, qui mit fin à ses jours dans une chambre de l'hôtel del Lago, à San Bernardino, petite ville du Paraguay, à l'âge de quarante-six ans, le 3 juin 1889. Et au même titre que le cheval au cou duquel Nietzsche se jeta jusqu'à peut-être en perdre la raison, cheval qui pour d'aucuns n'exista pas mais qui pour d'autres fut métaphoriquement idéal, certains biographes affirment que Bernhard Förster ne s'est pas suicidé à la strychnine, mais qu'il s'est pendu au plafond de sa chambre d'hôtel.

Il est pourtant clair, après l'étude que nous venons d'en faire, que l'on ne peut guère se pendre en ces lieux délicats. C'eût été une faute de goût impardonnable. Förster portait très haut l'idée de cette noblesse teutonne qu'un peuple tout entier va bientôt affilier à l'idée d'une race aussi blanche que pure. Le désespoir aryen exclut le déshonneur. Seul, donc, un poison était, dans cet hôtel, digne d'enlever la vie à un Allemand n'en voulant plus. Il eût été indécent de crier « Mort aux Juifs » avec le cou tordu, et, de surcroît – rançon, dit-on, de la pendaison –, le sexe en érection.

*

Rassemblons maintenant les rares colifichets que l'on a rapinés aux devantures du temps :

Le 3 janvier 1889, Friedrich Nietzsche, dans une rue de Turin, aurait sauté au cou d'un cheval et serait devenu ce que l'on nomme un fou.

Le 3 juin 1889, soit exactement cinq mois jour pour jour après ce drame, Bernhard Förster, époux légitime d'Elisabeth Nietzsche, sœur unique de Friedrich, met fin à ses jours en un pays lointain, dans la ville que l'on sait.

Voilà, nous en sommes là. Le matériau de base est d'une maigreur extrême. Les personnages sont en place, les corps sont encore tièdes, le rideau est baissé, le drame est achevé. Entre la folie de l'un et le suicide de l'autre, ne reste plus qu'à débusquer les pièces du puzzle qui les agrègent.

Frappons donc les trois coups : que le rideau s'ouvre, que la parole se noue, que les dialogues se parent de leurs plus beaux atours, que le *fatum* salive et frotte ses deux mains de joyeuse impatience ;

que l'histoire, enfin, non pas commence, mais recommence, puisque, comme l'affirmait Nietzsche peu avant de sombrer : tout, ici-bas, n'est qu'*éternel retour*.

DEUXIÈME PARTIE

Aurore

1.

Il est blond, le petit Nietzsche que l'on surnomme Fritz. D'un blond teuton, d'un blond viking, d'un blond de blé nordique. D'un blond de plaines à céréales qu'irriguent ou assèchent, en un claquement de doigts, un clignement de paupières ou un rire bien gras, ces guerriers vêtus d'or qui galopent Là-Haut sur des chevaux à huit pattes et décident des récoltes : abondantes, côté pile, ou disettes, côté face, régnant ainsi, au choc des dés qu'ils roulent, une chope à la main et la bière à foison, sur le sort des humains.

De par sa blondeur et de par sa naissance, ses gènes et ses ancêtres, le petit Fritz appartient au monde des Tudesques et des Alémaniques, aux épées de Wotan et aux lances d'Odin, au grand cercle des Princes morcelant le Saint-Empire. Monde d'étangs, de trolls et de kobolds, de géants et de nains aux regards de névés où coulent des sangs slaves, scandinaves et germains.

Né en terre de Saxe au royaume de Prusse, il fait partie des peuples éparpillés entre rives helvétiques et aurores boréales, englobant Celtes et Goths, Brittons, Baltes ou Ruthènes. Peuples sur lesquels règnent ces dieux de poitrail que l'on vient d'entrevoir, vêtus en forgerons, qui martèlent et éructent quelques mots de rocaille que des scribes transcriront en lettres torturées, gotique, ogam ou rune, et que des bardes alors chanteront, harpes au vent, haches au flanc, accompagnés d'un cœur d'hallebardes, d'estocs et d'espingoles, dans des claquements secs d'oriflammes déchiquetées où rugissent des lions et où glatissent des aigles aux ailes déployées.

*

On n'en sort pas indemne, d'un tel troupeau d'ancêtres et d'un tel maelström de consonnes laryngales. Qu'on devienne philosophe, musicien, poète, dramaturge ou pasteur, que l'on se nomme Beethoven, Spinoza ou Luther, Schopenhauer, Hölderlin ou Strindberg, on ne pourra jamais, dignes descendants de Thor, de Freyr et de Njöror, ne plus vivre et ne penser qu'*à coups de marteau* : *Crépuscule des idoles* ou *Cinquième symphonie, Guerre de Trente Ans* ou *Danse de mort*, *Hypérion*, *Empédocle*, *Paralipomena*, on passera sa vie à forger des soleils incendiaires pour ces pays de brumes ; d'aucuns en deviendront sourds ; d'autres en deviendront fous.

Car on ne brave pas en vain les puissances d'Edda et nul ne peut guigner, sans y abandonner une grande part de soi, les cavaliers nocturnes qui traversent les orages au cœur du Walhalla sur leurs chevaux de feu. Nul ne frôle les étoiles sans se brûler les yeux. Nul ne crie *Dieu est mort !* sans se brûler la langue. Qu'elles viennent de Germanie ou de Scandinavie, de l'Euphrate ou du Tibre, des bordures du Nil, du désert du Sinaï ou des pierriers d'Athènes, les divinités ont partout et toujours usé des mêmes mots : l'homme doit rester à sa hauteur, garder la tête en bas, là où il met ses pas, sinon il finira dans une rue de Turin, sans lumière, ni mémoire, hennissant comme un fou, bavant comme un dément, retournant au crottin d'où il vient.

2.

Il est donc blond, notre petit Teuton, et ses cheveux sont longs. Il est debout, immobile, pâle et silencieux dans ce froid de janvier 1850. Il tient délicatement, par la main, sa sœur cadette, sa seule et unique sœur, celle qui épousera, quelque trente-cinq ans plus tard, le macchabée qu'on sait, celui qu'on trouvera un jour tout imbibé d'alcool et nimbé de ténèbres dans une chambre de luxe au bord d'un lac béni, Ypacarai, lieu de rêve, d'aras et d'oiseaux-mouches.

Il a presque six ans, elle en a bientôt quatre. Grand frère et petite sœur. Fritz et Elisabeth, ou Lisbeth, ou Lieschen. Tous deux frigorifiés, tétanisés, face au ridicule cercueil couché sur deux tréteaux à hauteur de leurs yeux. Un cercueil miniature, presque un jouet d'enfant, petit vaisseau de sapin clair que l'on pourrait poser sur un ruisseau et gréer d'une voile taillée dans une taie d'oreiller afin qu'il emporte, vers un quelconque Styx, le corps de leur frère Josef qui dort à l'intérieur, d'un sommeil sans souffle – peut-être sans tourment. Il est âgé de quelques mois. Vingt-deux, exactement. Pas même deux ans passés sur terre. Il aurait presque pu se dispenser de naître.

Nous sommes jour d'enterrement au village natal. Derrière le cercueil, debout et raides dans leurs vêtements sombres qui dessinent sur la blancheur des pierres l'idée d'un suaire : le grand cheptel des femmes. Mère, tantes, grand-mères, arrière-grand-mères et autres ribambelles de bigotes affiliées. Le père est mort, le petit frère est mort ; ne reste que femelles ; hormis lui, bien sûr, Fritz l'enfant mâle qui vient juste de fêter sa sixième année et qui, de sa main glacée, tient sa petite sœur qui le regarde, émerveillée.

Aucune larme ne coule en cette église basse, trapue, aussi sombre qu'austère. On ne peut guère pleurnicher lorsque Dieu vous appelle, le chagrin est affaire d'infidèles, surtout ici, au village de Röcken, là où se déroula, juste à deux pas du bourg, dans la plaine de Lützen, en l'an 1632, la fameuse bataille entre le roi de Suède (béni soit son nom) et les suppôts papistes. Une bataille monstrueuse et sanglante, charnier à ciel ouvert qui vit la victoire du premier et le drapeau aux couleurs huguenotes subséquemment planté en terre de Saxe-Anhalt. Car grâce à cette défaite des armées catholiques, les voici désormais, nos âmes autochtones, installées depuis plus de deux siècles en pays protestant, pays de la Vraie Foi, celle des Réformés, celle dont le père de Nietzsche, pasteur, avait fait métier.

Car il était pasteur, le papa de Friedrich, avec un habit noir qu'agrémentait à la hauteur du cou une bavette blanche. Et le père de sa femme, Franziska Oehler, pasteur également était de son métier, avec bavette blanche par-dessus l'habit noir. Et leurs ancêtres aussi, tous cravatés de blanc et costumés de noir. Sur cinq générations, d'un côté comme de l'autre : pas moins de vingt pasteurs, chacun portant en lui et transmettant aux autres ces mots de gloire, de révolte, de panache et d'amour, que Luther en héros cloua aux portes de l'église de Wittemberg pour protester contre les indulgences papales afin de rétablir la grandeur originelle du message christique. Une parole humble, charitable, dénuée des pierreries, dorures et lambrequins dont l'avaient souillé les vaticanes vanités.

C'est sans doute la raison pour laquelle le grand cheptel des femelles, hiératique et stoïque, déguisé en borniol juste derrière le petit cercueil, sans s'être concerté regarde le gentil Fritz, dernier mâle survivant de la fervente fratrie des Nietzsche. C'est à lui désormais de reprendre le flambeau pour guider les agneaux, faire trembler les orgues, les corps, les cœurs, les âmes des fidèles. A lui d'être pasteur, de moissonner les blés, de ramener à l'étable les brebis égarées et de crier partout : « Dieu est Fort ! »

Ce qu'il fera, bien sûr, de la façon qu'on sait. Ou qu'on saura bientôt.

3.

Ils sont myopes tous deux ; Elisabeth modérément, Fritz exagérément. D'aucuns verront d'ailleurs, dans la myopie précoce et mal soignée de Friedrich, la raison des migraines ophtalmiques et autres céphalalgies qui lui mineront la vie, de sa naissance à sa folie. D'autres mettront ces cécités, nausées, vomissements, maux d'estomac, paralysies sporadiques et autres dérangements tant physiques que psychiques, sur le dos d'une syphilis qu'il aurait contractée vers vingt ans, dans un bordel de Bonn, tandis qu'il découvrait tout à la fois Hegel, Spinoza, le schnaps et la vulve des femmes. On mettra également ses souffrances, bien antérieures à Bonn, sur le dos d'un ramollissement cérébral génétique, celui-là même dont serait mort le père ; ou sur celui d'une dégénérescence héréditaire, la famille de la mère comptant également nombre de malades mentaux, de suicidés et autres illuminés.

Myopes tous deux, on ne sait trop ce que parviennent à distinguer leurs yeux d'enfants dans cette église austère et sombre. Voient-ils le cercueil, la nef, les tréteaux, les bigotes rusées qui trament dans le dos du petit mâle, en feignant de prier, la robe de prêtrise sous le grand voile du deuil ? Aperçoivent-ils le visage, fût-il vague et flou, du nouveau pasteur qui remplace ce père mort six mois auparavant et qui leur a donné, avec parcimonie, la vie et la vue, fussent-elles actuellement, toutes deux, de qualité médiocre ?

Ces enfants nous affligent et on aimerait que le petit Fritz fût déjà ce qu'il allait devenir : de la dynamite. On souhaiterait qu'ici, face au petit cercueil, sous les yeux extasiés du grand cheptel des femmes, il enfile une cape floquée en son poitrail d'un grand *F* majuscule, qu'il monte vertical comme fusée de chair au sommet de la nef, qu'il traverse vitraux, vitres ou fenêtres, qu'il empoigne la terre à l'un des points précis de sa circonférence, qu'il la fasse tourner à l'envers des aiguilles, qu'il remonte le temps pour contrer le destin et ressuscite ainsi son petit frère Josef tant il est vrai que la mort n'a pas le droit d'enlever aux vivants un enfant de deux ans. Tant il est vrai aussi que la postérité, en son immense bêtise, assimilera hélas surhumain et surhomme, surhomme et superman.

Mais nous n'en sommes pas là : pas plus d'effets spéciaux que de super-héros en cape d'apparat. Peut-être faudrait-il, pour mettre un brin d'action, demander tout bonnement aux orgues de l'église qu'elles fassent un peu rugir soufflerie et tuyaux, et que ceux-ci s'ébrouent, se débandent, s'éparpillent et s'égrènent en un torrent de notes décoiffant les chignons et vrillant les mantilles, emplissant les oreilles, vidant les bénitiers, faisant trembler les corps et le bas des piliers, remontant sans vergogne les robes et chasubles, offusquant les étoles, éparpillant les feuilles des cantiques luthériens, ouvrant en grand les portes de bois brut aux gonds de fer huilés. Peut-être alors pourrait-on voir, comme sur des roulettes, aspiré par l'appel d'un vaste courant d'air, propulsé de la nef au parvis, le cercueil enfantin voguer telle une yole, puis sortir de l'église, descendre les quelques marches façon landau de *Potemkine*, dévaler les rues, les ruelles et venelles du village de Röcken, quitter les murs du bourg, emprunter ces chemins que l'on dit buissonniers, traverser les chênaies, doubler les roselières, flotter sur les jachères, les cailloux, les andains, pour se rouler enfin dans les champs d'herbes hautes et se perdre là-bas, dans le profond des terres, aux confins des paupières où un trait d'horizon signale aux incrédules qu'il existe une frontière entre vivants et morts, là où le néant, ou l'idée qu'on s'en fait, dévoile à tout mortel l'existence impalpable de l'infini des cieux.

*

Mais rien de tout cela ne viendra faire tanguer le cercueil miniature où gît l'enfant défunt. L'orgue luthérien, de facture modeste, aux registres anémiés, au pédalier qui couine, ne sait lancer au ciel que des notes râpeuses, épaisses et balourdes, dont certaines cependant – mystère des ondes ou miracle de la foi – parviennent à prendre un soupçon d'altitude, planent comme des feuilles mortes sous le vent de l'automne et finissent par choir sur le bois du cercueil telles des larmes épaisses – puisqu'il faut bien qu'il y ait, au sein de cette église aussi froide que banquise, quelqu'un pour pleurer cet enfant que le Ciel nous emporte. Et les sanglots de l'orgue, tout asthmatiques et malhabiles soient-ils, parviennent tout de même à remplacer les antiques pleureuses aux vertus cathartiques et accèdent ainsi, l'espace d'un chant funèbre, au Royaume des Cieux, le seul dont un chrétien puisse espérer la venue puisque sa vie n'est qu'un chemin plus ou moins douloureux qui conduit à ses pieds :

Gottes Zeit ist die allerbeste Zeit
Le temps de Dieu est le meilleur des temps

4.

Dans la maison presbytérale qui jouxte l'église paroissiale, Fritz, d'un blond qui vire au châtain clair, est assis face à Franziska, sa mère que l'on dira simplette, aussi jolie que bête. Voilà six mois déjà que le petit Josef est mort et qu'on l'a enterré aux côtés de son père, Carl Ludwig. Elisabeth, âgée de quatre ans et demi, est à sa sieste. Sur la grande table en chêne de la cuisine est posé un hymnaire dresdois, recueil officiel de cantiques publié par l'Église évangélique de la Saxe prussienne.

Il fait très chaud dehors, mais doux à l'intérieur : les grosses pierres de la maison savent bien éponger le soleil, amadouer ses rayons afin que la touffeur, dans l'alambic des murs, distille un peu de fraîcheur. Friedrich, dans sa tête, fredonne un cantique funèbre dont son père, naguère, lui enseigna les notes en lui montrant les touches sur un petit guide-chant. Quelques mouches, çà et là, bourdonnent avec tant de constance qu'elles feraient presque office de basse continue. Friedrich regarde sa mère ; celle-ci a les yeux clos ; des rides sur son front laissent croire à son enfant qu'elle prie, qu'elle pense secrètement, et souffre intérieurement.

Friedrich tourne la tête ; le monde du dehors, par la fenêtre, tente d'émouvoir, ou d'appâter, le poète qui sommeille en lui. Le paysage minaude, se remaquille, change de teinte ou de couleur selon que des nuages le masquent ou le révèlent, l'illuminent ou l'affadissent, le jaunissent ou le verdissent. Friedrich demeure de marbre face à cette nature en chaleur qui dévoile ses dessous frivoles dans l'impudeur de ses branches alourdies par des fruits aussi lourds que peuvent l'être les seins de certaines femmes prégnantes. Le père est mort l'an passé ; le petit frère il y a six mois. Friedrich aura bientôt six ans et demi.

Tu es grand, maintenant, lui dit sa mère. Fritz la regarde, hoche la tête. Quand on est orphelin de père, puis de frère, c'est une des premières choses que vous disent les adultes : *Tu es grand, maintenant*. Le deuil vous fait grandir. Car il est bien connu que les êtres chers, en mourant, se posent instantanément sous les pieds des survivants, et que ceux-ci grandissent à l'aune des morts qui s'accumulent. Alors sûr qu'il est grand : être debout sur les épaules d'un père et d'un petit frère, ça vous met les yeux, sinon à hauteur des étoiles, du moins juste en face du regard ou des dents d'un géant.

Tu es grand, lui répète-t-elle. Et de lui annoncer posément, sans ciller, que bientôt il faudra tout quitter : la maison, la rivière, sa chambre et le presbytère, le petit orgue de l'église et la table de chêne. Et s'en aller vivre là-bas, dans la ville de Naumburg, avec ses tantes, grand-tantes, sa grand-mère et Mina sa servante. Qu'il faudra dépendre de ce grand cheptel de femmes, séjourner côte à côte et vivre de leurs rentes en attendant qu'elle, à son tour, en hérite.

Le petit Fritz se lève. Dehors, au travers des carreaux, il aperçoit un gros nuage d'orage qui passe devant le soleil et repeint tout en noir comme si le paysage, conscient du drame, cherchait à endiguer sa peine en murmurant à son oreille :

« Tu ne perds pas grand-chose, Friedrich, la nature est fugace, versatile, infidèle, un jour blanche, un jour noire, un jour rieuse, l'autre de pluie ; va-t'en donc à la ville, tu ne regretteras rien. Il y a là du monde, toujours du mouvement, toujours de la lumière, des âmes, des lampadaires. Là-bas la nature est de pierre, tout comme le cœur des hommes, elle t'apprendra à vivre de façon bien honnête, c'est-à-dire à souffrir sans en faire mystère. »

Viens te rasseoir, lui dit sa mère. Il retourne s'asseoir à la table de chêne. *Prions*, lui dit-elle. Ils commencent à prier. Elisabeth surgit, elle vient tout juste d'achever sa sieste, de se lever toute seule, de descendre sans aide, ni bougie, ni chandelle, les marches de l'escalier déjà tout encombré et d'orage et de nuit. Elle est fière car elle est également parvenue à s'habiller sans l'aide d'un adulte, même si, manifestement, elle a enfilé sa petite robe à l'envers. Elle dit : *regarde, maman*, en montrant ses habits, et rit comme savent si bien le faire les fillettes de cinq ans dont la plupart ne sont que soleils permanents. Elle écarte les bras, se fend d'une jolie révérence, attend qu'on l'admire, qu'on fasse un compliment, qu'on soit au moins surpris de la trouver ici, debout, et qu'on s'étonne qu'elle soit parvenue à se vêtir toute seule comme une grande personne. *Viens t'asseoir à mes côtés et prie avec nous*, lui dit sa mère.

*

L'orage éclate tandis qu'ils louent le ciel. Un bel orage d'été, puissant, fougueux, vainqueur, avec les dieux là-haut qui rient comme des fous en lançant leurs éclairs et en roulant leurs foudres dans le coton noirâtre de ces nuages épais chargés de pluies, de grêles et d'armures dont on entend les tôles, les carcasses et les fers résonner dans les murs.

L'orage éclate dans toute sa puissance, déchargeant la foudre et la grêle, et je me sens inexprimablement bien, plein de force et d'élan…

Friedrich n'a que six ans et demi, il porte encore en lui ces bribes de comètes et ces poussières d'étoiles que la vie déposa sur sa peau et son âme quand il sortit, sanglant, du ventre de sa mère. Il est encore l'enfant de l'immense chaos, volonté de puissance identique à l'éclair, au volcan, au typhon, à l'arbre qui grandit en écartant les autres, non pour les écraser, mais juste parce qu'il est arbre. Il ne voit dans la vie, comme bon nombre d'enfants, que grâce virginale, offrande miraculeuse.

Que m'importait alors l'homme et sa volonté trouble ! Que m'importait l'éternel Tu dois, Tu ne dois pas ! Combien différents sont l'éclair, l'orage, la grêle : libres puissances sans éthique ! Qu'elles sont heureuses, qu'elles sont fortes, ces volontés pures que l'esprit n'a pas troublées !

Prions, dit Franziska.

*

Puis l'orage, épuisé, s'assied au sommet d'une colline, pose sa tête entre ses mains, essaie de reprendre son souffle, respire à pleins poumons et tente d'apaiser les battements de son cœur en expirant lentement tout l'air accumulé. Les chevaux de la foudre font tonner leurs sabots, hennissent encore un brin et crachent par leurs naseaux de petits jets de brume, mais plus personne ne croit à leurs colères stériles. Déjà les blés, ruisselants d'eau, relèvent la tête et recoiffent leurs épis ; les corolles s'ébrouent ; tuiles et chéneaux cessent de sangloter. Et les hommes de quitter ces abris provisoires qu'à la hâte tout un chacun s'était trouvés, et d'allumer une pipe pour faire, à leur tour, de petits nuages blancs, bleus, avec entre leurs lèvres, en direction des cieux, un léger sourire d'effronterie.

*

Prions, dit Franziska.

Fritz se lève et va s'agenouiller face au portrait du père, simple photographie au visage sans lumière, sans musique et sans rire. Le corps est vêtu d'un habit de pasteur, étoffe noire et bavette blanche, le tout figé dans un cadre de stuc que, devenu adulte, Nietzsche trimballera partout, en tous lieux, toutes villes où ses pas et ses maux le conduiront : Stresa, Venise, Tautenburg, Marienbad, Nice, Sorrente, Gênes, Rome, Messine, Rapallo, Portofino ou Sils-Maria. Sitôt parvenu en ses chambres d'auberges fréquemment monacales, il l'extirpera en premier de son unique malle et toujours le posera face à lui, sur son bureau d'écriture, son bureau d'écrivain, à côté d'une reproduction d'un Christ à l'agonie, comme si, dans une sorte d'inconscient freudien, clamant la mort de Dieu, il pleurait celle du père. Comme si crier « Dieu est mort ! » ou « Père est mort ! » participait de la même douleur, du même orphelinage.

Il est triste, Friedrich, quand il pense à son père, et cela se conçoit. Mais davantage que triste, c'est sa colère qui prime. Il n'ose maudire Dieu, cela est inconvenant, il voudrait juste comprendre le pourquoi d'une telle injustice. Un père si bon, qui servait le Seigneur avec une telle foi, une telle humilité. Ce serait donc ça, sa récompense ? Ce serait donc ça que Dieu offrirait aux humbles et aux petits ? Faut-il faire partie du troupeau des puissants pour mourir sain d'esprit et bercé par les mânes de la félicité ?

Friedrich n'est pas dupe, il sait bien que son père erre pour l'éternité dans la désolation de sa pauvre folie.

Il n'avait que cinq ans lorsque son père est mort, mais il se souvient de ses derniers instants où il perdait la tête, le langage et la vue. Son père, son maître, son guide et sa monture, son Bach à lui tout seul, sa Bible et ses béquilles, son Dieu en miniature, son Jésus sans les clous ni la couronne d'épines, réduit au rang d'animal souffreteux, de mollusque baveux. Et qui partit ainsi, au royaume des morts, privé de son cerveau. Il l'imagine tel un fantôme follet, errant au gré des vents, son austère habit noir et sa bavette blanche en guise d'étendard.

Le petit Nietzsche a peur de finir comme papa. Déjà l'effraient ses maux de tête, ses problèmes de vue, ses incessantes et douloureuses crises dont on ignore et la cause et le nom, ses désordres intérieurs qui le feront vivre à l'écart des autres, dès l'école primaire en ville de Naumburg. Le petit Nietzsche a peur d'un jour devenir fou.

*

Theodor Ziehen
Médecin-chef de la clinique de Iéna

Feuille principale du registre des malades de la maison de santé pour aliénés de Iéna, N° 814

Année 1889

(Irren-Heil und Pflege-Anstalt z. Iéna, grand-duché de Saxe-Weimar)

22 janvier. Se plaint de douleurs de tête du côté droit et dans le front.
3 février. Aucune modification dans la manière de parler et dans la conversation.
10 février. Très bruyant. Fréquents accès de colère, accompagnés de cris inarticulés, sans motif extérieur.
10 mars. Nomme les médecins sans jamais se tromper, se désigne lui-même soit comme duc de Cumberland, soit comme empereur, etc.

24 mars. Le malade n'a de poils blancs dans la moustache que du côté droit.

27 mars. *« C'est ma femme, Cosima Wagner, qui m'a conduit jusqu'ici. »*

1 avril. Il dit aux médecins : *« Je demande une robe de chambre pour une rédemption complète. »*

19 avril. *« Je veux un revolver s'il est prouvé que la grande-duchesse commette ces cochonneries et ces attentats contre moi. »*

22 avril. Désirerait que ses compositions musicales fussent jouées.

25 avril. *« L'abîme du futur, comme chantent les Italiens – sur le pont/du néant/on y danse on y danse... »*

18 mai. Pousse assez fréquemment des cris inarticulés.

5.

Assis sur le matelas du lit de sa chambre d'enfant, sa sœur à ses côtés sur les genoux de laquelle il a posé une couette en plumes d'oie afin qu'elle soit au doux, équipé désormais d'une paire de lunettes qui, comme pour tout grand myope, lui permet de voir *le monde à peu près*, ce qui, pour lui, est déjà une aubaine, Fritz, des feuillets à la main, est en train de lire, à sa cadette, des textes beaux, profonds, élevés, rares et édifiants : les siens. Il parle à sa petite sœur, âgée d'un peu plus de onze ans, comme on parle aux enfants qui n'en auraient que deux. Il ar-ti-cu-le bien, avec grâce et emphase, explique quelques mots, parfois leur agencement : pourquoi après tel verbe il aura mis tel mot, virgule ou adjectif. Il n'est pas sûr de lui, mais sûr de ses écrits ; car il écrit beaucoup, et ce, *depuis toujours* même si, à cet âge-là, il semblerait grotesque, fat ou grandiloquent, d'user du mot *toujours*. Mais il en use, lui, car il est prétentieux, et qu'à ses yeux cette excroissance d'âme est une qualité : seuls les prétentieux acquerront la noblesse. L'orgueil sied à son âme. Il sait depuis toujours qu'il est né pour planer, les ailes déployées, au-dessus du troupeau, des coqs et poulaillers. Aussi aime-t-il son prochain comme on aime les lacs qu'une vue élevée permet de surplomber. Ne pas oublier qu'il porte comme prénoms ceux du souverain vénéré, Frédéric-Guillaume IV ; et que sa propre sœur est attifée des trois que portent les filles du duc d'Altenburg : Thérèse, Elisabeth, Alexandra. On ne fait pas, chez les Nietzsche, partie du *vulgum pecus*. Et lorsque Fritz découvrira, ébloui, la fameuse devise de Pindare qu'il aura lue dans les *Pythiques*, il la fera aussitôt sienne : *Genoï oiös essi : deviens qui tu es.* Il sera évident, pour lui, malgré l'aporie d'une telle proposition, que, couronné dès le berceau, de façon certes tout autant roturière qu'allégorique, il ne pouvait finir que roi, fût-ce de ses douleurs.

Enfin, fouillant à sa façon dans l'arbre généalogique de ce qu'il décrétera être sa vraie famille, dût-il ratisser large, il finira par se découvrir un filet de sang bleu issu d'antiques lignées d'ascendance polonaise : les Nietzky. Comtes, ducs, princes, magnats, margraves ou nobliaux, peu importe, l'essentiel est qu'ils soient race de seigneurs, gentilshommes aux vertus souveraines et au passé sans tache. La noblesse est pour Fritz la seule voie humaine menant au surhumain. Nitze, Nietzse ou Nietzsky, l'orthographe variera selon l'inspiration. Il signera souvent ses œuvres de jeunesse d'un de ces patronymes aux relents de uhlan, de polaque ou de lancier cosaque, ne pouvant s'empêcher de chamarrer tout ça d'un soupçon de démesure :

FWv Nietzsky
(alias Motus, homme étudié en lettres)

Plus tard, faisant fi des railleries, il s'entichera d'une parenté, lointaine, certes, avec l'Être Suprême, celui dont le nom résonne de Mayence à Dantzig et de Kiel à Munich : Johann Wolfgang Goethe.

Mais revenons à eux, frère et sœur dont les corps côte à côte comme ceux d'amants comblés paisiblement reposent. Car nul ici ne bouge, aussi bien lui qui lit que elle qui écoute. Juste le mouvement des lèvres, le bruissement des feuillets, des pages qui se tournent. Et sa voix de petit mâle qui sonne comme un glas, une boîte à musique ou un manège forain.

Friedrich Wilhelm Nietzky,
écrits de jeunesse, année 1858

En septembre 1848, mon père bien-aimé fut frappé d'une soudaine mélancolie. Nous croyions comme lui à une rapide guérison. Dès qu'il se sentait mieux, il demandait qu'on lui laissât prononcer le prêche et faire le catéchisme. Car son esprit actif ne pouvait demeurer sans rien faire. Plusieurs médecins s'efforcèrent d'établir un diagnostic, mais en vain. Nous fîmes venir à Röcken le célèbre Opolcer, qui se trouvait alors à Dresde. Cet homme éminent comprit sans tarder où il convenait de chercher la cause de la maladie. À notre grande terreur, il fit état d'un ramollissement cérébral, fort dangereux, bien qu'il laissât place à quelque espoir. Mon cher père fut en proie à d'horribles souffrances ; mais sa maladie, loin de reculer, s'aggravait de jour en jour. Il finit par perdre la vue ; c'est dans l'obscurité qu'il dut endurer ses dernières douleurs, qui se prolongèrent jusqu'en juillet 1849 ; mais le jour de la délivrance approchait. Le 26 juillet, il tomba dans un profond sommeil, dont il se réveillait par moments. Ses derniers mots furent : « Franziska, Franziska, viens, mère, écoute, ô mon Dieu ! » Puis il s'endormit doucement, sereinement.

Il poursuit sa lecture et la nuit les accueille, une nuit nappée de lune aux paupières de brume, joliment maquillée pour la postérité. Allongés dans le lit, la couette les couvrant, il demeure à jamais souverain de ses mots tandis qu'Elisabeth l'écoute, fascinée par sa voix, éblouie par son Verbe, et vibre de tout son sang. Peut-être a-t-elle posé sa tête sur son épaule, clos ses paupières, qu'un sourire d'aise s'est figé sur son visage dodelinant. Peut-être que leurs pieds, aux confins du matelas, dans le douillet des draps, se frôlent, se touchent, s'emmêlent. On parlera plus tard, dans certaines biographies, d'un inceste latent. C'est toujours chose possible : en un éclair, malgré l'interdit, la morale et la crainte de l'enfer, des chairs enfiévrées peuvent s'ensauvager. Ici, ça ne semble guère acquis. Figés au creux du même lit, sagement assis, ils ne sont que fontaines d'innocence pleurant la mort du père, la mort du petit frère, donc celle de leur enfance. S'ils songent à la chair, d'après les textes de l'aîné, ce n'est pas à une chair festive, exultante, celle qui conduit le pécheur dans les limbes, son cœur dans les tourments et son âme en géhenne. C'est davantage, sans doute, à une chair lugubre et scrofuleuse, dont leurs songes sont faits. D'autant que Fritz est désormais en train de lui lire le récit d'un de ses rêves : entendant, dans son sommeil, l'orgue de la chapelle jouer tout seul, il se précipite en direction de l'église, découvre avec effroi que la tombe de son père, au cimetière voisin, s'ouvre d'elle-même, que son père en surgit comme un diable, qu'il court en linceul dans la nef, qu'il en ressort immédiatement en tenant un enfant entre ses bras, et rentre dans sa tombe en en claquant la dalle.

L'orgue se tait aussitôt. Dans la journée qui suit, Josef est soudain au plus mal ; saisi de convulsions, il meurt en quelques heures.
Notre douleur fut immense. Mon rêve s'était réalisé dans le moindre détail. On déposa le petit cadavre dans les bras de son père. Le double malheur ne nous laissait d'autre consolation, d'autre protection que celle de Dieu. L'événement eut lieu à la fin de janvier 1850.

Écrit en 1858, dans l'année de mes 14 ans.

Elisabeth frémit et se colle contre lui. Il la regarde d'en haut, elle soupire d'en bas et il ne faudra jamais, du temps que durera leur union et l'histoire qui la tisse, oublier cette aurore qui les a accouplés : grand frère et petite sœur, dominant, dominée. Elisabeth : Cendrillon qui prendra son envol quand l'aigle sera déchu et qui, grâce à cela, posera sur sa tête (à elle) la couronne de reine dont elle clamera alors qu'elle était sienne de toute éternité. Histoire de fratrie, d'asservissement, de vengeance, de sceptre, d'écus lourds et sonnants, de diadème et de morgue, de bêtise et d'orgueil. On l'aura deviné : ce qui se trame ici aux confins de leurs pieds ne tient pas du vaudeville, mais du drame shakespearien.

Après avoir achevé la narration de son rêve, Fritz poursuit ses lectures. Elles s'avèrent infinies car il a déjà rédigé, à l'âge de douze ans, deux autobiographies ; deux autres à treize ans ; deux encore à treize ans et demi. Au total, six versions de sa vie qu'il a sobrement intitulées : *« Ma vie. »* Il y raconte sa naissance, son village, les étangs et taillis le bordant, le clocher moussu de l'église, la statue de saint Georges sise en la sacristie, les paisibles chaumières dans lesquelles ne régnait que l'amour, leurs maigres habitants qui jamais ne se querellaient, son père doux et charmant, pasteur aimé de tous, prêcheur de grand talent, pianiste fabuleux. Puis la terrible mélancolie qui frappa le brave homme, suivi d'une cécité et de sa mort soudaine, en sa trente-sixième année. Il y raconte encore celle, tout aussi soudaine, brutale et douloureuse, du petit frère chéri que, comme on vient de l'entendre, un de ses rêves avait prédite. Puis l'arrivée du nouveau pasteur, les lieux qu'il faut quitter, le départ de Röcken, les bagages que l'on charge, les chevaux qu'on attelle et les voitures qui partent, la nuit, aux lueurs des lanternes, vers Naumburg qui sera pour eux la première grande ville, amas de ruelles, de tuiles, de pavés, de fiacres, emplie de passants, de badauds, de regards qui ni ne se connaissent, ni ne se saluent. Ville dont les habitants, à lui fils de campagne, fils des bois, de la lune et du vent, lui firent immédiatement penser à des oiseaux captifs. Il raconte sa vie tout en la défeuillant, la démontant, l'examinant pièce par pièce afin de bien comprendre comment ça marche et pourquoi ça fonctionne, comme le ferait sans doute un mécano d'avec son moteur, un Montaigne d'avec son Montaigne, un petit Freud en herbe pressentant, quand sa mère le lange en frôlant son pénis, qu'il existe déjà, dans le creux des berceaux, des transferts inconscients qui vont nous façonner.

Notre vie est un miroir.
Notre moi s'y fait connaître.
L'y saisir me paraît être
Le premier de nos devoirs.

Écrit en 1858, dans l'année de mes 14 ans.

Elisabeth, émerveillée, ne se lasse pas d'écouter ses proses et poèmes qu'il lui récite assis, debout, couché. Car il ne donne pas que dans la dissection de soi. La liste est infinie : six autobiographies comme il fut déjà dit, mais également sonnets, épopées, légendes, drames, dont une pièce en six actes qu'elle aime par-dessus tout : *Le Roi Écureuil Ier*. Son grand frère, pour elle, c'est Dante, Shakespeare et Goethe à lui tout seul ! Sans omettre bien sûr ses compositions musicales : sonates, lieder, quatuors, requiem, embryons de symphonies, un oratorio écrit spécialement pour leur maman, Franziska, des concertos édifiants dont il lui joue, au piano, quelques mesures par la grâce desquelles, damoiselle langoureuse, elle tombe en noble pâmoison comme le ferait en France une femme du monde.

Ainsi s'écoulent leurs nuits, entre bouche qui parle et oreilles qui frémissent, et cela dure et dure sans qu'aucun ne se lasse.

Ce soir, excité, il lui récite, le front couvert de sueur, martelant chaque mot, découpant chaque syllabe, sublimant chaque lettre, cette épopée extrême qui est, à ses yeux de myope, le chef-d'œuvre de sa vie qu'il vient tout juste d'achever et dont l'humanité, en le lisant bientôt – cela ne fait aucun doute, ce n'est qu'une question de jours –, froissera ses paupières de stupéfaction et s'inclinera vers lui tout en baisant ses pieds :

La mort d'Ermanaric

Le roi gémit : « Mirage de l'enfer !
Tu ressembles au fils que j'ai perdu ! »
Une voix forte lui répondit :
« C'est moi, c'est moi ! et j'implore
Mon pardon pour tant de maux ! »
Le vieillard vacille, son regard se trouble,
Il saisit la main, la serre,

Et couvre de baisers le cher visage
Jusqu'à ce que la vie l'abandonne.
Ils tombent tous deux embrassés.

Et là, Elisabeth, lèvres tremblantes, larmes aux yeux, le regarde sans doute de la même façon qu'au même moment, à quelques centaines de kilomètres au sud-ouest de Naumburg et plus précisément en la ville de Lourdes, Bernadette Soubirous, petite paysanne des Hautes-Pyrénées, regarde la fée qui vient d'apparaître en la grotte Massabielle, fée dont elle apprendra, lorsque viendra le temps de la Révélation, qu'il s'agit de la bienheureuse Marie, tout à la fois Femme et Sainte et Vierge et Mère Immaculée.

Et peut-être, effectivement, qu'à ce moment précis, Elisabeth, semblable à Soubirous, comblée de joie, de foi, de peur, de vertige, de crainte et de félicité, se réfugie-t-elle dans la seule grotte que Dieu a placée face à elle, c'est-à-dire sous les draps où Fritz, exalté par la fièvre de ses jeunes années et par la sève poétique qui en ses veines bout, laisse monter en lui, sinon l'idée du désir, du moins celle de cette foudre dont il pressent déjà que c'est d'elle qu'il mourra :

Je disparaîtrai emporté par un énigmatique orage où je serai à la fois homme et éclair.

*

Theodor Ziehen
Médecin-chef de la clinique de Iéna

Feuille principale du registre des malades de la maison de santé pour aliénés de Iéna, N° 814

Année 1890

(Irren-Heil und Pflege-Anstalt z. Iéna, grand-duché de Saxe-Weimar)

1 mai. Poids 139 livres (+5).
5 mai. Remet au médecin un billet sale et illisible qu'il dit être son testament.
25 mai. Se rappelle assez bien, le lendemain, si on lui a fait ou non, la veille, une friction au mercure.
1 juin. Poids 127 livres (-12).
14 juin. Prend le gardien-chef pour Bismarck.

16 juin. Réclame souvent des secours contre des tortures nocturnes.
17 juin. Fait des mouvements de gymnastique, se tient souvent le nez pendant des heures.
17 juin. Se plaît aux jeux de mots.
18 juin. Parle d'un ton grognon, avec beaucoup d'affectation et parfois d'emphase.
21 juin. Plus calme.
26 juin. Passe tous les jours une heure dans le jardin.
28 juin. Léger strabisme convergent gauche.
4 juillet. Brise un verre « afin de défendre l'entrée de sa chambre avec les débris de verre. »
9 juillet. Saute comme une chèvre, fait des grimaces et remonte l'épaule gauche.
11 juillet. Poids 126 livres (-1).
15 août. *« La foule est une somme d'erreurs qu'il faut corriger. »*
19 août. Hurle dans sa chambre : « Qu'on me donne mon Van Houten ou je commets un chocolat ! »

6.

Les femmes sont debout, pareilles à des poteaux de pâture que l'on aurait plantés en demi-cercle dans la salle à manger, autour de cette table qui sert aux repas, aux prières, aux veillées, à la couture et aux lectures bibliques. Surveillant la porte d'entrée à laquelle elles font face, elles vivent dans l'espérance d'une main venant l'ouvrir. Silencieuses et tendues, à égale distance l'une de l'autre, impassibles et graves comme ces militaires figés au garde-à-vous lors des cérémonies, elles semblent irréelles, suspendues dans l'espace, lapidaires et spectrales.

Tout de noir vêtues, les lèvres impatientes, on entend le chuintement de leurs souffles oppressés ainsi que le crissement de leurs doigts qui se maillent. Mais elles n'en montrent rien, de leurs volcans internes, car elles furent éduquées à masquer leurs passions – c'est-à-dire à veiller de n'en jamais avoir. C'est ainsi que l'on vit au pays de Luther : on laisse les ardeurs, les cris et les extases à ceux qui méconnaissent la foi des réformés.

Elle s'entrebâille enfin, la porte de cette maison où nichent, plus ou moins fraternellement, les dames de Naumburg, petit troupeau des Nietzsche qu'on nomme sans malice : *le grand cheptel des femmes.*

Puis elle s'ouvre entièrement. C'est lui qui apparaît et cela tombe bien, c'est lui qu'on attendait : Friedrich, le gentil Fritz, leur petit mâle à toutes et leur sainte espérance, qui rentre du lycée, les yeux encore rougis par une journée d'études, toujours assis au premier rang dans la salle de classe, non par flagornerie mais juste afin d'y voir un peu du tableau noir et le maître debout, souvent d'ailleurs extrêmement flous.

Sitôt après avoir poussé la porte, il est surpris de l'accueil ; puis terriblement angoissé : se serait-il passé, du temps qu'il étudiait, un drame, un accident, un décès ? Pas ma sœur, ah non, pitié Seigneur, tout mais pas elle ! Il attend que s'abatte le terrifiant couperet des phrases endeuillées, tient encore dans sa main la clenche de la porte, la referme en baissant le loquet, avance timidement dans cet étrange silence, pose ses livres sur la table, enlève sa cape, la pend sur son patère. Puis regarde, sans un mot, ce grand cheptel des femmes avec lesquelles il vit depuis quelques années et qu'il serait d'ailleurs grand temps, et décent, de présenter :

sa mère Franziska, qui trône au beau milieu comme si d'un chœur antique elle en était le coryphée ; fille et épouse de pasteur, femme pieuse et simple dont il a déjà pudiquement été écrit qu'elle était intellectuellement quelque peu limitée ; souffrant peut-être, comme feu son époux et comme ceux de leurs tribus respectives, d'un certain ramollissement cérébral ;

sa grand-mère Erdmuthe, mère de pasteur, une misanthrope qui porte, en guise de coiffe, une espèce de bonnet de dentelle à fanfreluches qui la fait ressembler à un bouffon de cour, ce à quoi elle ressemble effectivement, même sans son bonnet ; un rien dépressive ;

sa tante Rosalie, fille et sœur de pasteur, monomaniaque qui, allez savoir pourquoi, maudit un livre de Shakespeare sitôt qu'elle en croise un ; autoritaire, neurasthénique, cette si têtue tante-ci sera cependant la préférée de Fritz ;

sa tante Augusta, fille et sœur de pasteur, célèbre pour ses pets tonitruants et sa diction hachée ; déréglée du langage, malade du fondement, tourmentée des boyaux ;

la vieille domestique Mina, pieuse, servile et silencieuse : un couvent à elle seule ;

sans omettre ces menues ballerines ombreuses et discrètes : tante Louise, tante Ida, tante Friederike. Toutes marquées par la foi comme on marque les bêtes les veilles d'abattage.

Toutes souffrant peu ou prou de cet ennui de soi que jadis on nommait nonchaloir, et aujourd'hui mélancolie.

Le voici donc, le grand cheptel des femmes dans lequel le petit Nietzsche a grandi à Naumburg après avoir dû, à regret, abandonner son village natal : une harpaille de bigotes, une manade d'à moitié folles, d'incultes modérées ; de vieilles filles étriquées, de Bovary saxonnes n'ayant jamais connu les doux dérèglements de l'extase et portant, en leurs chairs, cette absence de lumière.

Ces vies pieuses et aseptisées n'ont pas vraiment choisi la vie communautaire : uniquement liées par la mort de Carl Ludwig, elles sont contraintes, financièrement, matériellement, affectivement, religieusement et contractuellement, de devoir vivre ensemble, de se lier, s'aider, se supporter, se mélanger, chacune guettant, sinon la mort de l'autre (synonyme d'héritage et de liberté), du moins son potentiel déclin, et passent ainsi leurs vies à piailler, à prier, à picorer de l'Éternel comme une poule sur un mur le ferait du pain dur.

Mais elles s'efforcent aussi de s'aimer pour complaire au Seigneur, c'est-à-dire de s'aimer en feignant de s'aimer tout en s'aimant quand même, se sacrifiant l'une à l'autre et le clamant bien fort, unies dans la ferveur de leur naufrage comme dans celle de Dieu. On a coutume, sur terre, de nommer ces armées ennemies remplies d'âmes amies, une famille. À la différence, toutefois, que celle-ci est obsédée par une seule idée qui leur sert de moteur, de colle à bois et d'harmonie : que Friedrich Wilhelm Nietzsche, seul mâle encore vivant de la couvée, fils du pieux défunt mais leur enfant à elles toutes, Fritz leur génie, leur sauveur, leur lettré, leur espérance et leur seule charité, devienne, comme son père, ses grands-pères, ses oncles et leur flopée d'ancêtres : *PASTEUR*.

C'est pourquoi, depuis la mort du père, malgré leurs divergences, elles l'ont toutes lustré, poli, nourri et satiné avec leur baume unique : le grand amour de Dieu. Elles l'ont emmailloté dans les rets de la foi et de ses exégèses, offices dominicaux et prières quotidiennes, rosaires parpaillots et sermons anglicans ; lui ont enseigné, durant trois longues années, tant en allemand qu'en latin, l'alphabet et les mots de l'Ancien Testament. Sans omettre cet héritage essentiel qui toute sa vie sera présent pour l'assister et le sauver du lent naufrage des lettres : la musique. L'apprentissage des notes, les mains sur le clavier ; puis hymnes et cantiques qui le prépareront, quand il sera plus grand, aux cantates de Bach glorifiant le Créateur en notes contrapuntiques.

Elles auront tout de même – ne les sous-estimons pas – donné au petit Fritz le meilleur d'elles-mêmes afin qu'il soit armé pour affronter la vie. Peut-être serait-il bon, faisant fi de leur obstination à vouloir faire de lui ce qu'il ne pouvait être, d'ici leur rendre hommage, *Ad majorem Dei gloriam. Amen.*

*

Ce soir, c'est à sa mère que revient, au nom de toutes, le droit de porter la bonne parole aux oreilles de Friedrich.

« Assieds-toi, mon enfant. »

Lequel enfant s'assied et apprend aussitôt qu'il a été admis, bénéficiant d'une bourse allouée par la ville de Naumburg, dans le lieu le plus haut, le plus noble du royaume de Saxe. Les autres femmes soupirent ; des yeux de quelques-unes perlent même des gouttes ressemblant à des larmes. Elles n'auront pas souffert en vain. Elles n'auront pas prié pour rien. Dieu est vraiment très Bon, même avec la piétaille.

7.

Le 5 octobre 1858, âgé – à dix jours près – de quatorze ans, Friedrich Wilhelm Nietzsche entre au Collège royal de Pforta, une vaste et belle école installée dans les bâtiments d'une ancienne abbaye cistercienne et qui a su conserver, comme si les murs portaient en eux les sagesses passées, un rigorisme monacal, la sanctification par le travail dans la quête et le doute, l'aura des vies cloîtrées et le grand savoir des hommes puisé au cœur des livres. Toutes les béatitudes de la Grèce, de Rome et de la Renaissance sont condensées ici afin que les élèves, formés à l'étude des Anciens, puissent, devenus adultes, répandre autour d'eux les bienfaits du savoir et polliniser les êtres pour que règne, sur la terre comme au ciel, une divine harmonie. L'humanisme, on le sait, fut une douce utopie. Mais ici on l'ignore. On est persuadé que la beauté saura sauver le monde et dissoudre à jamais, jusqu'à la fin des temps, toute forme de barbarie.

On est loin d'imaginer qu'à quelques lieues de là, et ce dans moins d'un siècle, les écritoires mourront dans les fumées des crématoires.

8.

Deux ans après avoir poussé la porte de ce lieu renommé, on exhume enfin, de son étui de velours noir, onze ans après l'y avoir soigneusement rangée : la Bible du défunt Carl Ludwig. On retire des placards la collerette empesée, le faux col amidonné, les manchettes consacrées ainsi que la bavette blanche. Puis, du fond de l'armoire, on ressort l'habit noir protégé par une housse et des sachets de thym, de lavande ou de rose. À tout juste seize ans, en cet automne 1860, Fritz, adolescent conquis, ne jure plus que par Dieu : il prie Dieu, rêve Dieu, pense Dieu, lit Dieu, compose pour Dieu, écrit sur Dieu. Et s'apprête à ne vivre que pour Lui :

J'ai pris la ferme décision de me consacrer à Son service.

C'est désormais officiel et toute la maisonnée résonne de cantiques et retentit de ces petits craquements secs que ne cesse d'émettre la cavalcade de genoux arthrosiques du grand cheptel des femmes dans leurs incessantes et pieuses génuflexions : « Friedrich, notre petit Fritz, notre seule vanité, notre prophète myope, notre étoile du berger, notre carte du tendre, va devenir pasteur ! »

Elles caquettent et jubilent, entre elles se congratulent, exultent et se délectent d'avoir si bien prié, d'avoir sans retenue usé de leurs doigts maigres les grains de chapelet. Dieu les a entendues, Dieu les a écoutées, Dieu les a exaucées. Elles pourront désormais mourir en sainteté, comblées et rassasiées. C'est tout de même grâce à elles que l'enfant fut admis au collège de Pforta, admission qui sitôt déposa en son âme une illumination, laquelle, deux ans après, une fois digérée, acceptée, infusée, parviendra en ses mots par enfin s'exprimer :

Je franchis le portail. Mon cœur débordait de pieux sentiments ; je fus élevé vers Dieu dans une muette prière et un calme profond descendit sur mon âme. Oui, Seigneur, bénis mon entrée et protège-moi, corps et esprit, dans cette pépinière de l'Esprit-Saint. Envoie ton ange pour qu'il me garde victorieux dans les tentations devant lesquelles je marche, et fasse que ce lieu devienne une vraie bénédiction pour des temps éternels. À cela aide-moi, Seigneur !

Comme il en fut jadis pour ses textes d'enfant au contenu trivial, ses envolées sacrées sont tout aussi lyriques et flamboyantes. Seule différence : la foi en est devenue l'unique et seul sujet. Même si, pour lui, il n'existe à dire vrai aucune différence entre *La mort d'Ermanaric* et celle de Jésus-Christ ; elles participent toutes deux d'une même évidence, d'une même révélation :

1. Tu as appelé :
Seigneur je me hâte
Et me voici
Sur les degrés de ton trône.
D'amour embrasé
Fais rayonner si affectueusement,
Douloureusement,
Ton regard en mon cœur : Seigneur, je viens.

2. J'étais perdu,
D'ivresse titubant,
Noyé,
À l'enfer et au tourment promis :
Tu te dressas dans le lointain :
Ton regard indiciblement
Mobile
Me toucha si souvent : j'aime à présent venir.

3. Je frémis d'effroi
Devant les nocturnes
Abîmes des péchés
Et je ne saurais regarder en arrière.
Je ne puis t'abandonner
Dans l'épouvante des nuits,
Tristement
Je regarde vers toi et il me faut te saisir.

4. Tu es si doux
Fidèle et fervent,

Le cœur compatissant,
Chère image du Sauveur !
Comble mon désir,
Mon propos et ma pensée
De me perdre
En ton amour, à toi de m'attacher. –

Qu'il est beau, cet âge béni, tant dans sa démesure que sa naïve exubérance : *D'amour embrasé... D'ivresse titubant... Je frémis d'effroi... Comble mon désir... me perdre en ton amour...* C'est lyrique et grandiose, l'adolescence, c'est frais, limpide, vorace, ça fonce dans les murs en étalant sa joie ; ça vit dans l'éternelle poésie, ça porte sur sa tête la casquette à Gavroche, et, à l'intérieur, les voyelles à Rimbaud. Ça s'offre corps et âme au sommeil, aux rimes, aux femmes fantasmées, au suicide, à la musique, au vent, aux flammes, à l'onanisme, aux saisons, aux enfers ou à Dieu. Ça a la voix qui mue, ça essaie de bramer mais on entend encore, dans les rouages rauques de leurs cris enroués, couiner de petits trains en ferraille, des voitures à pédales, des clochettes pascales, et resplendir ces cierges de l'enfance qui mènent au seul Paradis, celui dans lequel, sur un lit de nuages, trône un doux et vieux bonhomme à longue barbe blanche.

Ne rions pas de lui, ce Nietzsche adolescent fervent : nous y avons tous cru, nous autres baptisés, catéchisés, communiants, confirmés, agenouillés, adolescents aux aubes blanches, orants émerveillés tenant le cierge comme Arthur l'épée enchantée, avec la même foi et la même ferveur, persuadés, nous aussi, que nous avions extirpé, simplement en priant, la sainte hostie de l'enclume de l'enfance, et que nous étions prêts à recevoir le sceptre et la couronne, l'auréole et la gloire, dans la béatitude des innocents élus. Nous avons cru aux lettrines dorées, à la mer Rouge qui se déchire, aux vitraux colorés, au Grand Père Éternel assis comme un pacha dans une barbe à papa de nuages ouatés ; cru en ses mages et tous leurs accessoires, âne, bœuf, crèche et étoile, et en ses auxiliaires, commis ou mercenaires, qu'ils se nomment Saül ou Paul ; cru aux pains qui se multipliaient, au vin qui coulait de source, aux morts ressuscitant comme font les squelettes dans les fêtes foraines, et au buisson ardent éblouissant Moïse comme les feux d'artifice d'un 14 Juillet. Cru aux miracles, à la flagelle confessionnelle, à l'eau bénite de rédemption, aux cris du Crucifié, aux clous, sang, épines, à ce corps décharné, battu, déchiqueté, transpercé, tuméfié, puis déposé des branches de la croix et enterré, inerte, dans la faille d'un rocher pour mieux ressusciter et être transsubstantié entre les mains d'un prêtre à l'aplomb de l'autel sous forme de mie de pain qu'on nommera hostie.

Les enfants croient toujours à ce qui les dépasse : aux monstres, aux lutins, aux licornes, aux anges, au Styx, au Sphinx, aux dieux de toutes sortes, Osiris ou Hercule ; ils croient également aux tempêtes marines, aux bulles de savon, aux serpents à huit têtes et aux chevaux volants. Car *L'enfant, c'est l'innocence et l'oubli, un recommencement, un jeu, une roue qui roule d'elle-même, un premier mouvement, le don sacré de dire oui*, écrira plus tard Friedrich Wilhelm Nietzsche dans cette formule si pleine qu'on ne voit plus, désormais, comment nommer l'enfance sans revenir à elle.

Il fut cet enfant innocent qui toujours disait oui lorsque la roue du sacre se déployait en lui ; et nous le fûmes aussi.

Que tous ces enfants-là, éblouis par l'idée de la Foi ou ternis par celle de la Faute, reposent donc en paix.

9.

Au collège de Pforta, en ce début novembre de l'an 1861, dans cette cellule quasi monacale où il s'est réfugié afin d'y acquérir un surcroît de silence et de saine solitude, assis à un bureau de bois entièrement couvert d'ouvrages écrits en grec que côtoient quelques liasses de papiers, les pieds ballants s'amusant à caresser, frotter ou bien racler, à la façon d'un métronome chaussé de bas de laine, le sol dallé, Fritz, âgé de dix-sept ans, interrompt une fois encore, contre sa volonté, ses lectures et leurs notes afférentes, pose son porte-plume sur un papier buvard, enlève ses lunettes, retire ses mitaines, se saisit d'un flacon, le secoue d'un mouvement de poignet, puis l'ouvre et verse dans ses yeux une quantité infime du liquide qu'il contient. Il s'agit d'une essence de bleuet, ou d'une décoction de camomille, il s'en met quelques gouttes dans un œil et quelques gouttes dans l'autre, maintient ses paupières closes pour laisser diffuser le liquide. On lui a prédit que contrairement aux précédents produits, ceux-ci seront miraculeux. Le mieux est d'essayer, comme à l'accoutumée.

Car il a tout tenté pour soulager ces maux et migraines ophtalmiques qui lui minent la vue et conjointement la vie : pommades, onguents, embrocations diverses, baignant parfois ses orbites dans des coupelles en faïence où nage une pâte verte, massant ses yeux dans des oillières en porcelaine préalablement emplies d'eau parfumée ou de sérum saliné ; ses tantes lui ont même un jour conseillé de déposer quelques gouttes d'eau-de-vie de grain à même sa cornée. Il avait obéi. Cela l'avait brûlé. On s'en serait douté. Peu importe : à vivre dans l'espérance et croire en Son Sauveur, les miracles forcément ne pourront qu'advenir.

En attendant ceux-ci, ou pour les appâter, il a changé dix fois de paires de lunettes, testant des verres bleus, minces, doubles, épais ou fumés. Il est allé jusqu'à oser des remèdes farfelus, issus de ces individus rauques et rustiques, mi-arbres, mi-humains, mi-savants, mi-lutins, qu'on croise dans les campagnes, qui se nomment rebouteux dans le meilleur des cas, ou sorciers dans le pire, et qui usent fréquemment de signes cabalistiques, de paroles occultes chuchotées dans la brume par les nuits d'équinoxe, de croix celtiques ou égyptiennes, de boules de gui, de feuilles de houx, de sang frais de sangsue et de doux sortilèges qui prêtent à sourire (eau bénite dans une poche, herbes du Diable dans l'autre, quelques grains d'hellébore pour chasser la folie, conjurer les passions et clore les onctions).

Mais les maux d'yeux toujours ravalent au rang d'inaptes les lunetiers, apothicaires, ensorceleurs et autres charlatans plus ou moins patentés. Il existe fatalement, au cours de la journée, un moment où Nietzsche, avec sa vue, doit composer, puis souvent abdiquer ; mettre genou à terre et baisser ses paupières ; comme en fin de journée, souvent au cœur des villes, on baisse les rideaux de son petit commerce.

Ce soir, par exemple, tranquille en sa cellule, éveillé, enthousiaste et radieux, les troubles sont venus tandis qu'il recopiait, plein de sève et d'allant, un monceau de maximes et de vers édifiants sur des feuilles volantes. Soudain tout s'est brouillé. Tout est devenu confus. Des maux violents ont martelé son crâne de leurs sabots de feu. Impossible de lire, encore moins de penser : le simple fait de vivre devient une corvée.

Pourtant, il nageait depuis l'aube dans la félicité car il venait de découvrir celui qui allait être, sinon son Maître, du moins son guide dans la forêt des signes, et dont il imitera, de bon ou mauvais gré, la vie d'anachorète : Théognis de Mégare, un oublié des lettres, un sauvageon de petite gloire qui naquit aux alentours du VIe siècle avant Jésus-Christ, un Grec parmi tant d'autres, mais le premier, cependant, de tous ces sages antiques, qui au travers de ses textes saura lui dire *suis-moi*, une lanterne à la main.

Théognis de Mégare, dit Théognis, poète élégiaque et gnomique, aristocrate d'âme, homme ombrageux, méfiant, pessimiste, aède racé au lyrisme pimpant, chantre de la décadence et de la médiocrité sociale, ennemi potentiel de ce qu'on nomme le peuple et, la chose allant évidemment de soi, misanthrope à temps plein. La Grèce démocrate n'avait cure de garder sur ses terres une semblable engeance : on l'exila donc – il mourut en Sicile.

Il ne reste de lui que mille quatre cents vers, ce qui est suffisant pour contenir l'univers, du moins l'affirme-t-il lui-même, à demi-mot, demi-rimes, au creux de ses maximes, car il a de son art une idée assez haute. Et lorsque Fritz découvre ce penseur atypique, il l'adopte aussitôt et s'orne de ses plumes pour s'en faire une couronne. Il acquiert jusqu'à la certitude que Théognis, en écrivant ces mots, ne s'adressait qu'à lui :

Je t'ai donné des ailes qui t'élèveront facilement au-dessus de la mer sans limites et de la terre entière. Dans les fêtes et les festins tu seras présent ; ton nom se posera sur mille lèvres ; sur leurs flûtes au son aigu, les jeunes hommes gracieux et aimables te chanteront d'une voix belle et harmonieuse ; et lorsque tu seras descendu dans les sombres régions souterraines, dans les lamentables demeures d'Hadès, même alors, après ta mort, ta renommée ne périra pas, mais ton nom immortel restera toujours dans le souvenir des hommes.

Il n'est pas étonnant que Nietzsche, à dix-sept ans seulement, ait été aimanté, tandis qu'il fourrageait dans le grand vivier grec, par cet écrivain fier, solitaire et banni, n'ayant pour tout bagage que cette image de soi qu'il nommait sans vergogne : *une morale de Seigneurs*. C'est à lui seul que Fritz, pour commencer sa vie de philologue, empruntera habits, corolles et panoplie, vergers de denrées rares, jugements péremptoires hors du commun des masses.

Mais les vers du poète en ce moment précis ne peuvent plus rien pour lui : les migraines ophtalmiques envoient tout paître au diable : celui des nuits et des migraines. Quelle injustice. Tout, depuis ce matin, allait de si bon train qu'il était impossible que cela pût durer jusqu'en fin de soirée. Fritz, en bon chrétien qu'il est, sait avec certitude que c'est la loi du monde : il faut payer le prix d'un trop-plein de bonheur, sans cesse équilibrer la balance du Bien et rendre la monnaie à tout excès de grâce. Ça n'est pas un hasard, ça ne peut en être un : c'est toujours quand la joie exulte que s'ébroue le volcan et que les maux affluent.

Il descend à l'étage, passe son visage sous l'eau d'un bec de plomb qui jaillit d'un des murs et retombe dans une auge. Il laisse ses deux mains errer sous l'eau glacée, les frotte l'une à l'autre en un geste inconscient, et, tout naturellement, mains jointes et gelées, se retrouve à genoux et se met à prier : aide-moi, Seigneur, ne me laisse pas dans ma nuit, dans la nuit de mes morts, dans la nuit de mon corps, dans la nuit de mes yeux. Aide-moi à sortir, vivant et fort, de tous ces tombeaux dans lesquels mon destin m'a cloîtré et dont Toi Seul peux m'en sortir indemne puisque Tu es, Seigneur, tout à la fois Maître des destins et Roi des destinées.

Car il souffre, Friedrich Wilhelm Nietzsche. Il souffre depuis l'enfance. De mille et mille maux. Et de toute sa vie ne cessera de souffrir. Il s'éparpille, se morcelle et s'étripe : tête, yeux, ventre, corps, cœur, crâne ; céphalalgies, diarrhées, vomissements, névralgies faciales, vertiges, absences ; douleurs, fièvres, nausées, souffrances, spasmes, attaques ; douleurs, myopie, ophtalmies, souffrances, troubles neuro-végétatifs, leucomes, catarrhes, céphalées, rhumatismes, paralysies, tétanies, lubies, épilepsie ; douleurs, gastrites, névralgies, attaques, souffrances dans la tête, souffrances dans les yeux, toujours ça tape et tapera à grands coups de marteau.

Quels que soient les saisons et leurs dérèglements, quels que soient les printemps ou leurs lanternements, et quels que soient les lieux de ses cheminements, il souffre abondamment. Aussi est-il souvent contraint de s'enfermer dans le noir total, jour et nuit, parfois même jours et nuits, tant la moindre lumière lui est insupportable. Ses années d'école, primaire, communale et lycée, furent elles-mêmes émaillées de douleurs infernales l'astreignant à demeurer chez lui, alité dans sa chambre, au noir le plus complet, pendant parfois des semaines, voire des mois d'affilée, à tel point qu'à douze ans on dut le désinscrire durant tout un trimestre et puis le réinscrire après une guérison qui toute sa vie durant ne sera que spasmodique.

Et malgré ces démons qui lui déchirent le corps et qui lui vrillent l'âme, il dit oui à la vie. Un oui sans condition. Il grandit, découvre, adhère, imite, apprend, écrit, écrit, écrit et ne fera plus jamais que ça. Il étudie, assimile, pense, joue, rit, nage, lit, lutte, compose, produit, invente, calcule, reçoit, rejette, formule, adhère, galope, chante, danse, parle, ouvre ses mains, son cœur, et quotidiennement il bénit le soleil, même s'il ne parvient pas, les jours de cécité, à le voir se lever. Son existence n'est que travail et jouissance d'apprendre, écriture et lectures à foison, assis à son bureau, assis à son piano, composant mots et notes. Sa puissance créatrice est un cheval à huit pattes, intelligent, fougueux, exubérant et libre, qu'ont laissé galoper, au creux de son berceau, un soir de libations, les dieux du Walhalla. Énergie surhumaine, armure de noblesse engendrée par les mots, panache et cape au vent, optimisme radieux, Walkyries exaltées qui chantent à tue-tête. C'est l'armée des squelettes à cheval sur du vent, et ça croque et ça claque et ça cogne, ça rugit dans sa tête. Les épées s'entrechoquent, les mots sont des silex, os et crânes cliquettent, Zarathoustra ricane, la maladie n'est rien, la Volonté est tout, la mer rit, l'inouïe, et cela dure et dure

Et cela durera
Jusqu'à ce jour de deuil
Ce jour de grand chagrin
Et de grande injustice
Où un veule
Un Iago
Un Judas
Un infidèle
Un fourbe
Nommons-le comme on veut
L'assaille traîtreusement dans une rue de Turin

Alors un corps s'affale et un cerveau s'éteint
Alors un corps s'affale et un destin s'incline
Au pied des prophéties.

Hélas, accordez-moi la folie, ô divines ! La folie, et que par elle enfin je puisse croire en moi-même ! Accordez-moi les délires et les ravissements, les rapides éclairs et les ténèbres, l'épouvantement des frissons et du feu, accordez-moi les fracas, les fantômes ; faites que je hurle et gémisse et rampe comme les bêtes…

*

Theodor Ziehen
Médecin-chef de la clinique de Iéna

Feuille principale du registre des malades de la maison de santé pour aliénés de Iéna, N° 814

Année 1889

(Irren-Heil und Pflege-Anstalt z. Iéna, grand-duché de Saxe-Weimar)

7 mars. Reconnaît immédiatement le médecin.
9 mars. « En dernier lieu, j'étais Frédéric-Guillaume IV. »
10 mars. Fait de lui-même remonter l'origine de la déviation de son torse à une ischialgie du côté droit.

15 mars. Demande en souriant au médecin : « Donnez-moi un peu de santé. »
16 mars. Ne comprend guère et se souvient peu des pensées et des passages de ses œuvres. Poids 128 livres (+5).
18 mars. Hurle une fois encore au milieu du couloir qu'il veut du chocolat Van Houten.
20 mars. Transporté à M2. Chaque jour 1,0 Hg. Au reçu d'un gâteau envoyé l'autre jour par sa mère, a dit : « Vraiment de Naumburg ? »
23 mars. La parésie de la commissure droite s'accentue petit à petit.
26 mars. Au milieu de la journée demande souvent à se mettre au lit. Se promène beaucoup en chantant et marche d'un pas lourd et martelé.
4 avril. Artère temporale gauche plus sinueuse que la droite.
17 avril. « Cette nuit on m'a couvert d'injures, on a employé les plus terribles machines contre moi. »
25 avril. L'isolement continue à être nécessaire la nuit.
27 avril. Fréquents accès de colère.
28 avril. Lit de temps à autre et se souvient de ce qu'il a lu.
29 avril. *« Je me repose dans mon landau, mais dans* cent *ans à peine, une femme américaine, belle de surcroît, tétera ma mamelle. »*

10.

1862. Dans ce vaste dortoir où tous ses condisciples sont encore enveloppés dans les bras du sommeil et dont, en souriant, il entend que d'aucuns, bouche ouverte, rêvent en grec ou ronflent en latin, Fritz, dont les maux de tête lui ont une fois encore ravagé une partie de sa nuit, se lève rasséréné. Le mal s'en est allé, le cerveau est lavé et ses yeux sont sereins. L'aube, par la fenêtre, ouvre une demi-paupière, c'est l'heure des prières. Sur sa table de nuit, une reproduction d'un Christ en croix, issue de cette période grandiose que l'on nomma flamande. Posée à ses côtés et dans un cadre en bois, une photo du père. Chaque soir et matin, Fritz prie le premier et bénit le second. Le second avec dévotion, le premier avec circonspection. Certes, il croit encore en Lui, ce Père Universel que l'on dit Éternel. Il croit encore un peu au Jugement Dernier et à la Rédemption, mais de plus en plus sourdement, confusément, d'une âme entrebâillée, méfiante et sur ses gardes. Il est âgé de dix-huit ans et d'aucuns dieux, antiques, goguenards et païens, ceux qui quotidiennement au gré de ses lectures illuminent l'Olympe de leurs rires dionysiaques, commencent à allumer, en son âme friable, les flammèches du doute.

*

1863, Fritz est âgé de dix-neuf ans et chaque jour, au collège de Pforta, dans ces langues d'azur que pourtant on dit mortes, il frissonne et s'émeut davantage aux noms de Thucydide, Platon, Horace, Plaute, Ésope, Pindare, Hérodote, Pétrone, Épictète, Eschyle, Euripide, Quintilien, Démocrite, Épicure, Lucien, Diogène Laërce, Stobée, Strabon, Suidas, Athénée, Xénophon et Homère, Tertullien, Suétone ou Sénèque, Properse ou Juvénal, Pline l'Ancien ou Arrien. Sans omettre bien sûr le poète Théognis de Mégare, ce rebelle bougon, nihiliste précoce ayant déjà prédit la ruine de l'esprit, la décadence du peuple, édictant sa morale sous forme de maximes, ce dont Fritz usera une fois devenu Nietzsche. C'est sur lui qu'en premier il va tenter d'écrire. Puis il s'escrimera sur d'autres, Simonide et Homère. Mais qu'importent leurs noms, le destin est en route. Le glorieux monde d'Athènes va peu à peu laisser, dans le cerveau du jeune homme tout maculé de Bible, la trace de ses sandales, l'empreinte de ses cothurnes, et le rire de ses Muses.

*

1864, Fritz est âgé de vingt ans. Il vient d'annoncer au grand cheptel des femmes que l'on pouvait remettre, dans son étui de velours noir, la Bible du défunt Carl Ludwig, et également ranger, dans leurs placards, la collerette empesée, le faux col amidonné, les manchettes consacrées ainsi que la bavette blanche. Puis reposer sur son cintre l'habit sacerdotal et le pendre à jamais au fin fond de l'armoire, protégé par une housse et des sachets de thym, de lavande ou de rose. Il ne veut plus être pasteur. L'idée même de Dieu lui semble soudainement incompatible avec celle de la vie qu'il vient de découvrir.

Et les femmes apprenant que leur enfant choyé est devenu renégat, apostat, petit penseur prétendant penser plus haut que le Créateur, se mettent aussitôt à pleurer presque en araméen, se prosternent au sol en se battant la coulpe, se ceignent les reins d'un cilice abrasif, lui rappellent qu'elles donnèrent le meilleur de leur maigre savoir et de leur pauvre science pour qu'il s'épanouisse autant dans les études que dans l'amour de Dieu.

Mais tout cela est vain. Fritz ne cédera pas. Les Grecs et les Latins ont fini, livre après livre, par venir à bout du Dieu de son enfance : Dionysos éclabousse de vin frais les échansons porteurs de culpabilité. Zeus attise sa gloire au creux d'amphithéâtres où le destin, souverain, se gausse de la foi. Pan, dans ses gros sabots, s'acoquine aux Satyres, aux Muses un rien friponnes, aux déesses plantureuses. Les dieux courtisent les cygnes, le désir est à flot, la pitié agonise, la foudre est innocente, la chair est un torrent, l'univers se nappe d'or et de grappes de lumière. Le monde devient gai. Le monde devient beau. Le monde devient chant. On peut être à la fois, dans l'orage de la vie, autant homme que éclair. Le simple fait de naître n'est plus une pénitence, une impureté ou une malédiction. L'agneau de Dieu n'a plus à enlever le péché du monde car on l'a fait rôtir, on le mange en gigot. Le monde enfin prend sens.

Nietzsche a perdu la foi, celle de son enfance, même s'il se retrouve encore, parfois, les soirs de mélancolie, à genoux en sa chambre d'internat, rempli d'amour divin comme une outre l'est de vin, contemplant l'idée de l'Éternel de ses deux yeux de myope et finissant par voir, dans cette onde sacrée, se dessiner, ressemblant étrangement à celle de son père, la Figure de l'Être Suprême dans des entrelacs de dorures souterraines semblables à celles que joliment incluent en leur masse pellucide les verres églomisés.

TROISIÈME PARTIE

Considérations intempestives

1.

Dans la maison de Naumburg, Elisabeth est seule. Âgée de bientôt dix-huit ans, elle bâille et fermement s'ennuie. Le frère est à Pforta en compagnie de ses maudits Grecs qui le déchristianisent et qui l'arrachent à elle ; mère, grand-mère et tantes sont parties quelques jours visiter l'oncle Oehler. C'est une journée oiseuse, d'une monotonie qui prête à somnoler. Même penser semble vain.

Elle descend de son lit sur lequel, vêtue et pomponnée, elle s'était recouchée peu après son lever. Elle quitte sa chambre et se rend aux cuisines, traînasse ci et là, grappille une pomme au compotier, un verre d'eau à l'évier, puis s'en va au salon et feuillette d'un doigt las cet hymnaire dresdois qui repose sur la grande table afin de signifier qu'ici, entre ces quatre murs, c'est Dieu qui règne en Maître. Elle chantonne malgré elle quelques chants liturgiques que ses pages contiennent, referme le gros livre, puis s'assied et se dit : que faire maintenant ?

La question sous-entend : que faire de cet instant ? Mais la vie n'étant rien qu'une suite d'instants, peut-être se demande-t-elle, sans y penser vraiment : que faire de ma vie ? Interrogation légitime qui n'est pas, à son âge, dénuée de pertinence, l'adolescence étant souvent une machine un rien complexe dont l'activité principale consiste à accumuler, telle une dynamo, suffisamment d'énergie permettant de produire, du lever au coucher, son quota d'inertie qui maintiendra à flot un monde où cohabitent, en parfaite harmonie, torpeur et léthargie, indolence et langueur. Ce qui, pour fabriquer l'avenir, est, il faut en convenir, un matériau bien maigre.

Mais ne la jugeons pas à l'aune de ce moment de faiblesse passagère, car d'ordinaire Lisbeth est plus active : elle étudie à Naumburg, reçoit à la maison une éducation bourgeoise, chrétienne et respectable, coud, brode, cuisine, lit, pense, prie. Et compile avec ferveur les œuvres de son frère qui ne cesse de produire opéras et poèmes, tragédies et lieder, lesquels lieder d'ailleurs, elle se doit, au piano, de travailler sous les ordres de Fritz qui, depuis Pforta, dans les lettres quasi quotidiennes qu'il adresse à leur mère, ne peut s'empêcher, avec cette modestie de petit génie en herbe sûr de ses créations, de lui en indiquer la texture, la profondeur, et surtout la façon de les bien interpréter afin de n'en pas massacrer la puissante beauté dont il les a ourlées :

(...) cette feuille simplement pour t'indiquer quelques doigtés au cas où tu voudrais toi-même jouer et chanter

ces lieder. Ils peuvent te servir à t'exercer. Le plus facile à interpréter est « L'enfant à la bougie éteinte » qui doit se chanter de façon aussi recueillie, simple et innocente que possible.
De même le dernier lied qui, d'une égale simplicité et soutenu en même temps par une grandiose résignation, te plaira certainement. Ne l'oublie pas, les passages « Dans la solitude d'une belle et sauvage forêt » et « Et finalement me perdre moi-même avec elle » se chantent en élevant la voix et avec grandeur. La sérénade est très grave, l'accompagnement est un peu plus difficile, la mélodie est très facile à chanter (…)
Voilà ce que je voulais encore t'écrire, chère Lisbeth !
Puissent ces lieder t'agréer ! Et qu'en les travaillant tu aimes penser à

ton frère.

Lorsqu'il ne s'agit pas de ses propres compositions, il lui en envoie d'autres, de Schumann par exemple
(…) Il s'agit tout simplement d'un de ses plus beaux lieder, « Amour et vie d'une femme ».

Et si, par malheur, Elisabeth ose regimber, la sanction tombe immédiatement :
Que tu ne souhaites pas recevoir en cadeau « Amour et vie d'une femme », voilà ce que je n'aime pas entendre (…) parce que cela vient d'une bouche qui me semble tout à fait hors d'état de porter un jugement sur de pareilles beautés (…)

En règle générale, elle obéit à son frère et interprète ses partitions ainsi que celles d'autrui, lit tant bien que mal les livres qu'il lui conseille – même si très fréquemment elle n'y entend rien. Mais elle est obstinée, fourbe, étrangement complexe, tout à la fois docile, capricieuse et rebelle, fière, modeste et bien obéissante. Son frère est son mentor, sa lumière, son seul guide dans la forêt des femmes, alors elle se cultive, ou du moins elle essaie. Elle feuillette donc un peu les Grecs, pianote les romantiques, chantonne des lieder et, sous la pression de Franziska sa mère, adhère également à la chorale du *Naumburger Gesangverein*, laquelle interpréta, dimanche dernier, en la cathédrale Saints-Pierre-et-Paul, deux cantates de Teleman, dont le très beau et claironnant *« Heilig, heilig, heilig ist Gott », « Saint, saint, saint est le Seigneur »* accompagné à l'orgue par un nouveau pasteur venu d'Erfurt, agile du clavier, brillant du pédalier, et qui serait plutôt bel homme d'après ce qu'en chuchotent quelques choristes d'âge mûr et donc expertes en la matière.

*

Onze heures sonnent au clocher, il serait temps d'être active. Ou du moins d'y songer. C'est ce que se dit Elisabeth en posant ses deux mains bien à plat sur la table dans l'idée de devoir se lever. Idée certes encore confuse, incertaine et qui, malgré sa sincère bonne volonté, lui apparaît, au fil des secondes, du domaine de l'impossible. L'adolescence, décidément, n'est pas faite pour les travaux herculéens.

Elle se dit qu'elle doit viser moins haut et ne pas tout vouloir en un unique élan ; elle laisse donc ses deux mains bien à plat sur la table, les croise élégamment, met sa main du dessus sur celle du dessous, pose une de ses joues sur ce providentiel oreiller de chair, ferme les paupières et songe, avec un soupçon de défiance, à ce pasteur bellâtre aux doigts fins et agiles ; il lui paraît trop beau pour être vraiment honnête. Mina, la vieille domestique, pénètre soudain dans le salon et la fait sursauter. À sa vue, Elisabeth ne peut s'empêcher de pouffer : elle porte sur sa tête une sorte de galette tricotée à la main, aux couleurs criardes et bigarrées, à la forme incongrue, sorte de pâte à tarte à mi-chemin du béret basque, du tutulus étrusque et de la pétase grecque. Un amas de laines molles entremêlées. Lisbeth y est pourtant habituée, elle sait très bien qu'à chaque grande foire de Naumburg, Mina achète, aux colporteurs, de petits fascicules où sont croqués des canevas, esquissés des schémas et des patrons d'habits. Et que la nuit venant, lors de ses incessantes insomnies, elle tricote, dans le désordre évidemment, n'y voyant plus bien et ne comprenant rien aux modèles dessinés. D'où le résultat : grotesques, ses affûtiaux, toujours hors normes, tel ce galure de clown qui bat des ailes comme une cornette de bonne sœur.

Un chiffon à main droite, une enveloppe à main gauche, elle se dirige vers Lisbeth, marmonne en son patois saxon des phrases incohérentes, parvient jusqu'à elle, lui tend la lettre, et passe machinalement un petit coup de chiffon à poussière sur la table.

Le courrier de onze heures réveille Elisabeth, lui met la joie au cœur, et davantage encore quand elle découvre le nom de la destinataire inscrit sur l'enveloppe. La lettre vient de Pforta, écrite évidemment de la main de Friedrich. Tout du long de sa vie, de son entrée au Collège royal jusqu'à la tragédie de la rue de Turin, à sa mère chérie sans cesse il écrira, à cette même adresse qui jamais ne changera : *Madame le Pasteur Nietzsche, Naumburg-sur-la-Saale.*

En usant chaque fois de ce même incipit : *Chère maman !*

Quel que soit l'état de ses yeux, de ses maux, de ses doutes, par monts, plaines, rivages, océans et coteaux, quelle que soit l'ampleur de leurs querelles ou de leurs divergences, sans cesse pour Franziska, durant plus de trente ans, à raison quelquefois de vingt lettres par mois, Friedrich trempera sa plume au sein de l'encrier pour l'informer de sa santé, s'enquérir de la sienne, saluer la famille. Mais jamais pour l'instruire sur sa philologie, ou sa philosophie – ou encore moins, grands dieux, sur le contenu de ses écrits ou pire, de sa pensée. Certains sujets de conversation ayant été d'emblée proscrits par Franziska, on ne parlera, à la maison, plus jamais de Dieu – sinon pour Le louer ; pas davantage de Platon, Socrate ou Théognis – sinon pour les bannir. Il n'y aura, entre sa mère et lui, tout du long de leurs échanges tant épistolaires que verbaux, au-delà de l'amour maternel et filial (excessif et grandiose, fréquemment névrotique), rien que du très banal et du petit potin. *Des choses de ragoût circonstanciel* – comme aimera plus tard à les nommer Friedrich – qui n'auront pour mission que d'épargner, de façon élégante, puritaine ou pateline, les sujets trop fâcheux qui, dans toute famille, désassemblent les êtres.

Mais en ce matin pluvieux, ça n'est pas à Franziska que la lettre est adressée, mais à elle, jeune fille de presque dix-huit ans, en son nom et son nom seul ! Elle relit dix fois, suffoque, s'écrie *Alléluia*, s'en réjouit comme si Dieu le Père en toge d'apparat était descendu de son trône. Voir écrit sur l'enveloppe *Elisabeth Nietzsche* la met dans un état nouveau comme si en un souffle elle était devenue femme, et pas n'importe laquelle : une femme sublimée, magnifiée, semblable à celle qui, dans ce poème biblique et sensuel nommé *Cantique des cantiques*, ne sait que rendre grâce à celui que l'on pense être tout à la fois son Maître et son amant, et clame avec fierté : *Le roi m'a fait entrer dans son harem.* C'est donc le cœur tremblant qu'elle déchire l'enveloppe, et qu'elle en sort la lettre.

À Elisabeth Nietzsche

Pforta, 23 juin 1864

Ma chère Lisbeth,

Ne se peut-il que je puisse inscrire aussi en tête de cette lettre : « ma chère maman » ? En effet, tu es peut-être rentrée ; avec

le beau temps c'est même probable, et ces lignes seront le premier salut que tu recevras de moi.
Cependant je n'en sais rien encore et le premier en-tête doit rester valable. Oui, ma chère Lisbeth, tu as été une vraie mère pour moi ; je t'envoie donc du beau linge sale, j'espère recevoir la caisse au plus tard samedi.

2.

Depuis qu'elle est en âge de téter, comme tout grand frère Friedrich de sa petite sœur se plaît à s'occuper. Il la cajole, la console et l'enjôle. Mon Dieu quel joli mot que ce verbe enjôler, il sent le caramel, le câlin sur les joues, le baiser de Judas et le chocolat chaud. Il fleure l'enfance, le talc, le piège à rats et le bagou du loup envers le chaperon. Car il l'enjôle, sa sœur, la fait monter, descendre, dans le manège forain de sa volonté. Lui enseigne l'allégeance à laquelle il accole les mots pour la nommer. Lui apprend à écrire, à lire, à jouer du piano ou de la dialectique. Elle s'y plie volontiers. Elle est un automate, une clef dans le dos, c'est lui qui la remonte, la conduit le plus loin possible des voies de l'uniformité et de la foi des masses, l'exhorte à penser au-delà du corset où le cheptel des femmes souhaiterait l'engoncer. Il est pour elle – après Dieu –, celui qu'elle vénérera le plus au monde et dont elle hissera, étendard ambigu, l'amour-passion jusqu'au sommet de la trahison.

3.

Depuis six ans déjà que Fritz vit à Pforta, la vie à Naumburg est devenue, pour elle, d'une intense médiocrité. Médiocre, c'est déjà dur ; intense, c'est insoutenable. Certes, Pforta n'est, en vérité, à guère plus d'une heure de marche du domicile familial, mais ce n'est pas tant la distance qu'elle mesure, Lisbeth l'esseulée : c'est l'asphyxiante absence, l'amputation de la moitié d'elle-même. Elle fait du mieux qu'elle peut, essaie de vivre au milieu de ses femmes, ce cheptel de bigotes qui lui sert de famille et dont l'unique passion est de tisser d'immenses toiles d'araignées dont la seule mission serait de capturer le temps, puis de l'emprisonner afin qu'il ne vienne pas brouiller les heures de prières, et qu'il laisse à leurs corps le loisir de vieillir, de simplement vieillir en attendant la grande nuit éternelle, la seule qui vaille d'être vécue puisque, comme le rabâche leur mère depuis qu'ils sont au monde :
« La vie est un don de Dieu en attendant le Royaume des Cieux. »

*

Éduquée de la sorte, censée ne faire qu'attendre que Dieu la désintègre pour qu'elle s'offre à Lui, soumise et éthérée, on ne peut guère blâmer la jeune Elisabeth de mettre si peu d'effort à se bâtir un destin qui, de toute évidence, ne lui servira à rien. S'il faut aller dormir dans les bras du Seigneur, autant prendre de l'avance. Elle pose résolument sa tête sur ses mains, la pluie semble vouloir quelque peu se calmer, elle sent même sur sa peau la chaleur d'un rayon de soleil qui chatouille les carreaux. Il fait désormais doux et langoureusement chaud, elle baisse ses paupières, ce n'est pas Dieu qui l'appelle mais juste le sommeil. Bien vite, une béatitude enveloppe son corps comme un voile de gaze ; alors elle bâille et s'endort sans effort.

Apparaît aussitôt, dans son rêve naissant, le visage de son frère. Cela est très fréquent, qu'elle rêve de lui, et que lui rêve d'elle. Il le lui a déjà dit et dans un jour prochain il le lui écrira à la façon dont un amant avoue son désir effréné à l'élue de son cœur. Car Fritz est excessif dans tout ce qu'il fit, fait, fera ; dans tout ce qu'il pensera, tout ce qu'il écrira : *Ma chère Elisabeth (...) puisque nous nous aimons et appartenons l'un à l'autre (...) d'après mon cœur, il n'y a rien de plus stable et de plus magnifique que toi. (...) je pense à toi si fréquemment qu'en fait je pense à toi tout le temps, sans exclure les moments où je dors car je rêve souvent de toi et de notre dernière rencontre.*

Dans son rêve, elle s'imagine avec lui : ils sont sur une berge, en bordure de la Saale, la rivière qui borde la ville de Naumburg. Il est debout, elle, allongée dans l'herbe. Il lui lit des poèmes, tous écrits de sa main, et lui chante ses textes qu'il a mis en musique. Il s'exprime en allemand, en grec, en latin, en des langues qui parfois lui semblent irréelles. Elle ne comprend pas tout mais saisit l'essentiel. Le rêve a cela de magique qu'il met de l'entendement au cœur même du chaos. Fritz crie, joue, gesticule, illustre ses mots en les mimant, elle rit dans son rêve, mais voici que Mina, réelle et non rêvée, de nouveau entre en scène, à l'entrée du salon, un plumeau à main droite, on dirait une actrice dans une pièce de boulevard jouant sans grand talent le rôle d'une soubrette. Son chapeau ridicule auréolant son crâne, elle découvre Lisbeth endormie sur la table. Elle s'approche à pas doux, déplace une chaise en bois sans la faire crisser et s'assied face à elle, la regarde tendrement – c'est un peu son enfant, sa petite poupée, la seule que la vie lui ait jamais donnée.

Fritz, au cœur du rêve, ne cesse de faire le clown ; il pérore et grimace et donne à sa figure des bouilles d'ahuri. Lisbeth en son sommeil lui répond en riant, sur son visage naissent des fossettes de joie. Mina ne bouge pas, attendrie et émue. Elle pense que Lisbeth, dont le bonheur claironne dans sa chair endormie, rêve à son amoureux. Sans doute ce jeune prêtre, aux doigts fins et agiles, qui fait tourner les têtes des femmes de Naumburg. Même la sienne, hélas.

4.

Une petite place, à Leipzig, entre l'Université Alma Mater et l'église Saint-Thomas – celle-là même où Jean-Sébastien Bach, au siècle précédent, officia en tant que Kantor, c'est-à-dire maître de chapelle.

Sur un des flancs de cette place, à l'angle de Neumarkt et de la Schillerstraße, un joli square bordé de marronniers et de tilleuls. On entend çà et là pépier des oiseaux. À peine un peu plus loin, aux rues avoisinantes, des sabots de chevaux toquent sur le pavé, entraînant dans leur onde quelques roues de carrosses qui bruissent et caracolent.

En bordure de ce square, appuyé à une grille aux gonds rouillés qui grincent : un banc ; et sur ce banc deux hommes, le professeur Ritschl et son élève Nietzsche. Ils débattent des Grecs et de leur poésie. Nous sommes en 1865. Ritschl, sommité des lettres classiques et de la philologie, âgé de soixante ans, vient de claquer la porte de l'Université de Bonn où il enseignait. Tous ses élèves l'ont suivi sans hésiter, Nietzsche en tout premier : cet homme est sa lumière, son guide, son Maître :

Ritschl – et je le dis avec vénération – le seul savant génial que j'aie jamais rencontré. Il possédait cette aimable perversion qui nous distingue, nous autres Thuringiens, et qui rend même un Allemand sympathique.

Nous sommes en automne. Des feuilles jaunes et mortes craquellent sous les pas de quelques gouvernantes promenant des enfants dans des landaus à fleurs quelquefois rehaussés, sur un de leurs côtés, de symboles héraldiques, voire de petits blasons plus ou moins délavés, plus ou moins frelatés, comme si les vieux royaumes et les principautés, déjà bien fissurés, venaient rendre leur âme dans des froufrous d'étoffe, dans les roues des poussettes, les braillements des bébés et la lamentation de deux êtres complices fredonnant à mi-voix la complainte de cette Grèce tombée à l'agonie comme tomberont bientôt presque tous les empires, qu'ils soient austro-hongrois, ottoman ou prussien.

Les deux hommes assis devisent avec passion sur des sujets ardus, les sylloges élégiaques, les silles de Colophon. Le temps n'existe plus, les heures sous leurs paroles d'elles-mêmes se compressent et il n'est rien de mieux que d'être en désaccord, ainsi la pensée flambe et le débat pétille.

Mais tout a une fin. Le soir comme un tulle descend, avec ce qu'il faut d'ombre et de délicatesse pour annoncer la nuit sans froisser le pourpoint qu'avait élégamment endossé le crépuscule naissant. Il est l'heure de partir, à pas de philologues, et de s'en retourner chacun vers son foyer.

Ils se lèvent, se dirigent vers la sortie du square tout en continuant de parler d'hexamètres, de poésie gnomique, d'Asclépiade de Samos ou de Hermésianax.

Leurs deux corps battent l'amble, leurs cœurs aussi sans doute. Ils savourent côte à côte le bonheur d'être en vie et de débattre d'art, le cœur empli d'antique sur un sol pavé d'or. Ils sourient au destin. Ainsi fait-on souvent lorsque l'on est heureux et que l'on sort vainqueur du jour qui va mourir.

Ils abandonnent le square en poussant cette porte dont on sait désormais qu'elle ne sait que couiner, marchent en direction de l'avenue de Roßplatz, puis se saluent car ici leurs chemins se séparent, Ritschl va tourner à gauche et Nietzsche prendre à droite. Ils soulèvent leur chapeau une dernière fois, une ultime courbette sur un dernier sourire, ils peuvent à présent se détourner l'un de l'autre, se quitter du regard, et c'est bien ce qu'ils font, chacun sa direction, lorsque Ritschl soudain deux pas après s'arrête, se retourne sur Friedrich et d'un geste le hèle.

5.

Friedrich en sa chambre arrive tout essoufflé. Fébrile, il ne prend pas même la peine d'enlever ses habits, avec hâte s'assied à son bureau de bois et, d'un paquet de feuilles blanches, il en extrait une seule, qu'il juge la plus fraîche et la moins peluchée. Il la lisse de ses mains comme pour l'apprivoiser, et de toutes les plumes gisant sur l'écritoire il choisit la plus belle, une plume en acier de la marque *Rosen*, de loin sa préférée. Il la plonge dans l'encre, réfléchit encore, cherche les mots justes, puis se décide enfin et s'attelle à sa lettre :

Leipzig, 28 octobre 1865
Chère maman !

Nous sommes dans la chambrette qu'il loue à Leipzig au numéro 4 de la Blumengasse, un soi-disant meublé dont les meubles sont rares. Il n'a pas encore allumé son petit poêle en fonte recouvert par endroits de plaques de faïence dont certaines sont ornées de saynètes champêtres.

De son haleine bullent des cumulus de buées vaporeuses, le froid commence un peu à engourdir ses doigts mais il n'en ressent rien tant son être est de braise. Il y a moins d'une heure, Ritschl lui a demandé, de façon impromptue, s'il souhaitait collaborer à la revue savante qu'il édite et préside depuis plus de vingt ans : la *Rheinisches Museum für Philologie*. La proposition était sincère et d'un tel enthousiasme que Nietzsche s'est demandé si c'était bien à lui qu'on s'adressait. Ce fut comme Dieu le Père qui descendrait des Cieux, s'approcherait de lui, le ceindrait de lumière et d'auréole d'or tout en lui annonçant : « Mon Fils, c'est toi que j'ai élu. »

Comment expliquer ça à sa chère maman sans être traité d'apostat, de renégat, de traître à son père et à la foi de ses ancêtres, elle qui, toujours courbée sur son hymnaire dresdois à moudre ses prières, ressasse encore ses cantiques comme font les bouddhistes d'avec leurs mantras ? Le jour où il lui a dit, après avoir achevé ses études à Pforta, qu'il souhaitait s'inscrire en faculté de Bonn aux cours qu'on dispensait rayon théologie, elle est tombée à genoux en louant le Seigneur. Puis, lorsqu'il ajouta qu'il s'inscrivait aussi en philologie, elle s'est relevée, a interrogé ce Ciel souvent muet (qui bien sûr le resta), cherchant à comprendre de quoi était donc faite cette nouvelle menace. Elle s'est alors saisie de l'épais dictionnaire gisant sur un buffet, l'a posé lourdement sur la table de chêne, a fouiné à la page des *P* :

***Philologie**, du grec ancien φιλολογία, phĭlŏlŏgĭa : science historique ayant pour étude l'objet des civilisations passées,* *fondée sur les documents qu'elles nous ont légués. La philologie est une combinaison de critique littéraire, historique et linguistique.*

Ce fut à ce moment que le pacte du silence fut ainsi formulé : doutant du bien-fondé d'une telle pseudoscience, elle a exigé qu'entre son fils et elle il ne soit jamais question de quoi que ce soit d'insane du côté religion. Si c'est pour la moquer, la mettre en doute ou la réfuter, autant l'évacuer de toute conversation. Depuis lors, on l'a déjà écrit, à Naumburg, lorsque la famille Nietzsche, aux fêtes ou aux vacances quelquefois se retrouve, on aborde uniquement toutes les peccadilles concernant le ressac indolore de la routine des jours.

Leipzig, 28 octobre 1865
Chère maman !

Fritz hésite donc et médite au bord de l'encrier. Depuis qu'il a quitté l'Université de Bonn pour suivre Friedrich Ritschl à Leipzig afin de plonger dans le grand bain des eaux philologiques, tournant résolument le dos à la théologie, Franziska vit dans le déni total. Ce n'est pour elle qu'une passade, une banale crise d'adolescence, il ne fait aucun doute, en son âme de veuve et de mère vigilante, qu'un jour il s'en retournera aux sources de la foi, et que pasteur il deviendra.

Conscient de cet état dans lequel elle raisonne et envisage l'avenir, comment peut-il sciemment annoncer à sa mère qu'il vient d'être choisi – disons plutôt élu – par un Maître ? Non pas son Dieu à elle, hélas, Créateur du Ciel et des Enfers, des montagnes et des mers, et de cet aberrant péché originel qui fait de tout être pensant un coupable à genoux ; rien à voir avec cette hérésie, il a juste été élu par un simple petit dieu, professeur de philologie, humble besogneux dont le nom ne s'écrit même pas avec cette majuscule dont on vêt d'ordinaire toute divinité.

Comment lui dire encore qu'elle doit absolument cesser de vivre dans le déni : il ne sera jamais archiprêtre, prédicateur, pasteur ou quoi que ce soit d'autre de clérical ou de religieux. Il ne sait pas trop d'ailleurs ce qu'il va devenir : philologue, philosophe, musicien, dramaturge ou poète. Ou simple vagabond des loques littéraires. Cette incertitude n'est aucunement liée à son jeune âge, celui dans lequel, aspiré par la vie, on cherche son chemin dans la forêt des autres et des métiers possibles. Jamais de telles trivialités ne le tarauderont. Lui, il est écrivain de la même façon qu'un pommier pond des pommes. Il écrit, il écrira toujours. Jamais sa pensée ne saura emprunter de chemins balisés. Il est artisan de lui-même, solitaire inclassable, et ses œuvres à venir, aphorismes échevelés ou poèmes symphoniques, en porteront la trace. Il est déjà, inconsciemment, spontanément, nietzschéen malgré lui.

Mais la question actuelle, qu'il tente de résoudre, ne participe pas de ce genre de commerce : comment, sans la meurtrir, prétendre à sa maman que, sur terre, il se pourrait qu'il existât des joies autres que celles procurées par la foi ? Il reprend sa plume mais, dès la première phrase, il sait qu'il pose sa tête sur le billot. Et pressent le couperet de la lame maternelle qui tombera bien vite sur sa nuque pensante et le décapitera comme au temps de la Révolution française. Ou mieux : de l'Inquisition.

Pour s'en convaincre, et surtout en finir, il écrit sa lettre, l'envoie, et attend la réponse afin de pouvoir mesurer, entre autres, la taille de l'échafaud.

Moins de trois semaines après, la réponse lui parvient :

17 novembre 1865,
de Franziska Nietzsche, Naumburg-sur-la-Saale,

(…) Espérons que tu vas tout à fait bien, mon cher Fritz, car écris-tu comme la dernière fois, me voilà alors environnée de soucis, du fait qu'elle fait conclure à un déchirement intérieur et à une insatisfaction. Voue bien ton cœur au Dieu et Seigneur fidèle aimé et toute la sagesse du monde que tu trouveras dans d'épais volumes apparaîtra à tes yeux comme ignominie (…) Tu es sain, Dieu merci, de corps et d'esprit, armé de plus d'un don et as la tâche de vie d'être plus tard un bon appui pour ta mère, peut-être aussi pour ta sœur, mon bon Fritz, alors efforce-toi d'accomplir bien fidèlement ces tâches qui sont tiennes et tu seras un homme heureux et bon qui va bien.

6.

Sur les murs de cette salle à manger, vaste sans être immense, sont accrochés de jolis petits cadres dans lesquels, protégés par des plaques de verre, on peut admirer des fragments de papyrus ou de parchemins qu'embellissent, estompées ou filigranées, des écritures grecques, coptes, araméennes ou hiéroglyphiques, datant évidemment d'au moins deux millénaires. Çà et là, sur de petits meubles étroits et élégants dont il est manifeste qu'ils ont été choisis pour servir de piédouches : une tête de Cicéron et une autre de Plaute, aux fronts ceints de lauriers, toutes deux modelées dans une sorte d'argile légèrement colorée. Puis, posés à leurs côtés, en vis-à-vis, comme si, par-delà les siècles et la chronologie, les Grecs à l'affût répondaient aux Romains : un bronze de Sophocle, un autre de Démocrite représenté quelque peu débonnaire, la barbe bien fleurie et le sourire aux lèvres. Nous ne sommes pas dans un musée mais chez Friedrich Wilhelm Ritschl et son épouse Sophie, un soir de réception, dans cette pièce conviviale où la table fut dressée. Il ne nous reste qu'à frapper les trois coups pour que le rideau s'ouvre et que puissent apparaître les quelques silhouettes, hôtes et invités, qui piaffent en coulisses.

Les Ritschl tout d'abord, vont entrer en premier, ce sont eux qui accueillent. Lui, le professeur Ritschl, maître en philologie, fut déjà succinctement présenté. Son épouse Sophie, debout à ses côtés, est latiniste, helléniste elle aussi, tout à la fois sa muse, son assistante, sa béquille et sa joie. Ils s'écartent à présent et forment avec leurs corps une sorte de haie d'honneur afin que puisse paraître l'invitée de marque de cette belle soirée : la grande-duchesse Alexandra von Altenburg, épouse du grand-duc Constantin et ancienne élève du père de Nietzsche. Viennent ensuite ce qu'au théâtre on nomme des utilités : un recteur d'université, un avocat, un gentilhomme campagnard, leurs épouses respectives, tous sans exception bonnes gens respectables mais néanmoins personnages secondaires. Enfin, pour clore l'effectif : Friedrich et Elisabeth.

Les Ritschl introduisent donc, dans cette salle à manger d'humeur greco-latine, leurs quelques invités en respectant bien sûr le protocole d'usage, cette fameuse étiquette dont parlait Saint-Simon et qui, à elle seule, parvint à maintenir, comme troupeau de moutons, nobles et noblaillons dans les mains du monarque – incomparable Roi qui ne fut que Soleil. Chacun à la place qui lui fut assignée s'assied à tour de rôle. La grande-duchesse trône au mitan de la table, l'ambiance est vaporeuse, l'atmosphère ouatée, les corps un peu guindés, les assiettes sont en porcelaine (peut-être de Mayence), les verres sont en cristal (sans doute de Bohême), les couverts en argent, les dialogues en attente et la nappe de lin.

Une clochette sonne, l'employée de maison, arborant au poitrail un de ces jabots dentelés qu'on nomme victoriens, apporte le premier mets et Friedrich, préventif, discrètement tapote (du bout d'un pied) le soulier de sa sœur afin de lui signifier qu'il n'est pas céans de s'extasier, ou, pire, d'applaudir, comme eux-mêmes en famille agissent de la sorte quand on amène un plat. D'un froncement de sourcils il lui intime : Lisbeth, un peu de tenue, on n'est pas chez les rustres.

Puis le repas commence.

Les conventions, sans qu'il soit nécessaire d'en posséder le mode d'emploi, s'imposent d'elles-mêmes, spontanément : quand la grande-duchesse sourit, tout le monde sourit ; quand elle va pour parler, tout le monde se tait ; une fois qu'elle a parlé, tout le monde est charmé tant ses mots sont de soie. C'est un peu l'avantage d'être grande-duchesse, la vie depuis l'enfance n'est pas à conquérir, il suffit simplement de regarder le ciel et les oiseaux d'eux-mêmes se prosternent à vos pieds. Les humains font de même, mais à la différence de tous ces volatiles, il faut le leur apprendre, ou bien les y contraindre. La chose est inhérente à la marche du monde et à son harmonie : quand Dieu et rois mutuellement s'adoubent, piétaille et populace n'ont comme unique tâche que de s'agenouiller.

C'est écrit dans le Ciel et c'est imprescriptible ; gouverner est un don, et régner est un dû.

Mais nul ici, évidemment, n'est à même de pressentir que toute cette noblesse, de basse ou haute extrace, s'effondrera bientôt dans la bauge et la fange de l'industrie nouvelle, du commerce de gros, de l'inculture de masse, du capital profane et du marché des âmes qui, en boursicotant, piétineront leurs dentelles et feront du trivial la nouvelle bannière de l'aristocratie. Y régneront alors, comme loups ensauvagés, des meutes de maquignons, margoulins abrutis, ignares et libéraux.

La grande-duchesse, inconsciente, comme tout un chacun, du séisme menaçant son lignage, s'adresse d'abord aux Ritschl et leur dit courtoisement combien il est bon de se retrouver. Ceci sous-entendant qu'ils se fréquentent de longue date. Puis, entre deux bouchées élégamment piquées du bout de sa fourchette et portées à sa bouche en un geste que seuls maîtrisent quelques grands de ce monde, elle s'enquiert avec grâce d'un peu tout un chacun, de façon sibylline, avec des mots douaniers s'arrêtant aux frontières de l'indiscrétion et de l'incorrection. Et chacun lui répond en bégayant un peu, avec le rouge aux joues et le menton tremblant. Puis elle s'adresse aux Nietzsche, grand frère et petite sœur. Leur parle de leur père, leur dit le plus grand bien de cet homme si doux qui fut, un temps, leur précepteur, à elle et à ses sœurs. Ce qui résout le pourquoi de leur présence à table.

Elisabeth tremble et rougit, bleuit, pâlit, verdit, tandis que Friedrich, élève préféré du professeur Ritschl, s'incline et remercie la princesse d'avoir honoré la mémoire de son père. Puis il confie qu'avec sa sœur, ils iront dans trois jours fêter ce Noël de l'année 1865 à Naumburg, chez leur mère, mais qu'ils n'y resteront que très peu tant il a hâte d'achever le travail que son bien-aimé Maître Ritschl a eu l'honneur de lui confier.

En rentrant de ce dîner, il s'empresse d'écrire à sa mère afin de lui signaler, railleur, le comportement de sa sœur, affirmant qu'elle s'est mise à trembler, à bafouiller : *elle n'était plus elle-même, ma chère maman*, alors que lui, pas du tout : les grands de ce monde ne l'impressionnent absolument pas.

Il ment, évidemment, et il ne faut voir là que petites vengeances, règlements de comptes ou simples taquineries, choses assez coutumières au sein de toute fratrie. Quelle vilenie, tout de même, que d'oser se moquer de sa petite sœur ! D'autant que de sa *Pusselchen* (son petit bibelot) comme il la nomme parfois, il ne peut plus se passer. Depuis quelques mois, elle l'a rejoint à Leipzig sous prétexte de leçons qu'elle prendra çà et là, d'études qu'elle survolera, cherchant à soi-disant apprendre l'anglais et les bonnes manières, ce qu'en partie elle tentera. Mais à la vérité, elle est surtout là pour assister Fritz qui ne peut plus, à lui seul, en sus de ses cours, de son mémoire sur Théognis, ses travaux sur Suidas, Homère ou Hésiode, assumer le travail de classification que Ritschl lui a confié : plus de vingt années de revues à vérifier, corriger et indexer. D'autant qu'il a toujours, à intervalles de plus en plus fréquents, ses maux d'yeux, de ventre et de tête, qui le privent de vue, de sommeil et de paix. Lisbeth à Leipzig va devenir de façon officielle, quasi estampillée, ce qu'elle ne cesse d'être depuis qu'elle est enfant : l'assistante de son frère, son bras droit, sa secrétaire, sa compagne bénévole et gracieuse, sa canne blanche, son infirmière non diplômée, sa garde-malade, son fauteuil d'handicapé, à la fois ange et fée, frégate et bouclier. Et cela uniquement par pure admiration. Par entière dévotion. Il n'y a chez Lisbeth, à ce moment de sa vie, aucune mesquinerie, aucun calcul, aucun désir de gloire, elle ne veut vivre qu'à l'ombre d'une statue que son dévouement seul pourra faire ériger. Semblable à une sainte qui ne demande rien, ni merci ni regard, elle ne voit que la lumière qui saille de son génie de frère. Elle est le seul pilier du temple qu'elle lui bâtit. Il souffre, elle soigne. Il geint, elle l'aide. Il doute, elle veille. Quand ses yeux ne vont plus, elle lui prête les siens. Elle a la certitude d'être née pour cela : se vouer corps et âme à son avènement.

7.

La cité de Naumburg n'est qu'une ville laide et bourgeoise, protestante à l'extrême, royaliste à l'envi, conservatrice en diable, semblable à ses ruelles, ses remparts médiévaux, *stupide ville de fonctionnaires, repoussante été comme hiver* : ville froide et pâle, cœur de pierre et rires calcaires, ne sachant qu'enfanter personnages inertes et fantômes de vaudevilles. C'est une cité semblable aux bourgades anémiées de Saxe ou de Bohême où l'on y meurt à petit feu, entre prière et poussière, chacune fécondant l'autre afin que l'existence ne prenne pas ici-bas l'éclat qui lui est dû.

Ce sont là, dit Lisbeth à Sophie tout en buvant un thé dans le petit salon, les termes de son frère alors qu'elle, à dire la vérité, elle l'aime plutôt bien, sa petite ville, et s'y sent à sa place. Elle n'a aucune audace, n'a jamais rêvé de grandes capitales, Londres, Rome ou Paris, pas plus de bals viennois aux lustres de cristal que de princes de sang aux épaulettes d'or. Elle trouve ça ridicule, ces rêves de midinettes, ces amours d'opérettes, ces couples sans passion hormis celle de l'image qu'ils aiment à donner d'eux : amours de toc et de fer-blanc. Et si Sophie lui demande qui pourrait être, à ses yeux, l'homme idéal, elle rougit, et dit qu'elle ne sait que répondre, sinon, après un temps de réflexion, peut-être son grand frère. Ou peut-être Jésus.

Lisbeth, âgée de dix-neuf ans, est assise chez les Ritschl. Sophie, l'épouse attentionnée, l'écoute se confier. Elle a beaucoup d'affection pour cette demoiselle empruntée, arrivée à Leipzig passablement imbibée d'une certaine innocence et d'une timidité frisant la balourdise. Elle l'a prise sous son aile, lui apprend à ne plus se sentir inférieure au reste de l'univers, à penser librement, à s'exprimer tout en restant elle-même, à conserver cette joie et cette naïveté qui font d'elle une personne embaumée de fraîcheur alors qu'Elisabeth, à cause de tout cela, se trouve encore cruchon, expression désuète qui fait rire Sophie.

Elles sont seules toutes deux en cet après-midi où le ciel vire au gris, l'heure du thé perdure. Il est bon de parler, surtout avec Sophie qui l'écoute avec grâce, sans rien d'inquisiteur, car elle les aime vraiment, elle et son frère aîné dont elle sait déjà, son époux le lui a dit, qu'il est l'un de ses meilleurs étudiants et qu'il semble promis à un grand avenir. L'éclosion d'un talent est chose mystérieuse, on ne sait jamais trop, et les tragédies grecques nous l'ont bien enseigné, pourquoi tel sera élu, tel autre abandonné, celui-ci sublimé, celui-là sacrifié et cet autre maudit. Largesses du destin, trahisons du *fatum*, c'est sans doute cela, ces entrechats du sort, que Lisbeth à Sophie, sans même y prendre garde, innocemment retrace.

Elle décrit leur enfance à Röcken, père et frère qui meurent, l'effroyable douleur de cet orphelinage, les ennuis financiers les contraignant à quitter la maison campagnarde pour habiter là-bas, entre pavés et murs, au milieu de sa mère, ses tantes et grand-mères, un livre de prières en guise de substitut à ce père défunt que l'on ne cessera jamais d'honorer. Puis elle parle de Fritz, ce grand frère idéal, fragile de santé, doux, timide et racé, toujours à la limite d'une préciosité qui le fera souvent passer pour arrogant, dédaigneux, austère et rigoriste, et qu'à cause de cela ses camarades d'école moqueusement surnommeront : *le petit pasteur*.

Elle raconte leurs soirées à Naumburg, leur prude intimité lorsqu'il lui lisait, exalté, debout, marchant, sautant, ces phrases toujours alambiquées auxquelles, avoue-t-elle, elle n'y comprenait rien. Sa mère pas davantage, qui ne cesse d'ânonner : *Je trouve que la philosophie ne vaut absolument rien aux femmes ; nous y perdons pied.*

Sophie Ritschl lui affirme que non, philosopher n'est pas le monopole des hommes ; Lisbeth répond qu'elle s'y est essayée mais qu'elle n'y entend rien, qu'elle n'est pas faite pour brasser des idées dans un cadre formel, au sein de théories. Non qu'elle soit intellectuellement limitée ou totalement stupide, elle a les qualités et les limites de sa propre intelligence, mais la philosophie lui est, et lui sera à jamais, terre inconnue, rivage inabordable.

Sophie est intriguée. Son époux et Friedrich sont devenus des comparses complices et il se tisse entre eux, de façon mutuelle, des liens d'admiration : Nietzsche est envoûté par la rigueur scientifique de son Maître, sa probité intellectuelle, son ouverture d'esprit hors des sentiers traditionnels ; et Ritschl admire en son élève également hors norme ce côté farfelu qui transformerait la philologie en une sorte de long poème épique si on ne lui tenait la bride. Ce pourquoi, plus tard, beaucoup plus tard, dans son autobiographie intellectuelle intitulée *Ecce homo*, Nietzsche écrira : *Mon vieux maître Ritschl allait jusqu'à affirmer que je composais même mes dissertations philologiques comme un romancier parisien – d'une manière absurdement captivante.*

Plus les semaines et les mois passent, plus Fritz est présent dans leur couple et leur cœur. Il leur arrive, à Sophie et à Fritz, de se rendre au théâtre ou au concert ensemble, de s'en aller flâner bras dessus bras dessous aux jardins de la ville tout en parlant des Grecs, qu'il vénère, des Prussiens, qu'il exècre, ce qui la fait sourire tant il est excessif dans tous ses jugements. Elle aime son côté adolescent fougueux, elle pourrait être sa mère, elle joue un peu ce rôle et cela secrètement la ravit.

Très tôt, poursuit Elisabeth, elle a vu et admis le rôle que le destin lui avait alloué : être aux côtés de Fritz. L'aider et l'assister. Elle sait qu'en l'abandonnant à lui-même dans la forêt des hommes, son Fritz ne pourra que se blesser, se faire croquer par plus vorace que lui, se faire anéantir par plus méchant que lui. Ce qu'il écrira quelque dix ans plus tard à l'un de ses rares amis : *Il faut éviter les gens. Des hommes comme nous sont de verre et se brisent facilement.*

Sophie s'étonne qu'elle ait pu posséder, à un âge si tendre, tant de maturité. Elisabeth répond que non, qu'il n'y a là rien de spectaculaire : si votre frère rentre de l'école en n'y voyant plus clair, que vous lui faites la lecture et que vos yeux spontanément se mettent à remplacer les siens, vous vous retrouvez naturellement à devenir sa secrétaire ; ou, formulé plus affectueusement : son âme sœur.

Toujours présente, Elisabeth. Lui recopiant ses cours quand il ne peut plus voir ; cherchant au cœur des livres des textes qu'il lui demande ; colligeant des ouvrages quand ses maux le contraignent à rester plusieurs jours enfermé dans le noir – elle passe parfois des nuits à trier des index, des codex, obstinée, accomplissant pour lui un travail de fourmi ; lui achetant des livres, recousant son linge, lui tricotant des pulls, des gants ou des mitaines ; les lettres de Friedrich sont témoins de tout cela. Depuis qu'elle a six ans, il la surnomme *Lama*, ainsi qu'il est écrit dans le dictionnaire : *« Le lama est un animal étrange : il transporte volontiers les charges les plus lourdes, mais si on veut le forcer ou le maltraiter, il refuse de manger et se couche dans la poussière pour mourir. »*

Ce surnom lui plaît : porteuse de charges, animal dévoué, prête à mourir pour lui ; elle se reconnaît dans ce portrait. Lisbeth est très émue de raconter cela, sa voix s'embrume. Sophie se penche, prend les mains de la jeune femme, les colle aux siennes ; tout juste si des larmes n'effleurent pas ses cils.

Ce que Lisbeth omet toutefois de signaler, c'est que le lama en colère, la chose est bien connue, se met à cracher sur qui l'a contrarié. Ainsi agissait-elle quand elle était enfant, crachant sur son Fritz de frère et sur tous ceux qui osaient lui contester sa place de souveraine en son petit royaume : c'est pour cela, et uniquement cela, qu'il la surnomme ainsi. Une peste, paraît-il, insolente même avec sa maman, chose qui l'offusquait, lui, l'enfant obéissant qui jamais ne s'est permis la moindre inconvenance. C'est donc pour ses crachats, ses colères, ses caprices, que Fritz l'aura surnommée ainsi, et non, contrairement à ce qu'elle affirme, pour sa sainte dévotion.

Il faudra des années pour enlever au Lama l'auréole factice de la porteuse de charges qui se laisse mourir pour complaire à son frère ; quant aux autres mensonges, il faudra plus d'un siècle pour en venir à bout.

Elisabeth, que son frère, en sus de *Lama*, surnomma également *Liese*, *Lieschen*, *Lisbeth* ou *Pusselchen*, explique à Sophie la façon dont elle fut adoubée. Au début, Fritz était souvent méprisant, autoritaire, moqueur, aîné régnant sur sa cadette. Mais elle l'a tant et tant aidé, avec humilité, amour, assiduité, qu'il a fini par voir que, sans cette aide aussi constante que fiable, il ne serait jamais parvenu à parcourir, seul et souvent malade, le chemin qui l'a mené de la communale jusqu'à la petite école de l'Institut Weber, du Gymnase du Dôme au collège de Pforta, de l'Université de Bonn jusqu'à celle-ci, souveraine, de Leipzig. Alors, un jour, prenant enfin conscience de tout ce qu'il lui devait, il s'est mis à genoux, lui a baisé le bas de sa robe, s'est relevé, l'a serrée entre ses bras, et puis enfin l'a couronnée.

Plus tard, Elisabeth, dans un de ses écrits, confirmera ce dont actuellement elle parle tout un buvant un thé dans un fauteuil crapaud :
(...) j'avais ressenti comme mon but dès ma tendre jeunesse : la sanctification personnelle par renoncement et sacrifice pour autrui.

Cela bouleverse Sophie et confirme ce qu'elle savait déjà : derrière chaque grand homme est tapie une femme.

8.

Les rideaux pourpre et or camouflant le décor commencent à frémir ; les lustres de cristal qui tels de longs bijoux aux oreilles d'une géante pendeloquent du plafond, peu à peu s'assombrissent et se vêtent de nuit ; les trompettes s'embouchent, l'archet sur le violon comme mouche se pose, les timbaliers préparent, la mailloche à la main, les peaux tendues sur fûts à bientôt recevoir leurs fessées à venir. Enfin le chef d'orchestre gravit l'estrade comme un prêtre accédant aux marches de l'autel, sa baguette s'abaisse et l'explosion de notes envahit le théâtre. L'ouverture claque, c'est une mazurka, peut-être une polka, alerte et pétulante, une cavalcade de notes sautillantes et joyeuses qui éclaboussent la scène et font rugir les murs. Nous sommes chez Offenbach, roi de la fantaisie et de la démesure. Ici, on se laisse porter par la magie des chants et des bouffonneries, galipettes et danses entremêlées. À peine apparaît un Brésilien chantant tout l'or qu'il a volé que déjà nous voici au plein cœur d'un french cancan avec toupets de plumes, cris suraigus et jupes relevées.

*

Assis à ce premier étage que l'on nomme balcon et qui surplombe la scène, Fritz et Lisbeth découvrent des lieux censés rester secrets (coulisses et fosse d'orchestre) et auxquels les bourgeois amassés au parterre n'auront jamais accès. Les privilèges pour pauvres sont d'une telle rareté qu'il faut en profiter.

Fritz, d'ordinaire si calme, trépigne de ferveur quand le rideau se baisse. Il tape pieds et mains, en redemande encore, on dirait un lutin à ressorts, un galopin dans un magasin de jouets, enthousiaste à tel point que, bien des années après, il ne pourra s'empêcher de l'écrire :
On le sait bien, certes, un brave homme ne peut qu'être gai, de bonne humeur, s'il faut en croire saint Offenbach.

Schopenhauer, qu'il vient de découvrir et qui va devenir – du moins pour quelque temps – son seul Maître à penser, affirme le contraire : *Il n'y a qu'une erreur innée : celle qui consiste à croire que nous existons pour être heureux (…) on peut encore considérer notre vie comme un épisode qui trouble inutilement la béatitude et le repos du néant.* Il vient de penser à ça, presque malgré lui, entre deux cris de joie, mais se reprend très vite : au diable Schopenhauer et sa philosophie morose ! Aujourd'hui, la musique et la fête sont souveraines et sont roses ! Vivent Offenbach, l'opérette et ma sœur !

Laquelle, à ses côtés, est aussi rayonnante que lui. Jeune fille épanouie, enfin décomplexée, elle vit à Leipzig comme si elle y était née. Quand elle n'est pas chez Ritschl avec Sophie, elle prend des cours d'anglais et de bonnes manières, travaille avec son frère, l'assiste dans sa besogne titanesque – indexer vingt-quatre années d'archives de la revue *Rheinisches Museum für Philologie* ; elle est très efficace. On pourra par la suite l'accabler sans vergogne de nombre de défauts, mais sur ce point précis on ne peut que s'incliner : elle accomplit avec vaillance ce labeur démesuré qui consiste à trier des masses de documents et à les ordonner. Travail de l'ombre, ingrat, dont elle ignore qu'il lui servira énormément quand elle récupérera les œuvres de Friedrich, manuscrits et brouillons, notes éparpillées, et qu'elle les classera en reine autoritaire. Comme si le destin, sûr de son droit, l'y préparait déjà.

Fritz est fier de sa sœur. Il aime à la montrer, la sortir, et la présente comme telle : son âme sœur et assistante. Ils forment un duo que le travail, ainsi que leur passé commun d'enfants endeuillés, tendrement unit.

Tandis que les rideaux ne cessent de se fermer et de se rouvrir afin d'engranger leurs moissons habituelles d'applaudissements, hourras, bravos et autres cris souvent démesurés, elle pose sa tête sur son épaule. Il la regarde en souriant, caresse d'une main le blond de ses cheveux. Ils sont jeunes, beaux – sans doute sont-ils heureux.

Et si les spectateurs de la rangée du haut, ou même ceux d'à côté, les prenaient pour des amants, ce ne serait pas outrecuidant.

Demain matin, à l'heure tant ressassée où blanchit la campagne, ils partiront. Direction Naumburg. Fritz et Elisabeth, frère et sœur de cœur, ont hâte de retrouver leur maison et leur mère afin de déposer aux pieds de celle-ci leur bonheur d'être unis.

*

Debout sur le palier, cheveux lissés, tablier blanc, sourire aux dents, elle les attend, les accueille, les serre en ses bras, découvre que son Fritz a maigri mais elle a tout prévu : elle a fait préparer ces plats qu'il aime tant avec de la saucisse, du bon lard bien épais et de gros navets blancs. Dessert au chocolat, la chose va de soi, avec du Van Houten, sa marque préférée dont il criera le nom en sa chambre d'asile à s'en briser la voix.

Il regarde sa mère, lui dit, en le pensant vraiment, qu'elle ne cesse d'embellir et même de rajeunir. Elle rougit comme le font les filles d'un collège quand un adolescent leur lance un mot fripon. Il rit comme un enfant et c'est très bien comme ça car c'est ce qu'il est pour elle.

Ils déchargent les malles, les montent dans les chambres, font un brin de toilette aux entours du visage pour se dépoussiérer, troquent leurs bottillons et changent de vêture, quittent leurs habits stricts de citadins studieux, se vêtent de province, et Fritz, passant à ses côtés, taquine le piano afin de fêter, en un arpège, les retrouvailles de l'homme et de l'ivoire. Enfin, ils passent à table.

Franziska les questionne et ils abordent d'emblée les *choses de ragoût circonstanciel*, la vie à Leipzig, celle futile et frivole : les magasins, les vitrines nouvelles, les boutiques anciennes, les promenades à pied le long de l'Elsterbecken, près du Palmengarten ; la qualité du temps (du froid qui va, du chaud qui vient), le prix du logement et des cireurs de bottes ; la façon dont on dort entre les draps de lin envoyés par la poste, les paires de lunettes dont on aura comme chaque mois changé les verres ; les comtes ou duchesses dont on a entrevu un soupçon d'éventail dans l'ombre d'un carrosse ; la qualité goûteuse des ingrédients reçus le mois dernier ; les nouvelles poudres blanches qu'on fait tremper dans l'eau et qui, après les avoir bues, chassent les maux de tête de façon passagère. Et, puisqu'il faut bien aussi parler quelque peu d'art, on décrit également, trémolos dans la voix, ces messes et passions de Jean-Sébastien Bach qu'on a eu le bonheur d'entendre en l'église Saint-Thomas.

La saucisse de Naumburg, comme promise, est digne de son nom ; le lard est riche en épaisseur. Naumburg est certes une ville qu'il déjette et méprise, mais côté charcutailles, on ne peut guère la blâmer.

Règle d'or, bouche cousue, on ne parle jamais des travaux universitaires de Friedrich – qui n'ont cependant rien de sacrilège : ils portent sur Homère, Socrate ou le drame musical grec, simples travaux d'essence philologique pas même entachés d'idées philosophiques. Mais depuis qu'il a quitté la faculté de Bonn en abandonnant la théologie, les oreilles de sa mère au sujet de ses études ne savent que s'ensabler. Fritz lui signale cependant, de façon très habile, qu'Elisabeth l'assiste actuellement dans un travail d'ampleur au bénéfice du professeur Ritschl, lequel est bon ami avec la grande-duchesse Alexandra von Altenburg, laquelle fut élève du défunt Carl Ludwig, qui fut aussi le précepteur de ses deux autres sœurs. Le coup est efficace, imparable : si le père est impliqué, on n'est plus dans l'apostasie mais dans l'héritage filial et pastoral. Dieu l'a voulu ainsi, tournons la page, n'en parlons plus.

Après ces préambules qui n'avaient pour objet que de déblayer les cendres un brin fumantes de tout ce qu'il fallait cacher, sous-entendre ou ne surtout pas dire, on peut enfin aborder le seul sujet qui leur brûle la langue, l'événement grandiose que tous deux conjointement viennent de vivre hier après-midi, assis sur des sièges de velours au grand théâtre de Leipzig :

LA VIE PARISIENNE
Opéra bouffe de Jacques Offenbach

Ils se régalent d'avance d'expliquer à leur mère ce que leurs yeux ont vu, où leurs cœurs ont vibré, et les voici qui parlent, se trémoussent et s'agitent, leurs langues s'entremêlent, leurs paroles se chevauchent, chacun veut raconter son passage préféré : les danses acrobatiques, les personnages loufoques, Raoul de Gardefeu et ses extravagances, le Baron de Gondremarck et ses incohérences, l'hôtel particulier de Quimper-Karadec où le champagne coule à flots. Lisbeth et Friedrich parviennent à jouer, bien qu'assis sur leurs chaises, à l'aide de leur corps, leur voix, et même leurs fourchettes, la pièce d'Offenbach quasi en son entier. Franziska rit tellement qu'elle en devient rougeaude, s'évente de la main, se tamponne le front à l'aide d'une serviette, mais les voici tous deux, grand frère et petite sœur, emportés par la joie de leur mère, qui se lèvent et qui miment un duo d'amoureux, esquissent un pas de danse grotesque et chaloupé. Franziska s'esclaffe, pleure de rire, et Friedrich pour conclure, grand improvisateur à la mémoire vive, court s'asseoir au piano et balance des accords censés symboliser le final quasi pyrotechnique de l'opérette.

Mon Dieu le beau spectacle qu'ils nous ont joué là.

*

Arrive l'heure du dessert, petit biscuit léger, poudre fine par-dessus, chocolat noir bien sûr (Van Houten, il va de soi), le tout passé au four, servi dans des ramequins ; quand le bonheur est là, il ne fait jamais les choses à moitié. Friedrich est radieux. Il retrouve le goût de cette enfance soyeuse qu'il avait délaissée par excès de labeur. De nouveau, il est curieux de tout, blague, rit, piaffe, trotte et pianote. Il dit qu'il veut courir, sauter, chanter ou nager dans la Saale, veut apprendre les fleurs, les arbres, la botanique. Il voudrait soudain être tout à la fois pianiste, bûcheron, garde-côte, poète et jardinier. Il n'est pas encore, comme il saura l'écrire, cette icône nihiliste aux moustaches tourmentées qu'on trouvera plus tard douloureusement figée dans les livres d'images et de postérité.

Je ne suis pas un intellectuel tapi comme une taupe dans les bibliothèques. Je suis un vivant qui aime, aimait passionnément l'opéra, les concerts, les pièces de théâtre, l'étincelante beauté du monde.

*

Juste après le café qu'on a servi dans les tasses affectées aux seuls repas de fête, Franziska se frappe le front du plat de la main comme font les mauvais comédiens mimant un trou de mémoire, et demande à Fritz, d'un air naïf et doux, s'il lui plairait que l'on invite, durant son trop bref séjour, quelques filles, sinon à marier, du moins fort présentables : celle de Krug, bien sûr, puis celle de chez Pinder ou de Wachsmuth, pourquoi pas celle d'Hülsen ou même de Zerboni. Elles les avaient, en les croisant tout à fait par hasard la semaine passée, brièvement informées de cette éventualité et elle vient tout juste, prétend-elle, de se le rappeler. Les filles arriveront à l'heure du goûter, chacune à tour de rôle, et il pourrait déjà, en un premier temps, non pas *choisir*, dit-elle insistant sur le verbe, celle qui entre toutes lui conviendrait le mieux, mais au moins s'acclimater à l'idée de vivre avec, à ses côtés, une présence féminine. Il n'y aura, mon enfant, précise-t-elle, aucun risque pervers à croiser leurs regards : elles sont toutes, conclut-elle en posant sa main à elle sur sa main à lui, braves filles, humbles et discrètes, de bonne famille, bien élevées, bien polies, et avant tout chrétiennes.

À quoi Fritz se lève, fait le tour de la table, prend sa mère en ses bras de façon solennelle, l'embrasse sur le front et clame qu'il n'est qu'une femme méritant son amour : sa maman. Et il y a de grandes chances qu'il le pense vraiment.

Elisabeth, un rien moqueuse, demande pourquoi on n'invite pas également de beaux garçons tout blonds, de futurs prétendants bien élevés, bien polis et avant tout chrétiens, à venir prendre le thé histoire que la cadette puisse, elle aussi, se choisir un époux. Mais devant le visage offusqué de Franziska, elle s'empresse d'ajouter que c'était une blague, juste une taquinerie, qu'elle sait parfaitement que tout cela serait inconvenant et qu'à aucun moment elle ne souhaiterait vivre pareille aventure. D'ailleurs, de mari, elle ne veut et n'en voudra jamais. Elle entend rester libre, aider son frère bien-aimé dans ses travaux savants, puis revenir ici, à Naumburg, s'occuper de sa mère – lorsque viendra le temps de devoir l'assister. Et vivre en harmonie le reste de ses jours auprès de ceux qui lui sont chers, dans la sérénité et dans l'amour de Dieu. Elle ignore bien sûr – comment le saurait-elle – qu'assez tardivement, lorsqu'elle sera âgée d'une quarantaine d'années, un homme lui passera l'anneau nuptial au doigt : Bernhard Förster, celui dont nous savons déjà qu'il rendra l'âme à Dieu, à Diable ou au Néant, en se donnant la mort dans une chambre d'hôtel au bord d'un joli lac nommé Ypacaray.

Mais nous n'en sommes pas là, achevons le repas : après le café, arrive l'heure bénie du fameux chocolat que seule sa mère sait préparer avec autant de talent. Servi dans de belles tasses aux anses en col de cygne, c'est un chocolat pur, frissonnant, épais et mat, profond, marron, puissant, fumant, mousseux, aux effluves de fèves mâtinés de vanille et de senteurs de bois quand la sève l'imprègne. Boisson amère, sucrée à l'excès et sacrée à l'extrême, face à laquelle Théognis et Platon, Socrate et Spinoza, et même Schopenhauer, ne peuvent rivaliser.

Il déguste lentement, à petites gorgées, soufflant délicatement sur le sommet de sa tasse, faisant naître çà et là des rides et ridules et autres vaguelettes comme le fait le vent sur le plat d'un étang. Puis il repose sa tasse afin qu'elle occupe bien le rond de la soucoupe qui lui est affecté, se tamponne les moustaches, pose sur son visage le masque de la béatitude avec l'air de celui pour lequel la vraie vie, quoi qu'en pense Rimbaud, se trouve bien ici.

Franziska en profite pour aller chercher une chose mystérieuse qu'elle tient enveloppée dans un tissu de lin, puis la pose sur la table aux côtés de Friedrich. Lequel empoigne la chose, la soupèse, en retire le lin et découvre, encadrée dans un pourtour de stuc, une photographie de lui, à l'âge de dix-sept ans : la première, officielle, qu'un jour on fit de lui, photo qui trôna sur le buffet durant bien des années, sous une vitre que Mina l'an passé renversa et brisa par mégarde. Franziska vient tout juste de la faire retirer chez ce nouveau photographe qui s'est installé, le mois dernier, juste à côté de chez eux. C'est la surprise du jour, un petit geste d'amour après la charcuterie et le chocolat chaud. Friedrich en est ému tout autant que troublé.

Sur cette photographie, il pose comme un benêt, c'est-à-dire comme des benêts d'adultes lui avaient demandé de poser : en piquet de pâture, en bon petit soldat, une sorte de lavallière en guise de cravate, une redingote lugubre et le regard sans tain, beckettien avant l'heure. Adolescent standard, le menton un peu rond, un peu lourd, les cheveux encore longs comme s'il fallait, avant d'entrer dans l'âge adulte, que l'enfance parvienne à vivre paisiblement, dans les nitrates d'argent, son ultime agonie.

Fritz se souvient du choc qu'il avait subi lorsqu'il s'était vu pour la première fois sur une photographie – celle-ci précisément. Il avait dix-sept ans et l'époque n'avait pas encore pour coutume de faire poser l'enfant dès l'âge du landau, puis d'empiler sa vie en clichés successifs entre les pages d'un album. La chose photographique tenait de la rareté et de l'exceptionnel. C'est pour cela que lui revient en mémoire, avec brutalité, presque douloureusement, le trouble que la découverte de son propre visage avait fait naître en lui. Un miracle, avait-il alors murmuré. Car ce n'est pas rien, pour un humain, d'avoir entre ses mains la première reproduction de soi. On existe désormais en chair et en papier, on peut se contempler sans avoir à mendier son reflet aux flaques ou aux miroirs. On n'est plus seul sur terre, mais déjà en double, et bientôt en multiple. On a, en un seul clic, perdu le pucelage de son unicité.

Friedrich se lève, prend sa sœur par la main, ils contournent la table, viennent s'asseoir aux côtés de leur mère, chacun de part et d'autre, posent spontanément, et simultanément, un bras sur ses épaules, puis, tendrement unis, scrutent l'image que Fritz a placée juste en face de leurs yeux, et les voici alors, immobiles et taiseux, semblables à ces rois mages qui jadis dans le creux d'une crèche contemplaient, extasiés, un enfant nouveau-né que l'on nomma divin.

*

Mais les dieux qui Là-Haut jouent aux dés ou aux cartes tout en buvant des chopes d'hydromel ou de bière, commencent à s'ennuyer : c'est bien joli, tout ça, ces sourires figés sur la photographie, ce cocon familial et ces chocolats chauds, mais ça manque d'action. C'est d'une monotonie à faire pleurer le ciel, la voûte et ses étoiles, les nues et les nuages. Ne vous étonnez pas, mortels, s'il se met à pleuvoir soudain à gros bouillons. Certes – on ne peut le nier –, on a pas mal ri avec cet Offenbach et les quelques clowneries de Fritz et de Lisbeth tout du long du repas, mais tout ça est passé, et vu comme c'est parti on va se retrouver à nager dans la guimauve durant l'éternité. C'est plutôt longuet, l'éternité : on est quand même les mieux placés pour en parler ! Que faire, se demandent les dieux, pour mettre un brin d'animation ? On ne peut guère leur envoyer la déesse Aphrodite qui sous ses vêtements allume des volcans et fait valser les chairs – cela est impossible en pays protestant, ils nous la retourneraient avec dans son corsage un Ancien Testament.

C'est alors qu'apparaît la déesse Discorde, à cheval sur du vent, lequel s'est déjà fâché avec tous ses voisins, le vent du haut, du bas et celui d'à côté. L'air bravache et mutin, elle descend de sa selle, ne perd pas de temps et leur clame en son langage aussi sommaire qu'expéditif : *Vous en faites pas les gars, je vous arrange le coup !*

Et la voici partie, souveraine, débonnaire, semant déjà la zizanie entre les courants d'air. Elle navigue à son gré, plane un moment, sereine, au-dessus de la Prusse, survole un peu la Saxe, descend sur Naumburg et pénètre sans gêne dans la maison des Nietzsche. C'est un dimanche matin, bientôt l'heure de la messe, Lisbeth et Franziska se sont déjà vêtues de l'habit de piété qui sied à l'Éternel (c'est-à-dire de noir, comme si leur corps se devait de porter, malgré l'âge encore jeune qui bouillonne en leurs veines, le veuvage de vivre).

Elles attendent Friedrich depuis plus d'un quart d'heure et piétinent au pied de l'escalier ; elles l'ont appelé dix fois, il a répondu oui, mais ne vient toujours pas.

C'est là que la déesse décide d'intervenir. Elle monte à l'étage, redescend aussi vite, joli sourire aux lèvres : elle a fait son métier.

Il suffit de compter pas même jusqu'à cent pour le voir apparaître, le Fritz qu'on attend. Mère et sœur le toisent. Il a l'air nerveux et c'est en bafouillant qu'il annonce à sa mère qu'à la messe désormais il n'ira plus jamais : le Dieu de son enfance, entre les penseurs grecs et Schopenhauer, vient définitivement en lui de se dissoudre. Mentir et tricher n'ont jamais fait partie de son tempérament. Il vient de trouver, enfin, la force de l'avouer.

Franziska titube. Elisabeth défaille. Fritz se précipite afin de les secourir mais elles reculent d'un pas et retrouvent l'équilibre afin de mieux l'affronter. *Vade retro*, Friedrich ! Ne plus aller, le dimanche, au bras de sa maman, à la messe, à l'église. Ne plus vouloir prier ou même faire semblant, c'est comme s'il avait posé Franziska sur un bûcher et qu'il avait lui-même mis le feu aux fagots.

9.

Dans une malle-poste tirée par des chevaux où corps et cœur ballottent au rythme des cahots, Friedrich repart. Direction Leipzig. Lisbeth devait l'accompagner afin d'achever le travail de classification, mais elle a refusé : on peut toucher à tout, pas aux choses de la foi. Aucun autre passager n'étant monté dans la patache, il se retrouve seul mais ne regrette rien. On ne passe pas sa vie à vivre dans le déni ; ne pas être soi-même, c'est bien là l'hérésie. D'ailleurs, fors le respect qu'il doit à ses aînés, à ses ancêtres, à ceux qui vivent encore et qu'il ne veut blesser, il garde pour lui-même le fond de sa pensée : *La religion est affaire de populace.* Un être noble se doit de vivre au-delà de toute sujétion, hors des idées de péché, de faute, de bien, de mal, notions aberrantes et avilissantes qui n'existent pas plus dans l'orage que dans la marée, le volcan, le rocher ou le typhon. Laissons la religion aux esprits faibles qui ont besoin d'un maître pour gouverner leur vie. Pour l'heure, apostat solitaire, il file retrouver Ritschl. Et s'en porte très bien.

Trois rosses à l'avant galopent à l'unisson et pour eux également tout semble aller au mieux. Qu'ils en profitent, cela ne va pas durer. Dans moins de cinq années tout ça disparaîtra car l'Allemagne naissante, *Reich* en devenir, afin de trimballer militaires et civils, quadrillera très vite tout le pays de rails pour qu'on puisse voyager sous la vapeur des bielles et non celle des naseaux. Le temps de la vitesse et des guerres mondiales a besoin de fumées et de roues endiablées afin de s'apprêter aux feux des enfers à venir qui s'épanouiront entre tranchées du Nord et fours à crémation. On s'y prépare : dans quatre ans seulement, la guerre de 70 sonnera le début des grandes apocalypses. Cocoricos, casques à pointe et baïonnettes ouvriront le bal. Une fois encore, on s'apprête à écrire la chronique redondante de Sparte contre Troie, car qu'elles soient de Sept, de Dix ou de Cent Ans, de croisés, de musulmans, de catholiques, de protestants, de règnes, d'empires, de sièges, de sang, de paysans, de frontières et d'écus, de foi souillée, de terres volées, de soumission, d'abdications, de possessions, de territoires et de conquêtes, on n'en finira pas de toutes ces guerres, de ces Iliade aux corps déchiquetés et de tous ces charniers sans cesse renouvelés. Que ce soit à la masse, à la lance, à l'estoc, à l'obus, à l'épée double face ou à la mitrailleuse ; qu'Achille soit dans un tank, Hector sur des chenilles ou Ulysse en zeppelin, qu'importe l'armement, il y aura toujours des humains trop humains pour venir massacrer des aussi humains qu'eux.

Mais peut-être (diantre, dirait le Diable, ayez au fond de vous un soupçon d'optimisme !) parviendra-t-on un jour à enterrer la hache de ces conflits, de ces grandes invasions, ces vieilles guérillas et ces nouvelles croisades, pour accéder enfin, vêtu de grande gloire, à la paix, à la fraternité, à l'amour partagé, à la joie éternelle, à la danse des âmes s'enlaçant tendrement, comme chez Offenbach, avec en supplément, afin de clore le bal de façon féerique, un immense french cancan de gerbes atomisées.

Et hormis cet atome qu'il ne peut pressentir, c'est à cela qu'il songe, le triste Fritz soudainement ému et plus seul que jamais, somnolant dans le cahot des roues qui doit symboliser, en son cerveau chagrin mais déjà prophétique, les chaos à venir.
Ce que j'affirme, c'est que toutes les valeurs dans lesquelles l'humanité résume aujourd'hui tous ses désirs suprêmes sont des valeurs de décadence.

QUATRIÈME PARTIE

Humain, trop humain

HERMÈS : Eh, toi, descends et montre-toi, que l'assistance t'examine.
ZEUS : Allons, mets-le à la criée !
HERMÈS : À vendre : la vie la meilleure, celle qui possède l'air le plus noble ! Qui achètera ? Qui veut être un surhomme ? Qui veut connaître l'harmonie de l'univers et naître à nouveau ?
L'ACHETEUR : Son apparence ne manque pas de noblesse. Mais quelle est sa spécialité ?
HERMÈS : Arithmétique, astronomie, thaumaturgie, géométrie, musique, charlatanisme. C'est un maître devin, que tu vois.
L'ACHETEUR : Peut-on l'interroger ?
HERMÈS : Interroge, et bonne chance !

Lucien de Samosate (115-190 ap. J.-C.), *Philosophes à vendre*

1.

À l'Université de Bâle, au début de l'année 1869, sans avoir passé aucun examen ni soutenu aucune thèse (ou dispute) comme l'impose la doxa universitaire, Nietzsche est non seulement nommé docteur en philologie, mais, de plus, élevé aussitôt au grade de *professeur extraordinaire.* Un poste dont il est d'usage de n'en pouvoir rêver qu'à la fin d'une carrière, et encore, si tant est que dans celle-ci on ait suffisamment brillé.

C'est à Friedrich Wilhelm Ritschl, de Leipzig, que le Grand Recteur de l'Université de Bâle, son confrère et ami, demande conseil afin de vite pourvoir un poste devenu vacant suite à une démission. Ritschl lui répond, avec autant d'enthousiasme que de célérité, qu'il n'a jamais rencontré, en trente-neuf ans de carrière, de philologue aussi précoce et aussi mûr – et aussi prometteur – que le jeune Friedrich Wilhelm Nietzsche dont il pressent qu'un jour il saura être son digne successeur. Dans son long courrier, afin que l'on comprenne qui est vraiment cet étudiant surdoué, Ritschl explique que, dès l'âge de vingt-deux ans, en compagnie de camarades d'Université, son élève a déjà créé une Société de philologie dont les membres se retrouvent de façon régulière, studieuse, disciplinée, pour travailler ensemble à l'avenir de leur science. Plus brillant que les autres, dès ses vingt-trois ans il n'a fait qu'enchaîner écritures et conférences au sein du *Rheinisches Museum für Philologie.* On peut citer, parmi ses productions : *La dernière rédaction des Theognidea, Les listes des écrits aristotéliciens, Ménippe le cynique et les Satyres de Varron, Les sources de Suidas.* À l'âge de vingt-quatre ans, concourant pour un prix institué par la faculté de philosophie de Leipzig, il a été sacré premier grâce à un texte intitulé *De Laertii fontibus.* La majorité des œuvres écrites dans la pure tradition philologique ne sont d'ordinaire guère accessibles à qui n'y entend rien, mais par son écriture fluide et maîtrisée, ce jeune Monsieur Nietzsche est tout à fait capable de faire de notre science un univers accessible à un lectorat profane qui jusqu'alors n'y avait pas accès. Ainsi clôt-il sa lettre en y joignant les travaux cités que très peu, à dire vrai, ont eu la chance et le bonheur de pouvoir lire. Ses mots convainquent aisément le recteur et servent aussitôt, sans plus de formalités, d'équivalence aux diplômes nécessaires à l'obtention du poste. Ainsi, à l'âge de vingt-cinq ans, Fritz est adoubé et devient le plus jeune *professeur extraordinaire* de philologie de toute l'histoire de la faculté de Bâle. Ce qui en fâche plus d'un. Sauf bien évidemment sa mère et sa sœur qui cessent soudain de le renier et de nouveau l'adulent, mais avec tant d'excès qu'il se doit prestement d'en modérer l'ardeur :

Leipzig, deuxième moitié de février 1869

Chères mère et sœur,

je suppose comme assez vraisemblable qu'après ce brusque coup de tonnerre du destin vos esprits ont retrouvé quelque calme et que vous vous êtes maintenant habituées à la chose. Vraiment, j'ai été quelque peu effrayé par l'enthousiasme de vos lettres ; tout compte fait, le monde a simplement un professeur de plus et à dire vrai tout est comme avant.

2.

C'est, à l'origine, un grand malentendu qui prélude à ce qu'il devienne ce qu'il ne voulait être, mais Nietzsche n'a guère le choix ; sans doute pressent-il la formule dont plus tard il vêtira ses jours : *Amor fati : aime ton destin* ; ne regrette jamais de n'avoir pas su vivre toutes ces vies que la tienne contenait ; sur le billard du monde, sois une boule consentante, roule de ton plein gré à l'endroit où le sort te montre le chemin et oriente tes pas ; ne dis pas non aux dieux qui s'amusent aux dés une chope à la main et qui lancent les tiens comme on lance en riant un bout d'os à un chien. Voilà ce qu'il se dit, Fritz, quand Ritschl lui annonce, de façon aussi exaltée qu'officielle, qu'il va être promu au rang de professeur de la ville de Bâle. Sur un plateau d'argent, on lui offre les clés des portes de la gloire. De la routine aussi. Une vie d'enseignant, tant cadrée qu'étriquée – s'imagine aussitôt le jeune et tourmenté Friedrich. Tout ce qu'il souhaite inconsciemment ne jamais devenir, on le pose à ses pieds en un geste dévoué, généreux, admiratif, philologique et paternel.

Il ne se sent pas en droit de pouvoir refuser ce que tous, de bonne foi, nomment *une véritable aubaine*. Il se doit de répondre à la façon des Grecs, revêtu de la toge héritée de ses maîtres stoïques : accepter son destin.

Ce que Fritz ne peut décemment avouer, c'est qu'à Leipzig, et sans oser le dire à Ritschl qui fut pour lui l'équivalent d'un père, il avait déjà senti, confusément, en un premier temps, puis très vite, et avec certitude, que c'en était fini de l'amour qu'il portait à la philologie. Cela ne l'amusait plus de touiller des vieilleries dans les cartons du temps. Il ne trouvait sa joie que là où le destin ne l'avait pas placée : dans la poésie, la musique, les philosophes actuels qu'il découvrait avec passion. Sans omettre une constante : la solitude. Il rêvait déjà de grottes, de cavernes, de grands arts solitaires réant au fond des bois comme les cerfs de Diane, d'une vie monacale dans laquelle il serait tout à la fois Montaigne, Leopardi, La Rochefoucauld, Bach, Goethe et Schumann.

Écrivant à sa mère de façon régulière, quelquefois chaque jour d'affilée durant la même semaine, il l'avait, elle aussi, plusieurs fois avertie. Qu'elles prennent garde, Elisabeth et elle, qu'on ne les raille trop en ville de Naumburg : *la chance qu'il avait eue* (ainsi sommaient-elles son affectation) n'a été, somme toute, que sueur et labeur, que travail souterrain de caniche dressé. Il allait désormais devoir, durant sa vie entière, travailler entre une chambre d'étude et un amphithéâtre, à sans cesse devoir boire *le petit-lait de la monotone et quotidienne profession, de la solitude sans amis (...).*

Est-ce cela qu'il veut faire de sa vie ? Nul à cet âge ne sait ce qu'il souhaite véritablement devenir – hormis quelques génies pour qui la question ne s'est jamais posée puisqu'ils sont nés génies. Dans une de ses lettres, il avait même demandé à sa mère – laquelle en fut secrètement affligée – si le donjon du château de Naumburg était toujours en location. Si oui, il aurait pu s'y installer, se serait occupé du jardin qui gisait à ses pieds, car c'est aussi un de ses désirs, devenir jardinier, un désir parmi d'autres, il en a des milliers et voudrait tout croquer. L'année précédant sa nomination, c'est à un ancien condisciple qu'il écrivait : *S'il me faut parler le langage mythologique, je dirais que pour moi la philologie est un avorton de la déesse Philosophie, né d'un idiot ou d'un crétin.* L'année de son intronisation à Bâle, il avait carrément avoué à un autre condisciple que la philologie commençait à le dégoûter, que le monde universitaire, étroit, narcissique et faussement savant, avant même d'y entrer l'exaspérait déjà : *Oui-da, le destin se joue de nous ; encore la semaine dernière, je voulais t'écrire pour te proposer d'étudier ensemble la chimie et de renvoyer la philologie à sa vraie place, parmi les ustensiles de grand-papa. Et voici que ce diable de destin m'appâte avec une chaire de philologie !*

Il est dur de grandir quand notre corps n'est fait que de chevaux sauvages. Ainsi Nietzsche entre-t-il en claudiquant au seuil de l'âge adulte, claquemuré dans une boîte où le plafond est bas, alors qu'en même temps il découvre les sciences physiques, l'astronomie, les poètes nouveaux, les moralistes français, les sages hindous et les penseurs chinois. Il ne voulait qu'écrire, ça n'est pas encore l'heure. Doit-il fuir ou gémir ? Faire plaisir à autrui ? Obéir au destin ? Il s'assied, se saisit d'une feuille, prend sa plume, la trempe dans l'encre bleue.

À Wilhelm Vischer-Bilfinger, professeur à l'Université de Bâle

Leipzig, Lessingstr. 22, 2e étage
Le 1er février 1869

Hautement vénéré monsieur le professeur,

D'après ce que m'a fait savoir aujourd'hui monsieur le conseiller intime Ritschl, il m'est non seulement permis mais même prescrit de m'adresser directement à vous et de vous déclarer sans aucune réticence quelle sera mon attitude si je suis nommé etc. Étant donné qu'à cet égard toutes les conditions et obligations ne me sont pas moins connues que souhaitables, je crois pouvoir dire en toute liberté d'esprit que je n'ai aucune raison de refuser une éventuelle nomination (…)

Je suis, avec ma reconnaissante vénération,
votre
très dévoué
Friedrich Nietzsche

3.

Le lundi 3 mai 1869, afin de préserver ses yeux, il entame sa première journée de professeur dans une certaine pénombre, les stores de l'amphithéâtre ayant été, à sa demande, partiellement baissés ce qui, théâtralement parlant, confère à son statut d'enseignant débutant une once de mystère et de solennité.

Sa leçon inaugurale traite *De la personnalité d'Homère*, ses premiers cours portent sur les *Choéphores* d'Eschyle ainsi que sur l'histoire de la poésie lyrique grecque et, au *Pädagogium*, c'est-à-dire au lycée où il enseigne aussi, il explique Platon et l'extemporale grec. Les cours d'hiver engloberont grammaire latine, histoire de la philosophie préplatonicienne et, au séminaire, *Les Travaux et les Jours*, d'Hésiode. Lesquels sont suivis de leçons sur la métrique de ce même Hésiode, d'un autre séminaire sur les élégiaques grecs et de deux autres encore sur les *Académiques* de Cicéron et la *Rhétorique* d'Aristote. Parallèlement à ses devoirs universitaires, il travaille pour son compte personnel sur Anaximandre, Apollodore, Héraclite, Parménide, Anaxagore, Empédocle, Démocrite, Thalès et Zénon, et se retrouve alité, quasi aveugle, déprimé, débordé, meurtri. Il songe à renoncer au métier d'enseignant dont il sait à présent qu'il ne lui convient pas, non que la profession soit trop exigeante, mais cette vie corsetée d'horaires, d'obligations, le foudroie. Ces heures passées à n'être pas lui-même épandent leur langueur en tenace asthénie. Il est né pour planer. Ce n'est pas le travail qui le détruit : c'est sa folle vanité. Tout ce fatras universitaire, agencé, programmé, cadencé, n'est que désespérance et sombre castration. Pour lui, on ne peut devenir pleinement homme, noble, lumineux et souverain de soi, en ne faisant qu'ânonner des mots prêts à l'emploi dont d'autres nous ont gavés.

Il découvre que depuis son enfance on l'a sans cesse mené par le licol ou posé sur des rails, de Naumburg à Pforta, de Leipzig à Bâle : tu ne veux pas être pasteur ? Tu seras professeur ! Injonction venue de tous les autres, famille, amis, professeurs, condisciples : on a choisi pour lui et le voici perdu dans les bois de ses propres désirs. On lui lâcherait la bride qu'il ne saurait que faire – devenir homme n'est pas qu'une escapade ou qu'un galop follet dans le désert de soi. Encore moins une danse dans le royaume de l'autre. On grandit pas à pas, du short au pantalon, mais lui ne grandit plus : il naufrage. Son bateau coule, son train déraille, ses yeux se sclérosent et ses poumons s'envasent.

Lisbeth, avertie de son état, accourt à Bâle afin de l'assister. Elle reste quelques jours, repart, revient, reste quelques semaines, repart, revient, reste cette fois-ci quelques mois, repart, revient, sans cesse rappelée à Naumburg par sa mère qui ne supporte pas que sa fille cadette demeure trop longtemps en compagnie d'un homme, fût-il son frère aîné, cela ne se fait pas, que vont dire les gens, le père était pasteur, le grand-père également et les ancêtres aussi. On vit dans une foi où ne peut pas planer l'idée de la débauche. La morale des Nietzsche est chose bénie-sacrée, Dieu ne nous a pas fait naître pour qu'on donne à autrui un bâton pour nous battre. Nous ne sommes sur terre, ce royaume des larmes, qu'afin de retrouver le Père Tout Là-Haut. Vivons cette espérance et vivons cette attente de façon digne et calme, lui assène Franziska à chacun de ses retours.

Elle admet que Lisbeth joue le rôle d'infirmière en montrant bien à tous qu'elle vient pour le soigner, et que si elle s'attarde c'est afin qu'il guérisse, mais de vilains esprits peuvent se mettre à penser qu'ils vivent dans quelque chose qu'on peut assimiler à un concubinage. Hors de question ! Dieu de Là-Haut voit tout, Dieu de Là-Haut sent tout. Et Lisbeth est mineure, enfin un peu de tenue, franchement un peu de pudeur !

Durant les cinq années au cours desquelles le fidèle Franz Overbeck, son seul ami fidèle et voisin de palier, remplace Elisabeth les jours où Franziska la retient en ses murs telle une vierge encagée, Friedrich travaille énormément. Pour ses cours, pour lui-même. Malgré fièvres et maux, il ne fait qu'écrire. Assis à son bureau ou couché dans son lit, le corps couvert d'onguents et les yeux de pommade, il publie des livres – qui resteront hélas confidentiels – à un rythme effréné. De 1869 à 1874, une bonne dizaine d'ouvrages sortiront de sa plume, dont *La naissance de la tragédie*, *La philosophie à l'époque tragique des Grecs*, ainsi que des textes sur Homère, sur la conception dionysiaque du monde, sans omettre ses *Considérations inactuelles* portant sur la culture allemande contemporaine, les études historiques, la connaissance ou Schopenhauer. Ajoutons à cela ses cours à préparer, quelques préfaces, des œuvres en gésine ainsi que des conférences. Nul ne sait, au vu de son état qui chaque jour empire, où il trouve la force et l'énergie permettant une telle production. Sa seule bouffée d'air frais : rendre visite à Wagner, exilé à Tribschen, en Suisse, à quelques heures de Bâle. Quand le Maître l'invite, lors de certains dimanches, Friedrich accourt, joyeux, et, au contact du musicien, il revit, s'épanouit et reprend quelques forces.

Mais pour l'heure, hélas, il est toujours ici, assis à son bureau ou couché dans son lit, à s'épuiser d'écrire. Il se noie de lui-même dans l'océan des mots, s'effondre et s'asphyxie à tel point que son corps l'abandonne et qu'il ne lui est désormais absolument plus possible de rester seul. C'est devenu pour lui, sans hyperbole aucune, une question de vie ou de mort. Une seule solution : demander à la femme de sa vie (sa mère), la main de l'autre femme de sa vie (sa sœur) :

À Franziska Nietzsche, Bâle, le 10 juin 1875

Une toute petite lettre de rien du tout, ma bonne mère, car il n'est pas en mon pouvoir actuellement d'en écrire une longue, à cause de mes yeux. Je suis victime depuis quelques jours d'une attaque particulièrement sévère de mes maux d'estomac ; la tête et les yeux y prennent toute leur part du fait de ce catarrhe gastrique chronique, qui dure déjà depuis quatre ans, si dangereux et si gênant (car il me fait perdre deux journées par semaine), mon état, petit à petit, s'est tellement détérioré que les médecins et moi ne voyons de recours que dans la diète la plus vigoureuse ; telle qu'elle m'a été prescrite, je ne pourrai cependant m'y conformer qu'à condition de disposer de mon propre ménage. C'est cette nécessité qui m'a contraint à prendre la résolution au sujet de laquelle ma précieuse Lisbeth t'a écrit : il n'y a pas d'autre solution. Autrement, je serai forcé de renoncer dans les plus brefs délais à mon poste de professeur. Il me semble, au demeurant, que Lisbeth peut ici se rendre très utile, qu'elle apprend beaucoup de choses ; en outre, elle se plaît, à Bâle, où elle a plus de connaissances qu'à Naumburg. Même l'éventualité de son mariage, qui te tient tant à cœur, est ici vraiment plus grande (cela dit entre nous) qu'à Naumburg.
Bien sûr, je te prive pour l'heure de ta chère Lisbeth, mais nous nous verrons souvent, à ceci près que ce sera sans doute davantage à Bâle qu'à Naumburg.

Lisbeth t'écrira les autres détails : je vais encore trop mal.
Avec les très cordiales salutations

De ton fils

Fritz

4.

À l'été 1876, voilà donc plus d'un an qu'Elisabeth et Fritz, après avoir cohabité sporadiquement durant quelques années, vivent enfin à temps plein, à Bâle, dans la même demeure. Ils s'entendent à merveille, grand frère et petite sœur, dans une lune de miel ouatée comme la Suisse, calme comme ses lacs, fraîche comme l'eau de ses torrents. Leur couple est devenu, sans doute par mimétisme, une confédération où la neutralité a pour mission suprême d'épargner tout conflit. Ils font comme tous ces couples que l'on dit mariés et peu nous chaut, en fait, qu'ils soient chastes ou concupiscents tant il est indécent pour un humain d'entrer par effraction dans l'intimité d'autrui. Contentons-nous de savoir qu'ils cohabitent de la façon qu'on sait, à savoir maritale, dans cette routine triviale où les heures sans cesse obstinément défilent en un ordre arrêté, où la matière du monde à la matière s'aboute, où chaque jour apporte, à celui qui l'accepte, son lot d'espoirs possibles, d'éblouissements, de nuits, de paroles tendres, inutiles ou perfides, de draps fins à plier, de poussières à chasser, de vaisselle à laver, de choses à éplucher et d'autres qu'il faudra cuire parfois à petit feu, parfois à feu moyen, selon qu'on les fera bouillir ou étuver.

À Franziska, qui redoutait par-dessus tout le commérage, qui priait chaque jour le Dieu du Ciel et de la Bible pour que personne ne puisse songer à mal, craignant de surcroît que deux êtres si dissemblables ne puissent parvenir à s'entendre, Fritz, quelques mois après leur emménagement, afin de la rassurer lui avait aussitôt écrit :

À Franziska Nietzsche, Bâle, le 18 octobre 1875

(...) Notre vie ici nous est si bien adaptée que tu éclateras de rire en nous voyant. Elle s'écoule tranquillement, comme il convient dans la demeure d'un travailleur intellectuel ; règne pour ainsi dire un calme persistant. Les seules diversions très désagréables que nous avons sont les rechutes de ma maladie (...) Lisbeth et moi, nous sommes comme deux bons petits chevaux qui courent attelés ensemble l'un à côté de l'autre et nous ne nous gênons pas.

Il ne ment pas. Entre eux, aucune querelle. Il est vrai que Lisbeth est arrangeante. Semblable à sa mère par ses côtés prudes, rigoristes, béni-oui-oui et cul-bénit, elle évite avec vigilance les sujets qui fâchent ; lesquels sont à foison.

Raison pour laquelle, au quotidien diurne, ils parlent de fondue, de raclette, de röstis et, par la vertu d'un langage qui reste cantonné aux *choses de ragoût circonstanciel*, s'épargnent ainsi de vaines et cruelles querelles.

Quant aux autres sujets, ils la laissent de marbre. Elisabeth n'a cure de l'éthique et de la dialectique, des Grecs et des Latins et autres fariboles de ces temps trop anciens, pas plus qu'elle ne se soucie des penseurs et philosophes, dont notamment ce Schopenhauer que Fritz – ça en devient agaçant – n'a de cesse de citer.

Mais alors, de quoi parlent-ils vraiment, sous le ciel de Bâle, ces bons petits chevaux attelés l'un à l'autre, hormis de pommes de terre au lard et de fromage fondu ? Eh bien comme tous les couples, ils parlent de la vie, du temps qu'il fait dehors, de celui de dedans qu'on meuble comme on peut, des petits événements qui ont fait que ce jour qu'on est en train de vivre et qui va s'effacer sitôt le soir tombé, a été différent de ce jour déjà mort qui l'avait précédé. Ils se souhaitent tous deux, avant de s'endormir, du bonheur à venir au creux de l'oreiller. Les soirs d'hiver (qui à Bâle peut durer de longs mois, outrepassant ses droits, empiétant sur l'automne, grignotant le printemps parfois jusqu'au mitan de juin), entre une tisane au thym et un chocolat chaud, assis l'un face à l'autre sur ces petits fauteuils au tissu coloré brodé de fleurs des Alpes, ils cessent de jouer au vieux couple effrité que la routine ravine, ils jettent le banal dans le sac à linge sale et se retrouvent alors enfants, au sein d'un même lit. Ils redeviennent complices comme ils l'étaient jadis et se racontent alors, tout en les rabâchant, tout en les ressassant, ces souvenirs communs qui les soudent à jamais : le cercueil de Josef dans la petite église, Franziska éplorée se raccrochant à Dieu, la maison de Röcken et son ruisseau chantant, le petit orgue luthérien, la statue de saint Georges, les tantes de Naumburg cuirassées de prières, les chapeaux de Mina tricotés à l'envers, les colères de Lisbeth lorsqu'elle n'était encore qu'un lama miniature, les pets tonitruants de leur tante Augusta, les maux de Fritz enfant, et tant d'autres souvenirs, réels ou fantasmés, quelquefois inventés, la différence est maigre quand le temps les corrode et que l'envie les presse de les faire exister ou de les ressusciter.

Couverture aux genoux et boisson chaude en main, ils parlent, et rient, ou pleurent. Parfois l'un d'eux se lève et prend l'autre en ses bras. L'enfance est une fontaine qui ne tarit jamais, elle est l'unique source où tous deux s'en vont boire.

*

Dans ce magma de leur mémoire commune, deux histoires cependant dominent toutes les autres. Incontournables. Pas un hiver sans elles, elles sont les pièces maîtresses de leur mythologie. Peut-être contiennent-elles les racines de ce qui les a unis, ou fondés.

La première se déroule dans la ville de Naumburg :

Pour l'anniversaire de Friedrich, au jour de ses quinze ans, leur mère leur a offert, à Lisbeth et à lui, une place à un spectacle de cirque. Le soir, sous le chapiteau, se trouve réuni tout ce que la ville et les villages alentour comportent d'habitants, de bourgeois, de paysans, ainsi que la plupart des étudiants de Pforta dont Friedrich fait déjà partie. À un moment du spectacle, un dresseur d'animaux entre en piste tenant au bout d'une longe un cheval qu'il déclare savant. Lequel cheval parvient à résoudre, en tapant du sabot sur un cube de bois, quelques additions simples. Il est très applaudi. Il répond également, par des hennissements, à quelques questions comiques : un hennissement pour oui, deux hennissements pour non. Mais soudain les lumières décroissent et la voix du dresseur se fait étrangement grave : « Je sais, Mesdames et Messieurs, qu'il y a dans cette ville, ou à proximité, un institut savant dont la réputation a aisément franchi les frontières du canton… » (il parle de Pforta, tout le monde le comprend). Il regarde son cheval, qu'il nomme Cosinus, et clame au public que ce dernier va parvenir à nommer qui, de cette grande école, sera promis à un bel avenir et une grande destinée.

Cosinus fait trois fois, ses sabots dans le sable, le tour de la piste, puis, brusquement, comme si le Ciel lui-même lui avait désigné lequel de ces élèves sera l'heureux élu : s'arrête pile face à Fritz. Lequel rougit. Sa sœur aussi.

Chaque fois qu'Elisabeth lui raconte à nouveau cette histoire, elle se revoit enfant, assise sur les gradins, prenant la main de son frère puis posant fièrement sa tête sur son épaule, et lui, le cœur battant, sa reine à ses côtés, vainqueur et souverain, dominant l'assemblée de sa fausse modestie, sentant ou pressentant dans le regard de ce cheval de cirque s'illustrer son destin.

La seconde histoire raconte ce qui fut vraisemblablement la seule et unique épopée de Carl Ludwig, leur bon père à tous deux (que béni soit son nom), allant, seul et penaud, au village de Pobles, chez les parents de Franziska, afin de demander, de façon solennelle, la main de l'être aimé. Après avoir tourné cent fois autour de la maison, hésitant et tremblant (*j'y vais, j'y vais pas*), Carl Ludwig s'arma comme on dit de courage – ce simple mot vous met l'épée en main et la vaillance en bandoulière – et toqua d'un index viril à la porte de la famille Oehler.

Les parents s'étaient absentés pour la journée, ce fut Franziska qui vint lui ouvrir. La surprise pour tous deux fut intense et malsaine, se retrouver seuls sans un adulte à leurs côtés était, à cette époque, inconvenant, voire dangereux (pour leur intégrité religieuse et morale).

Carl Ludwig, pétrifié, ne savait plus que faire. Il était d'une timidité névrotique, maladroit avec les femmes, inadapté à la vie sociale, handicaps de taille dont Fritz héritera. Aussi ne parvint-il pas à décocher la moindre des paroles.

À côté du palier gisait un potager. Tétanisé, il s'y précipita, embouant ses chaussures qu'il venait de lustrer, arracha d'un geste la chose à ses yeux la plus belle, puis il bondit sur le palier, mit un genou à terre et offrit à celle qui allait, malgré cet acte fou, devenir son épouse : un bouquet de fenouil.

Telle est la belle histoire, sentimentale et potagère, grâce à laquelle tous deux, Fritz et Elisabeth, guère peu de temps après purent venir sur terre en sortant nus et roses du ventre de leur mère.

*

Ils sont heureux, à Bâle, et il s'agit sans doute du plus beau petit couple, après Guillaume Tell et son fils, que la Suisse en son sein ait jamais fécondé. Ils sont l'un à l'autre les deux pièces d'un même puzzle qui n'en contient que deux. Les montagnes et les lacs glorifient leur union et les oiseaux gazouillent en fredonnant leurs noms. Roméo et Juliette, et Tristan et Yseult, n'osent les regarder tant ils sont lumineux et tant à leurs côtés ils paraissent gris et ternes. Jusqu'au grand Offenbach, bien qu'ignorant tout d'eux, qui dut les pressentir en écrivant ceci, dix ans auparavant :

LISCHEN ET FRITZCHEN

Opérette de Jacques Offenbach, créée à Paris, le 27 décembre 1863 au Théâtre des Bouffes Parisiens

Résumé de l'action : Fritzchen (le petit Fritz) est un Alsacien qui rentre au pays car son accent est tellement redoutable que personne, en dehors de sa province, ne

parvient à le comprendre et qu'il ne peut donc, nulle part, se faire embaucher. Sur la route du retour, il croise Lischen (la petite Lisbeth), alsacienne également, de retour au pays pour des raisons peu ou prou similaires. Heureux de se rencontrer et de pouvoir parler tous deux la même langue, ils décident de voyager ensemble. Sur le chemin, elle chante si bien qu'il en tombe aussitôt amoureux. Mais, par un coup du sort, il découvre qu'elle est sa sœur. Désespéré, sa vie semble soudain vaine, mais, par un coup du sort (un autre), une lettre providentielle lui apprend qu'ils ne sont pas frère et sœur, mais cousin et cousine : ils pourront donc se marier puisque, en ces temps-là un rien barbares, cette chose consanguine n'était pas un obstacle à une union sacrée, fût-elle alsacienne.

RIDEAU

CINQUIÈME PARTIE

Le cas Wagner

1.

Revenons à présent quelque peu en arrière et remontons le temps pour découvrir Wagner en son exil helvète : le 28 juillet 1870, profitant de ses premiers congés octroyés par l'Université de Bâle, ayant décidé de partir quelques jours en compagnie de sa sœur dans la Maderanertal, une vallée alpine de la Suisse centrale située dans le canton d'Uri, découvrant que leur itinéraire passe par Lucerne, Friedrich décide de faire halte dans la villa de Wagner, à Tribschen, en bordure du lac des Quatre-Cantons, là où, depuis le printemps 1869, il s'est déjà rendu quelques fois, durant certains dimanches, sans qu'Elisabeth ne daigne l'accompagner pour des raisons secrètement morales. Wagner, une fois prévenu de leur venue, se fait une joie d'enfin pouvoir connaître la sœur du philosophe dont ce dernier, depuis qu'il le fréquente, ne cesse de lui en vanter le charme et les mérites.

Lisbeth, dès le départ, regimbe une fois encore à l'idée de rencontrer un être si ambigu. Elle demande même à Fritz, à chaque carrefour, d'aller directement sur leur lieu de vacances et de lui épargner cette épreuve inutile. Elle ne connaît Wagner que par sa renommée, laquelle, dans l'opinion publique, est très controversée, tant à cause de ses œuvres musicales qu'à cause de ses frasques politiques (tendances anarchistes) ou maritales (infidélités chroniques). Wagner, pour elle, est avant tout un homme marié qui a fécondé une femme, elle aussi mariée. Elle sait qu'il vit en concubinage avec Cosima, la fille cadette de Liszt, qu'il a ravie à son ami et chef d'orchestre Hans von Bülow et à laquelle, hors union sacrée, il a fait trois enfants. Quelle aberration. Ne sait-il rien du péché, des Enfers, du Jugement Dernier ?

Durant le voyage, feignant d'être plongée dans un livre dont les lignes ne cessent d'être secouées au cahot des chemins, Lisbeth marmonne pour faire croire qu'elle lit à voix basse alors qu'en vérité elle ne fait que prier. Elle prie pour que Dieu la rende invincible. Chaque prière lui forge un bouclier divin contre l'Esprit malin. Friedrich n'est dupe de rien, il sait bien qu'elle ânonne quelques bondieuseries mais il n'a pas envie d'accabler sa sœurette. Alors il lui sourit, lui caresse le visage, lui dit qu'il est heureux de l'avoir à ses côtés et qu'il se réjouit des vacances à venir. C'est un beau petit couple que dans cette diligence les voyageurs contemplent et secrètement envient.

On s'arrête à mi-parcours, face à une auberge pour soulager les chevaux et se restaurer un peu. On sort de la patache en s'étirant les membres, on s'époussette un brin, on découvre les lieux, une pancarte fléchée indique qu'il y a là-bas un beau panorama. On s'y rend, on s'accoude à une rambarde, on contemple la vallée, paysage vêtu d'or et de lumière pâle, c'est beau comme un aria de Bach, on serait un peu moins fier et un peu moins bêta qu'on s'agenouillerait non pour prier un Dieu auquel on ne croit pas, mais juste pour remercier l'émouvante gratuité de cet instant sacré. On n'ose pas le faire, on a sa dignité, on a ses convictions, on dit juste *c'est beau* et on a le sentiment d'avoir payé ses dettes.

Ils s'assoient dehors, la terrasse de l'auberge embaume le sapin. Il commande une bière. Il boit très peu d'alcool, mais là c'est jour de fête. Assise à ses côtés, la tête sur son épaule, un mouchoir à la main elle lui essuie parfois la mousse épaisse et blanche qui transforme ses moustaches en bourrelets neigeux. Ils rient et sont heureux. On a envie de leur dire : bonjour les amoureux !

Avant l'embarquement, le cocher leur avait d'ailleurs crié en tendant les billets : Monsieur et Madame Nietzsche, en voiture ! Ils n'avaient pas protesté, personne ne leur avait demandé s'ils étaient frère et sœur et, d'un accord tacite, ils s'étaient comportés comme s'ils étaient mariés, ou l'auraient laissé croire.

Elisabeth s'inquiète du séjour à venir. Le monde de Wagner préfigure pour elle l'antichambre du Mal. De plus, elle n'y entend rien aux Grecs, aux opéras, à leurs histoires de mythes, de Wotan, de Walkyries et de Schopenhauer. Ses livres préférés, hormis l'Ancien Testament qu'elle lit désormais en cachette de Fritz, sont ceux de d'Artagnan ou de Robin des Bois. Et ses histoires d'amour, notamment musicales, sont celles des opérettes.

Face à ce monde d'*artistes* qui danse, joue, peint, chante ou écrit tout ce qui lui passe par la tête sans ne jamais respecter la foi ou la pensée d'autrui, elle a le sentiment de n'être qu'une puritaine de la dernière espèce, oie blanche de sa cambrousse, ingénue de théâtre qui fait rire la salle à la moindre réplique, paysanne mal dégrossie. Elle craint de passer pour une sotte ou, une fois encore, un cruchon. D'autant, mais ça bien sûr elle le garde pour elle, qu'elle n'est *que la sœur* de Nietzsche, lequel, en société, n'est pas encore connu. Il n'est qu'un petit professeur dont le Maître Wagner s'est entiché comme il arrive parfois aux puissants de ce monde d'adopter un caniche. Aussi craint-elle de croiser nobles et noblaillons, authentiques comtesses, grandes de ce monde ou se prétendant telles, duchesses décaties, fausses aristocrates fleurant la demi-mondaine, qui toutes et tous la regarderont comme un valet contemple, avec dédain, la fiente d'un oiseau qui viendrait de tomber sur les brandebourgs dorés de sa jolie livrée.

Elle sait que Wagner a été contraint de fuir en Suisse mais n'en veut pas connaître le véritable motif. Chassé de Prusse, de Saxe ou de l'Allemagne entière, cela lui est égal. Elle sait juste qu'il profite de son exil pour travailler à sa grande tétralogie. Friedrich lui a confié que Wagner, pour mener à bien son grand œuvre, était secrètement soutenu, et entretenu, par un roi de Bavière dont on dit qu'il est à moitié fou, qu'il possède des mœurs dépravées, mais couvre Richard d'or et de paroles sucrées. Elle sait enfin, que, se retrouvant seul en Suisse, n'ayant personne avec qui échanger intellectuellement et le supportant mal, Wagner a entendu parler de Nietzsche, de ses textes sur Homère et les Grecs, et qu'il a souhaité aussitôt le rencontrer. On connaît la suite : Nietzsche s'y rend dès mai 1869, malgré tous ses soucis de santé et ses travaux abondants et son peu de temps libre. Il s'y rendra, en quatre années, plus d'une trentaine de fois, jusqu'à ce que Wagner délaisse le lieu en 1872. Mais qu'importent ces détails, l'essentiel est ailleurs : entre les deux hommes, l'amitié fut immédiate. Ils sont liés par les Grecs, par la mythologie et par Schopenhauer. L'un dit-il une phrase, l'autre aussitôt la complète. C'est l'harmonie parfaite, Montaigne-La Boétie au lac des Quatre-Cantons. *Parce que c'était lui, parce que c'était moi*, on connaît la chanson.

Un point surtout les soude et les sublime : l'art. Seule activité métaphysique à laquelle l'être humain devrait tout entier s'adonner. Pour Friedrich et pour Wagner, l'âme humaine et l'univers en son entier ne pourront à tout jamais se justifier qu'en tant que phénomène purement et uniquement esthétique.

Mais tout ceci hélas, tant l'amitié que l'art, n'apaise pas Lisbeth et ne la convainc pas. Elle n'est pas sotte, elle fréquente les salles de concert, possède une certaine connaissance du monde musical, sait bien que Wagner est à lui seul un immense océan, adulé, malgré ses exactions, par une grande partie de l'Europe. Elle pourrait faire fi de bien des choses mais comment, de retour chez elle, pourra-t-elle taire à sa mère qu'elle a passé deux jours avec un polygame, péché mortel passible d'excommunication ? Friedrich la rassure : Richard et Cosima vont bientôt se marier religieusement à l'église protestante de Lucerne. Richard n'est pas un mécréant, il a ses dieux à lui, mais surtout en musique et en dramaturgie. Wagner n'est pas un monstre, lui affirme-t-il une fois encore, fais confiance à ton grand frère.

Lisbeth lui sourit, pose la tête sur son épaule, et ceux qui les regardent n'ont pas tout à fait tort : quel joli petit couple. Ils les bénissent intérieurement. On en voit si peu, aujourd'hui, de gens qui s'aiment vraiment ; on en voit tant et tant, de gens qui font semblant.

La vallée s'illumine, un léger vent se lève, le ciel est d'un bleu tendre. Là-haut, un rapace au plumage de feu, milan royal planant au-dessus de leurs corps, s'est juste maquillé d'une once de silence afin de pouvoir, les ailes ointes de vent, les bénir lui aussi, à sa façon, d'une caresse d'ombre passant sur leurs cheveux.

« En voiture ! » crie le cocher.

2.

Pour arriver à Tribschen, il faut délaisser la malle-poste sur la Grand-Place de Lucerne, face à l'Auberge de la Fleur des Alpes, près du poste-relais. Là, un cabriolet conduit par un domestique vient vous chercher, charge vos bagages, vous assied dans le doux de coussins sans doute de satin, et d'un claquement de langue réveille les chevaux. On emprunte alors des ruelles, on sort de la ville, on gravit une colline pour arriver sur un petit chemin privé, face à de somptueuses grilles de fer forgé travaillé, acanthes et rosaces mêlées, grilles qui s'ouvrent d'elles-mêmes d'une façon absolument magique, voire miraculeuse, grâce à un mécanisme caché dont l'invention aurait été, paraît-il, pensée et partiellement façonnée par le serrurier personnel de Louis XIV, lequel, dit la légende, serait mort avant d'avoir pu le contempler. C'est du moins ce qu'affirme le cocher en détournant la tête pour bien se faire entendre.

On franchit donc le portail en songeant à Versailles, à ses fêtes et ses bals, à ses feux d'artifice, et l'on arrive au-dessus de Lucerne d'où l'on surplombe le lac des Quatre-Cantons.

Le parc qui s'offre aux regards est vaste comme une forêt où se côtoient des arbres de toutes tailles et de toutes essences, des bosquets moutonneux, des bouquets de fleurs d'une telle beauté et d'une telle profusion qu'on a le sentiment d'être entré par mégarde dans le jardin d'Éden. En bordure de ce parc, fenêtres face au lac, une maison de maître au seuil de laquelle, debout sur le perron, attendent Richard, Cosima, les enfants.

Ils sont cinq, les petits : Daniela et Blandine, filles légales de Cosima et de son époux Hans von Bülow, âgées de neuf et de sept ans ; Isolde et Eva, âgées de cinq et de trois ans, elles aussi légalement filles de Cosima et de Hans von Bülow mais en réalité, nées d'un père adultère qui se nomme Wagner ; et enfin Siegfried, fils sans équivoque de Cosima et de Richard, conçu et né à Tribschen, qui il y a tout juste un mois a fêté ses un an.

Sitôt que le cabriolet s'arrête et que Friedrich en descend, les quatre fillettes complètement excitées courent à sa rencontre en ouvrant grands leurs bras et en hurlant, dans des rires de feu et des cris suraigus : oncle Nütsch, oncle Nütsch !

Lequel oncle Nütsch les saisit dans le creux de ses bras. Cosima et Richard, immobiles et sobres, affichent sur leur visage un petit air ému. Lisbeth descend à son tour du cabriolet, aidée par un valet, en se disant que, ma foi, sa visite chez le Diable commence de façon gaie : *oncle Nütsch*, il lui avait caché qu'on le surnommait ainsi.

En tant que sœur de Fritz, on l'accueille avec tact. Richard, qui en toutes circonstances sait demeurer lui-même, à savoir *Moi-Je-Wagner au pays des miroirs*, la regarde d'un peu haut car quand on est un génie il faut bien accepter que la Grâce nous hisse au-dessus du vulgaire. Hormis cette suffisance qui semble lui servir de cape d'apparat (et sans laquelle peut-être il se sentirait nu), il est plutôt affable. Respectueux, aimable, il s'enquiert immédiatement de la santé d'Elisabeth, lui demande courtoisement si elle a fait bon voyage, si son corps par les secousses n'en fut pas courbatu. Il veut la mettre à l'aise sans trop faire de façons, l'accueillir parmi eux comme ce qu'elle est à ses yeux : une invitée de marque. Il lui parle de la joie qu'il a d'enfin pouvoir la rencontrer tant son frère lui a dit combien de sa vie elle était l'indispensable rouage. Il sait que c'est en partie grâce à elle qu'il est devenu *professeur extraordinaire* et c'est donc grâce à cela, à sa nomination à Bâle, qu'ils ont eu la possibilité, Friedrich et lui, de se rencontrer. Il lui est donc redevable d'une grande partie de son bonheur présent et il l'en remercie.

Elisabeth est bouche bée : soit le Diable possède mille ruses indécelables, soit elle s'est fourvoyée : Richard n'est pas du tout à l'image de l'homme dont elle pensait qu'il fût. Il est fin, racé, d'une noblesse infuse. Il parle d'une voix douce, il lui sourit, elle le trouve séducteur mais il ne cherche pas, comme tous ces hommes aux crocs cachés sous des mâchoires d'agneau, à en user de façon cauteleuse. Il ne regarde pas la jeune et jolie femme de vingt-quatre ans qu'elle est, au minois agréable, aux épaules vénitiennes, au splendide regard bleu dont le léger strabisme lui offre un rien de coquinerie, comme une chair à croquer. Naïve petite Lisbeth, ignorant des mâles les ruses les plus primaires.

Ce qui surprend le plus Elisabeth – ainsi que ceux d'ailleurs qui le rencontrent pour la première fois –, c'est sa petite taille. Physiquement, elle qui n'est pas très grande pourrait sans peine le dépasser s'il ne portait des chaussures à talons compensés. Elle comprend mieux qu'ainsi taillé il ait besoin d'un soupçon d'arrogance pour s'affirmer dans sa munificence, mais le fait qu'il soit petit de taille le rend émouvant, fragile ; tout bonnement humain. Prétendre qu'Elisabeth tombe d'emblée sous son charme serait exagéré ; prétendre le contraire le serait tout autant.

Cosima, à ses côtés, vêtue de fins brocarts rehaussés de fils d'or, de damas satinés, de cachemire ondoyant, d'un chapeau florentin autour duquel sinuent le basin et la soie, se contente d'acquiescer, d'un mouvement de tête austère et continu, aux paroles du Maître. Grande dame longiligne d'une élégance folle, elle dépasse de deux têtes son beau nabot d'amant. Long visage pointu, seigneurial et racé, elle est la fille cadette de Franz Liszt, pianiste et compositeur vénéré comme le sont les saints des évangiles. Car Liszt est un dieu vivant, adulé tant et tant que d'aucuns rêvent encore de posséder un verre dans lequel il a bu, un gant qu'il a chaussé, un cil qu'il a perdu.

Elle a passé sa vie enrobée dans l'extase de la gloire, la vanité du monde et la monotonie de la notoriété. Aussi ne trouve-t-elle pas utile, comme Richard, de prouver qu'elle vit, et depuis fort longtemps, à la hauteur des anges, et qu'elle assujettit d'un battement de cils les dieux à son vouloir.

Cela se voit sur elle, dans l'onde naturelle qui sourd de tout son être, dans le grain de sa voix, le parfum de sa peau, dans sa simple manière de soulever une paupière ou d'incliner la tête ; elle est reine naturelle, n'a pas besoin de traîne, de miroir, de sceptre ou de couronne, artifices grossiers réservés au vulgaire et qui ne sont, à ses yeux, qu'objets de carnaval.

Elle est Cosima, la fille – illégitime elle aussi, comme quelques-uns de ses enfants – de Franz Liszt et de la comtesse Marie d'Agoult, célèbre femme de lettres française écrivant, à l'instar de son amie George Sand, sous un pseudonyme masculin, celui de Daniel Stern, non par fantaisie, mais par obligation sociale, morale, patriarcale. Lui, de son côté, est juste Richard, fils de Carl Friedrich Wagner, greffier de la police municipale de Leipzig, et de Rosine Paetz, fille de boulanger. Une différence de taille, comme devait l'être sans doute celle de leurs berceaux. Comme l'est encore celle de leurs corps.

Quant aux enfants, qui désormais en bas des marches du perron caquettent tandis qu'Elisabeth, ne sachant trop que faire pour remercier le couple, ose une révérence comme le lui enseigna jadis une vieille femme de

Naumburg chez laquelle elle avait pris quelques leçons de danse, ils s'amusent avec leur oncle Nütsch qui vient de déballer, d'une mallette en cuir, les cadeaux qu'il a choisis et achetés pour eux après d'intenses heures de profonde anxiété où il resta, dubitatif, face à l'étal de la maison de jouets.

3.

En cette fin d'après-midi où le soleil se couche avec une lenteur typiquement helvétique, les voici à présent qui marchent, Cosima et Lisbeth, sur ce chemin boisé qui fait le tour du lac. Les hommes, sitôt la collation de dix-sept heures prestement engloutie, se sont vite rendus sur les sièges de velours du salon de musique pour parler, livres en main, de sagas, de légendes nordiques, de Veda, d'Edda, de sûtras et de ces mythologies fantasques, titanesques et grandioses qui unissent les peuples en buvant à ces sources qui ont jadis fondé notre présence au monde. Car une mission suprême les soude et les unit. Friedrich la résumera en une formule intense et lumineuse qui aurait dû, et qui devrait encore, servir de Bible miniature à toute l'humanité :

L'art n'a pas pour fin de laisser des œuvres que le temps ruine, mais de créer des artistes en tous les hommes et d'éveiller dans le vulgaire le génie endormi.

Telle est leur volonté : enlever à l'humain, grâce à l'immensité du souffle wagnérien puisé dans le vieux fonds germano-grec, l'habit de chimpanzé dont il s'était vêtu afin qu'il puisse enfin, assis entre les dieux, se lever dignement, et pleinement rayonner en clamant sa grandeur.

*

Au côté des deux femmes dont les pas battent l'amble, les enfants batifolent au creux d'un carré d'herbe, s'amusent au bord de l'eau à faire des ricochets avec des pierres plates. Les plus petits déjà l'appellent *tante Lichbeth*.

Est-ce sa simplicité ou sa naïveté ? Ce vieux reste au fond d'elle de paysannerie ? Est-ce son puritanisme, sa gaucherie provinciale ? Ou serait-ce plutôt son sourire emprunté, son minois ovoïde volontaire et boudeur, ses vêtements dont on sent qu'elle les a longuement choisis, triés, peut-être même spécialement achetés pour s'en venir ici mais qui ressemblent, hélas, à ceux de ces poupées qu'on peut gagner dans les fêtes foraines et qu'on pose, étalant leur grande robe comme les vastes pétales d'une fleur exotique, sur un couvre-lit satiné ? Quelles qu'en soient les raisons, Cosima pour Lisbeth ressent de l'affection. Les enfants également s'accrochent à sa robe, déjà l'ont l'adoptée. Et Lisbeth qui naguère n'avait qu'une seule envie : ne pas venir ici, n'a désormais qu'un seul désir : n'en plus jamais partir.

4.

Tribschen, le même parc. En cet été 1871, Elisabeth est assise sur une chaise au bord d'une table en fer à l'ombre d'un noyer. Les cinq enfants sont autour d'elle, Cosima n'y est pas. Siegfried, le plus petit, vient de fêter ses deux ans, il est posé sur ses genoux et s'endort à moitié. Elle est en train de leur lire quelques-uns de ces contes antiques issus de la mémoire des hommes qu'affectionne Wagner, prenant soin toutefois de leur épargner, à grands sauts de lecture, les horreurs qu'ils contiennent, telles ces pauvres fillettes dévorées par un ogre. Elle invente en lisant, censure, brode, crée des personnages et en supprime d'autres. Les enfants sont ravis, certains ne sont pas dupes, ils connaissaient déjà l'histoire. C'est la quatrième fois qu'elle revient en ces lieux, sans Fritz, mandée par Cosima qui non seulement l'emploie pour garder ses enfants mais qui, chose très rare pour elle, désormais la tutoie.

Au sol ont été installés de grands carrés de lin rembourrés, sortes de matelas ou de duvets épais. Lisbeth y pose délicatement les plus petits, Siegfried et Eva, qui viennent de s'endormir. C'est l'heure de la sieste. Par une fenêtre ouverte on entend un piano qui jubile.

C'est l'été lourd et lent, un vent léger chuinte aux branches du noyer, Lisbeth se lève, referme le livre, s'allonge doucement auprès des deux qui dorment. Les trois autres fillettes, celles que l'on nomme *les grandes* et dont les âges s'échelonnent désormais de six à onze ans, après quelques errances entre mûres et rosiers, s'assoient à ses côtés. L'une se met à lire, une autre à somnoler, la troisième tricote des anneaux pour ses doigts avec des fleurs des champs qu'elle vient juste de cueillir.

Elisabeth frissonne. Le monde est une enluminure. Tout est munificence, extase, limpidité. La façade de cette villa huppée qu'elle-même nomme *le château*, constellée d'ouvertures et aux volets verdâtres, ressemble à un dessin d'enfant naïf et coloré ; le lac, en contrebas, est bleu comme le ciel ; le parc ruisselle de baies, de fruits, de fleurs. Lisbeth vit dans un conte qu'on aurait amputé de ses ogres, sorcières et fantômes. Elle sent que son destin est en train de tourner, que Cendrillon bientôt va délaisser ses hardes.

Daniela, l'aînée, lui montre ses deux mains dont tous les doigts sont désormais ornés de bagues en fleurs des champs. Elle dit qu'elle est mariée avec dix amoureux. Elisabeth, riant, la prend dans le creux de ses bras, lui embrasse le front. Elle a à peine onze ans, mon Dieu, et rêve déjà de prendre une dizaine d'amoureux…

Daniela se relève, saisit une main d'Elisabeth, lui enroule un brin d'herbe autour de l'annulaire et lui demande si un jour elle aimerait, elle aussi, se marier, partir et voyager, loin, avec son amoureux. Elisabeth ne sait que répondre. Daniela lui dit que, elle, c'est ça qu'elle aimerait. Puis elle se recouche, se blottit en ses bras et lui demande alors si elle compte passer toute sa vie avec oncle Nütsch. Lisbeth répond la vérité : qu'elle l'ignore. Elle lui explique qu'il souffre énormément, qu'il sera grand savant et qu'il a besoin d'elle. C'est pour ça qu'elle habite avec lui, à Bâle, et c'est pour ça aussi qu'elle ne peut pas venir ici autant qu'elle le souhaiterait, sinon elle resterait. Daniela est perplexe : vivre avec son frère, c'est quand même bizarre, cette chose-là. On t'a forcée ? T'as pas eu le choix ? C'est parce que t'as pas trouvé de mari ? S'il te plaît, raconte-moi tout dans les détails, depuis le début !

Lisbeth sourit, mais ne sait que répondre. Sait-on seulement où commencent les choses qu'on est en train de vivre ? Jusqu'où faut-il que l'on remonte pour pouvoir affirmer que telle situation ne dépend d'aucune autre, qu'elle s'est en quelque sorte enfantée d'elle-même ? Depuis notre naissance tout n'est qu'enchaînements, croisements de chemins, rencontres intempestives où notre volonté n'y est jamais pour rien. Dieu décide de tout, nous sommes entre Ses mains et nous n'y pouvons rien. Mais on ne peut pas dire ça à fillette qui rêve. Comment lui expliquer de quoi est faite une vie ?

Par la fenêtre continuent de jaillir des accords foudroyants. Wagner implose, explose, il le crie au clavier qui le transmet aux notes, lesquelles projetées par leurs cordes d'acier traversent la table d'harmonie, le couvercle et la caisse, et transpercent l'espace pour porter leur exultation du salon jusqu'au parc. Wagner rayonne, il a de quoi se réjouir : Louis II de Bavière, le richissime roi qui dès son plus jeune âge avait pris le musicien sous son aile en espérant un jour le mettre sous son duvet, vient de lui notifier qu'il en sera bientôt fini de son exil à Tribschen, qu'il pourra quitter la Suisse en toute impunité, retrouver le sol allemand et qu'il fera alors pleuvoir sur lui vastes moissons d'argent et brassées de moussons d'or : « *Vous servir est la mission de ma vie…* »

La musique, au travers des fenêtres, chante cette assomption. Wagner va enfin pouvoir se redresser sur ses ergots et bâtir ce lieu sacré dont il rêve depuis toujours. Durant son exil, il a compris qu'aucun théâtre d'Europe ne serait digne d'accueillir son grand œuvre, cette tétralogie sur laquelle il travaille depuis plus de trente ans. Mais Louis II paiera, bâtira son palais. Peu importe la somme. Ce qui, pour Wagner, n'est que justice : « *Le monde me doit ce dont j'ai besoin.* » C'est un peu sa devise.

La vérité, se demande Elisabeth qui n'a cessé de songer à la question de Daniela, laquelle va-t-il falloir te dire, ou te taire ? Que ton père, ou plutôt ton beau-père, adultère mécréant, va bâtir sa renommée grâce aux bons soins d'un roi homosexuel qui est tombé fou amoureux de lui ? Ça, ma petite chérie, c'est le Diable qui rit. Quant à savoir pourquoi je vis avec mon frère : ça, ma petite chérie, c'est Dieu qui l'a choisi.

Puis contemplant les visages des enfants endormis, elle fredonne une chanson naïve que sa tante Augusta lui avait apprise, chanson dans laquelle des oiseaux, posés sur un de ses doigts, parlent avec saint François en pépiant de joie.

5.

Dans les bras de Lisbeth, Daniela est blottie. Le temps comme le vent sur les ans a glissé. Elle est encore enfant mais ne l'est plus vraiment, ce que dévoile son corps à l'aube de ses quinze ans. Lisbeth d'une main douce lui caresse les cheveux, elles ne sont plus couchées au creux de l'herbe verte, à l'ombre d'un noyer, et Tribschen s'est dissous dans les buées d'antan. Alanguies sur un de ces canapés que l'on nomme sofas, dans un salon rococo chargé de bibelots, elles fredonnent de concert une chanson populaire qui parle d'une bague et d'un cœur que l'on brise. Elles sont à Bayreuth, dans la villa Wahnfried, la Paix des illusions, que Richard Wagner vient de faire bâtir à côté de son *Festspielhaus*, Palais des festivals, où d'ici quelques mois va être représenté, pour la première fois, le *Ring* en son entier.

Cinq années ont passé depuis que les Wagner ont délaissé la Suisse. Cinq ans déjà, tout va trop vite, le temps est une folle qui court à travers champs et traverse l'espace sans se soucier des êtres. Il ignore, entre ces pâles fétus que son élan bouscule, la différence qui gît entre une botte de foin, le fracas d'un volcan, le déclin d'un vieillard, le hoquet d'une fourmi, un battement de cils et la mort d'un enfant.

Daniela elle aussi a changé. La ronde des ans l'effraie, elle n'est plus une fillette, l'enfance est derrière elle, sa poitrine pousse, elle est devenue femme dans le sang des menstrues, elle ne rêve plus d'amants et de chevalier blanc, de mers à survoler ou d'îles à conquérir. D'aucuns déjà lui parlent de mariage, en plaisantant bien sûr, le rire au bec ou le regard pervers. Le monde des adultes lui semble répugnant, foire d'empoigne où les mesquins triomphent, où tout n'est que coups bas, combats pour la puissance et luttes pour la gloire. Le mieux serait de ne jamais grandir, ou de n'être jamais né. L'adolescence, pour elle, n'est qu'un vaste mensonge, une escroquerie programmée, un écorchement des chairs impubères avec les peaux qui pendent aux créneaux d'une enfance assiégée, les entrailles qui grouillent et les seins en orbite suintant de voies lactées afin de perpétuer cette espèce dont elle sait qu'elle est laide, inutile, condamnée à mourir, et que c'est très bien comme ça.

Elle est à l'âge des gouffres où l'ennui au dégoût s'entremêle. Où l'on apprend que le métier de femme n'est qu'une convention, une prison imposée par le mâle, la morale et la Loi. Le Prince Charmant, invention pitoyable, ne ressemble à plus rien. Son pourpoint est au sol, son poitrail est velu, ce n'est qu'un singe qui grogne et dont le rut aboie. Grandir est un carnage, un vol, un viol, un rapt, une horde barbare qui ne sait que déchiqueter nos rêves les plus beaux qu'on passera ensuite une vie à tenter de rapiécer.

J'ai pas raison, tante Lisbeth ?

Dans cette immense pièce, emmêlés, empêtrés, amassés : des statues, statuettes, dorures, madras, soies, velours, satins ; des tableaux, des tapis, sièges, fauteuils, piédouches et tableautins pendus, posés, affichés, accrochés, empilés. Wagner ne peut vivre que dans une abondance de luxe, il lui faut des paillettes et du strass, du marbre de Carrare et des bois exotiques, des bibelots d'or rare, des fourrures de skunks qu'il fait venir de Chine, de Corée, d'Ouganda, des bas de soie plus fins que le fil de l'épée et des épées plus belles que celles des chanceliers.

Tu m'as pas répondu : t'en penses quoi, toi, tante Lisbeth, du monde des adultes ? Tu sais pourquoi elle m'aime pas, maman ? Elle me regarde toujours comme si j'étais coupable ! C'est parce que j'ai un œil bleu et l'autre noir, elle me prend pour un monstre, pour la fille du Diable ?

Elisabeth éclate de rire, se lève, la tire par les deux mains, la force à se mettre debout, lui affirme qu'elle est la plus jolie de toutes les diablesses qu'elle ait jamais connues, qu'elle adorerait passer une éternité aux enfers, brûler à ses côtés. Pour le lui prouver elle court vers l'un des murs où, dans un écusson, se croisent deux jolies hallebardes miniatures, décroche l'une d'elles, se précipite sur l'adolescente en hurlant c'est moi le Diable je vais t'embrocher, et Daniela, mimant la peur et l'hystérie, s'enfuit, titube, crie et galope, se sert des statues pour jouer à cache-cache avec Lisbeth. L'enfance est revenue, le Diable a de bons côtés.

En ce printemps 1875, Elisabeth est à Bayreuth pour une durée incertaine. Cosima lui a demandé, le mois passé, alors qu'elle vivait toujours à Bâle en compagnie de Fritz, si elle pouvait, durant leur absence à Richard et à elle, venir s'installer dans la villa Wahnfried afin (geste du bras aussi large que vague) de s'occuper de tout ça, sous-entendu la maison, les travaux, les domestiques (il y en a quinze) et les enfants bien entendu. Lisbeth, comblée par tant d'honneur, acquiesce avec joie, s'enquérant toutefois de ce qu'on attend d'elle, quel sera son son statut : intendante, régisseuse, nourrice, administratrice ? À quoi on lui répond : si on te le demande, tu diras juste : *suppléante et amie de Cosima.* Et cela suffira. Puis, s'informant du temps qu'il lui faudra rester, la réponse là aussi flotte dans l'indéfini : on verra. Tu pourras, si tu veux, si Friedrich va trop mal, faire des allers retours entre ici et Bâle.

Les Wagner sont partis afin de trouver comment remplir les caisses que les travaux démesurés de la villa et du théâtre (inachevé) ont entièrement vidées. Louis II est amoureux, il paye des sommes folles et serait prêt à tout pour complaire à Wagner : *Je verse des larmes amères à la pensée qu'un jour vous ne pourriez plus être ! Par Dieu, je veux, le jour de votre mort, succomber moi aussi, pour que nos âmes jamais ne se séparent.* Mais ses conseillers veillent. Son entourage grommelle et le peuple bougonne : on se casse les reins à labourer la terre, à taper du marteau et manier la faucille, à être portefaix, cocher, maçon, paveur, et on nous grève d'impôts afin que Monsieur Wagner puisse péter dans la soie ? Alors ils sont en route, Cosima et Richard, et sillonnent l'Europe pour amasser écus, florins, thalers, livres, shillings ou francs. Tournées, concerts, conférences, direction d'orchestres. Wagner ne s'économise pas. Cosima non plus : quêtes de mécènes, sponsors, bienfaiteurs, banquiers et souscripteurs ; incessants cocktails chez le peu qui reste encore de noblesse, ou se prenant pour telle, on n'est pas regardant tant que l'argent ruisselle au fond de l'escarcelle.

*

Après avoir raccroché les hallebardes et épuisé leurs derniers rires, Lisbeth et Daniela décident d'aller prendre l'air. Elles sortent par la verrière emplie de fleurs exotiques et rares, parfumant à l'ivresse tout ce que l'immense hall contient de colonnettes, statues, bronzes et marbres mêlés. Dehors, le sol frissonne et tremble : les travaux continuent. Il reste moins d'un an avant que le festival de Bayreuth soit inauguré avec princes, rois – ainsi que deux empereurs –, et offre à ses mécènes la première mondiale de la tétralogie du fameux *Ring des Nibelungen* qui, paraît-il, bouleversera la terre, le ciel et ses étoiles.

Elles traversent l'immense et bruyant chantier. Rabots, varlopes et riflards recrachent des vrilles de copeaux, la pierre gémit sous le burin, tout n'est que manège de chariots, charrettes, trinqueballes, haquets et autres tombereaux chargés de briques, de sacs, de stuc, de staff, de tuiles, de zinc, de cuivre, de bastaings, de solives ou de moellons, et tout ça piaffe, gueule, hennit, siffle ou chante entre plâtre et mortier. Face au péristyle faussement greco-romain que ceignent les verrières, au centre d'une pelouse que cernent des cyprès en un cercle parfait, jouxtant un jet d'eau empierré, on peut déjà admirer une statue de Louis II de Bavière, en marbre blanc, lumineux, étincelant, fin, racé, et d'une ampleur telle qu'on comprend mieux pourquoi les impôts ont triplé.

Juste après l'étang, quand on le contourne sur sa gauche, il est un cabanon, souvent inoccupé, mais qui aujourd'hui semble l'être. Quatre carreaux dessinent une fenêtre aux vitres un peu noircies, une ombre au travers s'y profile. Quelqu'un y est assis, qui semble lire ou écrire. Un homme, manifestement. Daniela, excitée comme le sont toutes ces adolescentes qui passent soudainement de l'extrême morosité à la suprême excitation, tire sur la main de Lisbeth afin d'y aller voir d'un peu plus près. Lisbeth refuse. Daniela se moque, la traite de vieille fille et s'en va seule guigner au travers des carreaux.

La cabane est petite et un homme y écrit. Ou plutôt : il recopie. Il a des livres, des feuilles, et va des uns aux autres, le doigt sur une page et la plume sur une autre afin de retranscrire ce que son doigt souligne.

Sur la pointe des pieds, Daniela le contemple ; sitôt qu'il lève la tête, elle abaisse la sienne, s'amuse à ce jeu de cache-cache et pouffe, accroupie, une main sur ses lèvres pour étouffer ses rires. Lisbeth, en retrait, la gronde du bout d'un doigt et la somme, silencieusement, en gestes autoritaires, d'immédiatement cesser. Mais Daniela persiste et bientôt l'homme la voit, se lève, ouvre la porte de la cabane et rit aussitôt de la découvrir, rouge comme tison, qui va cacher sa honte entre les jupes d'une dame tout aussi gênée qu'elle. Elisabeth, confuse, ne sait que bégayer. L'homme, plutôt bien fait de sa personne, s'incline et se présente : Bernhard Förster, professeur et journaliste. Il vient tout juste d'arriver. Il a été invité par le Maître Wagner afin d'écrire plusieurs papiers pour le futur journal du festival, le *Bayreuther Blätter*. Monsieur l'Intendant Müller l'a placé ici ce matin, à l'écart du vacarme. Elisabeth s'incline, Daniela se fend d'une petite révérence. Elles se présentent brièvement et, toujours pétries de confusion, fuient davantage qu'elles ne se retirent.

*

Et les dieux qui Là-Haut s'ennuyaient à mourir font désormais péter les verres et piaffent comme chevaux en étant si fiers d'eux qu'ils n'en reviennent pas d'avoir si bien joué. Mais quelle idée divine, se disent-ils en trinquant, d'avoir si subtilement manipulé nos pions : Nietzsche qui devient professeur sans même passer de diplôme, Wagner qui est viré d'Allemagne et exilé en Suisse pour cause de trahison et de concubinage (mais qu'est-ce qu'on a pu rire avec cette histoire-là, surtout avec cette grande gigue de fille de Liszt qu'on traite comme une demi-catin, vraiment, fallait oser), sans omettre ces détails qui font mouche et rendent le récit étrangement palpitant – ce portail de Tribschen qui s'ouvre tout seul grâce au serrurier de Louis XIV, franchement, c'est du génie à l'état pur –, ajoutez à cela toutes ces incohérences et leurs chemins tordus afin qu'Elisabeth, jouant le rôle d'une nounou à Bayreuth, puisse rencontrer – grâce à une mécanique judicieusement huilée – son futur époux jouant le rôle d'un copiste dans une cabane en bois : sans vouloir nous vanter, même Homère, le vieil Homère que pourtant on révère, n'aurait pas su faire mieux !

Certes – et nous en sommes conscient – certains esprits obtus, dénués de poésie et d'imagination, ne possédant en eux aucune once d'extrapolation, nous demanderont sans doute : quelle est l'utilité d'une telle rencontre ? Pourquoi tant d'énergie pour si peu d'épopée ?

La réponse est limpide : c'est pour qu'Elisabeth puisse devenir autre chose que *simple sœur de Fritz.* On ne peut pas, nous les dieux, bâtir une destinée crédible méritant ses biographes si elle reste, durant toute sa vie, l'ombre d'un doux raté posthume.

*

De retour au cabanon, Förster, ne vibre d'aucun émoi. Découvrant Lisbeth, il n'a pas été transpercé par les flèches d'un garnement ailé outrageusement cupidonesque. Il est trop occupé pour penser à cela. La bagatelle n'est rien lorsque la patrie tangue. Il connaît sa mission : extirper de l'univers la race maudite qui se l'est accaparé par ruse, infamie, fourberie et abjection.

Né en pays de Saxe, comme Friedrich, fils de pasteur, comme Friedrich, orphelin de père, comme Friedrich, professeur, comme Friedrich, écrivain, comme Friedrich, ils auraient pu devenir, sinon amis, du moins complices. Mais Förster en son âme n'a qu'une seule obsession, une seule passion qui va guider sa vie : désenjuiver l'Allemagne. Et avec elle l'Europe, l'univers en son entier. Il veut débarrasser l'espace vital, ce fameux *Lebensraum* qui ne fait que rétrécir, du Juif, l'ennemi héréditaire qui grouille de partout et qui, jour après jour, grignote son territoire, celles et ceux qui le peuplent. Wagner, en total accord avec lui, dans une lettre adressée à Louis II de Bavière, vient récemment d'écrire :

La race juive est l'ennemie naturelle de l'humanité pure et de tout ce qu'il y a de noble en elle. Sous pseudonyme, dans une revue confidentielle, il a même précisé : *Il faut se débarrasser de tous les Juifs comme des punaises contre quoi il n'y a pas de recours.*

Förster n'est ici qu'afin de relater les préparatifs du festival à venir. Mais il s'est mis en tête, pour plaire à Wagner, d'établir une anthologie d'écrits qui prouveront sans appel que l'ignominie de la race juive n'est pas une invention de Richard, et encore moins une mode des temps présents. Les Juifs ont cloué le Christ aux branches de la croix et, depuis, ils paradent dans le monde entier, sans gêne et bagues aux doigts, usant d'un or qui ne leur appartient pas. Ils sont partout, quadrillent l'univers d'une toile d'araignée dans laquelle nous serons, si nous n'y prenons garde, bientôt tous englués. Ces gens ont le cœur sec, le nez pointu, les doigts crochus et la morale abjecte. Regardez : même chez Shakespeare, génie universel qui savait tout de l'âme humaine, cet usurier Shylock (juif) qui n'hésita pas une seconde à troquer sa fortune contre de la chair humaine !

Avant qu'Elisabeth et Daniela ne le perturbent, Förster était en train de recopier des phrases de Martin Luther, ce moine intègre, révolutionnaire, fondateur de la Vraie Foi, qui batailla seul contre Rome, la papauté et son commerce d'indulgences, qui traduisit la Bible en allemand et régénéra la religion en mettant le Christ et son message d'amour à la portée des humbles. Il s'y connaissait, lui, en Saintes Écritures, en Juifs et en Hébreux, on peut lui faire confiance.

Förster contemple sa plume, ses feuilles encore vierges, et s'émerveille d'écrire : il est magique, cet acte qui consiste à poser un filet d'encre bleue sur la trame d'un papier, à tracer avec elle quelques signes, lesquels forment des mots, puis des phrases porteuses de lumière et de sens. Il y a du sacré au cœur de chaque page, on donne à l'univers une forme nouvelle sitôt que l'on écrit. On ne peut ni mentir ni trahir : infaillibilité du Verbe. Le don de l'écriture nous vient de Dieu Lui-Même, il faut le respecter, le propager afin que les cœurs s'imprègnent de piété, et les cerveaux de vérité. Ainsi pense-t-il. Raison pour laquelle il recopie, dans l'ouvrage intitulé *Des Juifs et leurs mensonges* écrit en 1543, ce que Luther, conscient du Verbe et de sa force, a cherché à transmettre à ses frères humains : *Sache, chrétien, qu'après le diable, tu n'as pas d'ennemi plus cruel, plus venimeux et plus violent qu'un juif.* Förster jubile en recopiant qu'il faut *tout d'abord mettre le feu à leurs écoles ou synagogues (...) que leurs maisons soient rasées et détruites (...) exterminer ce peuple de vipères, rempli d'excréments du diable dans lesquels ils se vautrent comme des pourceaux.* Il extrait d'autres phrases qui exhortent à *les conduire hors de notre pays comme des chiens enragés,* et poursuit par ces mots qui, à ses yeux, expriment l'essentiel : *Nous sommes fautifs de ne pas les tuer.*

Il est heureux et satisfait. Presque comblé. Voilà donc à quoi servent les mots : à clarifier les pensées, ordonner les consciences, équilibrer le monde, montrer la marche à suivre au peuple souverain afin que puisse renaître une Allemagne puissante, pure, propre, éternelle et chrétienne. Allemagne par-dessus tout. Allemagne au-dessus de tous. Celle-là même que Richard, dans quelques mois à peine, va faire éclater et briller sous les traits de Siegfried et de Wotan, héros de notre peuple, racines de l'âme aryenne et de ses origines en cette époque antique où notre Germanie, aussi fière que guerrière, n'était pas enjuivée.

Förster se saisit alors d'un petit carnet de voyage dans lequel il note ses pensées en vrac ou des sujets qu'il aimerait développer. Il écrit juste : *Bayreuth*. Non pas le festival, mais le lieu. Il se dit qu'il serait bon d'écrire un article sur cette petite ville bavaroise où, à chaque carrefour du moindre des chemins, veillent des Christs en croix, des Vierges aux deux mains jointes priant pour les Aryens et l'âme de leurs ancêtres. Ville pieuse, riche en carêmes, en processions et autres fêtes saintes et votives, raisons pour lesquelles Wagner a choisi de bâtir en ces lieux son palais, son théâtre, son église. Les autres cités allemandes, corrompues par les Sémites, étant déjà bien trop enjuivées pour être dignes d'un tel honneur.

Il cesse ses diversions, repose son carnet, reprend ses écritures et les mots sous sa plume coulent comme source fraîche. Il écrit sur les grands défilés de révolte et de haine qui se mirent en place dès l'an 1370 quand il fut clamé que des Juifs avaient profané l'hostie. Puis il rappelle ces Passions jouées et chantées dans chaque village du Saint-Empire, lesquelles drainaient des foules considérables auxquelles le chœur final, aux paroles exemplaires, demandait d'exterminer le peuple déicide.

Exterminer tous les Juifs. Peut-être l'écriture ne vit-elle le jour qu'afin de permettre la propagation de ce message pur et sain. Peut-être l'écriture ne fut-elle inventée qu'afin de conduire le monde vers une épiphanie de cet avènement. C'est cela qu'il conclut, Bernhard Förster, professeur d'allemand et de langues anciennes dans un lycée de Berlin, tout en rêvant d'écrire à lui seul un ouvrage édifiant, l'équivalent prémonitoire des *Protocoles des Sages de Sion*, livre fondateur du génocide auquel il aspire, livre qu'on écrira quelque vingt ans plus tard et qui fera à lui seul autant – sinon plus – de dégâts que n'avaient su le faire deux mille ans de chasse au Juif, de rouelles et de pogroms.

Mais voilà qu'aux carreaux cela toque à nouveau. Serait-ce encore la fillette accompagnée de la dame ? Il pose sa plume, retire ses lunettes, frotte ses yeux emplis de fatigue et de brume mais n'aperçoit aucun visage. Pourtant ça toque encore. Il s'approche de la fenêtre et découvre, amusé, les pattes plantées sur le dormant de la traverse basse, un oiseau tout petit qui picore on ne sait quoi au creux de la rainure. Noir et jaune semble-t-il, les vitres sont si sales qu'on n'y voit pas très clair.

Sans doute une mésange, de celles que l'on nomme charbonnières. Il s'approche à pas lents, la contemple. Pas farouche, elle tapote du bec comme un petit pic-vert et fait vibrer la vitre. Elle lève la tête, semble le regarder tout en ne le voyant pas. Ses pattes sont d'une finesse hallucinante, le noir de son visage bordé de deux taches blanches a quelque chose d'austère ; mais ce qui le frappe le plus, au-delà de cet étrange masque, ce sont ses mouvements de cou, de tête, incessants, furtifs, nerveux, presque angoissés, comme si elle se sentait épiée, ou surveillée. En un mot : coupable. Il a le sentiment, confus mais manifeste, d'avoir déjà vécu de telles situations. Un doute le saisit ; il retourne vite à son bureau, trempe sa plume au bleu de l'encrier et se promet, en l'écrivant dans son carnet de voyage afin de ne pas l'oublier, de vérifier quelque part, dans une encyclopédie ou auprès de savants, s'il existe ou non, ici, en Allemagne, des oiseaux juifs.

6.

Pendant qu'Elisabeth s'occupe des enfants – surtout de Daniela, la petite gâtée –, que Förster trempe sa plume dans l'encre du venin, Friedrich, à Bâle, vit dans une détresse à nulle autre semblable. Franz Overbeck, l'ami fidèle, l'anti-Judas qui jamais ne trahira, celui qui habitait la porte d'à côté et qui, quelle que soit l'heure, savait le réconforter, a pris femme pour épouse et vit une nouvelle vie en un autre logis. Il passe encore le voir, certes, et ils devisent toujours d'art et de théologie, de philologie, de philosophie et de bien d'autres choses ; ils rient, plaisantent et chantent ; mais c'est beaucoup plus rare et Nietzsche est souvent seul. Et seul il dépérit.

Ce pourquoi, assis à sa table taillée dans le bois d'un pommier blanc, malgré des maux de tête qui depuis l'aube l'indisposent, malgré la solitude qu'il ne supporte plus, il remplit la seule mission pour laquelle il est né : écrire. Quels que soient ses tourments, ses névralgies, ses états d'âme, quel que soit le brouillard dont ses yeux se recouvrent, écrire demeure pour lui sa seule consolation, l'unique médication.

Sur le mur de cette pièce dans laquelle il travaille, en face de sa table-écritoire où feuilles vierges et imprimées se mêlent, ont été punaisés, comme à l'accoutumée, à hauteur de ses yeux, un portrait de son père, pasteur austère à collerette blanche, ainsi qu'une reproduction, école flamande toujours, d'un Christ à l'agonie pendu aux branches de la croix. Les joyeux rayons jaunes d'un soleil généreux les nimbent de lumière, adoucissant les traits de l'un, semblant atténuer la souffrance de l'autre.

Voilà déjà cinq heures qu'il écrit. Après avoir, depuis l'aube de ce joli dimanche, préparé les cours qu'il donnera durant la semaine à venir, il s'acharne sur ce qui sera bientôt le quatrième ouvrage de ce qu'il nomme ses *Considérations inactuelles.* Celui-ci s'intitule : *Wagner à Bayreuth*, une œuvre à laquelle il attache une importance extrême même si, une fois achevée, à savoir dans un an, un an d'acharnement, il voudra renoncer à la faire publier en arguant de ceci : *Je suis resté bien loin en deçà de ce que j'exige de moi-même.* Une phrase récurrente pour chacun de ses ouvrages.

Ses maux de tête affluent, ses yeux ne voient même plus la pointe de sa plume, son corps se tétanise. Il cesse d'écrire – du moins sur Wagner –, s'étire et bâille, se saisit d'une lettre qu'il avait commencée pour un ancien ami de collège, et, Lisbeth n'étant plus là pour prêter son oreille à ses doléances, il en poursuit la rédaction afin de nommer son mal. L'écrire, dit-on, permet parfois de le soulager :

À Carl von Gersdorff

Bâle, vers le 26 juin 1875

(…) Je sors d'une très mauvaise période et j'en commence peut-être une plus mauvaise encore. Incapable désormais de dompter mon estomac malgré un régime des plus ridiculement sévères, accablé des jours entiers par les plus violentes migraines, à peine entrecoupées par quelques jours de répit, épuisé par des heures de vomissement, à jeun, bref, j'ai été dans un état tel que la machine semblait vouloir tomber en pièces et je ne peux pas nier qu'il m'est arrivé parfois de souhaiter qu'elle le fît.

Puis il se lève, tourne en rond, regarde par la fenêtre, revient vers son bureau, ou écritoire, croise des yeux son dernier ouvrage publié il y a tout juste neuf mois, la troisième de ses *Considérations inactuelles* intitulée *Schopenhauer éducateur*. Il feuillette, debout, marche, s'arrête, bougonne, puis s'assied, rature un mot par-ci, en rajoute deux par-là, ne peut s'empêcher de pester contre ces mots imprimés qui figent la pensée : il aurait pu faire mieux.

Il reprend sa lettre pour faire part à son ami des conseils de son médecin :

Immermann a traité cela comme un ulcère et je m'attends continuellement à vomir du sang. Il m'a fait prendre des solutions de pierre infernale quatorze jours durant, ça n'y a rien fait. Il me donne à présent, deux fois par jour, d'énormes doses de quinine. Il ne veut pas que j'aille à Bayreuth, je ne réponds rien, tu peux t'imaginer quels sont mes sentiments (...)

Puis il délaisse sa lettre sans l'avoir achevée et se demande, accablé, s'il n'en finira jamais de ses *Considérations inactuelles*. Il souhaitait, à l'origine, en écrire quatorze. Il n'en produira que quatre. La première, *David Strauss, l'apôtre et l'écrivain*, violent pamphlet contre ce Monsieur Strauss, célèbre théologien de quarante ans son aîné, fera l'effet d'une petite bombe au sein d'un milieu universitaire relativement confidentiel et aura pour mérite de faire connaître le nom de ce jeune révolté qui massacre la culture allemande en quelques traits de plume. Renverser toutes les valeurs, le jeune Nietzsche s'y attelle dès ses premiers livres. La seconde, *De l'utilité et des inconvénients de l'histoire pour la vie*, écrite en 1873, quelques mois seulement après la première, attaque la connaissance historique, ce savoir ancestral, scolaire et sclérosé, dont il dit qu'il ne fait qu'entraver le présent et qu'il *grignote et contamine la vie*. Quant à la troisième, *Schopenhauer éducateur*, publiée à la fin de l'automne de 1874, celle-là même qu'il vient de feuilleter en maugréant, elle contient cependant, malgré les imperfections qu'il y a décelées, tout ce ce que par la suite il saura développer : il affirme déjà, en ces lignes, qu'il faut, prioritairement, désanimaliser cet être bipède qui peuple la planète, arracher la peau de chimpanzé qu'il porte sur son dos, poser l'art sur un socle à la place des dieux, éveiller en l'humain le surhumain qui sommeille. Mais tout cela bien sûr est dit en filigrane.

Quinze ans plus tard, écrivant *Ecce homo*, il saura préciser : *(...) dans* Schopenhauer éducateur *est inscrite mon histoire intime, celle de mon* devenir. *Et, avant tout, ma* promesse *!... Ce* que *je suis aujourd'hui,* où *j'en suis et où je suis aujourd'hui, – à une altitude où je ne m'exprime plus en mots mais en éclairs !*

Il se sert un verre d'eau, prend ses médicaments, disons plutôt ceux qu'il a sous la main car il en change tout le temps, ne respecte jamais les ordonnances et les posologies. Par la fenêtre, il aperçoit la *Münster Basel*, cathédrale de grès rose qui rosit sous le soleil. En bas, sur les trottoirs, des femmes au landau, des enfants au cerceau, des messieurs chapeautés et le trot des chevaux en guise de musique quand leurs sabots fredonnent la chanson des pavés sur des rythmes à trois temps plus ou moins cadencés selon que le cocher a le cœur à la valse ou à la mazurka ; on croit alors entendre comme un air d'Offenbach. Au loin, le Rhin. Il demeure immobile, fasciné par les flots. Les larmes lui montent aux yeux. Il se dit que c'est ainsi qu'il lui faudrait écrire, comme un fleuve qui glisse entre talus et berges sans rien vouloir d'autre que son propre écoulement.

Son ventre émet de petits gargouillis. Il s'aperçoit qu'il n'a pas mangé depuis le matin, se dirige vers une boîte en bois aux côtés grillagés, en extrait un morceau de fromage et de saucisse envoyés par maman, mâche debout face à la fenêtre, fredonne du Schumann, s'essuie les mains, se rassied à sa table-écritoire, se frotte les yeux à l'aide d'un nouveau produit qu'on lui a dit miraculeux, se replonge dans son *Richard Wagner à Bayreuth*.

Nous sommes en été, la nuit prend le temps de se coucher et flâne encore un peu dans le duvet des ombres. Il est désormais tard mais, avant de s'aliter, se souvenant qu'il a omis de répondre à sa sœur qui là-bas, à Bayreuth, s'inquiète de son état, il griffonne quelques mots afin de lui dire, simplement, que tout va bien, comme à l'accoutumée.

*

Tandis que les Wagner, voguant de ville en ville, s'en vont cueillir de l'or sur les routes d'Europe, Elisabeth et les enfants, sachant Fritz – malgré ses courriers prétendant le contraire – triste, solitaire et souffrant, ont, par un soir de juillet, ensemble, sous la verrière, préparé une cérémonie qu'ils ont nommée la *fête de l'oncle Nütsch*. C'est Siegfried qui l'a baptisée ainsi. Au menu : des morceaux de piano composés par Friedrich dont Lisbeth possède les partitions ; quelques poèmes de lui écrits durant l'enfance qu'elle s'est également, dans son petit carnet, donné la peine, et la joie, de recopier. Les enfants ont lu les textes, les ont agrémentés de danses fantaisistes, saynètes et pantomimes.

Elisabeth, au piano, a chanté quelques lieder de son frère, dont le très joli *Gewitter*, *L'Orage*, mélodie entêtante qui se grave d'elle-même au creux de la mémoire et ne cesse ensuite de tourner à l'intérieur de soi comme savent si bien le faire les tendres ritournelles des boîtes à musique. Après quoi, les enfants ont écrit une lettre à Friedrich, ornée de dessins ou de croquis lui racontant au mieux, et de la façon la plus plaisante, la plus vivante et la plus inventive qui soit, la fête en son hommage qui vient d'être vécue.

Fritz leur répond quelques jours plus tard que la simple idée de cette fête l'a littéralement bouleversé, qu'il en a eu les larmes aux yeux : *Je m'en suis ridiculement réjoui.* Il dit qu'il les embrasse tous, qu'il lui tarde de les revoir, qu'il se sent déjà mieux et qu'il va donc, très bientôt, venir à Bayreuth. Il ajoute qu'il a déjà préparé leurs cadeaux, en bon petit papa Noël. Il ne ment pas, les enfants le surnomment ainsi. De penser à eux l'apaise provisoirement. Car il souffre, à Bâle, non seulement de solitude et de maux incessants qui ne savent à présent que croître et se multiplier, mais surtout de sentir qu'il est inadapté à cette chose déloyale qui, d'elle-même, s'est autoproclamée : son destin.

Au *Deviens qui tu es* dont jadis, par inconscience et fatuité il a fait sa devise, il répond qu'ici, à Bâle, il est en train de devenir tout ce qu'il a souhaité ne jamais vouloir être. Il sent vibrer en lui de grands typhons sauvages, des marées d'équinoxe, des tsunamis de mots, d'intenses bateaux ivres, des illuminations que ses heures d'enseignement empêchent de faire éclore. Son corps ne lui paraît plus être qu'un amas d'atomes désordonnés. Il n'est que maladie et qu'âme qui s'étiole. Il en vient à écrire des choses terribles : *Je suis aussi seul que lorsque j'étais enfant.*

Et même terrifiantes : *Qui veut être mon destin ?*

7.

Chaque semaine ou presque, arrimés par des cordes sur de forts attelages aux essieux renforcés, arrivent à la villa Wahnfried quelques statues de pierre, de marbre ou de bronze. Au fil des villes qu'il traverse, Richard en achète sans cesse aux antiquaires et autres marchands d'art se trouvant sur sa route de façon pas toujours innocente, sa réputation ainsi que sa névrose dépensière l'ayant sans peine précédé. Fréquemment aussi, des voitures plus légères apportent des meubles, des tapis ou de lourdes tentures qu'on entrepose sous la verrière ou dans l'atelier de fabrication des décors, en attendant le Maître. Wagner, censé engranger, lors de son périple européen, de quoi financer l'achèvement des travaux de son théâtre, dépensera sur son chemin plus des deux tiers des sommes engrangées pour acquérir socles et tympans grecs, chapiteaux à volutes et colonnes ioniques, bibelots divers, telle cette tabatière d'or et de velours coûtant l'équivalent d'un bon cheval de trait. Voyageant toujours en première classe dans des wagons-salons spécialement affrétés pour lui seul, vivant dans la soie, ne buvant que du champagne, cerné de domestiques, il dépense des fortunes mais ne s'en soucie pas car le luxe est sa vie et sa vie n'a pas de prix : le monde lui doit tout.

Aujourd'hui, à Bayreuth, un nouveau tombereau s'arrête face au perron. Elisabeth et l'intendant Müller s'approchent de l'attelage. L'intendant et le cocher retirent cordages et bâches protégeant le chargement et mettent au jour un ensemble de colonnettes d'un beau marbre orangé veiné de striures ocre, blanchâtres et noires. L'intendant Müller toussote comme il fait chaque fois que les ennuis surviennent, dit à Elisabeth qu'à vue de nez chaque colonnette mesure dans les trois mètres et pèse son quintal. Qu'il va falloir trouver de la main-d'œuvre pour décharger ces pièces. Les ouvriers pourraient quitter un instant leurs outils et, à l'aide de treuils ou de chèvres, descendre au sol la marchandise, mais ils demandent toujours trop cher, arguant n'être pas là pour ça.

Au même moment déboulent, de l'allée latérale jouxtant le péristyle, quelques petits carrosses graciles et menus dont certains, armoriés, ne laissent aucun doute sur leurs propriétaires : de la petite noblesse issue des provinces avoisinantes.

Il en vient régulièrement chaque semaine à la villa. Ceux-ci sont donc attendus : la table est déjà mise. Il s'agit là d'une délégation de mécènes et de donateurs (comtes, barons, duchesses ou simples roturiers), qui viennent observer, ou surveiller, l'avancement du chantier puisqu'un peu de leur fortune repose entre mortier, moellons et chambranles. Louis II a payé plus de la moitié des travaux, et eux, nobliaux bas de gamme, épiciers fortunés, futurs rois de l'acier ou marchands de fourrures, ont donné leur écot afin que leur patronyme, au côté de celui de Wagner, se trouve bellement gravé sur le tympan glorieux de la postérité. Amen et hosanna, alléluia trois fois.

L'intendant Müller file en cuisine afin de secouer le peuple des marmitons. Daniela et Blandine, les aînées de Cosima, descendent du perron dans d'amples robes blanches, et d'une génuflexion saluent les invités. Puis Elisabeth s'incline avec cérémonie tout en leur apprenant qu'elle est la suppléante de Cosima, qu'elle leur servira et de guide et d'hôtesse. Les voici partis direction le théâtre où les ouvriers, habitués à ces rondes, cessent un temps de lever le marteau et de faire chanter la scie, se contentant de touiller auges de plâtre et bacs de colle.

À l'issue de la visite, les financiers gonflés d'ego – car le monde de l'Art leur doit à présent respect, créance et allégeance – se dirigent d'un pas lent vers la salle à manger. C'est ce moment que choisit le cocher pour interpeller Lisbeth. Il ne parle pas allemand mais une sorte de dialecte saxon mâtiné de batave auquel on n'entend rien. Il explique par des gestes qu'il doit repartir et qu'il faut qu'on s'occupe rapidement de son fret. Elisabeth, d'une main gantée, hèle un domestique passant à sa portée, lui demande de trouver des paires de bras puissants pour décharger et stocker tout ça. Puis elle tourne les talons.

Mais le domestique répond arrogamment qu'il n'est pas dans ses charges d'effectuer cette tâche. Il s'occupe des chevaux, pas de ce qu'ils transportent. Les financiers s'offusquent. Elisabeth avance de deux pas et sans hausser le ton lui somme d'obéir. Ce dernier lui rétorque qu'il ne sait obéir qu'à ceux qui le gouvernent et qui le payent, et que, dommage pour elle, elle n'en fait pas partie. Lisbeth masque le camouflet en demandant à Daniela d'aller trouver Müller.

Après un temps d'attente empli d'un long et lourd silence où même les financiers, immobiles, n'osent chuchoter, l'intendant arrive. Sans perdre une seconde et sans hausser le ton, Elisabeth lui ordonne de congédier ce domestique sur-le-champ et de trouver de la main-d'œuvre pour décharger ces colonnettes. Puis elle tourne les talons et, hautaine et fière, conduit son petit monde de nobles et de roturiers vers la salle à manger.

8.

Quand le couple Wagner réintègre Bayreuth après avoir sillonné une grande partie de l'Allemagne, Lisbeth déclare aussitôt à Cosima qu'elle s'est permis de chasser un domestique. Elle raconte les détails de l'affaire, Cosima répond qu'elle a bien fait de ne pas perdre la face devant les donateurs : ces gens-là se croient tout permis. Si elle avait, par carence d'autorité, plié l'échine face à un simple employé, ils auraient été capables d'aller dire aux quatre coins de leur petite province que chez les artistes, ce sont les valets qui commandent. Ne pas avilir ou rapetisser le saint nom de Wagner était prioritaire. Elle la félicite. Puis elle ajoute, quelque peu agacée, que ce domestique légitimement renvoyé devait sans doute avoir du sang juif dans les veines pour être si rebelle et méprisant de l'autorité – ces gens-là sont ainsi, il en vient de partout, ils gangrènent le monde, ils sèment la discorde, veulent prendre le pouvoir, on ne s'en méfie jamais assez : qu'on les renvoie chez eux si toutefois ces métèques envahisseurs en possèdent un, de chez-eux.

La haine du Juif, chez le couple Wagner, est un poison tranquille. Ils sauront l'infuser avec beaucoup d'aisance et très grande élégance autant à leurs amis qu'aux membres de leur famille.

Daniela, fillette douce, sensible, adolescente tourmentée mais artiste dans l'âme, conjuguera avec brio les métiers de pianiste et de conférencière. À l'âge adulte, elle adhérera au parti nazi de Hitler dont elle recevra l'*insigne d'honneur en or*, une haute distinction glorifiant l'âme aryenne. Sa sœur Eva épousera Houston Stewart Chamberlain, Anglais de souche et d'aristocratie, théoricien raciste, considérant Wagner comme le seul missionnaire et l'unique prophète d'un monde bientôt libéré de ses races inférieures. Le lord ira jusqu'à demander la nationalité allemande pour mieux pouvoir soutenir Adolf Hitler sitôt son arrivée au poste de chancelier.

Friedrich ne tombera pas dans les filets de la haine. Après quelques doutes instillés par son entourage et le milieu dans lequel il a grandi, après avoir déblayé les scories de l'enfance et de son éducation chrétienne, après avoir étudié philosophiquement l'essence de toutes les religions, sa pensée est désormais claire, nette et sans appel :

Les Juifs m'intéressent, objectivement, davantage que les Allemands : leur histoire offre des problématiques bien plus fondamentales. (…) j'aimerais bien savoir jusqu'où, au bilan, il ne faudrait pas pousser l'indulgence envers un peuple qui, de tous, a eu – non sans notre faute à tous – l'histoire la plus malheureuse, et auquel nous devons l'homme le plus noble (le Christ), le sage le plus pur (Spinoza), le Livre le plus puissant et la Loi morale la plus efficiente que le monde ait jamais vus.

Wagner ne s'en offusque pas, il sait que les opinions de Nietzsche ne sont que le reflet de son immaturité. Il admet et consent, en attendant que Friedrich évolue – et donc se renie –, que leur amitié artistique ne soit pas brouillée ou souillée par des considérations morales, religieuses ou politiques.

Quant à Elisabeth, semblable à ces galets que les enfants lançaient sur le lac de Tribschen, elle deviendra antisémite par ricochet, sans réelle conviction, ni véritable opinion, il lui suffira juste d'épouser ce falot de Förster rencontré à Bayreuth.

Plic, plac, ploc, par petits bonds, petits rebonds, tous ces cailloux lancés d'un peu partout conduiront sans entrave, dans une Europe quasiment insensible aux sillons des étangs, à l'extermination d'un peuple tout entier.

9.

La première représentation officielle du *Ring*, que Wagner est enfin parvenu à faire jouer en son intégralité dans la spectaculaire salle du *Festspielhaus* de Bayreuth, se déroule du 13 au 17 août 1876 en compagnie de ce qui se fait de mieux côté lignage, capital et apanage, et que l'on nomme, de façon très huppée et non pas culinaire : le gratin ; deux empereurs (d'Allemagne et du Brésil), les grands-ducs de Saxe-Weimar, un nombre incalculable de princesses, comtes, comtesses, ducs, duchesses, barons, baronnasses et baronnets, ainsi qu'une kyrielle de bourgeois, une pléiade de financiers et une myriade de musiciens dont, entre autres, Liszt, Saint-Saëns, Bruckner, Grieg et Tchaïkovski.

Le but proclamé du *Ring* est avant tout de rétablir, par la puissance de sa pensée, par la force de ses textes et la beauté cosmique de sa musique, une Allemagne conquérante capable de faire tanguer cet univers inculte et de renverser artistiquement cette planète triviale, avide et roturière, pour bâtir, à Bayreuth, une religion neuve faite de grand-messes purement tétralogiques. Le but du *Ring*, en substance, est de faire de Wagner le nouveau dieu d'un nouveau temple. Et de ses opéras un nouvel évangile afin que l'être humain vête son âme de génie et accède enfin à ce qu'il se doit d'être : surhumain. À savoir un humain anobli par lui seul.

*

Quelques jours avant cette première officielle, Nietzsche arrive de Bâle et découvre le véritable visage de Bayreuth : un monde de commerçants, de philistins, de baronnets sans classe, de princes m'as-tu-vu, d'égrotants dentelés et de séniles édentés qui se pressent pour assister au *Ring* comme à une course de chevaux ou à une fête du boudin noir. Nietzsche maudit Wagner qui, entre les puissants de pacotille, glorieusement se pavane. Ses idéaux s'effondrent. Où est-il ce nouveau monde humaniste et aristocratique puisant ses racines dans le vieux fonds germano-grec que tous deux espéraient faire revivre grâce à l'art et au *Ring* ? Où sont-elles, ces vivifiantes beautés antiques issues d'Athènes, des Veda, d'Inde et du Walhalla, qui devaient sauver le monde ? Il n'en est en ces lieux nulle trace. Tout n'est que mascarade. Tout n'est que vent, vide, toc et creux, bric-à-brac et tape-à-l'œil. Wagner ne cherche pas à bâtir une civilisation nouvelle avec ses œuvres, il veut seulement régner sur des buveurs de bière et des marchands de cochons. L'Allemagne sublimée qu'à Tribschen ils ont tous deux rêvée, n'est qu'une truie épaisse. Ce n'est pas une erreur, c'est une trahison.

Nietzsche décide de ne pas assister à cette *première mondiale*. Juste après la répétition générale, dont la vision l'afflige, il s'enfuit à Klingenbrunn, en forêt bavaroise, pour se retrouver seul, avec les arbres, leurs branches, leurs feuilles, les chevreuils qui les broutent et l'eau du ruisseau qui fredonne à ses pieds. Il prend, avec tous les humains dont la plupart ne mènent que des vies atrophiées, une distance qui dès lors ne fera que s'accroître. Dans cette forêt, il tue en lui, de façon quasi désespérée, l'enveloppe de son moi social : finies les concessions, courbettes, obligations et choses insensées dont sans cesse on se charge pour satisfaire autrui. Finies les soumissions, aux autres comme à Dieu.

Il me faut désormais, se dit-il, commencer à penser par moi-même. Devenir qui je suis, non cette pâle copie qui se prétendait l'être.

Malade, déprimé par cette tétralogie dont il attendait tant, affligé et déçu par Wagner qui n'a plus rien d'un dieu et encore moins d'un roi mais juste d'un pauvre coq qui aurait confondu, par excès d'arrivisme, les paillettes du fumier avec celles de l'or, ou pire, avec celles de l'art, Fritz demeure dans sa forêt, assis face à ses feuilles et quelques écureuils aux queues empanachées qui volent de branche en branche sans ne jamais tomber.

À l'auberge voisine, il se met au piano, joue du Schumann, du Liszt, ou improvise durant des heures. La musique toujours, lorsque son cœur s'effondre, lui sert de panacée. Il en aura besoin. Dans quelques jours à peine il devra retourner dans un amphithéâtre, assumer son métier, retrouver ses élèves, redevenir, malgré maux et nausées, ce qu'il est : un petit professeur, fût-il *extraordinaire.* Un petit écrivain qui vient de publier l'intégralité de ses quatre *Considérations inactuelles* ; sans que le monde tremble, s'en émeuve ou s'en soucie.

*

Pendant ce temps, à Bayreuth, durant le festival et les jours qui le suivent, au milieu de dindons et de dindes se grisant de champagne, Elisabeth babille comme corneille, roucoule comme colombe, jase comme étourneau, grisolle comme alouette ou zinzinule comme colibri selon que ses deux pattes se posent sur une branche maîtresse ou un simple rameau. Elle volette et plane, butine et papillonne, minaude et affriole. Elle est jeune et jolie et sait en profiter. Elle fait la révérence aux nobles de sang bleu, s'incline élégamment face à des nobliaux d'un sang d'un bleu plus pâle, discourt avec aisance, à grands à-plats de phrases creuses, avec tout l'équipage de ce bateau aux armoiries futiles et surannées dont tout un chacun ignore qu'il va bientôt sombrer sous les boulets tirés par le grand capital qui vient en haute mer de hisser sa grand-voile. Sous peu, les gants princiers aux dentelles ajourées recevront la badine, et parfois le crachat, en guise de baisemain. Et les aristocrates, déchus, piétinés par la horde sauvage des nouveaux conquérants, n'auront plus qu'à briser leurs sabres d'apparat, leurs sceptres régaliens et leurs épées de gala sur le funeste autel des bœufs et des veaux d'or.

« *Ist Veredlung möglich ?* » se demande Nietzsche au même moment. L'ennoblissement de l'homme est-il possible ? La réponse bientôt va lui être donnée par les rois du commerce, de l'industrie naissante, par les magnats cossus régnant sur les machines, salariant au rabais tous ces milliers de bras accourus des campagnes ou des bas-fonds des villes afin de faire tourner engrenages et pistons tandis que les hauts fourneaux s'apprêtent à cracher, au sol, dans l'air, au ciel et jusque dans des tranchées boueuses, leurs milliers de tonnes de fumée et d'acier, d'obus, de balles, de poutrelles, d'entretoises, de jambages, de casques et de barbelés. Les nouveaux conquérants, Attila de l'acier et du marché des changes, sont en train de faire fondre les grandes statues équestres des Princes de jadis pour construire des tourelles, des chars et des canons, hangars et miradors. Déjà ils affûtent leurs armes pour que puissent tinter, comme clochettes de Noël, quelques nuits de cristal qui les célébreront et qui les hisseront au sommet du pouvoir. Le siècle des barbares pour qui l'art est un leurre et la vie une arène, est en train d'ériger, dans de futurs immeubles de fer, de verre et de prestige, le trône sacro-saint de sa médiocrité où sera couronné, le glaive entre les dents, le règne sublimé de sa bestialité.

Louis II, dans un étang, d'ici quelques années, n'aura plus qu'à se noyer pour rejoindre Ophélie dans la vase du temps. Shakespeare l'avait écrit : tout n'est que drame, histoire de fou racontée par un sot. La vie n'est que buée. Une brume insensée enveloppe le monde.

10.

Délaissant la huppe du grand monde et les robes où le tulle à la soie s'enguirlande, Lisbeth retourne à Bâle vivre au côté de son frère. C'est un peu Cendrillon qui retrouverait ses hardes sitôt que minuit sonne et que les beaux carrosses reprennent au potager leur aspect légumier.

Le retour est terrible car Fritz est au plus mal. Ses maux d'yeux, de tête, de ventre, le laissent de plus en plus souvent dans des états proches du coma. Il subit des crises violentes, fugaces ou persistantes, de tétanie, d'angoisse, de fureur ou de délire, accompagnées de spasmes, d'attaques, de vomissements, de convulsions quasi épileptiques. Il transpire et cauchemarde. On peut lire sur son corps, sur sa face, en ses nerfs, les symptômes qu'eut son père avant de rendre l'âme. Lisbeth craint qu'il subisse, lui aussi, un ramollissement du cerveau qui pourrait lui être fatal.

Aussi le ramène-t-elle à Naumburg, au cocon familial, où Franziska sa mère use de tout ce qui se fait de mieux en matière religieuse : prières, chants issus de son hymnaire dresdois, neuvaines, jeûnes, génuflexions. Mais rien n'y fait. Elle fait venir à son chevet des médecins du canton, puis des cantons environnants, puis de plus loin encore, lesquels s'avèrent successivement tout aussi impuissants à le soigner. On peut leur pardonner. Au fil des ans passés, Nietzsche a tout essayé : il est allé en Suisse, en Italie, en altitude, auprès de lacs, de névés, de cols, de rivages, de mers ou de sommets, en d'improbables lieux, chalets ou lazarets, stations thermales ou centres médicaux ; il s'est fait soigner à l'eau, à la vapeur, à l'électricité, à l'homéopathie, à la marche, au plein air, au sommeil, aux médicaments, au soufre, au sel, à l'iode, aux fers, au feu, aux gouttes, aux potions, à l'iridologie ou à toute autre science nouvelle qu'on venait tout juste d'inventer. Quelques-unes l'ont soulagé ; aucune ne l'a guéri. Et tout culmine ici, en cette année 1876 dont il dira qu'elle fut la pire de sa vie. Il n'est plus que souffrance. Doute et souffrance. Il est grand temps qu'il meure, qu'il mue, que le grand Phoenix aux ailes déployées vienne enfin à son aide pour lui apprendre comment il faut agir pour renaître de ses cendres.

Franziska d'un coton lui tamponne le front, lui humecte les lèvres, rajuste son duvet et surveille sa fièvre, gestes qui amèrement lui ravivent en mémoire ceux-là dont elle usa lorsque feu son époux (que Dieu Le garde en Lui) entra en convulsions trente années auparavant.

Elle croit encore à la clémence du Ciel : Fritz ne mourra pas. Du moins pas tant qu'elle sera toujours vivante. Elle a, par-dessus tout, peur qu'il devienne, lui aussi, ce que nul n'ose dire à voix haute : un fou.

*

Theodor Ziehen
Médecin-chef de la clinique de Iéna

Feuille principale du registre des malades de la maison de santé pour aliénés de Iéna, N° 814

Année 1889

(Irren-Heil und Pflege-Anstalt z. Iéna, grand-duché de Saxe-Weimar)

20 juillet. Refuse souvent de se lever sous prétexte de fatigue.
23 juillet. Ischialgie à gauche. « Je suis stupide dans la hanche. »
29 juillet. Reçoit la visite de sa mère. Très satisfait.
1 août. Poids 123 livres (-3).

3 août. Se plaint de sensations de constriction thoracique et d'atrophie générale. Faim dévorante.
8 août. Fait remonter sa choroïdite à l'année 64 ou 66. Croit être au commencement du mois d'août 1889.
14 août. De nouveau très bruyant. Donne ses douleurs de tête comme motif de sa turbulence.
16 août. Brise tout à coup quelques vitres. Prétend avoir vu derrière la fenêtre le canon d'un fusil.
17 août. Frictions au mercure interrompues.
27 août. Perd souvent ses mouchoirs, etc. Aujourd'hui, après avoir perdu son carnet de notes, il a dit : « Ce carnet a changé de domicile sans ma permission. »
28 août. Note sur un papier : *Hors d'état de nuire - je suis bon pour un enterrement chrétien.*
29 août. Note sur un papier : *Toutes ces réponses qui resteront sans question.*
30 août. Note sur un papier : *La chasteté est le rut de l'âme.*
31 août. Note sur un papier : *Bientôt je m'abstiendrai totalement de moi-même.*
4 septembre. Perçoit très nettement ce qui se passe autour de lui. De temps en temps, conscience très nette de sa maladie.
9 septembre. Prétend aujourd'hui être à Turin.
15 septembre. Note sur un papier : *Maman, je n'ai pas tué Jésus, c'était déjà fait.*
6 octobre. Dit à ses médecins : *on me rend malade du côté droit du front.*

7 octobre. Se couche presque toujours par terre à côté de son lit.
1 novembre. Vole des livres.
1 décembre. Prétend avoir vu cette nuit des petites femmes tout à fait folles.
2 décembre. On a essayé de faire coucher le malade dans un lit de deuxième classe sous la surveillance d'un gardien au lieu de le mettre en cellule, mais il a fait tellement de bruit qu'on a été forcé de l'isoler.

11.

Ma solitude est grande, mes perspectives sombres, le présent odieux, toute occupation intellectuelle m'est interdite, des soucis et des scrupules de toute nature pèsent sur mon humeur –

En octobre 1876, Fritz est, une fois encore, au plus mal. Il demande à l'Université de Bâle une année de congé ; on la lui accorde aussitôt. D'octobre 1876 à mai 1877, il part en Italie, à Sorrente, dans la villa de Malwida von Meysenbug, une révolutionnaire féministe issue de la noblesse huguenote allemande que Friedrich avait rencontrée à Bayreuth et qui s'était maternellement prise d'affection pour lui. Cette femme éclairée a pour projet de faire de sa maison un phalanstère dont elle précise l'idée dans ses *Mémoires d'une idéaliste* :
Il s'agissait de fonder une sorte de mission pour accueillir des adultes des deux sexes et de les conduire au libre épanouissement de la plus noble vie spirituelle, afin qu'ils pussent semer de par le monde les graines d'une culture nouvelle spiritualisée.

Elisabeth, n'ayant pas été invitée dans ce cercle privé où la culture humaniste bouillonne et s'épanouit, s'en retourne, dépitée, vivre à Naumburg aux côtés de leur mère où Friedrich leur écrit : *Je suis exilé pour un an dans le Sud ; ne rien lire, ne rien écrire, si possible ne penser à rien – telles sont les instructions du médecin.*

Ce qui est totalement faux puisque c'est à Sorrente qu'il travaille au projet de *Humain, trop humain*, livre dans lequel il va user de l'aphorisme à la façon de ces moralistes français qu'il admire et vénère. Ce livre, qu'il qualifie lui-même *Monument d'une crise*, va définitivement le délivrer de l'empreinte wagnérienne, du poids de la culture allemande et de l'enseignement dont il sait désormais que toutes les heures passées à donner pour autrui trop de parts de lui-même seraient presque parvenues à castrer son génie d'écrivain s'il n'y avait pris garde.

En 1878, après un an d'exil studieux, il rentre à Bâle et emménage avec sa sœur dans un nouvel appartement, au 22 de la Gellertstraße. Elisabeth s'est chargée de tout : trouver l'habitation, négocier la caution, signer le contrat, arranger les lieux, caser les livres, cirer les sols, plier les draps.

Toujours malade, à moitié aveugle, dépressif et quasi suicidaire, il trouve à son retour la table déjà mise. Une bougie de fête brille comme un Noël sur un bougeoir d'étain, une soupe mitonne. Elle fredonne pour lui un lied que jadis il avait composé. Il ne lui reste qu'à être heureux, à remercier sa sœur qui pour lui se démène, cuisine, chantonne. Il lui faut juste s'asseoir, respirer cet amour qu'on lui sert à la louche et à la clef de sol, et mettre sa serviette, et non une corde, autour de son cou.

Mais la crise est profonde, Nietzsche ne s'en relève pas. Au vu de son état, l'Université décide de ne pas l'accabler et lui supprime les deux tiers de ses cours, notamment ceux qu'il donne comme enseignant, et non comme professeur, au *Pädagogium*. Il lui reste à peine une poignée d'élèves, ils seront encore de trop.

1879. La chance de mon existence, voire ce qu'elle a d'unique, tient à sa destinée. Pour l'exprimer sous forme d'énigme, je suis déjà mort en la personne de mon père. Mon père est mort à trente-six ans, il était frêle, gentil et morbide, comme un être d'emblée destiné à passer. À l'âge même où sa vie déclina, la mienne déclina aussi. C'est dans ma trente-sixième année que j'ai atteint le niveau le plus bas de ma vitalité.

Chaque année semble porter en elle le poids des années précédentes, l'envasant davantage dans la boue du néant, du renoncement, du découragement et de la vanité des choses. Pour la première fois, Fritz songe sérieusement au suicide. Il y renonce cependant et donne sa démission du poste de *professeur extraordinaire de philologie, de langue et de civilisation grecques* à l'Université de Bâle, se délestant de tous ses revenus – ce qui est, convenons-en, une première forme de suicide. Sa démission est acceptée et on lui octroie, à titre purement amical et exceptionnellement, une petite pension. De quoi humblement vivoter, ce qu'il fera d'ailleurs jusqu'à son dernier jour.

Ainsi commence sa nouvelle vie. Une vie d'errant, de fugitif errant, de moine sans église et d'ermite sans grotte. Une vie dans laquelle il pourra, pas à pas, mont après mont, lac après lac, seul et toujours souffrant mais enfin rayonnant, lumineux, devenir l'inventeur et le souverain de lui-même.

Il quitte la Suisse, ses rares amis, sa sœur, et part pour un voyage dont lui-même ne sait rien sinon qu'il sera sans fin. Il décide d'abandonner définitivement l'écriture de ces *Considérations inactuelles* dont il avait planifié d'en produire une dizaine sur des thèmes variés mais qui toutes se donnaient comme mission d'élever l'humain au travers de l'art, *la tâche la plus haute et l'activité proprement métaphysique de cette vie.* Il n'entend plus régénérer la culture allemande au travers du mythe wagnérien. Tout ce qu'il a écrit durant ces dix dernières années, de *La naissance de la tragédie* à son dernier ouvrage, *Humain, trop humain*, ne fut que prémisses, prolégomènes à ce qui, désormais, fût-ce de façon confuse, rugit au fond de lui comme fauve encagé. Il a déjà en tête le titre de son nouvel ouvrage, *Le voyageur et son ombre*, qui correspond pleinement à ce qu'il entreprend. Adéquation totale entre l'humain et l'œuvre. Il bout, frémit, découvre qu'il va enfin devenir ce qu'il est :

Je ne suis pas un homme, je suis de la dynamite.

SIXIÈME PARTIE

Le voyageur et son ombre

Sans patrie

Des chevaux rapides m'emportent
Sans crainte ni terreur
À travers l'étendue.
Qui me voit, me connaît ;
Qui me connaît m'appelle
Le Seigneur sans patrie.
Hourra !
Reste avec moi,
Mon bonheur, ma claire étoile !

Personne n'a le droit
De chercher à savoir
Où est ma patrie.
Je ne suis pas lié
À l'espace, au temps qui fuit ;
Je suis libre comme l'aigle.
Hourra !
Reste avec moi,
Mon bonheur, mon beau printemps !
(...)

Friedrich Nietzsche, *Journal de Pforta*,
écrit le 11 août 1859, à l'âge de 14 ans

1.

Le voici enfin seul et serein, dans l'Oberland bernois, du côté de Grindelwald, assis sur un rocher, en altitude. Face à lui, quelques neiges que l'on dit éternelles. Brodequins noirs aux pieds, en route vers l'errance et cette incertitude qu'on nomme liberté dont il ignore encore, comme le prétend l'adage, s'il faudra tôt ou tard qu'il en paye le prix. L'idée le fait sourire. Qu'importe la facture : pour la première fois depuis qu'il est enfant, il se sent naître au monde. Il n'est plus personne pour lui dire que penser, qui prier et face à qui plier l'échine. À l'aide d'une brosse de crin dans sa chambre d'auberge, hier au soir, il a furieusement, méthodiquement et symboliquement frotté ce lourd manteau de drap qu'il portait à l'Université de Bâle afin de lui enlever *les neuf années de mousse* qui l'avaient empesé. Années dont il dira qu'elles l'ont bâillonné et infantilisé. Il est las du passé et regrette *d'avoir sacrifié la meilleure époque de sa vie au professorat et à la philologie*. Il regrette d'avoir vécu dans le troupeau, d'avoir brouté cette herbe en étant tout

à la fois le berger, l'agneau, et le loup qui les croquaient tous deux.
La solitude absolue m'apparaît de plus en plus comme ma formule essentielle, comme ma passion fondamentale ; c'est à nous qu'il incombe de provoquer cet état au sein duquel nous créons nos œuvres les plus belles, et il faut savoir lui sacrifier bien des choses.

Assis sur son rocher et les deux pieds ballants, il dresse une liste des choses à effectuer afin que puisse éclore son propre avènement en tant que fils de lui et non plus fils d'autrui. Ont été classés, dans les rubriques *Urgent* et *Prioritaire*, soulignés trois fois au crayon rouge en gras :

1. Tuer Schopenhauer et tous les mauvais guides et tous les mauvais Maîtres.
2. Enterrer Wagner au fond de ce bocal où l'on met les compresses usagées et les fioles périmées : *Wagner n'est qu'une de mes maladies.*
3. Renaître intensément.
4. Renaître immédiatement.
5. Réapprendre à écrire de façon animale, libre comme un chamois, et jeter aux orties cette glose pédante et scolaire. Ne plus mourir aux mots. *Le style doit* vivre. *Il faut que j'apprenne à jouer de mon style comme je joue du piano.*
6. Accepter mon état, rejeter médecins, rebouteux, charlatans et autres prétendus soignants. Trouver mon équilibre, mon harmonie, uniquement dans l'art et nulle part ailleurs. *Seul l'art guérit les âmes. Seul l'art parvient à*

enlever à la vie l'absurdité qui la recouvre de son voile d'horreur et de sa vanité.

La machine est en route. Comme toute locomotive, elle démarre sans colère, dans la lenteur des bielles. Il demeure quelques semaines encore aux entours de la Suisse, s'en retourne à Naumburg et puis finalement il part à l'aventure pour marcher sur les chemins du monde. Un monde qu'il invente à l'aune de ses pas, un monde pour lui seul, dont il ignore tout mais qui va le conduire durant près de dix ans de Grindelwald à Stresa, de Venise à Messine, de Rome à Tautenburg, de Marienbad à Nice, de Sorrente à Gênes, de Rapallo à Portofino, de Graz à Sils-Maria, et en bien d'autres lieux, la liste est bouleversante qui le verra bourlinguer, en quête de lumière, besace en bandoulière, libre comme l'éclair, rejetant Théognis et tous les faux penseurs aux toges pessimistes, ne voulant plus que joie, grand air des altitudes, vie solitaire et semelles de vent.
Nous ne sommes pas de ceux qui n'arrivent à penser qu'au milieu des livres – nous avons pour habitude de penser au grand air, en marchant, en sautant, en escaladant, en dansant, de préférence sur des montagnes solitaires ou tout au bord de la mer, là où même les chemins deviennent pensifs. Nos premières questions de valeur, qu'elles portent sur un livre, un homme et une musique, sont les suivantes : « Sait-il marcher ? Plus encore, sait-il danser ? »

*

Il est l'heure pour Friedrich d'enfin devenir Nietzsche, de jeter ses peaux de serpent dans les ravines du Diable, et, tenant entre ses mains le stéthoscope de la vraie vie et non de celle hélas qu'on fit passer pour telle, il peut à présent, en toute impunité, hors des sentiers battus, *ausculter les idoles* :

Notre culture contemporaine est une chose lamentable, un brouet à l'odeur de pourriture, où flottent des miettes peu appétissantes de christianisme, de science, d'art, dont les chiens même ne voudraient pas. Mais ce qu'on cherche à opposer à cette culture n'est guère moins pitoyable, que ce soit le fanatisme chrétien, le fanatisme scientifique ou le fanatisme de l'art, chez des gens qui tiennent à peine sur leurs jambes ; c'est comme si on voulait guérir un défaut par un vice. En vérité, si la culture présente paraît pitoyable, c'est parce qu'une tâche monte à son horizon, je veux dire la révision de toutes les valeurs.

*

Et les dieux qui Là-Haut, tout en feignant de jouer à ceux qui piqueraient, du bout de leurs harpons, des destins au hasard – on l'a déjà écrit, les dieux sont des taquins –, soudain sont excités par le désir en germe que Nietzsche a formulé : *la révision de toutes les valeurs.* Une idée qui pour eux est comme inespérée. D'autant que Fritz, joyeusement parti sur ses nouveaux chemins et ayant déjà, maintes fois, emboué ses brodequins dans la glaise des lettres, fait siffler la vapeur : il pense, marche, écrit, repart, pense, marche, écrit, repart, pense, marche, écrit, repart, écrit, écrit, écrit et ne fait plus qu'écrire, debout sur un rocher, assis au bord d'un lac ou dans une chambre d'auberge, marchant durant des heures tout en mâchant ses phrases quand ses yeux n'y voient plus. Aphorismes, pensées en vrac, *Opinions et sentences mêlées, Humain, trop humain II*, phrases éparpillées, mots démantelés, hachés ou fragmentés, on verra ça plus tard comment les assembler, l'essentiel est que ça fume, que ça roule, tchou-tchou de phrases empanachées, petite locomotive aux bielles surchauffées, tout est bon à broyer sous sa plume, ça fuse, ça arase, assassine et fulmine, l'immense convoi de l'écriture écrase tout sur ses rails, enfantant des volcans tout ruisselants de lave et de gerbes explosives :

L'humanité ne représente pas du tout une évolution vers le mieux, le plus fort, le plus élevé au sens où on le croit aujourd'hui. Le « progrès » n'est qu'une idée moderne, c'est-à-dire une idée fausse. L'Européen d'aujourd'hui reste, en valeur, très au-dessous de l'Européen de la Renaissance (…) Le christianisme a pris le parti de tout ce qui est faible, bas, raté, il a institué en idéal l'opposition aux instincts de conservation de la vie forte ; il a vicié la raison même des natures les plus fortes en esprit, en enseignant à ressentir les valeurs les plus hautes de l'intellectualité comme pécheresses, comme trompeuses, comme des tentations (…) On appelle christianisme la religion de la pitié (…) La pitié barre dans son ensemble la loi de l'évolution, qui est la loi de la sélection

(...) Je suis un disciple du philosophe Dionysos, j'aimerais mieux être un satyre qu'un saint.

Ayant clairement entendu le plumitif se gausser des chrétiens et vanter Dionysos, les dieux Là-Haut, ainsi que leur cortège de demi-dieux, quarts-de-dieux, déesses, chevaux, prophétesses et Titans qui attendaient, couronne en main et glaive en bandoulière, qu'on vienne à nouveau les oindre et les sacrer, poussent des cris de joie et pressent le gamin d'accélérer le pas. Ils sentent frémir la croupe de leurs chevaux à huit pattes, entrechoquent leurs chopes à la santé de Fritz dont ils savent désormais qu'il saura les ressusciter en les débarrassant de cet escroc récent qui dans son Testament (qu'il a nommé Nouveau, allez savoir pourquoi) s'est autoproclamé Seul et Unique Dieu ! Mais pour qui se prend-il, ce morpion infatué, ce voleur insolent, ce novice en ses langes (pas même deux mille ans, pensez donc, un gamin !) surgissant d'un néant qu'il a nommé les Cieux mais dont chacun ignore son début et sa fin ? Pour qui se prend-il donc, cet Être soi-disant Omnipotent qui a pour prétention, à l'aide d'un fils étique gueulant du haut de sa croix qu'on l'a abandonné, de tous nous détrôner, puis de nous enterrer dans cette boîte à oubli qu'on nomme mythologie !

Armée de Walpurgis, réveille tes squelettes et aide le gentil Fritz, alias Nietzsky le Brave, alias Motus le Grand, à mettre Dieu à mort ! Va, fouette cocher, fends les mers et l'éther ! Fais trembler les nuages, fais gonfler les orages, envoie incontinent ce jeune messager clamer à l'univers qu'il va falloir qu'il meure, ce Dieu de carnaval qui se vante d'avoir tout créé comme si, avant lui, rien n'avait existé : ni Pan, ni Isis, ni Vulcain, ni Totec, Akan, Odin, Lahmu, Izanami, Thor, Brahma, Jupiter, Caishen, Héphaïstos, Ananké, Chang Fei, Athéna, Osiris, Nodens, Gilgamesh, Némésis, Brigit, Pachacamac. Et quelques milliers d'autres tant femelles que mâles, tant foudres que ruisseaux, humains ou animaux !

Va sur tes étriers, cavalier vertueux ! Obéis au destin qui par nos bouches parle, enfourche nos montures, fais-les danser de joie sur leurs sabots de feu ! Pique des éperons, fais retentir la foudre et luire les éclairs, fais chanter Apollon, éclater ses cymbales, résonner ses tambours, et chante à pleine voix comme toi seul sais le faire la nouvelle naissance de nos vieilles tragédies.

Va, fiston ! Chasse à coups de pamphlets ce fat qui nous obombre, cet imposteur bouffi de pitié détestable, ce bouffon vide-gousset qui a bâti sa foi en s'annexant nos fables, s'appropriant nos mythes, muselant nos aèdes, pillant nos épopées. Et si tu y parviens, nous te jurons ici – et solennellement – que lorsque sonnera le déclin de tes jours et qu'il faudra vêtir ton âme du manteau de la nuit, lorsque poindra la barque pour emporter ton corps enrobé de silence, amputé de lumière, nous guiderons Charon pour qu'il te mène à nous et tu pourras alors, vivant parmi les morts, dans la béatitude de notre éternité, caresser les étoiles et danser avec elles comme le font les enfants, les innocents et les fous.

Alors Nietzsche s'arrête, s'assied sur un rocher, se saisit de sa plume. Et pour être agréable à ces puissances occultes qui offrent à chaque vie la possibilité de devenir soi-même sans se sentir coupable d'être venu au monde, il lâche enfin la phrase qui le rendra célèbre dans les siècles à venir et qui fera de lui le nouvel Antéchrist :

« Dieu est mort ! »

2.

Tandis que Nietzsche, quelque part dans les Alpes, assassine leur Dieu en trois mots seulement, Bernhard Förster et son frère Paul, par un jour de Pâques de cette même année 1880, s'en vont rendre visite à leur grand-mère mais ils n'ont ni galette ni petit pot de beurre : nous sommes dans la vraie vie. Ils toquent à la porte, essuient leurs pieds, franchissent l'entrée, traversent le couloir, parviennent au salon et découvrent Franziska Nietzsche accompagnée de sa fille, Elisabeth. La grand-mère des Förster – les dieux sont impayables – habite depuis toujours à Naumburg. Elle est, de surcroît, un peu amie avec Franziska. Il leur arrive de se retrouver ici ou là, vers cinq heures, comme font les Anglais, afin de boire du thé et croquer une biscotte au creux d'un guéridon face à une table basse. Grand-mère maternelle des deux garçons Förster, elle n'est pas affectée du même patronyme. La surprise est totale, les dieux sont des fripons.

Les voici donc tous deux, Bernhard, Elisabeth, de nouveau réunis. L'un comme l'autre se souvient de la petite cabane aux vitres encrassées. Lisbeth rougit en s'écriant « Mon Dieu ! », Bernhard semble troublé et nul n'y comprend rien. On s'épargnera les dialogues convenus et paroles sans tain qui ne sauraient hélas qu'affadir ce moment de grâce virginale. Baissons pudiquement le rideau sur leurs âmes encore fraîches, ne tombons pas sottement dans le marivaudage et la badinerie, ne retenons que l'essentiel de cette dramaturgie modérément crédible qui sous nos yeux s'installe : la machine est en route, plus rien ne l'arrêtera, il suffira d'attendre encore quelques années avant de les marier.

*

Quelques semaines plus tard, dans la maison des Nietzsche cette fois-ci, au numéro 18 de la Weingarten, c'est un Bernhard tourmenté qui frappe à la porte. En tant que récent fiancé, donc futur membre de la famille, il s'est permis de venir, de son plein gré, afin de leur annoncer, hélas, de graves nouvelles qui les concernent tous. La première : Friedrich serait tombé amoureux d'une espèce d'aventurière soi-disant d'origine russe mais manifestement juive, son patronyme de Salomé fleurant davantage l'israélite que le moscovite, et il envisagerait, en compagnie d'un soi-disant écrivain, Paul Rée, juif lui aussi, d'habiter à Paris, avec elle, c'est-à-dire, soyons clair : dans un ménage à trois !

Franziska hurle et s'effondre. On doit la soutenir par les aisselles, la rasseoir et lui donner des sels.

Seconde nouvelle : en apprenant nos fiançailles, à Lisbeth et à moi, Friedrich aurait traité sa sœur, celle-là même qui durant plus de vingt ans s'est occupée de lui avec un dévouement et un amour sans faille, de : *stupide dinde vindicative et antisémite.*

Franziska pâlit, et de nouveau vacille.

Troisième et dernière nouvelle : Friedrich aurait écrit et publié cette phrase terrible qui nous couvre tous de honte et d'infamie : *Dieu est mort.*

Franziska s'évanouit.

SEPTIÈME PARTIE

La vision dionysiaque du monde

1.

C'est un omnibus hippomobile à impériale muni d'une galerie à laquelle on accède par un petit escalier en colimaçon grâce auquel les passagers peuvent s'asseoir à l'air libre et contempler, les jours où la pluie s'entête à ne pas tomber, toute la ville de haut. Les rayons de ses quatre roues cerclées sont peints à la chaux blanche, le bois dont est construit sa caisse semble être de palissandre, d'un brun-rouge élégant. À l'avant, un cocher vêtu d'un uniforme à brandebourgs et coiffé d'un gibus maintient les rênes un peu lâches de deux chevaux costauds. Une fois l'omnibus plein, le cocher pousse un yodel bavarois, alors claque le fouet et chantent les sabots.

À l'intérieur de cet omnibus tout récemment nommé tramway – puisqu'il qui traverse la ville en roulant sur des rails –, quelques places aux sièges molletonnés, couverts de velours rouge au liseré doré, sont réservées aux *gens d'importance*. C'est toujours là que s'assied Bernhard Förster lorsqu'il rentre chez lui, sitôt qu'il sort du

Friedrichs-Gymnasium, ce lycée de Berlin où il enseigne l'allemand et les langues anciennes.

En ce jour ordinaire où le soleil luit et où quelques ahuris assis sur l'impériale, emmitouflés dans d'épaisses couvertures à carreaux, s'extasient sur chaque monument, Förster voyage en compagnie de son ami Carl Jungfer. Ce dernier est professeur, comme lui, dans le même lycée, et appartient, comme lui, au mouvement antisémite *Berliner Bewegung*, lequel a envoyé, en 1881, à Bismarck lui-même, chancelier impérial et ministre-président de la Prusse, une pétition demandant d'interdire aux Juifs d'enseigner ou de travailler dans la fonction publique ou autre sphère de décision, de restreindre leur immigration et de les inscrire sur un *registre spécial.* La pétition a recueilli 267 000 signatures, mais le gouvernement l'a rejetée.

Sous les clameurs admiratives des badauds, l'omnibus à présent frôle un bâtiment impérial et massif où, dans moins de trois ans, on se partagera l'Afrique entre pays d'Europe comme on coupe une galette les jours d'épiphanie. Miracle du pouvoir : quelle que soit sa part, chacun aura sa fève et la couronne qui va avec. On gravera sur elle : Conférence de Berlin, 1885.

Mais fi donc de l'Histoire et de ses coups malsains qui gâchent le paysage et cette belle journée, même si les cris que poussent à l'impériale tous ces individus aussi bêtes qu'incultes le gâchent également, préfigurant ces nouvelles invasions barbares qu'on nommera bientôt *le tourisme de masse* dans lequel des troupeaux d'oisifs, leur ressemblant trait pour trait, pousseront eux aussi des hurlements de bêtes et de décervelés qui s'en iront ternir toute la beauté du monde qui en avait été jusque-là préservée.

Le véhicule s'arrête à l'angle de la rue d'Ulm et de Straßenblätter. Quelques-uns en descendent et quelques autres y montent. Notamment deux hommes qui parlent et rient tout en s'installant en face de Bernhard et de son ami Carl, à ces places réservées aux gens dits d'importance, qui sont restées vacantes. Rien d'extraordinaire à ce non-événement qui se produit sans cesse, à chaque arrêt, tout du long d'un trajet. Si ce n'est qu'aujourd'hui, les deux qui viennent d'entrer sont richement vêtus, bagués d'or, amples et cossus, ce qui est coutumier à des gens d'importance, à la seule différence qu'eux, ils puent le Juif. Ils parlent et rient comme s'ils étaient chez eux, au fin fond de leur Judée, et font comme s'ils avaient acheté l'omnibus en entier. C'en est insupportable. Il suffit d'un regard entre Förster et Jungfer pour mettre la machine en route ; ils s'y connaissent, tous deux, en saccage de Juifs.

À voix excessivement haute, tout en tâtant la fameuse Croix de fer qu'il reçut pour sa bravoure lors de la guerre de 70 et qu'il exhibe à son poitrail comme un trophée de chasse, Förster se met soudain à discourir sur Jean-Frédéric de Saxe, prince-électeur et protecteur de Luther qui, en 1537, publia un décret interdisant aux Juifs de demeurer en ses États, d'y commercer, ou même de n'y faire que passer : dehors, le Juif ! Ça au moins, mon cher Carl, c'était clair. Lequel Carl enchaîne en remontant le temps : en Espagne, dit-il, et bien avant cela, dès 1492, le roi Ferdinand et son épouse, la très pieuse Isabelle, bien avant Jean-Frédéric de Saxe, chassèrent les Juifs hors de leur pays ! Lesquels Juifs, là-bas, en ces terres hautement chrétiennes, étaient contraints d'arborer, sur leurs vêtements, une étoile de tissu jaune que l'on nommait rouelle ! Et tous deux de hennir en regardant dans les yeux les passagers d'en face qui sont devenus aussi muets que pâles. Jungfer, aguerri par Förster, insulte désormais les Juifs et la juiverie, déverse sa haine et en rit aux éclats jusqu'à ce que brusquement il se prenne une claque en plein visage.

L'homme qui balance une gifle sur la joue de Jungfer se nomme Edmund Kantorowicz, fabricant de liqueurs. Non seulement il est juif, mais de plus il est riche. Ce qui, contrairement aux dires antisémites, est loin d'aller de pair.

Cette main de Juif sur une peau aryenne, au cœur d'un omnibus qu'on nomme aussi tramway, sur des sièges de velours ornés d'un liseré d'or, va provoquer au sein du peuple allemand une affaire semblable à celle que sera, quelque quinze ans plus tard, l'affaire Dreyfus en France. Kantorowicz porte plainte. Förster et Jungfer également : procès, contre-procès, appels et contre-appels ; parole contre parole, droit du sang, droit du sol, mensonges, coups bas, trahisons, délations. Le peuple s'en mêle, la presse en rajoute, on s'en remet au Reichstag, on entre dans la spirale d'une haine anti-juive collective qui mènera, pas à pas, où l'on sait. Car l'Histoire, désormais, ne pourra plus bégayer ou se masquer les yeux : le Juif est l'ennemi public depuis la mort du Christ, et si le Christ est mort, c'est la faute du Juif, c'est même sur cette mort qu'ils se sont enrichis, et en s'enrichissant, ont racheté le pays.

L'*affaire Kantorowicz* devient une affaire d'État, immense, gigantesque, monstrueuse. Une rampe de lancement qui, par son intensité – on ne l'écrira jamais assez –, présage et prépare d'autres rampes, celles dites de sélection que l'on verra surgir soixante années plus tard, juste à l'entrée des camps de la mort.

Pour Förster également le destin met en place les pièces de son puzzle. Congédié de son poste de professeur pour agitation raciste, exclu du corps des officiers prussiens – bien qu'ayant gagné le procès l'opposant à Kantorowicz (ce dernier, après d'interminables plaidoiries et jugements contradictoires, écopant au final d'une amende de 100 marks) –, il décide de quitter cette terre de crétins, de vauriens, d'anti-wagnériens, de youpins, et d'aller bâtir ailleurs un monde amputé de ses races inférieures.

*

Sur une carte de l'univers face à lui déployée, il cherche dans quel lieu du monde vivent le moins de Juifs au kilomètre carré. Il a d'emblée écarté tous les pays sans morale ni foi où n'habitent que nègres, animaux, musulmans, hérétiques et sauvages. Quant à l'Asie : hors de question, leur culture nous échappe ; le Groenland bien sûr, serait une terre idéale, mais il est dur d'y vivre, les cultures y sont rares. Après un tri sérieux et avoir patiemment éliminé, empire après empire, nation après nation, les lieux inadaptés, ne demeure plus, à ses yeux, que l'Amérique du Sud comme terre éligible. Là-bas, peu ou presque pas de Juifs, un climat tempéré, des terres arables, irrigables, malléables, cultivables, de grands espaces capables d'accueillir un nouveau peuple à naître, cette communauté aryenne dont il rêve et qui, par sa pureté, pourra régénérer l'humanité entière. Parce qu'il y croit, Förster, né pour ça, investi d'une haute et noble mission : faire régner ici-bas la race nordique, teutonne, prussienne, saxonne, gothique, allemande. Il veut un monde aux géants blonds munis d'yeux aussi bleus que peuvent l'être les Cieux. Il se sent un Messie faiseur de paradis où régneront les fils de Wotan et ceux de Parsifal dans un déferlement de chants de Walkyries. Lui, le petit professeur d'un lycée sans éclat, l'agitateur vociférant sa haine au sein de meetings pitoyables n'ayant lieu qu'au creux de pauvres brasseries enfumées, il voit déjà son nom écrit en lettres de feu aux côtés de ceux de Luther, de Wagner, et pourquoi pas du Christ. Le grand avantage de la bêtise sur l'intelligence est que la première, contrairement à la seconde, est totalement illimitée. Vu sous cet angle-là, Förster mérite amplement son royaume.

2.

Le 2 février 1883, Bernhard Förster embarque à Hambourg, direction Montevideo, et aborde aux rives uruguayennes deux mois après, le 2 avril 1883. De là, un vapeur le conduit à Asunción, capitale du Paraguay. Puis il part sur les routes carrossables et les voies navigables, tout en usant de charrette, barque, char à bœufs, pirogue, cheval, marche à pied et machette, s'enfonce dans les pampas, savanes et forêts des frontières du Mato Grosso, prospecte aux alentours de Concepción, Horqueta, Divino Salvador, San Bernardino, Roja, Pingelá ou San Mëya, jusqu'en des lieux parfois inconnus des autochtones eux-mêmes, en quête des meilleures terres sur lesquelles il bâtira sa colonie. Ainsi passe-t-il une année complète, entre moustiques et tarentules, orages et sécheresse, manioc et pernambouc, totalement inconscient du fait qu'il risque sa vie au milieu de maladies tropicales, de tribus parfois agressives, de chemins incertains sur lesquels les serpents pressentent en l'homme blanc, fût-il botté de cuir, un repas exotique de première qualité.

Mais il est allemand, il porte à son poitrail la Croix de fer, seule médaille dont on n'a pu le déchoir, et ne craint rien sur terre, hormis, évidemment, l'invasion juive.

Pendant une douzaine de mois, quatre saisons durant, il caracole, navigue, chevauche, pagaye, crapahute entre joncs et marais, entre soleil de plomb et fleuves en furie qui recrachent, dans leurs grands torrents de boue, cadavres d'animaux, de cahutes, de bateaux et quelquefois d'humains. Il croise des Indiens, Brésiliens, Paraguayens, Uruguayens, Tupis ou Guaranis, et même des colons allemands qui ont eu avant lui l'idée de venir s'installer loin de la vieille Europe pour des raisons diverses souvent alambiquées. Aussi rencontre-t-il pas mal de bannis, de truands et de repris de justice, qui jadis se sont fait la malle en douce sur un cargo. Sans éprouver la nécessité de consulter ses compatriotes qui vivent en ces contrées depuis, pour certains, plus d'une quinzaine d'années et qui, malgré leur passé parfois faisandé, connaissent autant les avantages que les outrages des lieux, il se met à étudier, seul, carnet en main, yeux aux aguets et crayon à l'affût, en bon petit professeur qu'il a toujours été, la faune, la flore, les peuples, le bétail, les sols, les bois, les étangs, les rus et les rivières, les crues, les gués, les ports, les idiomes, les possibilités d'agriculture, d'irrigation, d'ensemencement, d'accostage, de débardage ou d'élevage.

Il n'y connaît absolument rien en topographie, en géographie, en géologie, en labourage, pâturages et autres savoirs ancestraux, mais au bout d'une année, fier de lui, il affirme avoir tout compris et tout assimilé, car il est de pure race aryenne, il a fait des études, il vient de Berlin, il a le grade de *Doktor*, et plus rien désormais de ce qui est humain, et donc paraguayen, ne lui est étranger. Raison pour laquelle il envoie régulièrement au *Bayreuther Blätter* ainsi qu'à d'autres gazettes, la plupart de tendance antisémite, des articles qu'il juge édifiants sur ce paradis terrestre auquel il invite les familles – dignes de porter le nom d'Aryen – à venir s'installer avec lui afin de rebâtir un peuple pur et souverain en ses terres. Dans un livre écrit antérieurement à l'attention de Richard Wagner et intitulé *Parsifal Nachklänge* (Échos de Parsifal), il avait déjà noté, dans son idée obsessionnelle de rénovation de la culture allemande par le biais d'un retour aux valeurs traditionnelles :

Avec une poignée de natures allemandes saines, qu'on trouve encore en nombre suffisant dans la mère patrie, nous pourrions fonder une nouvelle forme de la culture aryenne. Le paysan derrière sa charrue, le forgeron sur son enclume, le charpentier sur son chantier, le matelot sur le pont de son navire : ils ne sont pas corrompus. Avec ces éléments, la renaissance de notre peuple serait possible.

Tels sont ses rêves qui bientôt, grâce à lui – et à lui seul – vont devenir réalité, le temps de fignoler quelques détails, du genre boucler le budget. Raison pour laquelle il rentre en Allemagne au début de l'année 1884 pour passer quelques mois à lever des fonds auprès de clubs wagnériens et anti-juifs afin de financer sa colonie. Il se met également en quête de familles prêtes à tout abandonner pour tenter l'aventure et, dans la foulée, se prépare à épouser Elisabeth qui, indifférente tant aux idées de son frère qu'à celles de son futur époux – philosophie et politique, comme lui enseigne sa mère, n'étant point choses décentes dont il faille charbonner un cerveau féminin –, est avant tout heureuse de quitter Naumburg dont la petitesse et la médiocrité l'affligent de jour en jour. Elle se réjouit de partir au lointain afin de découvrir ce qu'elle nomme, comme tous ceux qui n'en ont jamais rien vu et ne font que répéter de pauvres lapalissades transmises par autrui : *le vaste monde*.

De cette aventure à venir, Fritz ne veut rien entendre. Depuis que sa sœur est brutalement intervenue dans son histoire d'amour avec la séduisante Lou Salomé, femme de tête et de lettres tombée du ciel entre ses bras lorsqu'il était à Rome, il est hors de lui. Il a de quoi : Elisabeth était allée jusqu'à prévenir la police afin de faire expulser du territoire allemand la jeune et jolie femme que son frère aimait, au titre qu'elle était russe et fomentait en nos frontières une révolution. Pour la première fois de sa vie, Friedrich hait sa petite sœur. Depuis l'enfance il a tout, absolument tout pardonné, mais là, la rupture est radicale. Il prévient qu'il ne se rendra pas au mariage d'une telle garce, d'une telle peste, d'autant qu'elle épouse un aigri, un wagnérien miniature, soldat d'opérette et vil petit antisémite. Il demande à présent qu'on le laisse vivre sa vie d'errant, qu'on le laisse marcher au gré des mers, des rivages et des monts, et qu'on efface définitivement l'image du

gentil caniche Fritz, fils et frère aimant, doux et obéissant :
Il ne faut désormais plus attendre de moi des « jolies choses » : pas plus qu'on ne peut attendre d'un animal souffrant et affamé qu'il déchiquète sa proie avec grâce.

De sa rupture avec Lou Salomé, histoire d'amour brutalement avortée, il en rend responsable tout à la fois sa mère, qu'il surnomme *la petite moraline*, mais davantage encore sa sœur, qu'il ne surnomme plus tant elle est parvenue à instaurer en lui répugnance et rejet. En ce début d'année 1884, à Nice, logeant dans une pension de la rue Saint-Étienne, c'est pourtant à Franziska, et non à Elisabeth, qu'il adresse un courrier d'une rare violence :
Il y a des allusions dans ta lettre qui m'ont laissé sans voix. N'est-ce pas moi qui ai fait preuve à votre égard, l'année dernière, d'un excès de bonté immérité ? Êtes-vous tellement ingrates ? Ou à ce point confites dans le mensonge que la plus simple vérité s'inverse chez vous ? Qui s'est mal comporté envers moi, sinon vous ? Qui a mis ma vie en péril, sinon vous ? Qui m'a autant que vous complètement abandonné et qui, au moment où j'avais besoin d'une consolation, m'a répondu en raillant et salissant ma vie entière et les buts que je poursuis ?
Je mesure fort bien, depuis l'enfance, la distance morale qui me sépare de vous et il a fallu que je fasse preuve de toute ma douceur, de ma patience et de mon aptitude à me taire pour ne pas vous y rendre trop sensibles. Ne sentez-vous donc pas le dégoût que je dois surmonter d'être si proche parent d'êtres

comme vous ? Qu'est-ce qui me fait vomir quand je lis les lettres de ma sœur et quand je dois avaler ce mélange d'audace et de sottise qui se déguise encore en morale ?
Depuis quelques années, comme un animal torturé à mort, je me suis mis à l'abri de Lisbeth et j'ai pris la fuite ; je l'ai suppliée de me laisser en paix et elle n'a pas cessé un moment de me torturer. J'ai redouté au mois d'août dernier de venir à Naumburg parce que je ne voulais pas lever la main sur elle (…)
Le dégoût que j'éprouve d'être parent d'une si pitoyable créature.
D'où tient-elle cette écœurante brutalité ? – d'où vient cette sale manière d'injecter son poison (…) Ne crois pas, chère mère, que je sois de mauvaise humeur. Au contraire ! Mais qui ne me soutient pas, qu'il aille au diable – ou, si cela ne tient qu'à moi, au Paraguay !

3.

Le mariage a lieu le 22 mai 1885, jour anniversaire de la naissance de Wagner, car Wagner est à Förster ce que Dieu est au prêtre, ou l'eau à la rivière. Fritz est évidemment absent de la cérémonie, et lorsque les deux tourtereaux, dont les cheveux déjà commencent à grisonner, se passent la bague au doigt, à Naumburg, en ce joli printemps nappé de fleurs fraîches, Franziska, qui rêvait depuis toujours de marier sa cadette, est d'une sobriété quasiment funéraire.

Lisbeth, légèrement empâtée par les quarante années qui bientôt viendront la couronner, se trouve cependant, au miroir de sa vie, légère et bien jolie. Elle épouse Förster parce qu'il est beau garçon, qu'il a le parler clair, la moustache galante et qu'il faut bien se marier quand on atteint son âge sous peine de déchoir dans l'hideux célibat comme l'ont vécu ses tantes. Elle va devoir s'acclimater à tous les délires antisémites auxquels elle adhérera sans plus de conviction que ça ; Bernhard eût été orthodoxe, bolchevique ou jésuite qu'elle le serait tout autant devenue.

*

Une fois le mariage acté : en route pour le voyage de noces ! Lequel, il faut en convenir, n'a rien à envier aux gondoles à Venise : le 16 février 1886, à bord d'un paquebot nommé *Uruguay*, ils quittent l'Allemagne en compagnie de quatorze familles, c'est-à-dire environ cent colons, direction le Paraguay. Ils y accostent le 15 mars 1886 et fondent, dans la foulée et la pampa, en un lieu nommé Campo Casaccia qu'ils rebaptisent aussitôt *Nueva Germania*, la Nouvelle Allemagne, une colonie aryenne. Sur le terrain d'environ six cents kilomètres carrés attribué à leur communauté, chaque famille possède ses terres et sera autonome. Chaque propriété sera séparée l'une de de l'autre par une distance respectable afin que tout un chacun puisse pleinement assumer sa liberté, sa vie, ses plantations, ses réussites et ses échecs. Une caisse commune servira de banque centrale et une maison administrative sera construite par tous. Elle servira de résidence à Lisbeth et Bernhard.

Le but de cette colonie – outre les motifs de régénérescence raciale que l'on sait – est de devenir totalement autonome et de générer des bénéfices qui permettront de la faire grandir afin de ne pas avoir à rembourser ces terres que le gouvernement paraguayen a en grande partie financées en consentant un prêt très généreux. Il faudra pour cela faire venir cent quarante autres familles dans les deux ans qui suivent son implantation.

En manque d'argent, Elisabeth pousse l'infamie jusqu'à oser en demander à son frère qu'elle vient tout juste de trahir et d'avilir. Friedrich, qui n'est pas né pour haïr, est à deux doigts de lui répondre oui. Mais Overbeck, l'ami fidèle, l'anti-Judas qui jamais ne trahira, lui déconseille de confier sa maigre fortune à un projet si incertain et si nauséabond. Alors il répond non, qu'il aurait bien aimé mais qu'hélas il ne peut, et Elisabeth, plutôt que de le remercier – il était quand même prêt à tout lui sacrifier ! – en déduit, son Förster de mari l'ayant bien éduquée, que cet Overbeck ne peut être qu'un Juif. De toute façon, désormais, pour eux deux, tout ce qui s'opposera à leur projet ne pourra être que juif. Le manichéisme a cela de bon que le monde devient plus simple : les gentils d'un côté et les méchants de l'autre. Suffit donc à chacun de cocher la bonne case.

Côté Bernhard Förster, les finances sont bien pâles. Avant d'embarquer toute la troupe dans sa folle aventure, il avait établi un budget à peu près cohérent permettant d'équilibrer son projet. Pour espérer prospérer, il avait calculé qu'il leur faudrait disposer d'environ 60 000 marks. Or, à l'heure du départ, il n'en a que 30 000. Il ne dit rien, bien sûr, reste dans le flou, truque un peu les papiers et, accoudé au bastingage, il salue de la main cette vieille Allemagne moribonde et enjuivée, en la plaignant un peu mais sachant que, grâce à lui, elle sortira bientôt de son état grabataire.

4.

Rosario Chamorro Posada n'est qu'un *peón,* un simple pion sur l'échiquier du monde, un déchaussé de la vie noyé dans le troupeau de tous ces va-nu-pieds qui surveillent le bétail, abattent des arbres ou sarclent un sol aride pour un demi-peso les semaines de grand salaire. Il se nourrit de riz, de haricots marron, son existence est un calvaire, une croix à porter, toujours en sueur, jamais en suaire, sans Véronique pour éponger son front et dupliquer sa face. Le Mont des Oliviers, le Golgotha, pour lui, c'est tous les jours, dimanches compris. Et les prêtres joufflus nouvellement arrivés, vêtus de brocarts d'or et de fines soieries, ont beau lui assener qu'il fait, lui aussi, partie des enfants du Seigneur, il aimerait mieux être fils de vautour, planer libre et serein, becqueter de la charogne, notamment en ces jours de crues où le grand fleuve démonte les bateaux, renverse leurs cargaisons et draine des corps en ses rives boueuses, offrant aux rapaces, qui n'attendaient que ça, de la carcasse animale ou humaine, rose et nourrie à point, surtout si elle est issue de ces prêtres grassouillets dont on vient de parler, harnachés de pierreries et de molles bajoues, qui prônent la charité mais n'en possèdent hélas aucune once sur eux.

Rosario Chamorro Posada, en plus d'être péon, est un miraculé. La sanglante et effroyable guerre qui vient tout juste d'opposer, pendant plus de cinq interminables années, le Paraguay, dirigé par un tyran irresponsable, à trois pays frontaliers qui se sont unis afin de le détruire, l'a épargné pour une raison que seul Dieu, s'Il existe, connaît. Sa ville, San Pedro, n'est plus que ruines. Les autres villes également. Tout n'est que cendres et suie. Sa famille, ses amis, tous ont été massacrés. Les deux tiers des hommes qui constituaient ce pays ont eux aussi été tués, assassinés, pendus, exécutés, noyés, torturés, décapités ou dépecés. Montagnes de squelettes, forêts de morts et rivières de sang, telle est la nouvelle topographie de ce pays que jadis on nomma Paraguay.

Aussi s'accroche-t-il à ce qui lui reste : sa hache, sa machette et sa houe. Il ne sait pas pourquoi il est encore en vie. La guerre est arrivée comme un courant d'air chaud, l'a épargné, est repartie. Il a vu s'effondrer des murs, des corps, dont ceux de ses enfants. Il a vu le Diable. Les missionnaires chargés de croix chrétiennes n'auront plus le loisir de pervertir son âme : l'Enfer ne brûle pas au fin fond de la terre avec feux et démons comme le prétend l'Église. Rosario sait désormais que l'Enfer est ici, à nos pieds : il a pour nom la guerre. Ses diables coutumiers sont nos frères humains.

Ainsi ne craint-il pas, lorsqu'un vapeur accoste, portant entre ses flancs des meutes d'Européens – il en vient désormais de partout, le gouvernement qui a décimé son propre pays cherchant à le repeupler avec des étrangers auxquels il brade ses terres –, de faire comme tous les hommes, les rares encore valides : il va vers le ponton et propose ses services pour décharger les malles, puis pour guider les bœufs et devenir, si on veut bien de lui, tout à la fois bouvier, bête de somme lui-même, portefaix, palefrenier, paysan, bûcheron. Il vend ses muscles à la criée, trimballe des montagnes de sacs, des caisses en bois, en fer, des tonneaux de salaison et d'autres de boisson. Il charge des haquets ou des charrettes d'étais, d'outils, de roues, d'armes, de moteurs allemands, d'essieux français, de barcasses hollandaises démontées pièce par pièce. Et de canons aussi dont les fûts à l'ancienne débordent encore d'étoupe. Des animaux également. Des pianos quelquefois, dont les cordes tendues par l'extrême chaleur chargée humidité, en quelques heures, craquent comme coques de noix. Quant aux étrangers pour lesquels il travaille, il les appelle tous *Griego* comme le veut la coutume entre Río Paraguay et Río Pilcomayo ; depuis plus d'un demi-siècle, dans cette région-ci, n'importe quel idiome auquel on n'entend rien est qualifié de grec, et tous ceux qui le parlent en porteront le nom.

Il décharge les bateaux sans savoir d'où ils viennent, de quel pays, quelles mers, quels horizons ; il voit des hommes, des femmes, des enfants, magmas de chairs indistinctes aussi pâles qu'étranges. Il entend des langues qui sifflent, qui feulent, qui craquent, mais il ne parvient pas à deviner d'où peut bien être issu le chant de leurs voyelles ou le râpeux de leurs consonnes. Tout cela se déverse au creux de ses oreilles en un amas sonore et inintelligible tel un orage qui gronde. En retour, on ignore son nom et on l'appelle *peón*, le premier mot, avec *peso* bien sûr, qu'un Grec, d'où qu'il vienne, apprend en accostant, la valeur du second possédant plus d'intérêt que celle du premier sur lequel Förster ne peut d'ailleurs s'empêcher d'écrire, dans une lettre à des journaux allemands, que : *les principaux traits de caractère des Guaranis sont l'indolence, la paresse et l'indifférence. Le Paraguayen se contente de peu, mais ce contentement est un vice plutôt qu'une vertu. Dans ces régions tropicales et semi-tropicales, il est possible de connaître une existence paradisiaque, à savoir vivre sans travailler, ce qui pourrait sembler idéal au Juif fainéant.*

Elisabeth, pâle copie de son Maître, confirme à ces mêmes journaux allemands qu'effectivement : *les Paraguayens sont relativement inoffensifs et passablement fainéants, et que la meilleure manière de les garder en guise de domestiques est de les traiter avec fermeté mais gentillesse, comme des enfants, de les laisser manger, boire et travailler à leur manière et de leur faire de petits cadeaux de temps en temps.*

Rosario ignore ces propos, mais il sait désormais d'où viennent ces Grecs à lui car il travaille pour le couple Förster depuis plus d'une année, à Nueva Germania, cette colonie tapie au fond des bois. Les sols y sont marécageux, porteurs d'une terre maigrement cultivable, situés au bord d'une rivière difficilement navigable, en un lieu éloigné de toute forme de commerce, d'industrie et d'humains, dans un endroit où quiconque d'un peu sensé n'aurait jamais songé à venir s'établir. Rosario s'en fiche. Quoique très vieux, il ignore son âge. Il sait qu'il est très vieux parce qu'on le lui a dit. Il n'a plus de repères parce que plus de famille, plus de maison, plus de voisin, tous ses amis sont morts. Peu lui chaut d'être là ou ailleurs, au cœur d'une grande ville ou au tréfonds d'une brousse, il vit parce qu'il le faut, sans bien savoir d'ailleurs en quoi cette chose consiste sinon qu'il faut se lever matin, travailler jusqu'au soir et attendre la tombe. Ici, au moins, il mange à sa faim et le labeur l'empêche de trop penser aux siens dont il avait retrouvé les corps carbonisés en rentrant chez lui après avoir bûcheronné, à la fin de cette maudite guerre dite de la Triple-Alliance qui ravagea le pays pendant plus de cinq ans et le laissa méconnaissable, dans un état exsangue et pitoyable où il se trouve encore plus de quinze ans après qu'on a ouvert en grand les Portes de l'Enfer.

5.

Tandis qu'Elisabeth et Bernhard Förster demeurent à Asunción pour courtiser les banques et l'administration, renégociant les emprunts, cherchant de nouveaux prêts, de nouveaux dons, envoyant, aux quatre coins de l'Allemagne, des courriers dans lesquels ils assurent que l'El Dorado est bien ici, à portée de leurs mains, Rosario, assisté de péons guidés par des colons, construit, à Nueva Germania, une maison de maître destinée à être la plus grande, la plus haute et la plus belle de toute la colonie : la *Försterhof*.

La plupart des habitations, cabanes ou cahutes de cette nation naissante, sont faites de bambou et de pisé. Elles sont petites, basses, possèdent un sol de terre battue. *Försterhof*, résidence officielle du couple Förster mais également centre administratif et lieu de réunion, sera la seule à avoir un sol en dur, des murs chaulés de blanc, une charpente taillée dans des bois exotiques, notamment du *timbó*, autant imputrescible qu'indestructible. L'ensemble sera haut, aéré, et pourra s'enorgueillir de posséder, en son centre, une sorte d'atrium capable de recevoir une centaine de convives que l'on pourra réunir autour d'immenses tables. Ce sera le lieu des fêtes, du culte, des doléances, des mariages, des deuils et des procès.

La première photographie de Nueva Germania qu'Elisabeth fait parvenir à sa mère, aux alentours du printemps 1887, est celle de cette demeure qu'elle occupe depuis peu en compagnie de son époux Bernhard. Inaugurée un mois auparavant, elle a donc été officiellement baptisée *Försterhof*. Lisbeth tient à préciser à Franziska que le mot *Hof*, ici, en ces terres non teutonnes, signifie non pas *la ferme* ou *la cour*, comme chez nous à Naumburg, mais bien : *le palais*. Elle espère que sa mère sera impressionnée et rassurée de la savoir heureuse, souveraine et comblée.

Sur cette photographie, aux côtés de *Herr Doktor Förster*, elle est, tout comme lui, assise sur un trône en osier. Le couple est à l'avant-plan, le bâtiment derrière. Ils posent comme de réels monarques, tous deux de blanc vêtus. Lui porte un chapeau colonial, des guêtres lustrées, et tient un fusil à main gauche. Sur son poitrail, cousu à côté de sa Croix de fer, brille un écusson sur lequel sont reproduites, en broderie, les armoiries des chevaliers Teutoniques.

Elisabeth est vêtue d'une robe à manchons et à traîne, et, sur sa tête, porte un friselis de dentelles et de rubans entortillés, sans doute censé symboliser une couronne (ou l'idée qu'elle s'en fait). Elle tient à main droite une canne au pommeau argenté qui ressemble à un sceptre.

Les péons sont derrière, sagement accroupis au mur de la maison, les mains sur leurs genoux pour montrer qu'ils sont dociles, une hache à leurs côtés signifiant qu'ils travaillent et qu'ils sont provisoirement en pause afin d'agrémenter la photographie d'un soupçon d'exotisme. On pourrait se croire dans un décor de théâtre plaqué sur une toile peinte : une opérette bas de gamme, par exemple, pour rois de pacotille, figurants efflanqués.

Dans sa lettre, Elisabeth dit qu'elle commence à maîtriser un peu l'idiome des autochtones. Par exemple, *Försterhof*, en langage guarani, se nomme *eogamöröti*, ce qui signifie tout simplement *: maison blanche*, car ces gens, dans leur parler, sont restés de grands enfants. Elle a également appris qu'un cheval se dit *malacara*, un bambou *tacuara* et un serpent *yarara*. Elle parle du bonheur d'être en contact avec une autre civilisation, de découvrir d'autres couleurs, d'autres odeurs, d'autres mœurs. Elle ajoute d'ailleurs qu'elle viendra bientôt la chercher à Naumburg, qu'elle lui fera visiter la colonie et ses alentours, puis la ramènera, qu'elle n'ait crainte, en ses terres chrétiennes et saxonnes. En passant, elle lui demande aussi, incidemment, si elle peut lui prêter, durant un temps très bref car les affaires vont bien, un peu d'argent. Elle change vite de sujet et enchaîne aussitôt en lui annonçant que leur maison va servir d'épicentre à la nouvelle ville qu'on va bientôt bâtir autour d'elle, ville qui bien évidemment deviendra capitale de la colonie et qu'on baptisera du nom de *Försterrode*, une contraction du patronyme Förster et du verbe *roden* signifiant : défricher. Oui, maman, tu as bien lu : la capitale de ce nouveau pays, lui aussi, portera notre nom. *Mon* nom.

Le mois dernier, écrit-elle encore, afin d'inaugurer *Försterhof*, on est venu nous chercher à Asunción où nous gérons seuls, Bernhard et moi, les tracas administratifs. Les peóns sont arrivés, c'est la coutume ici pour les grands événements, sur un char décoré des fleurs exotiques les plus belles, char sur lequel des jeunes filles en pagne, un lis dans leurs cheveux et tambourin en main, nous acclamaient. Une fanfare marchait à nos côtés et jouait de ces fameux airs entraînants typiquement paraguayens ; des paysans en habit de fête nous escortaient en chantant à tue-tête, des femmes mamelues me tendaient leurs bébés pour que je les bénisse, on nous jetait des pétales de victorias rouges et blanches et de mauves sauvages. La fête était immense et le bonheur aussi. Enfin, pour rassurer pleinement sa mère, elle clôt sa missive par une envolée lyrique qui se veut poétique et dont, en la relisant, elle n'est pas peu fière :

Après le dîner, nous nous installons dans le jardin pour contempler l'horizon. Des champs, rougeoyant au soleil couchant, s'étendent sur les deux berges de la rivière, avec çà et là des pâturages où mugit le bétail. Quel spectacle heureux et paisible, où tout nous paraît familier ! Nous nous sentons chez nous ici…

*

La vérité demanderait toutefois à être nuancée car les *champs, rougeoyant au soleil couchant* que vantent Elisabeth sont certes bien réels, mais grouillent également d'insectes, de serpents, de bêtes sauvages, de puces des sables, de cris de singes et d'araignées géantes. Lisbeth omet de signaler également les pluies torrentielles, les rivières en furie aux boues envahissantes. La fièvre jaune également. Le sol, prétendument arable, est quasi incultivable, sableux, trop sec ou trop humide selon les caprices du temps. Lorsque parvient à pousser un légume qui n'est pas d'origine tropicale, le soleil le détruit avant qu'il soit mature. Il n'y a que manioc, haricots et maïs qui supportent les canicules et les déluges. La colonie, dont Förster avait affirmé aux futurs impétrants, carte à l'appui, qu'elle se trouvait *à seulement quelques lieues de la petite ville cossue de San Pedro*, est en réalité à plus de deux jours de char à bœufs du premier bourg en vue, deux jours de cahots, d'enlisements, de soubresauts, d'essoufflement, d'essieux cassés, tant le chemin n'est fait que d'ornières et de pièges. Quant à la rivière Aguaray-Gazu bordant la colonie, censée acheminer matériaux et humains, elle n'est que très peu navigable : trop de bancs de sable, de ravines de basalte ou de pontederias, ces plantes aquatiques faisant barrage aux barques.

Elisabeth, dans ses courriers, ne fait rien que mentir. La colonie, elle le pressent très vite, est vouée à l'échec. Alors elle occulte et brode : il n'y eut aucun char fleuri, pas plus que de fanfare joyeuse, pour l'inauguration de la fameuse *Försterhof* ; elle a juste coupé le ruban en compagnie de Bernhard, puis ils sont allés manger, marchant d'un pas princier, une soupe aux haricots servie par des péons. Tout n'est que poudre aux yeux pour faire croire à autrui, à sa mère, sa famille, aux amis, aux Allemands et au futur fretin qu'on cherche à appâter, que le pari est gagné, qu'ils sont riches à crever, que les Juifs, désormais, peuvent se mettre à trembler : nous sommes les rois du monde, nous venons de fonder le grand Empire allemand de l'Amérique du Sud ! Triste mascarade. Car la ville qu'ils rêvaient de bâtir, la voici sous nos yeux : une bâtisse chaulée au blanc, entourée de quelques cahutes qui s'envoleront au prochain coup de vent. Quelques jardins de cour d'école qu'on nomme potagers. Puis des brousses, des forêts, des marais, quelques sablières. Rien ne pousse par ici, sinon les dettes. Bernhard Förster, toujours vêtu de blanc, botté de cuir, écusson et Croix de fer au poitrail, afin de sauver la face enfourche son cheval et leur dit : n'ayez crainte, je m'en vais conquérir de nouveaux territoires ! Un grand coup de chapeau balancé du bras droit, deux petits coups d'éperons balancés du talon, et le voici parti. Chevalier Teutonique à qui rien ne fait peur ?

Non, juste un petit fuyard, un pleutre, un lâche.

Au fil des mois, Elisabeth se retrouve à gérer seule la colonie, du moins ce qu'il en reste car certaines familles – celles dont les finances pouvaient le leur permettre – sont déjà reparties. Les autres n'ont plus le choix : ayant tout vendu, tout quitté, le billet de retour leur est inaccessible. Soit ils demeurent ici, à sarcler un sol mort, soit ils

deviennent péons et s'en iront au port, eux aussi, décharger des bateaux. Lors de leur dernière réunion dite phalanstérienne, à *Försterhof*, le mécontentement ne cessant de gronder, Elisabeth, afin de calmer leurs doléances, leur a relu ce texte de Förster dont ils avaient nécessairement pris connaissance lors de leur acquiescement aux statuts communautaires régissant Nueva Germania :
L'immigrant aura, malgré les nombreuses difficultés, la légèreté de ceux qui ont une mission d'ordre supérieur, qu'ils peuvent aider à remplir avec leurs actes et leurs passions. Cette mission s'appelle : la purification et la renaissance de l'humanité, et par conséquence la sauvegarde de la culture humaine.

Mais les colons ne veulent plus rien entendre de tout ce charabia. Il est un monde d'écart entre les mots écrits et la réalité. Purifier l'humanité ? Sauvegarder la culture humaine ? Fini, tout ça. Ils veulent juste sauver leur peau, sortir de ce traquenard. Alors Lisbeth se lève, prend un clou, un marteau, et fixe le papier au montant de la porte d'entrée en lançant : lisez ça tous les jours, ça vous remettra en tête pourquoi nous sommes ici. La séance est levée.

À Nueva Germania, Elisabeth aboie et les autres obtempèrent. On la dit implacable, orgueilleuse et despotique. Elle l'est. Mais sait, ou croit savoir, que c'est ainsi qu'on gère une entreprise. Elle s'occupe de tout : les travaux, le bétail, les maigres récoltes, les conserves, les litiges. Elle possède pour cela, il faut l'avouer, un talent éprouvé. Bayreuth lui a servi, elle connaît désormais la façon de traiter les domestiques, sait prendre le ton qu'il faut pour montrer qui commande : tout n'est que question de stature, de posture, de poigne, de dignité et de noblesse. Elle a passé des heures à épier et étudier Wagner, cet homme de petite taille qui les surpassait tous sitôt qu'il s'agissait d'avoir le dernier mot. Elle a fini par percer son secret : sa grandeur demeurait dans la foi qu'il avait en son propre génie. C'est de ces cartes-là dont elle use à présent. Tout ce qui dormait en elle de fillette capricieuse et de lama cracheur, d'adolescente mal équarrie, de petite bourgeoise provinciale au lourd accent saxon, toute cette éducation frileuse, ce rigorisme luthérien qui l'aura sclérosée autant que formatée, mais fortifiée aussi, ressort ici multiplié par l'urgence mais aussi et surtout : sublimé par la joie de régner qui la venge de cette enfance frustrante où elle ne fut que pion au service d'autrui. Ici – à ses yeux –, elle devient tout à la fois Sophie Ritschl, Cosima et Richard. Le trône impérial est à portée de ses mains.

*

Un bruit court désormais, dans la colonie ainsi que dans certains journaux allemands : Bernhard Förster, à force de galoper après tous ceux qui, ici, possèdent du pouvoir, à force de travail, d'acharnement, de ruses et de diplomatie, serait devenu un personnage d'importance. Elisabeth va même jusqu'à écrire à sa mère, en lui faisant jurer sur son hymnaire dresdois de n'en jamais rien dire, que Bernhard, après avoir été secrètement choisi par un consortium pour représenter tous les colons présents – tant les anciens que ceux récemment débarqués –, aurait été pressenti pour devenir leur député, et même leur sénateur. Ainsi aurait-il toutes les chances d'être élu nouveau président de la République du Paraguay. Ils ont besoin de sang neuf, ici, et de dirigeants sains ; ils ont besoin de guerriers compétents porteurs de Croix de fer : il sera le sauveur idéal d'un pays en faillite, mais chut, pas un mot à quiconque, cela reste entre nous…

*

En vérité, durant cet hiver 1888, tandis que son épouse gère tant bien que mal la somme de ses erreurs et celle de ses errances, Bernhard Förster s'enivre dans les bars en buvant de la *caña*, l'alcool de canne le moins cher, le tord-boyaux des pauvres. Des cent quarante familles qu'il fallait faire venir pour amortir les frais, il en est venu vingt, et d'autres sont déjà reparties. Dans les journaux allemands, malgré l'intense travail de propagande et de désinformation qu'Elisabeth et lui, à grand renfort d'articles et de violents pamphlets qu'ils font régulièrement publier contre leurs détracteurs, la vérité éclate (des colons renégats ont parlé) : Nueva Germania n'est qu'un sombre bourbier grotesque et dérisoire, un coup fourré, une trahison, un fiasco programmé d'avance. Et parce que l'entreprise est vile et que ses raisons d'être sont malsaines, Förster ne peut même pas, aux yeux d'une certaine partie de l'opinion publique, prétendre à cette tendre compassion qu'on prête aux Don Quichotte maladroits et poètes, parfois un peu stupides, voire déraisonnables, mais si bellement humains qu'ils nous font rêver et qu'on leur pardonne tout.

Sous peu, Förster aura l'obligation de rembourser les sommes que l'État paraguayen lui avait avancées. Elisabeth se bat encore tandis que lui, la médaille au poitrail, chavire dans la *caña*, semblable à ces radeaux sombrant au creux des flots. Mais ce n'est pas un radeau qui bientôt va couler, c'est le bateau tout entier. Et les colons avec.

6.

Au même moment, tandis que Förster commence son sabordage, un tout autre navire, lui, par contre, fait totalement naufrage. En Italie, cette fois. Le 3 janvier 1889, dans la ville de Turin, sous une aube de brume, d'ouate et de sabots qui claquent, un cheval, paraît-il, se fait battre, et un homme en hurlant tout aussitôt l'enlace. L'enlace et puis l'embrasse. Alors un corps s'écroule et toutes les étoiles dont ce dernier brûlait s'affaissent pesamment au calleux du pavé sans que quiconque ne sache si elles se sont brisées, éteintes, ou mises en veille afin de mieux renaître.

Cinq mois plus tard, jour pour jour – car les dieux sont futés même en calcul mental –, le 3 juin 1889, de l'autre côté des mers, à San Bernardino, dans l'hôtel del Lago tenu par des Allemands, au bord d'un joli lac nommé Ypacarai, la *caña*, associée à bon nombre d'alcools ainsi qu'à un sachet contenant de la strychnine, envoie vers l'autre monde le mari de Lisbeth. Que Dieu veille sur son âme, elle en aura besoin.

Quant à Rosario Chamorro Posada, chassé de la colonie car plus personne n'avait d'argent pour le payer, fût-ce un demi-peso ou un repas par jour, nul ne sait ce qu'il est devenu, sinon cendres et poussières lorsque sonna son heure comme elle saura sonner pour chacun d'entre nous lorsque les dieux, las de nos os, de nos airs de chiens battus et de nos misérables petits tas de secrets, nous enverront dinguer d'une simple pichenette vers un quelconque néant.

HUITIÈME PARTIE

Le gai savoir

1.

Elle est à la clinique Irren-Heil und Pflege-Anstalt, à Iéna, dans le bureau du médecin-chef Theodor Ziehen. Il lui demande de signer un papier dans lequel, si elle s'engage à retirer son fils de l'asile, elle devra en porter et en assumer toute la responsabilité. Il lui répète que le comportement de son fils est parfois agressif, violent, donc dangereux. Elle dit qu'elle a compris. Dans un rapport clinique qu'il tient personnellement à jour depuis l'arrivée de Nietzsche, il y a quatorze mois de cela, le professeur Ziehen avait déjà noté :

`Hérédité : père mort, ramollissement du cerveau. Parmi les frères et sœurs du père, plusieurs rachitiques, tous très doués. La mère vit, peu intelligente.`

Peu intelligente. C'est bien ce qu'il relit en feuilletant ses notes. Raison pour laquelle il se permet d'insister afin d'être certain qu'elle a vraiment tout compris : on congédie votre fils *contre revers*, cela est-il bien clair pour vous ? Je vous le répète : cela signifie que vous en acceptez toutes les conséquences, même désastreuses, sans recours possible envers moi et mon établissement. Il a le sentiment et le mépris de croire qu'elle est bien trop butée pour parvenir à saisir quoi que ce soit d'un tantinet subtil.

Mais Franziska se fiche de ce qu'il peut bien penser, de ce qu'il mâche et ressasse en la croyant idiote. Elle n'a cure des mots techniques, des envers, des revers, des menaces, du dédain qu'il affiche, des complications à venir et autres faridondaines. Elle veut juste une chose : signer le papier. Récupérer son fils, le sortir de cet asile de fous où il n'a que trop traîné. Elle est persuadée que ce sont les médecins et leurs maudites fioles qui l'ont rendu absent aux choses de ce monde. Elle connaît son enfant et la seule chose qu'elle sait, c'est qu'il est innocent. Elle va le ramener à la maison et, avec l'aide de Dieu et son amour de mère, le sauver de ces brumes où il s'est empêtré.

Le 25 mars 1890, Friedrich Wilhelm Nietzsche, âgé de quarante-cinq ans, après dix années d'errance passées à écrire des œuvres lumineuses qui n'ont trouvé d'audience qu'auprès d'un lectorat d'une maigreur squelettique, après avoir écrit contre vents et marées, contre maux et tourments, dans une solitude que l'on dira extrême, après avoir écrit et n'avoir fait que ça dans l'espoir d'éveiller la part de surhumain que chacun porte en soi, après avoir sombré dans une rue de Turin, nul ne sachant vraiment ce qui en lui sombra, après avoir été rapatrié par l'ami Overbeck et avoir passé treize mois d'asile dans la clinique de Iéna, Friedrich Wilhelm Nietzsche, âgé donc de quarante-six ans, repart vivre dans sa maison d'enfance, au bras de sa maman.

Au domicile familial, il arrive parfois qu'il se mette en colère, qu'il brise quelques vitres, casse deux ou trois verres, refuse de s'asseoir ou de se mettre au lit, regimbe comme un cheval et frappe des sabots. Il écrit encore, mais de plus en plus rarement et de plus en plus confusément. Il crie des phrases sensées, d'autres qui le sont moins, cite certains de ses livres et parle quelquefois dans un magma d'italien frelaté et de grec corrompu, à voix puissante et souvent excessive, puis peu à peu s'apaise, redevient cet humain agréable et taiseux qu'il fut jadis. Franziska peut alors sans vergogne le trimballer dehors, il est beau, il est noble, sa moustache est une armure royale, il se tient à son bras et soulève son chapeau de façon très aimable quand elle salue des gens.

Elle l'emmène parfois dans une petite auberge où ils allaient souvent, avec Elisabeth, lorsqu'ils étaient enfants, en bordure de la Saale. Le restaurant se nomme *Am Fischhaus*, *À la Maison du Poisson*, et contre un mur du fond, sous un très grand tableau représentant le collège de Pforta qui jouxte l'établissement, se trouve un piano face auquel, à l'issue du repas, Fritz s'assied et joue, improvise interminablement sous les yeux et oreilles fascinés des patrons et clients. On l'applaudit à l'issue de chaque prestation. Tout un chacun sait bien qu'il s'agit là du fou de chez les Nietzsche, ceux de la rue Weingarten, dont le père était pasteur à l'église de Röcken, dont la sœur est vaguement partie là-bas fonder des colonies dont on ne sait, à dire vrai, pas grand-chose. Parfois, il reste assis, les mains sur le clavier, à ne rien dire et sans bouger. Puis il contemple le tableau, montre un détail du doigt, cite le nom de quelques élèves ou professeurs, demande des nouvelles de l'un d'entre eux, n'écoute pas nécessairement la réponse, revient au piano, improvise à nouveau, respectant toujours l'harmonie.

Le dimanche est jour de grande gloire : Franziska le conduit à la messe où il s'assied, se lève ou s'agenouille, comme il est bon de faire quand le rite l'impose. Il répète, après elle, les mots de la célébration, puis quand la messe est finie, ils rentrent à la maison, il boit un chocolat chaud de la marque qu'on sait, et écoute, ou chante à ses côtés, quelques chansons sacrées que contient en ses pages le lourd hymnaire dresdois.

Au bras de sa maman, toujours bien raide et bien vêtu, saluant les passants avec une obséquiosité frisant souvent l'impertinence – il était déjà ainsi avant son incident, d'une politesse surannée qui marquait sa distance d'avec ses condisciples –, il sillonne les rues et places de Naumburg, dans les jardins publics donne des miettes à becqueter aux pigeons, et s'émerveille quand ils s'envolent dans un claquement d'ailes. Il les suit du regard, chantonne, sourit à sa maman qui à son tour sourit, fascinée par ce fils autant que dut l'être Bernadette Soubirous en voyant apparaître la Fée dans la grotte de Massabielle. À chacun ses miracles.

À l'issue de leurs promenades, pour que la joie de Fritz touche à son apogée, elle l'emmène voir les trains dont les rails désormais pénètrent dans Naumburg par l'un de ses faubourgs. Grâce aux tonnes de fonte, à l'acier qui rugit, aux volcans de vapeur qui jaillissent et qui meuglent, il est heureux comme un enfant peut l'être un matin de Noël. Parfois, il repère un petit banc de bois, aux lattes recourbées, étonnamment semblable à celui sur lequel, en compagnie de Ritschl, en ville de Leipzig, à l'angle de Neumarkt et de la Schillerstraße, au creux d'un joli square ils aimaient à venir, les soirs de printemps, d'été et quelquefois d'automne, s'asseoir et converser. S'en souvient-il seulement ? Nul ne saurait le dire. On sait juste que là, dans cette gare, sur ce banc dont la suie dépose fréquemment au pourtour du séant une auréole noire, tenant sa maman par une main, immobile, extasié, muet d'admiration, il regarde et écoute. Ses yeux et ses oreilles vont des rails aux sifflets et des bielles aux wagons. Il est l'enfant serein, l'illuminé béni, le vainqueur ébloui. Celui que fréquemment il s'était rêvé d'être. Dommage qu'il n'écrive plus. Encore que : qu'en sait-on ? Peut-être que l'écrit prend ses racines ailleurs, dans cette part d'univers que contient notre corps auquel nul n'a accès. Nous sommes poussières d'étoiles, tout ne peut pas s'éteindre uniquement parce qu'un cocher violent martyrise un cheval et qu'un homme, en pleurant, essaie de le consoler.

Aujourd'hui, est-ce l'épaisseur de l'air ou celle de son âme, plutôt que d'être calme comme à l'accoutumée, il remue sur son banc comme un sale garnement. Lâche la main de sa mère, se lève, s'avance vers la locomotive, s'arrête à deux pas d'elle. Il a l'air si heureux qu'elle le laisse faire tout en le surveillant. Il rôde tel un bambin qui jouerait aux Indiens, à petits pas douillets de souples mocassins, le corps un peu penché. Puis la locomotive se met à trembloter comme frissonnent parfois les croupes des chevaux. Fritz sursaute, puis rit en posant les deux mains sur sa bouche, tressaille, blêmit, et applaudit. Un long sifflet aigu tel un cri d'horrifié, Fritz bondit, se trémousse, jubile et se met à danser et tourner sur lui-même. Voyageurs et cheminots le regardent, simplement amusés, mais Franziska a honte qu'il se donne en spectacle, lui le fils de pasteur, l'enfant béni de Dieu, lui l'ancien *professeur extraordinaire* dont on dira bientôt que sa folie est excès de lumière et qu'il en est ainsi sitôt que l'être humain se frotte à l'indicible.

Fritz, debout face au train qui lentement recule, ne cesse de clamer sa joie, du corps et de la voix, mais Franziska se lève, le saisit par une manche, le rassied sur le banc, lui intime de cesser. Et lui, enflammé par sa ronde du bonheur d'être au monde, ne comprend pas la raison de cet ordre si brusque et si violent. Mais il n'est qu'un enfant, alors il obéit. Car un enfant toujours à sa maman doit obéir.

*

Debout sur le quai de cette même gare et de cette même année 1890 – durant l'été, cette fois-ci – il attend sagement, au bras de Franziska, sa sœur Elisabeth qui rentre enfin du Paraguay. Un train, dans le lointain, se rapproche en fumant, on l'entend qui ronronne. Sa mère le lui montre du doigt : c'est dans celui-ci, Fritz, qu'elle est, ta petite sœur. Il regarde le doigt comme le fait l'idiot qui contemple l'index du sage montrant la lune. Il n'a qu'une vague idée de ce que peut bien signifier *une petite sœur*. Il voit qu'il y a du monde autour de lui : des voyageurs et leurs bagages, des chariots, des contrôleurs à veston, épaulettes et galons, des cheminots la lanterne à la main. Il entend des cris, des rires, des pleurs d'enfants, sans doute a-t-il conscience de cette humanité qui gigote et triboule, mais il ne peut mettre un nom, encore moins une raison, sur le pourquoi de cette agitation. Sa mère à ses oreilles ne cesse de décliner le prénom de sa sœur : Elisabeth, Lisbeth, Lise, Lieschen. Elle lui dit qu'il la surnommait parfois son petit bibelot : Pusselchen. Et Lama ? Tu te souviens que tu l'appelais le plus souvent Lama ? Quand tu lui écrivais, tu mettais toujours soit *Ma chère sœur Elisabeth*, soit *Mon cher Lama*. Tu t'en souviens au moins ? Il hoche la tête. Il a peur d'être puni s'il ne répond pas oui. Il n'ose plus danser, ni chanter, ni rire, ni même jubiler à l'intérieur de lui. Il a compris que hocher la tête était la meilleure façon de ne pas être gourmandé. De toute façon, en cet endroit précis, la seule chose qu'il aime et qui l'émeuve, c'est la locomotive.

Laquelle entre en gare, crisse, couine, longe et frôle les quais, pesante masse noire dont la foule s'écarte. Enfin bielles et roues, en un dernier soupir, achèvent d'unir leur fonte sur le long fil des rails. Sitôt l'arrêt avalisé par un sifflet strident, des porteurs à casquette munis de visières bleutées se précipitent aux portières, proposent leurs services, debout sur le marchepied, et avec diligence descendent valises, malles, coffres divers et chapelières.

Soudain, là-bas, au fond, près des wagons de queue, apparaît la silhouette d'Elisabeth qui voyage désormais sous le nom d'Eli Förster. Elle est sombrement vêtue, quelque peu farfelue dans son veuvage ostentatoire : froufrous, dentelles, chapeau, gants ajourés et ombrelle au manche façonné dans l'ébène : tout est d'un noir de tenture mortuaire. Elle fait tout dans l'excès, cela n'est pas nouveau. Mais les porteurs exultent : elle traîne en son sillage plus d'une trentaine de malles. Elle descend du wagon comme le ferait une reine dans ses langueurs de deuil, s'approche des deux silhouettes restées figées, au lointain, sur le quai. Elle trottine vers Fritz, le cœur serré, elle ne l'a pas revu depuis qu'il a perdu, comme on dit, la raison. Fébrile, elle le prend en ses bras mais il l'écarte gentiment afin de voir les trains. Il sourit. Elle le secoue en lui disant : est-ce que tu me reconnais au moins ? Il la contemple, se souvient vaguement d'une femme semblable qui jadis l'apeura.

Il allait encore au Collège royal de Pforta. De cela il est sûr. Quel âge peut-il bien avoir : une quinzaine d'années ? Oui, c'est ça, quinze ans. Il vient d'offrir à sa sœur, qui donc n'en a que treize, la partition d'un lied romantique dont le texte, un poème un peu niais mais savamment mis en musique, parle d'un regard qui s'égare et d'un cœur qui se pâme. Quelques semaines plus tard, par courrier, il lui demande s'il pourrait récupérer cette partition afin de la prêter à Elfride, la sœur de son meilleur ami Paul Deussen. Il ne la connaît pas mais son ami Paul lui en a longuement parlé, ce pourquoi Fritz ose affirmer dans sa lettre qu'elle est aussi charmante et jolie qu'elle.

Dieu du ciel, l'inconscient. Quelle folie monstrueuse n'a-t-il pas écrit là ? Oser dire à une sœur possessive qui se languit de lui au milieu d'un cheptel de bigotes rancies – même en y mettant des gants, du miel ou des bémols – qu'il courtise une autre femme qu'il n'a même jamais vue, ça tient du suicide. Il le paiera, c'est sûr.

Il le paye aussitôt. En rentrant le dimanche au bercail, en maison familiale, en ville de Naumburg, alors qu'il est d'ordinaire accueilli tel un prince, Lisbeth ne pipe mot. Ne le regarde pas. Laisse passer quelques heures puis éclate en colère, puis éclate en sanglots, et crache son venin en hurlant que tomber amoureux de la première fille – sans doute une mijaurée que de surcroît on ne connaît même pas – tient de l'infâme, de l'hérésie et du pervers, que jamais elle ne prêtera sa partition et d'ailleurs, tiens, regarde-la, ta partition : elle l'empoigne, la déchire des deux mains, en ramasse les lambeaux et les balance au feu, puis se plante face à lui et exige des excuses. Fritz, confus, demande pardon et jure que ce genre d'incident ne se reproduira plus. Elle le regarde droit dans les yeux, se détourne de lui, revient à lui, crache à ses pieds en lama courroucé. Et tourne définitivement les talons.

De retour au collège de Pforta le soir même de ce dimanche cruel, il lui écrit, à peine arrivé, une longue lettre d'excuse, sincère et attristée, qu'elle reçoit le lendemain, au matin, mais qu'elle détruit aussitôt dans un tourbillon de rage que la nuit n'est pas parvenue à apaiser.

Il a compris la leçon et il se soumettra à toutes celles qui suivront : enfance, adolescence, Naumburg, Leipzig, Bâle, vacances en montagne, promenades en bord de lacs ou en traîneau, sorties à l'opéra ou simples repas mondains, quelles que soient les rencontres féminines que le destin posera face à ses yeux de myope, les livrets successifs des opérettes amoureuses dont il aura pu rêver avec d'aucunes seront d'emblée mort-nés, noyés sous cet impératif : il n'y a qu'une femme dans ta vie, Friedrich, et c'est ta sœur Elisabeth. Souviens-toi : *Lischen et Fritzchen.*

*

Dans cette gare bruyante encombrée de vapeurs, elle saisit son visage, le tourne une fois encore vers le sien : Fritz, réponds, tu me reconnais au moins ? Il hoche la tête et la serre contre lui comme ferait un pantin aux bras articulés. Une locomotive se met à hennir, des pelletées de charbon volent du tender au foyer telles des âmes pécheresses aspirées par l'Enfer. Des fumées s'interpellent façon signaux d'Indiens, des sifflets leur répondent en langage cheminot ; Fritz rayonne, ses yeux brillent, son cœur s'émerveille, son corps frissonne. Elisabeth s'émeut : tu as vu comme il est heureux de me revoir, maman ?

2.

Retour à la maison, au numéro 18 de la Weingarten où rien n'a changé sinon que le cheptel des femmes se réduit désormais à la seule Franziska. Les meubles n'ont pas abandonné leurs odeurs entêtantes de cires fraîches et variées – on n'use pas de la même selon qu'il faut lustrer pin, chêne ou châtaignier. Posées sur des napperons dans leurs cadres surannés, les mêmes photographies au papier craquelé montrent avec entêtement de jeunes visages exempts de rides, de cernes et d'empâtement. Sans omettre, bien sûr, l'hymnaire dresdois aux pages échevelées et cornées à force d'être tournées, qui repose lui aussi au même emplacement sur la table du salon, indiquant qui, dans cette maison, demeure à jamais l'incontestable Maître. On est dans le château que la Belle au bois dormant retrouve au terme de son long sommeil : rien en un siècle n'a bougé. Le temps n'a dû frémir que par les trous d'aiguilles, aucune poussière ou toile d'araignée n'est même parvenue à poser, sur les meubles, la moindre pellicule. Rien ne respire, ici. Sinon la mort.

« Prions », dit Franziska.

En cet été 1890, de retour du Paraguay sans que quiconque n'en connaisse encore la véritable motivation, après avoir prié comme le souhaitait sa mère, après avoir longuement contemplé, le cœur en charpie, son frère tant aimé devenu transparence, après avoir humé les odeurs d'encaustique, de chou et de poireau qui imprègnent plafonds, planchers et papiers peints depuis des décennies, après avoir décrit, sous le feu des questions, les longueurs du voyage, les langueurs du veuvage, les remous des bateaux, les cahots des chariots et les tressauts des rails, Elisabeth se dit trop fatiguée pour expliquer à sa mère le pourquoi de son retour. On verra ça plus tard. Elle n'ose regarder son tant aimé Friedrich qui marmonne pour lui-même ou pousse de petits cris. Elle qui ne pleure que si cela lui est utile afin d'apitoyer autrui pour se sortir d'un mauvais pas, ici, elle retient ses larmes. Elle ne veut pas fléchir face à sa mère. Ne pas déchoir, elle aussi. Alors chacun se tait. La pendulette bavaroise, en bronze à patine brune, au cadran émaillé bordé en son pourtour d'épais chiffres romains, seul cadeau que Carl Ludwig ait jamais offert à Franziska, émet son tic-tac coutumier qui décompte chaque seconde de la vie de chacun. C'est toujours angoissant, d'entendre le temps qui fuit. On s'assoupit un peu. Friedrich s'écrie soudain : *Van Houten !* Les deux femmes sursautent. Aucune ne sourit.

Quelques heures plus tard, Fritz s'est couché après avoir lapé d'une traite, et de façon goulue, son bol de chocolat. Il dort sur le canapé. On dirait un géant. On dirait un enfant. À le voir ainsi assoupi, on peut se demander dans quelle région de lui s'est caché le joyeux génie qui s'écriait, ivre de vie et de reconnaissance, qu'il fallait aimer son destin et ne croire qu'en un dieu qui saurait danser.

Qu'est-ce que je fais ici ? se demande soudain Elisabeth, effarée, face à sa tasse de thé, assise dans un salon qui sent le chou et le Dieu momifié, face à une femme aussi veuve qu'elle, leurs yeux rivés sur ce grand frère qui ne sera bientôt qu'une ombre, sans parole ni lumière, mais qui à ce moment précis brusquement se réveille et se met à hurler une phrase insensée, la même, toujours la même, répétée à outrance : *Je suis mort parce que je ne sème pas les chevaux !*

3.

Très vite, Lisbeth, à la maison, découvre que s'occuper de Friedrich est un labeur à temps plein, qui demande un effort incessant. On ne peut le laisser seul sans risquer l'incident, voire l'accident, sauf s'il est au piano puisque là, forcément, tant qu'il joue on sait où il se trouve. Il interprétait encore, il y a peu, des œuvres entières de lui-même, de Schumann, Bach, Liszt ou Schubert. Sans aucune partition. Il les connaît par cœur et les joue sans fausse note. Mais depuis quelque temps, il lui arrive de faire n'importe quoi : il plaque durant des heures de grands accords puissants, violents, cacophoniques, inharmoniques, en chantant, criant, ou hurlant à la mort ; d'autres jours, au contraire, il est étrangement concentré et joue tout doucement, pressant du bout d'un doigt, souvent de son index, celui de sa main droite, mille fois la même touche. Ce sont les seuls moments, avec la nuit (quand il ne cauchemarde pas), où Franziska parvient à souffler un peu et à reprendre des forces. Jamais pendant longtemps, hélas, mais qu'à cela ne tienne, c'est toujours mieux que rien, elle en remercie Dieu.

Ainsi Franziska raconte-t-elle à sa fille les mois harassants qui viennent de s'écouler depuis qu'elle est allée le chercher à l'asile et qu'elle l'a ramené ici, au cocon familial. Elle ne regrette rien, elle dit que ce sont les médecins qui l'ont complètement détruit avec leurs drogues, et surtout avec l'enfermement au sein, parfois, d'une chambre nommée *cellule capitonnée*, alors que son Fritz n'est pas un vrai fou, pas même un fou du tout. Il fut juste surmené par son trop de pensées, ces milliers de phrases que son cerveau a accumulées durant toutes ces années de travaux, d'écrits, d'errance, de solitude. Mais tout ça va changer : avec toi à mes côtés, ma fille, et avec l'aide de Dieu, on va le remettre sur pied afin qu'il puisse poursuivre son œuvre inaboutie. Car malgré ses excès, ses envolées verbales qui le conduisaient parfois aux portes du péché et de l'apostasie, il serait, lui apprend Franziska, un très grand écrivain. D'aucuns prétendent qu'en France, et même en d'autre pays, son nom circulerait, et qu'on l'admirerait. On ferait même déjà des conférences sur lui. Non mais, tu y crois, toi, ma fille, à ce genre de sornettes ?

Friedrich dort, elle lui a donné sa dose de calmants, pas ceux de l'asile, abrutissants et destructeurs, mais ceux beaucoup plus doux que l'on donne aux enfants quand la fièvre les prend. Et les voici toutes deux, mère et fille, désormais assises au chevet du malade dont le visage est serein. Franziska est heureuse. La famille des Nietzsche est au complet. Il ne peut plus rien leur arriver. Dieu les a réunis, et Dieu les protégera.

*

Après quelques nuits de sommeil, après avoir déballé malles et panières et empli la maison de bibelots divers, la plupart de facture amérindienne, après avoir rempli placards et penderies de vêtements qu'elle ne portera plus jamais puisqu'elle a décidé qu'elle ne vivrait, jusqu'au soir de sa mort, qu'en deuil, tout de noir vêtue, Elisabeth s'assied face à sa mère et lui annonce froidement qu'elle ne veut pas rester ici, à Naumburg, à ne faire que s'occuper d'un frère idiot qui la désole et la rebute ; elle n'ose dire : la dégoûte. Elle a été pour lui, durant plus de vingt ans, sa béquille et sa nurse, et elle estime avoir dûment rempli sa mission sororale. Si elle doit se dévouer, aujourd'hui, ça ne sera plus pour un fou, mais pour un héros, car telle est désormais sa nouvelle mission : sauver l'honneur de feu son époux que des langues enjuivées ont traîné dans la boue, puis repartir là-bas, direction le Paraguay, pour agrandir et fortifier leur colonie. Elle n'est plus, prioritairement, la petite sœur de Fritz, dit-elle à sa mère qui s'effondre, mais la veuve de Bernhard. Fritz n'est qu'un malade mental, maman, comme il l'a toujours été ; tu peux jeter au feu tout ce qu'il a écrit.

4.

De 1890 à 1891, à cheval sur son orgueil, sa haine et sa soif de vengeance, Elisabeth quadrille ainsi une grande partie de l'Allemagne : Berlin, Bonn, Magdeburg, Leipzig et bien d'autres cités. Elle donne des conférences à la gloire de Nueva Germania, grandiose et vaillante colonie. Elle cache à tous que juste avant de rentrer en Allemagne, couverte de dettes et le couteau sous la gorge, elle a envisagé l'idée, si le vent tournait mal, de la revendre secrètement, sa si chère colonie, à une puissante compagnie internationale qui rachète à bas prix toutes les terres que le Paraguay a vendues à d'autres aventuriers endettés aussi rêveurs et incompétents que le couple Förster. Pour Elisabeth, cette idée de cessation n'est qu'une bouée de sauvetage en cas d'un grand naufrage auquel elle ne croit pas. Car elle compte bien, inconscience ou bêtise, de retour au Paraguay, reprendre en main les rênes de son entreprise (qu'elle nomme « Mon royaume ») et poursuivre le travail initié par Bernhard. Nueva Germania est son bébé, son seul enfant. Et comme toute maman, elle veut s'en occuper, lui apprendre à marcher, à forcir, le voir grandir et embellir. Alors qu'elle n'a même plus de quoi lui offrir le moindre petit biberon.

C'est pourquoi elle court de ville en ville et frappe, comme jadis l'avait fait Förster, aux portes des banques, des groupuscules, associations, prêteurs de tout poil, cercles antisémites, teutons, wagnériens, universitaires, bref, chez ceux qu'elle nomme de vrais Allemands de souche. Lors des conférences qu'elle donne, elle affirme que tout ce que l'on a écrit de négatif sur Nueva Germania n'est que trahison et coups bas : la colonie qu'elle a créée il y a cinq ans de cela avec son époux défunt va bien, très bien même, n'en déplaise à tous ces youpins, métèques et autres fabulateurs. Elle prospère, la colonie, et c'est bien ça qui désespère ceux qui en sont jaloux ; elle s'enrichit, la colonie, elle va bientôt couvrir un quart du Paraguay, et même en devenir souveraine dans les années qui viennent. Elle est d'ailleurs, leur apprend-elle sur un ton confidentiel, en passe de racheter entièrement ce pays endetté et ravagé par de terribles années de guerre, ça n'est plus qu'une question de mois. Pour appuyer son propos, Elisabeth trimballe avec elle tout un amas de cartes, photographies, bilans comptables, tous faux, factices et travestis. En guise de preuves incontournables, elle va jusqu'à ressortir des lettres qu'elle avait envoyées à sa mère depuis San Bernardino afin de montrer à tous qu'elle n'a jamais triché, arguant du fait qu'on peut certes trahir, mentir à l'opinion, aux journalistes, aux banques et même au roi de Prusse, mais pas à sa propre mère ! Sa foi ne le lui permettrait pas, elle est une vraie chrétienne, elle préférerait, hurle-t-elle, plutôt se savoir morte que se savoir infâme. Ainsi, d'une voix de tragédienne qui sait peser ses mots pour faire naître l'émotion, lit-elle à son piètre public :

San Bernardino, Paraguay
Nueva Germania, le 24 mars 1888

Ma chère maman,
(…) Mais pour ce qui est de la colonie, elle dépasse de loin ce que j'avais pu imaginer de plus magnifique. Tout paraît grandiose et bien organisé… Dans mon lit, avant de m'endormir, je me demande souvent comment nous avons pu réunir l'argent nécessaire à une entreprise d'une telle envergure. Nous bénéficions certainement de la bénédiction divine… Nous possédons une propriété magnifique, une grande maison, cinq petits ranchos et trois de dimension moyenne. Nous avons des centaines de têtes de bétail, huit chevaux ; un magasin avec six mille marks de marchandise, nous employons un régisseur, un administrateur agronome, un gérant pour le magasin, un garde et un convoyeur pour escorter les colons depuis San Pedro. En outre, nous avons à notre service une vingtaine de péons, serviteurs, cuisiniers, etc. C'est la bénédiction de Dieu qui descend sur tout travail honnête.

Quant au décès de son époux, que les choses soient bien claires : on a écrit qu'il était alcoolique, qu'on l'a retrouvé ivre mort ou même suicidé dans une chambre d'hôtel ; tout cela n'est que pure calomnie ! Il est facile de salir un homme et sa mémoire, un coup de langue, on le sait, est plus mortel qu'un coup de lance. La vérité sur la mort de feu mon époux, la voici, belle et nue : Bernhard était bien, effectivement, à l'hôtel del Lago comme la rumeur l'a dit, mais ni au bar, cet homme ne buvait pas, ni dans une quelconque chambre comme il fut affirmé dans ces torchons infâmes financés par les Juifs ! Où était-il, alors ? La réponse à dire vrai nous met les larmes aux yeux : il priait, tout simplement, dans la petite chapelle jouxtant l'hôtel, en compagnie d'un ecclésiastique, le révérend père Juan Pedro del Ignacia. Grâce aux bienfaisantes et lumineuses paroles du père abbé, il était entré dans une douce extase. Les mots que psalmodiait le vieil homme, car il était âgé, visage couvert de rides à la façon de ces vieux sages indiens, se déversaient en son âme comme fontaines de miel. L'ombre de la Sainte Croix plana un temps, au cœur de la chapelle, tel un nuage d'amour, de grâce et d'espérance. Bernhard Förster, mon époux tant aimé – que Dieu le garde en Lui –, se leva alors, comme aspiré par l'idée du Sauveur, se sentit tanguer, porta sa main au cœur et s'écroula subitement, victime d'une attaque foudroyante. La crise cardiaque fut immédiate et fatale. Il mourut dans un lieu sacré, en présence d'un représentant de Dieu. Il mourut brutalement sous l'ombre de cette Croix qu'il avait pressentie. On pourrait presque dire, sans offusquer le Ciel, qu'il est mort en martyr. Ou quasiment en saint.

À ce moment du spectacle dont chaque soir elle est l'unique interprète, Elisabeth feint de pleurer, tamponne ses yeux secs tout en lorgnant le public afin de jauger s'il faut, ou non, en rajouter. Bonne comédienne, la bougresse. D'aucuns l'admirent pour son courage, pauvre veuve qui va repartir seule, face à l'adversité, honorer l'héritage de son époux et redorer le blason d'une Allemagne enjuivée ; d'autres ne croient en rien, pas plus à ces colons en train de naufrager qu'à la mort du saint homme dans les vapeurs de Dieu. Mais on hésite tout de même entre rire et compatir, alors finalement on la laisse faire et dire, après tout sa mission est emplie d'une certaine noblesse.

Malgré tous ses efforts, elle n'engrange cependant que peu de trésorerie et très peu d'adhésions de potentiels colons. Elle va repartir au Paraguay presque aussi pauvre qu'elle en était revenue et il va lui falloir, une fois encore, mentir aux banques, aux journaux, à sa mère hélas, aux Allemands, aux colons qui sont restés là-bas et qui espèrent toujours que leur mère patrie, grâce à Elisabeth mendiant de porte en porte, va enfin parvenir à les sortir de ce bourbier dans lequel ils se sont eux-mêmes, comme des sots, enlisés. Elle y croit cependant, à ce possible sauvetage : la volonté peut tout, son frère le lui avait appris. Aussi poursuit-elle son chemin de croix, vaillante et obstinée, de bourg en bourg, de ville en ville.

*

Berlin, hiver 1891. Une brasserie, un semblant d'estrade et de tribune, une petite salle basse de plafond, quelques bancs, un nuage de fumée. Des hommes, cigare, pipe et cigarette au bec, façonnent des brouillards immobiles et plats, semblables à ceux qu'on trouve dans les vallées des Alpes. Si ce n'est qu'ici ils demeurent à hauteur des casquettes, melons et chapeaux claque. Sur les tracts ou affichettes qui furent, comme toujours, distribués ou placardés ci et là avant sa venue, il est écrit que Madame Eli Förster, veuve Bernhard Förster, va donner une conférence sur le thème des nouvelles colonies sud-américaines qui bâtissent, sur des terres encore vierges, vastes et florissantes, une Allemagne Nouvelle dont le but sera de régénérer notre vieille Prusse essoufflée, ravagée, et surtout envahie. Il est temps de renaître et de reconquérir le sang de nos ancêtres, dit encore l'affichette. Il suffit de s'inscrire à sa mission salvatrice, souscrire, adhérer et partir dans la foulée avec elle, pioche en main et vaillance en bandoulière. Il est également écrit sur l'affiche, en lettres gothiques joliment ouvragées, qu'elle répondra, si cela leur agrée, à des questions concernant son amitié avec le Maître Richard Wagner qu'elle fréquenta intimement.

Pendant plus d'une heure, elle parle avec aisance et conviction, elle connaît son sujet et sait manipuler les êtres, instiller le doute, propager l'émotion, exciter l'enthousiasme. Elle fait miroiter les bonheurs exotiques, une vie au grand air, la grandeur patriotique d'une mission généreuse. Elle les peint en futurs conquérants d'un monde en expansion dont le sang aryen va redonner au peuple teuton une identité qui s'était perdue et souillée au contact d'autrui.

Il est bon de signaler que sur ce point précis, ce soir, exceptionnellement, elle baisse d'un bémol. On l'a mise en garde qu'ici, à Berlin, il ne fallait pas trop diriger ses attaques sur le Juif, cela risquerait d'être mal perçu par certaines âmes d'obédience humaniste, ou pire, socialiste. Ce pourquoi elle affirme d'emblée ne rien avoir contre ce peuple de nomades, de Sémites et de financiers, mais qu'il serait bon d'enfin laisser l'Allemagne aux mains des Allemands et que n'importe quel humain, quelle que soit sa confession, d'où que viennent son sang, sa langue et ses racines, est toujours en droit de pouvoir s'en retourner chez lui si les lois du pays qui l'accueille ne lui agréent pas ou ne lui conviennent plus. Et si cet humain insatisfait n'a soi-disant pas de patrie (ceci sous-entendant qu'il préfère vivre aux crochets de celle d'autrui), il peut, comme elle le fait elle-même avec sa colonie, se chercher d'autres terres et rebâtir ailleurs un pays neuf et libre qui deviendra le sien !

À l'issue de sa performance, de jeunes énergumènes aux allures bohèmes, tempérament manifestement artiste, tignasse échevelée et gouaille vestimentaire, l'attendent au bas de son estrade. Quelle est donc cette engeance : graines de communistes, wagnériens idolâtres ? Elle préfère ces derniers car elle sait les charmer : intarissable sur Tribschen, incollable sur Bayreuth, les empereurs et princes qu'elle y a côtoyés, sur *Cosima mon amie qui me tutoyait* et sur Richard Wagner Lui-Même – mort, hélas, depuis huit ans déjà –, elle peut parler durant des heures en faisant toujours d'elle le centre de toutes choses comme si, sans sa présence, le *Ring* n'aurait pu voir le jour.

Mais ces jeunes qui l'attendent sont d'une tout autre trempe. Ils n'ont pas l'âme chauffée aux forges de Karl Marx, pas plus qu'à celles de Parsifal. Et sitôt qu'elle descend de son perchoir, à sa grande surprise, ils retirent leurs casquettes et, intimidés, bredouillent des phrases inaudibles. Jusqu'à ce que l'un d'eux, plus téméraire, ose lui demander s'il est bien vrai qu'elle est la sœur de Monsieur Friedrich Nietzsche.

*

De plus en plus souvent, de plus en plus nombreux, quel que soit le bourg ou la ville visitée, des groupuscules d'hommes viennent l'interroger à l'issue de sa causerie, non sur elle, Förster ou sur leurs colonies dont ils se contrefichent, mais sur cet inconnu qui d'après eux serait le penseur idéal, l'écrivain parfait, celui qui fait chanter les mots dans la musique des phrases, celui qu'ils attendaient depuis, affirment-ils, que le monde des lettres a naufragé – comme le reste de l'humanité – dans la médiocrité, l'appât du gain, l'uniformité, la perte des valeurs, l'intense décadence et les fièvres nouvelles de la consommation. Cet étrange Monsieur Nietzsche – dont ils ignorent quasiment tout, hormis un livre, un seul, qui circule depuis peu de façon souterraine, de main en main et de bouche à oreille – est devenu leur guide, leur étoile, leur radeau. Jamais on n'avait lu de prose aussi charnue, éblouissante, radicale, lumineuse et vivifiante. D'où la raison de leur présence à cette conférence : Madame, êtes-vous vraiment, comme on le prétend, la sœur de Monsieur Friedrich Nietzsche, celui qui a écrit cet ouvrage bouleversant et unique en son genre, *Ainsi parlait Zarathoustra* ?

5.

Publié dès 1883 chez Schmeitzner, éditeur à Chemnitz, en trois volumes distincts et sous-titré « Un livre pour tous et pour personne », *Ainsi parlait Zarathoustra* aura brillamment remporté une moitié de son pari puisqu'il ne sera, au moment de sa publication, acheté et lu par quasiment *personne*. À l'issue de quatre années de mise en vente, il s'en sera vendu neuf cent quinze exemplaires de sa première partie, neuf cent sept de sa seconde, et soixante-trois de sa troisième. La quatrième et dernière partie sera publiée à compte d'auteur, par Nietzsche lui-même, à ses frais donc, en quarante exemplaires. Ses autres ouvrages auront connu un sort équivalent ; en 1876, exemple parmi tant d'autres, son éditeur espérait vendre, à la Foire de Leipzig, au moins mille exemplaires de sa quatrième *Considération inactuelle* : *Richard Wagner à Bayreuth*. Il en vendra trente-trois. Ce pourquoi Nietzsche avait écrit, en parlant de ses œuvres, avec sans doute au bord du cœur un soupçon d'amertume nappé d'un rien d'humour : *Si je ne les lis pas moi-même, qui va les lire ?*

*

De 1879 à 1889, entre l'année de sa démission de l'Université de Bâle et celle de son effondrement dans une rue de Turin, Nietzsche affronte sans angoisse les déserts de sa vie puisqu'il sait désormais que c'est d'eux, et d'eux seuls, que jailliront fontaines, oasis et nuées bienfaisantes. *Maintenant je suis léger, maintenant je vole, maintenant je me vois au-dessus de moi ; par moi, c'est maintenant un dieu qui danse (…) Car je viens de hauteurs qu'aucun oiseau n'a jamais survolées, je connais des abîmes où aucun pied ne s'est jamais encore égaré (…) Mais qui veut se rendre léger, et qui se veut oiseau, il faut que celui-là s'aime lui-même, voilà ce que j'enseigne, moi (…) Ma formule pour ce qu'il y a de grand dans l'homme est* amor fati *{l'amour du destin} : ne rien vouloir d'autre que ce qui est, ni devant soi, ni derrière soi, ni dans les siècles des siècles (…)* Amor fati *: que ce soit dorénavant mon amour ! (…) je veux même, en toutes circonstances, n'être plus qu'un homme qui dit oui (…) ne pas demander de changement, ni au passé, ni à l'avenir, ni à l'éternité.*

Nietzsche est comblé de grâce, d'adéquation au monde, de *oui* multipliés engendrant l'abondance. Il déborde de vie, d'innocence et d'enfance. Il aime son destin.

Du côté matériel, autant par insouciance que par manque de choix, il ne vit que de marche et d'errance, de nourriture frugale, de vêtements bon marché. Il dort dans des chambrettes, mange à peine, pot de tisane, quignon de pain.

Moine sans monastère, il traverse l'Europe. France, Suisse, Italie. Solitude et écriture sont ses uniques bagages, ses seules bougies d'anniversaire. Le 15 octobre 1888, il écrit :

En ce jour parfait, où tout mûrit et où la grappe n'est pas seule à brunir, un rayon de soleil vient juste de tomber sur ma vie : j'ai regardé en arrière, j'ai regardé en avant, jamais je n'ai vu autant, et de si bonnes choses à la fois. Ce n'est pas en vain qu'aujourd'hui j'ai enterré ma quarante-quatrième année, j'avais le droit de l'enterrer, – ce qui en elle était vie est sauvé, est immortel.

1888 : année d'éternité, des volcans fous, des grands feux d'artifice, des orages dansants. Année des tourbillons où la boue d'elle-même en or se transmua, année éblouissante où Nietzsche enfin devient ce qu'il se devait d'être : *Le cas Wagner*, *Crépuscule des idoles*, *L'Antéchrist*, *Ecce homo*, *Dithyrambes de Dionysos*, *Nietzsche contre Wagner* : tout cela écrit en huit mois seulement, entre mai et décembre.

L'année d'avant a été publiée *La généalogie de la morale*, l'année d'avant le cinquième livre du *Gai savoir* ainsi que *Par-delà bien et mal*, l'année d'avant le quatrième et dernier tome d'*Ainsi parlait Zarathoustra*. En moins de cinq années : un éboulis de chefs-d'œuvre, ou plutôt, des livres qui pour d'aucuns, plus tard, sauront passer pour tels. Sa mission est accomplie, il peut dormir en paix ; ce qu'il va bientôt faire, à sa façon à lui.

Turin, le 3 janvier 1889, un matin clairet, un soi-disant cheval en guise d'oreiller, quelques hennissements, puis, descendant des étoiles ou montant des pavés, la nuit épaisse et lourde, une longue nuit de onze ans pour apaiser ses maux et ses tourments tandis que l'univers, lentement, apprend à épeler son nom : N.I.E.T.Z.S.C.H.E. Un amas de consonnes pour deux pauvres voyelles.

NEUVIÈME PARTIE

Le crépuscule des idoles

1.

Le grand avantage de la bêtise, comme il fut déjà dit, est son infinitude. En juin 1892, après sa série de conférences qui ne lui ont apporté que de maigres adhésions, après sa tournée des donateurs et des banquiers où elle n'a recueilli, là aussi, qu'une somme ridicule, de quoi se payer un billet de bateau, Elisabeth, têtue et obstinée, retourne au Paraguay.

Persuadée qu'on espère sa venue avec grande impatience, sans même attendre d'avoir accosté, depuis sa cabine de bateau, tandis que le bois de sa coque en claques cadencées applaudit chaque vague, elle écrit à sa mère qu'elle a été : *Accueillie comme une reine à Nueva Germania !*

Ce qu'un colon, dans un journal allemand, relativisera en écrivant :
L'arrivée d'Elisabeth (...) a été décrite comme une bonne nouvelle, je me permets d'en douter fortement. Je ne crois pas qu'en Allemagne Frau Doktor Förster ait été guérie de sa maladie, dont le symptôme le plus fort est la mégalomanie (...) elle est devenue encore plus despotique et vaniteuse.

Dans ses valises, Elisabeth a apporté, en quelques exemplaires, le livre qu'elle a écrit durant son séjour en Allemagne : *Dr. Bernhard Förster's Kolonie Neu-Germania in Paraguay : La colonie de la Nouvelle Allemagne du docteur Bernhard Förster au Paraguay.* Dans ce texte éminemment hagiographique, publié à Berlin en 1891, son époux tragiquement et trop tôt disparu apparaît tel *un héros digne du Walhalla, dans le visage de qui le vrai Christ s'unit à la race allemande, tombé dans un champ de bataille étranger à cause de sa foi en l'esprit allemand.*

Ce qu'une fois encore, dans autre un journal allemand, un colon ironique se chargera de rectifier :
(...) il était probablement la personne la plus inadaptée et la personnalité la plus incapable sur le plan pratique pour entreprendre un tel projet (...) Si quelqu'un cherche à reproduire un fiasco colonial aussi éclatant, il lui suffira de remettre à sa tête un professeur de lycée (...)

*

Elisabeth, dans sa nature même, est à la fois gentille, généreuse, dévouée, obstinée, colérique, bigote et un rien sotte. Tout cela n'est pas incompatible. Autre paramètre inhérent à cette panoplie qui bâtit au fil des ans, pour tout individu, ce que l'on nomme sa personnalité : son orgueil démesuré. C'est lui qui, à partir de ce jour, va supplanter et massacrer tous les autres. Car elle refuse qu'on l'assimile à ces êtres que l'on dit roturiers.

Ne jamais oublier qu'elle a fréquenté la petite bourgeoisie de Naumburg, celle mi-huppée de Leipzig, celle plus austère et cultivée de la ville de Bâle, ainsi que Cosima et Wagner, leur flot d'empereurs et flopée de princesses. Au fond d'elle luit une flamme aristocratique, une haute idée d'elle-même que nul ne peut éteindre. Elle n'est pas le genre de femme que l'on peut répudier d'une simple pichenette.

C'est pourtant ce qu'ici les colons vont tenter : la jeter comme une malpropre ; faire en sorte qu'au plus vite elle s'en retourne d'où elle vient. On ne veut plus de Förster en cette colonie, pas plus vivant que mort, pas plus mâle que femelle. Mais on ne sait comment faire, la loi est avec elle et elle sait en user.

Aux réunions dites phalanstériennes qu'elle se doit de présider ainsi que l'exige encore le règlement, personne ne l'écoute plus et nul ne lui répond. Elle n'a face à elle qu'un mur d'indifférence. Si Bernhard est devenu squelette, elle est devenue fantôme. S'il faut voter, élire, choisir ou simplement débattre, nul ne lève la main. Son frère avait jadis écrit : *Je n'ai pas d'opinion. Je suis comme l'eau. L'eau n'a pas d'opinion.* Les colons désormais sont faits de la même pâte : aquatiques muets. On attend simplement qu'elle parte. Ça l'agace à tel point qu'un soir, elle perd ses nerfs, et, de sa badine héritée de Förster, menace de les chasser comme le fit Jésus avec les marchands du temple. C'est ce qu'on espérait. Qu'elle craque, se fissure et flanche. Qu'elle commette une erreur.

Quelques jours après, on lui fait comprendre qu'il suffira de donner trois à quatre pesos à un quelconque péon pour qu'en deux coups de machette il découpe son corps en petites rondelles qui s'en iront nourrir poissons et caïmans.

À ces mots, se sachant désormais au bord de la falaise en équilibre instable, surgit dans son cerveau pervers un grand éclair rusé qui lui indique comment agir pour sauver sa peau, et fuir sans abdiquer, ni enfreindre la loi, cette loi qu'avec Förster tous deux ont érigée : elle écrit à sa mère de lui envoyer, *de toute extrême urgence*, un courrier dans lequel elle lui demandera de *rentrer au plus vite à Naumburg* afin de s'occuper de son grand frère *terriblement malade*. Elle lui dira de mettre également dans sa missive, souligné trois fois au crayon rouge, que c'est *indispensable*, que c'est *une question de vie ou de mort* et que *ça ne peut pas attendre : urgence immédiate !*

Quand sa mère lui répond, elle montre à tous, en la tenant bien haut, prenant l'air accablé, la lettre maternelle. Elle pousse l'ignominie jusqu'à leur dire, avec au bord du cœur un chagrin calculé : je serais bien restée parmi vous, mes amis, mais des forces contraires m'obligent à rentrer. Elle leur affirme que son grand frère se meurt et que sa mère fera de même si elle n'intervient pas de toute urgence. On vote à main levée : on la laisse partir, à l'unanimité.

Elle les toise avec mépris. Elle fait la fière, la reine qui décide et qu'on ne jette pas. Elle est saint Georges face au dragon, sainte Blandine face aux lions, bravant tous les regards au sable de l'arène. Elle part la tête haute. Elle n'en voulait pas davantage : sauver l'honneur ; même si personne n'y croit, la question n'est plus là.

Avant de regagner l'Allemagne, elle vend ses biens. Aucun souci, elle avait tout prévu, les feuilles notariales étaient déjà remplies : terres, bois, marais, étangs, maison. Elle vend également la selle de Förster, sa badine et ses bottes, son écusson de chef, ses éperons d'argent. Puis ses affaires à elle, ses meubles, son piano, ses oreillers, ses draps, ses casseroles, sa vaisselle, ses conserves. Et rend à chaque colon la part qui lui est due. Pour pouvoir embarquer, elle est contrainte de rembourser les dettes contractées par Bernhard (emprunts, crédits, avances, nuits d'hôtels et boissons) et c'en est effarant le nombre de bistrotiers et autres margoulins qui s'agrippent à ses jupes en réclamant leur dû. Enfin, pour clore bellement l'affaire, c'est-à-dire avant tout protéger ses arrières, elle graisse la patte d'un médecin véreux afin qu'il lui fournisse un certificat de décès indiquant clairement que Förster est bien mort entre les bras de Dieu, d'une crise cardiaque. Alors tout est bien, elle peut partir, et cracher avec haine sur cette plèbe de colons pauvres et démunis qu'elle exècre et maudit.

Ce qui ne l'empêche pas, dans sa cabine, d'écrire au *Bayreuther Blätter*, le journal wagnérien qui l'a toujours soutenue : *Une autre grande mission de ma vie : le soin de mon cher et unique frère, le philosophe Nietzsche, le souci de m'occuper de ses œuvres et de décrire sa vie et sa pensée, accaparent dorénavant tout mon temps et toutes mes forces – aussi suis-je forcée de dire adieu aux affaires coloniales.*

2.

À petites gorgées il lape l'eau du verre. D'une serviette de table dont les broderies vertes sont à ses initiales, elle tamponne son front, ses lèvres et ses moustaches. Puis elle saisit son visage, le regarde dans les yeux et elle le trouve beau – il l'a toujours été. Depuis qu'elle est rentrée – sur cette promesse au moins elle n'aura pas menti – Elisabeth s'occupe de lui. Chaque jour, elle l'abreuve, le nourrit, empoigne le lourd fauteuil crapaud posé près de l'armoire, l'installe auprès du lit, déplace élégamment, de la pointe du pied, le petit pot d'aisance en faïence bleutée, le glisse sous le sommier, s'assied à côté de lui, prend ses mains dans les siennes et, une fois le repas et les soins achevés, se met à bavarder ainsi qu'elle le fait depuis quelques semaines.

Rapprochant son visage de celui de son frère, elle lui parle de leur enfance où pour eux, cœur à cœur, c'était toujours Noël, chacun étant de l'autre le plus beau des cadeaux. Elle lui dit qu'elle l'a toujours aimé, sans toujours le comprendre. Pourquoi avoir quitté ce si bon métier de *professeur extraordinaire* en la ville de Bâle ? Pourquoi être parti barouder sur les routes comme un Bohémien, écrivant des livres dont personne ne veut, lui dont les textes d'enfant, et même d'adolescent, étaient si élégants, si brillants, si simples et si compréhensibles ? Et pourquoi cette obsession de vouloir à tout prix tuer Dieu ? Il ne t'avait pourtant rien fait de mal, mon petit Fritz, tu as vu où tout ça t'a mené ?

Elle remonte son oreiller, lui embrasse le front, poursuit son monologue, lui parle de leurs voyages quand ils partaient tous deux, notamment ce lac, en Italie, dans lequel il nagea tant et tant qu'elle le perdit de vue et appela les secours alors qu'il était revenu par les rives opposées et se tenait debout, souriant et mouillé, tout juste derrière elle. Elle se penche vers lui, jubilant par avance à l'idée d'évoquer ce qui fut pour eux deux leur seule vraie lune de miel, aux vacances de Pâques, printemps 1871, une date inoubliable. Fritz, tu t'en souviens, j'espère ? Elle lui prend la main, la porte à ses lèvres, baisse ses paupières et laisse remonter en elle les images du passé : on était partis de Bâle, direction Lugano, les routes avaient été bloquées pour cause d'excès de neige, on s'était retrouvés au travers du Gothard, assis dans un traîneau tiré par quelques chiens, les services de transport n'avaient trouvé que ça pour nous mener à bien vers notre destination. Les chiens n'aboyaient pas. Aucun fouet ne claquait. On glissait sur la neige comme sur des nuages. Le pilote d'attelage semblait un ange descendu tout droit du firmament. Tu avais pris ma main, comme là je prends la tienne, le temps n'existait plus et on avait tous deux entendu, au loin, sonner les cloches des épousailles. À l'horizon, j'avais entrevu – toi aussi, tu l'as vue, tu me l'avouas après – comme une robe de mariée, blanche et scintillante, que le paysage dotait, entre neige et névé, d'une traîne interminable. Je n'en ai jamais parlé à quiconque, lui confie-t-elle, de ce moment sacré où l'on se maria ; pas plus à ma mère qu'à Förster. C'est notre secret à tous deux et ça le restera. Ses doigts s'emmêlent aux siens, elle a le sentiment, les paupières toujours closes, de sentir, physiquement, cet anneau de silence, de grâce et de flocons, qu'ils se passèrent au doigt tandis que résonnaient, pimpantes comme grelots, les cloches du destin. Bouleversée, elle se jette brusquement sur son corps et le prend en ses bras, le nomme son ami, son tuteur, sa moitié, son confident ou son étoile d'or, lui parle de Bayreuth, de Bonn, de Leipzig, de Tribschen, le seul endroit au monde où il fut, elle le sait, absolument comblé, radieux, vivant : Wagner, les enfants, la musique, le parc, Cosima dont il fut – il eut beau le cacher, elle l'avait deviné – secrètement amoureux. Dieu qu'ils en ont vécu, des jours de grand bonheur, toujours unis, soudés, sublimement animés, Richard et lui, par leur haute mission – changer le monde grâce aux vertus de l'art.

Elle lui parle de Bâle, ces années où ils vécurent ensemble d'une façon que l'on peut qualifier sans honte ni péché de maritale. Elle aurait tant aimé que cela ne s'arrêtât jamais.

Sans doute est-elle sincère. Sans doute croit-elle vraiment à ces mots qu'elle distille, effleurant de son doigt l'arête de son nez, réinventant leur vie en jolies phrases feutrées et refaisant le monde en reculant le temps ainsi qu'on fait parfois dans les livres d'enfants.

Friedrich ne bouge plus, ne parle plus, seuls le vent et les souffles d'autrui parviennent à animer ses cheveux ou plisser ses paupières et à faire sur sa peau glisser quelques frissons. De temps à autre, il pousse de petits cris, soulève son bras droit, uniquement celui-là, sa main dessine dans l'air quelques vagues motifs, papillonne brièvement, puis il se fige, hiératique – on a le sentiment qu'il cherche à prendre une pose, statue de bronze fixant de ses beaux yeux limpides une chose incertaine. Son ami Overbeck, songeant aux quatre semaines qu'il avait passées à Iéna afin de pouvoir venir le visiter quotidiennement, écrira par la suite : *Je l'ai vu dans des états où, c'est horrible ! – il me faisait l'effet de simuler la folie, comme s'il était content que cela finisse ainsi.*

Elle ne cesse de lui parler et ne sait que penser. Peut-être soupçonne-t-elle qu'Overbeck a raison. Elle a banni sa mère de la chambre de Fritz. Tant qu'elle est à son chevet, personne ne doit ternir leur tendre intimité. En remontant son drap d'un geste machinal comme on fait aux malades, elle lui jure qu'elle n'est rentrée du Paraguay qu'afin de le soigner. Se mentir à soi-même est toujours rassurant. Elle lui parle brièvement de ses affaires coloniales, se donne le beau rôle de la veuve déplorée que le chagrin afflige, décompte les années, puis soudain s'arrête et cesse de jouer, de fabuler. Son visage se durcit.

Elle vient de découvrir, tandis que ses mots usaient, tout en le maltraitant, le grand rouleau du temps, qu'ils ont été séparés durant presque huit ans. Séparés physiquement, l'océan comme muraille ; séparés affectivement, l'indifférence comme tranchée guerrière. Elle s'aperçoit encore qu'elle ne sait rien de ses années d'errance, hormis quelques courriers qu'il lui envoyait toujours puisque, même fâché à mort avec elle, il lui était impossible de ne plus pouvoir vraiment l'aimer. N'est pas méchant qui veut.

Pour se rassurer, elle se ment en se disant que de toute façon elle avait trop à faire pour songer à son frère entre tous ses péons, ses terres et son époux incompétent. Et puis, se ravise-t-elle, elle n'était pas non plus dans l'ignorance totale de sa vie ; elle apprenait, dans des lettres sans fin que lui adressait chaque semaine sa mère Franziska, ce que faisait Friedrich, du moins ce que lui-même dans ses propres courriers écrivait à sa mère et dont sans trop se tromper on devine la teneur – *des choses de ragoût circonstanciel.* Au bout du compte, soyons honnête en convient-elle, elle vécut en solitaire, en âme bannie et en aveugle toutes ces années durant lesquelles son frère devint cet écrivain que la jeunesse, désormais, cite, émerveillée, des étoiles dans les yeux.

Assise à son chevet, elle lit les dernières lettres qu'il avait adressées à sa mère, notamment depuis Turin. Elle y apprend qu'il ne cessa d'écrire, de corriger sans cesse, de batailler beaucoup avec ses éditeurs sur le fond, sur la forme, sur la moindre virgule. Elle découvre, de surcroît, qu'il publia beaucoup, que personne ne le lut, ou quasiment personne, mais qu'il y eut cependant, autour de sa personne, en plus de cette jeunesse goguenarde et rebelle, d'infimes groupuscules de personnes plus âgées, et sans doute respectables, qui connaissaient son nom, qui lisaient ses ouvrages, et qui croyaient en lui. Surtout à l'étranger. Nul, affirme le dicton, n'est prophète en son propre pays.

Ainsi, tout en brassant cet abondant courrier, écartant les lettres insensées qu'on nommera plus tard les *billets de la folie* :

(À Umberto Ier, Roi d'Italie
(autour du 04.01.1889)
À Umberto mon fils bien-aimé
Que ma paix soit avec toi ! Je viens mardi à Rome et veux te voir à côté de sa Sainteté le Pape

Le Crucifié)

apprend-elle qu'il communiqua avec des inconnus dont elle saura ultérieurement qu'il s'agit bien, effectivement, d'hommes illustres : l'écrivain Hippolyte Taine, en France ; le dramaturge August Strindberg, au royaume de Suède ; Georg Brandes, un critique littéraire danois qui donna même des conférences sur lui, à l'Université de Copenhague, dès 1888 !

Elle sursaute, se redresse pour mieux lire : dès 1888 on enseignait son frère, dans une université, en pays étranger ?

Mon frère est donc célèbre ? Ou va le devenir ? Ces jeunes hurluberlus aux allures grotesques qui venaient me questionner durant mes conférences savaient donc avant moi ce qu'il en était de lui ?

Et je devrais rester assise, bras ballants, aux côtés d'un génie dont je sais désormais qu'il est temps de clamer, d'accroître et de précipiter sa gloire en devenir ?

Elle ramasse les lettres, les met dans un grand sac, se lève, ouvre la porte, court dans le couloir, descend les escaliers. Finie la parlotte, finis les monologues, il est grand temps d'agir.

3.

Elle a installé, à côté du lit de Fritz, un petit lutrin en bois de châtaignier, avec des feuilles posées dessus, ainsi qu'une plume, un encrier. Elle lui dit entre quatre yeux, bien que les siens (à lui) soient toujours clos, qu'elle va écrire sa biographie. Elle précise : la tienne, pas la mienne, mais qu'elle la signera du nouveau nom qu'elle aura très bientôt, légalement et juridiquement, le droit de porter : *Doktor Elisabeth Förster-Nietzsche*. Elle sait combien ce double patronyme risque de le fâcher mais il est vain, dit-elle, de malaxer la boue d'un passé révolu : elle fut l'épouse de Bernhard Förster et c'est tout de même grâce à lui, et à son trépas, qu'elle se retrouve ici, à ses côtés. Soyons logique : il ne serait pas mort, elle serait encore là-bas, entre bois et pampas. En entendant cela, Friedrich dans son sommeil profond, si profond que parfois on craint – avec raison – qu'il ne s'en réveille pas, ne bronche pas. L'avantage des momies c'est que toujours, en général, elles semblent consentantes.

Elle se met au travail, avec cette précision et cet acharnement qu'on lui connaît déjà. Chaque jour, elle écrit puis lui lit, chapitre après chapitre, le livre qu'elle concocte pour raconter sa vie. Sa vie à lui, telle qu'il la vécut, à peine romancée, les mots ne sont pas faits que pour la vérité, ils méritent mieux que ça.

Régulièrement, elle lui soulève la tête, lui donne à boire, lui caresse les cheveux, les tamponne fréquemment afin de leur enlever la sueur qui les baigne. Puis reprend ses écritures, leurs lectures afférentes, s'enquérant quelquefois de son avis personnel – ce qui est vite fait : il est toujours d'accord. Elle lui précise toutefois que sa biographie à lui, Friedrich Wilhelm Nietzsche, sera également sa biographie à elle, Thérèse Elisabeth Alexandra Nietzsche, puisque tous deux, à quoi bon le nier, du ventre maternel à ce lit où il gît, ne font et n'ont jamais fait qu'un – souviens-toi, Fritz, lui dit-elle souriante et frondeuse : luge, traîneau, robe de mariée, bague de glace et épousailles : notre destin scellé entre neige et névé !

Elle lui parle de ses livres, ceux qu'il a publiés, qu'elle a peut-être lus, juste survolés, et lui annonce qu'elle va prendre en main une édition de ses œuvres complètes, hormis peut-être ce *Zarathoustra* que la plèbe plébiscite (ce qui ne la surprend pas tant on est tombé bas). Elle lui signale que le chapitre intitulé *La fête de l'âne* est blasphématoire et risquerait de froisser leur mère, la morale et la loi. Hors de question de publier ce genre de chose. Pour les autres ouvrages où Dieu est malmené, on verra ça plus tard, il faudra étudier chaque livre au cas par cas.

Elle l'avertit également, plume en main, les lèvres pincées et les yeux furibonds, qu'à aucun moment, durant cette biographie, elle n'écrira un seul mot sur celle dont elle refuse d'ailleurs de prononcer le nom et dont elle ira, n'en déplaise à d'aucuns, jusqu'à nier l'existence, l'effaçant de sa vie à lui et de la vie tout court. Elle pose sa plume, s'approche de lui, met sa main sur son cœur qui doucement palpite et lui dit : elle t'a fait souffrir, j'ai le droit de la tuer.

Elle parle évidemment de ce qu'on nommera plus tard, avec grandiloquence, l'*affaire Lou Salomé*, aisée à résumer : au printemps 1882, Friedrich tombe amoureux d'une femme que sa sœur maudit parce qu'elle est belle, jeune, intelligente, et qu'elle a sur son frère une emprise affective et intellectuelle qui supplante la sienne. Jalouse à en crever, elle la roule dans la boue, la décrit à sa mère comme étant une catin de bas étage, la traite de serpent, de sangsue et de hyène, de sombre aventurière, de basse calculatrice, de monstre au cœur de marbre, frigide au corps de glace, de sale Juive perfide, envoûteuse de mâles, vampire ne cherchant qu'à s'abreuver du sang de leur génie. Enfin, ne reculant devant rien pour assouvir sa rancœur, elle la dénonce aux autorités allemandes en tant qu'espionne russe.

En découvrant ces mots et les sales manigances avec lesquelles sa sœur a sali l'âme de cette Lou Salomé dont il

eut la faiblesse de tomber amoureux fou, pour la première fois de sa vie, il s'était mis à la haïr avec une violence démesurée :
Ma sœur est malheureusement devenue une ennemie mortelle de Lou (...) ma sœur est un oiseau de malheur (...) ma sœur mériterait de plein droit une paire de claques (...) elle est vraiment devenue une méchante personne (...) Je veux, quant à moi, rompre avec toutes les personnes qui ont quelque chose à voir avec ma sœur (...) toute réconciliation est exclue entre cette dinde antisémite et vindicative et moi.

Elle lui remonte son oreiller, pose un tendre baiser sur son front, lui dit de se calmer alors que c'est elle qui s'énerve toute seule. C'est pourquoi, afin d'en finir avec cette pitoyable histoire qui l'excède et la mine, elle se lève, reprend sa plume, son lutrin, ses feuilles de papier, et lui lit cette phrase dans le même temps qu'elle l'écrit :
Jamais de notre vie, nous ne nous sommes dit un mot méchant ; si parfois, nous avons écrit des choses désagréables, c'est parce que, séparés, nous tombions sous l'influence funeste des autres.

*

Lorsque c'est Franziska qui veille sur Friedrich, Elisabeth, la nuit, va dans les placards, les armoires, les greniers, en retire des dossiers, des cartons, des feuillets, des miettes de poèmes, des extraits d'épopée, des partitions en vrac, des bribes de pensées qu'il a éparpillées sur des cahiers et qu'elle a conservées puisqu'elle a tout gardé de ses moindres écrits et qu'elle compte en user. Nul, jamais, ne pourra l'en blâmer, encore moins la répudier : elle seule a eu la prescience, et ce depuis l'enfance, de croire en son génie. Quelques fourbes peut-être, quand ils liront son livre, viendront la chicaner. Qu'importe. Toute vérité est enfant de chimère, la vie n'est que légendes errantes, chaque seconde qui naît est aussitôt enfouie sous celle qui la suit et toutes deux vont mourir en compagnie de celles qui les ont précédées. La mémoire procède d'un semblable magma et d'un même remous mortifère et confus. La frontière est bien mince entre ce qui fut vécu et ce qui fut rêvé. Les romanciers le savent et ils savent en user. Mais elle, si elle brode parfois, c'est pour que les mots chantent, comme son frère par ailleurs sut faire chanter les siens. Elle retrouve avec joie le premier opuscule que publia Friedrich en 1869 alors qu'il était encore tout jeune professeur : *Homère et la philologie classique.* Il lui avait dédicacé un exemplaire avec autant d'amour que d'humour :

« À ma chère et unique
Sœur Elisabeth
En tant que
Zélée collaboratrice
Sur les champs de chaume
De la philologie. »

Bonne pioche, se dit-elle. Elle s'en servira dans son livre en guise d'introduction et de pièce maîtresse, symbole inaliénable de son adoubement. En attendant, elle trie, elle lit, réfléchit, compulse, ordonne, classifie, édifie un passé qui enfin se dévoile dans toute sa nudité : sans moi, constate-t-elle, jamais Fritz n'aurait pu mener à bien ses travaux au *Rheinisches Museum* ; or, sans ces travaux, jamais il n'aurait pu être nommé *professeur extraordinaire.* Et une fois nommé, affligé de ses maux et de ses cécités à répétition, sans mon aide, jamais il n'aurait pu exercer convenablement son métier durant dix ans. Et donc, sans moi, il n'aurait jamais pu toucher cette pension qui lui permit l'exil et lui offrit la liberté d'écrire tous ses fameux grands livres. Sans moi, la chose est claire, il n'aurait fait que sombrer, il n'aurait jamais pu créer.

Sans lui, certes, admet-elle, je n'aurais jamais été qu'un cruchon pourrissant à Naumburg, figée entre des meubles qui puent la cire, le chou et l'eau bénite frelatée. Je l'avoue, moi aussi, je lui dois beaucoup. Mais lui, il me doit tout. Absolument tout. C'est sur cette base autocentrée qu'elle bâtit l'écriture de la première biographie de Friedrich Wilhelm Nietzsche, son frère et âme sœur. Elle en écrira trois. Pas moins de trois biographies, étalées sur dix ans, sans ne jamais rien comprendre à ce qu'il a écrit, ni appréhender ce que fut sa pensée, ni posséder la moindre once d'entendement philosophique, privilégiant toujours, puisque signant de son double patronyme, Förster-Nietzsche, l'idéologie simpliste du premier à celle, multiple et nuancée, du second. Raison pour laquelle, afin de laisser planer un certain doute sur l'antisémitisme de son frère, elle jettera au feu, sans aucun état d'âme, les rares lettres – explicites pour lui, compromettantes pour elle – qu'il lui avait adressées lorsqu'elle baignait dans son délire colonial et raciste. Heureusement que l'ami Overbeck possédait une partie des brouillons ou des doubles de ces courriers que Friedrich, quand la chose lui était possible, aimait à conserver. À Elisabeth qui jadis écrivait à sa mère :

Je ne puis m'empêcher de trouver les idées de Fritz de plus en plus déplaisantes. Je ne vois pas qui pourrait en tirer le moindre profit. Comprends-tu maintenant pourquoi je désire tant que Fritz partage les idées de Förster ?

on put, bien des années après, obtenir quelques-unes des réponses contenues dans des lettres dont, lorsqu'on les lui montrera juste avant qu'elle ne meure, elle feindra de n'en avoir jamais eu connaissance, allant jusqu'à asséner, d'une façon excessivement violente, à l'âge de quatre-vingt-six ans, un coup de sa canne en fer sur le crâne d'un journaliste anglais qui mettait en cause l'authenticité de sa bonne foi. Mais hélas pour elle, la haine n'a pas raison de tout. Elles existent, ces lettres, et rétablissent Nietzsche, si besoin était, dans les pensées qui furent siennes, et non dans celles qu'elle trafiqua afin de lui faire dire ce qu'il ne pensait pas. Ce que jamais il n'aurait osé penser.

À Elisabeth Förster, à Asunción
(Brouillon ; fin 12.1887)

(...) Aujourd'hui, c'est allé si loin que je dois me défendre bec et ongles pour que l'on ne me confonde pas avec la canaille

antisémite ; après que ma propre sœur, mon ex-sœur, ait donné l'impulsion à la plus funeste des confusions (...) après avoir lu le nom de Zarathoustra dans la Correspondance Antisémite, ma patience est à bout – je suis maintenant en état de légitime défense contre le parti de ton mari. Ces maudites grimaces antisémites ne feront plus main basse sur mon idéal !! Combien n'ai-je déjà souffert du fait que notre nom soit, de par ton mariage, mêlé à ce mouvement !

*

Nice, le 26 décembre 1887

(...) Personne ne me connaît assez ; et mon histoire de ces quinze dernières années est une énigme pour tout le monde. Nul de mes « amis » ne sait comment on me fait du bien ni comment on me fait du mal. (...) C'est toi, mon pauvre lama, qui as fait une des plus grandes bêtises, et pour toi, et pour moi. Ton mariage avec un chef antisémite exprime, pour toute ma façon d'être, un éloignement qui m'emplit toujours de rancœur et de mélancolie. (...) Car, vois-tu bien, mon bon lama, c'est pour moi une question d'honneur que d'observer envers l'antisémitisme une attitude absolument nette et sans équivoque, à savoir : celle de l'opposition, comme je le fais dans mes écrits. On m'a accablé dans les derniers temps de lettres et de feuilles antisémites ; ma répulsion pour ce parti (qui n'aimerait que trop se prévaloir de mon nom !) est aussi prononcée que possible, mais ma parenté avec Förster et le contrecoup de l'antisémitisme de

Schmeitzner, mon ancien éditeur, ne cessent de faire croire aux adeptes de ce désagréable parti que je dois être un des leurs. Combien cela me nuit et m'a nui, tu ne peux pas t'en faire une idée. La presse allemande étouffe mes écrits sous le silence (...). Mon abstention éveille la méfiance de tous à l'endroit de mon caractère comme si je reniais en public une chose que je favorise en secret et je ne peux rien faire pour empêcher que les feuilles antisémites utilisent le nom de « Zarathoustra » : cette impuissance m'a déjà rendu presque malade plusieurs fois.

4.

Pendant qu'Elisabeth peaufine sa biographie, égarant quelques lettres dans la corbeille à papiers, perdant quelques feuillets qui malencontreusement lui ont glissé des mains, ont voleté dans le salon et ont fini dans l'âtre sans que la pauvresse ait eu le temps de les retirer du feu, le nom de Friedrich Wilhelm Nietzsche, en Allemagne, aux alentours de l'année 1891, commence à circuler dans cette étrange nébuleuse que l'on nomme rumeur, vague, incertaine et mystérieuse, dont on ignore de quoi elle se nourrit, sur quoi on l'a bâtie, mais que tout un chacun, malgré lui, subit comme on subit la pluie, le vent, la maladie, la mort ou une mélodie. Son nom fend l'azur, voyage sur les nuages et pépie çà et là. On prétend que ce serait un Danois qui, depuis son pays, aurait fait introduire les écrits de Friedrich en terres allemandes. D'autres disent qu'un Suédois serait à l'origine de cet avènement et de son éclosion. On parle même d'un Français, voire d'un Américain, enfin bref, la déesse aux cent bouches qui toutes déblatèrent est d'accord sur un point : cela nous vient d'ailleurs.

On affirme ainsi – car la rumeur, couverte d'un simple tulle, pour devenir crédible doit vite se revêtir d'un habit de gala – que quelque part, au mitan de la Saxe, reposerait une sorte d'élu que d'aucuns ont déjà surnommé : *le philosophe fou.* On murmure que sa vie fut ardente, sa pensée lumineuse, sa prose extravagante, ses œuvres incandescentes et on l'assoit déjà, sans même le connaître, ni même l'avoir lu, au sommet de l'Olympe des Lettres. Sa folie mystérieuse le nimbe d'auréole et de buée sacrée. On ne parvient pas encore à saisir sa pensée, mais on dit que cet homme, mi-poète, mi-philosophe, mi-moraliste, jouant des mots comme Paganini de son violon ou Liszt de son piano, écrivain inclassable, est un dynamiteur dont le seul but aurait été de mettre le feu à tout : à la morale, à l'État, à la religion, aux valeurs périmées d'une Allemagne épuisée. On sait qu'il a publié un grand nombre d'ouvrages qui n'ont pas eu de succès, sinon dans des milieux confidentiels. On le dit mi-ermite, mi-sauvage, se prenant assez fréquemment, au cœur de ses écrits, pour Dieu. On le surnomme également : *le penseur au marteau, le révolutionnaire iconoclaste*, ou *le prophète illuminé.* On en donne pour preuve certaines bribes de textes qu'on aura recopiées et qui, à certains, font déjà froid dans le dos :
L'homme n'existe que pour être dépassé. Qu'avez-vous fait pour le dépasser ? Jusqu'alors tous les êtres ont créé quelque chose qui les dépasse : voudriez-vous être le reflux de cette grande marée ? Voudriez-vous retourner à la bête plutôt que de dépasser l'homme ? Qu'est le singe pour l'homme ? Une dérision, une honte douloureuse. Tel sera l'homme pour le

Surhumain : une dérision ou une honte douloureuse. Du ver de terre à l'homme, vous avez parcouru le chemin, mais vous avez encore beaucoup de ver de terre en vous. Jadis vous avez été singes, et aujourd'hui encore l'homme est plus singe qu'aucun singe. Même le plus sage d'entre vous n'est qu'un être équivoque et hybride qui tient de la plante et du fantôme. Vous ai-je demandé de devenir fantôme ou plante ? Voyez, je vous enseigne le Surhumain ! Le Surhumain est le sens de la terre. Que votre volonté dise : Que le Surhumain soit le sens de la terre ! Je vous en conjure, ô mes Frères, demeurez fidèles à la terre et ne croyez pas ceux qui vous parlent d'espérances supraterrestres ! Qu'ils le sachent ou non, ce sont eux les empoisonneurs. Ce sont des contempteurs de la vie, des moribonds, des intoxiqués dont la terre est lasse : puissent-ils périr ! Jadis, blasphémer Dieu était le plus grand des blasphèmes, mais Dieu est mort, et avec lui sont morts les blasphémateurs.

Certes, peu de gens ont lu ces phrases qui claquent comme fouets aux croupes des chevaux et déchirent les mœurs en petits confettis. Mais beaucoup les auraient, paraît-il, entendues, portées par ce vent chaud qui court de par le monde entre bouche et oreille. On en sait fort peu sur ce mystérieux Nietzsche dont on affirme qu'il va subvertir l'univers et la pensée des hommes. On ignore encore que, de la dynamite dont sont faits ses ouvrages, on ne perçoit guère que la mèche qui crépite.

Elisabeth avait craint, lorsque le nom de son frère se mit à circuler, drainant dans son sillon grand nombre d'inepties, qu'on se moquât de lui, qu'on le traitât comme on traite ces parias d'asile qu'on nomme des demeurés. Friedrich, qui connaissait du monde toutes les extrémités et qui savait de l'homme la glorieuse inconstance, n'avait pas écarté, dans un de ses courriers, cette éventualité :

Nice, 12 février 1888

En Allemagne, bien que je sois dans ma quarante-cinquième année et que j'aie publié environ quinze ouvrages, dont ce « nec plus ultra », mon Zarathoustra, *pas un seul de mes livres n'a été soumis à une seule discussion. On s'en tire à présent avec des mots : « excentrique », « pathologique », « psychiatrique ». On ne se prive pas de me vilipender et de me calomnier (...) Et pendant des années, aucun réconfort, pas une goutte d'humanité, pas un souffle d'amour.*

Mais bientôt, il va en recevoir, de l'amour : par pelletées, par brassées, par baquets, par charretées et par liasses. Surtout pas liasses, d'ailleurs, en beaux billets tout neufs qui crissent sous les doigts, en pièces d'or trébuchantes qui craquent sous la dent : il va vendre. Ou plutôt : elle va le vendre. Désormais, elle en fera *son affaire.* Il a été son Maître, son guide, sa chapelle ; il sera désormais sa corne d'abondance, son mécène, son banquier, sa traîne de dentelle, sa couronne de reine et les diamants du trône qu'on y incrustera.

On ne peut guère en vouloir à Elisabeth d'avoir dit oui aux trombes d'or qui bientôt lui tomberont dans les poches. La vie est ainsi faite qu'il faut savoir saisir les offrandes du destin. On aurait pu lui pardonner ses mensonges, son orgueil, ses tricheries ; et sa bêtise aussi. On était même prêt à l'absoudre et à solder, quasi sans rancune, à la façon d'une fable, l'histoire de leurs vies : *deux pigeons s'aimaient d'amour tendre, l'un d'entre eux devint fou et l'autre s'enrichit sur le dos de cette folie.* Cela nous aurait donné une morale acceptable, une fin certes un peu cruelle mais le monde aussi l'est. Donc une fin recevable. Mais d'avoir par la suite, afin d'accumuler la gloire et les écus, vendu son frère, ses écrits, ses pensées, son âme et son esprit aux pires démons que le monde ait jamais en son sein fécondés, d'avoir fait de Friedrich une pensée bottée qui marche au pas de l'oie, la svastika taguée sur son *Zarathoustra*, cela mérite le pal, la corde et le bûcher. Obscène est la blessure. Honteuse est la souillure. Maudite soit Lama. Il faut rayer son nom de la carte des grâces de ce monde.

Mais les dieux qui Là-Haut président aux destinées, avant qu'on ait eu le temps de rayer quoi que ce soit, arrachent avec colère le crayon de nos mains : non mais, galopins, pour qui vous prenez-vous ? Laissez Elisabeth mener la vie qui lui échoit, déjà qu'on se met en quatre pour vous la raconter de façon harmonieuse et qu'on va même, pour vous être agréable, jusqu'à retrousser, sans gêne, les jupons de son avenir et de sa destinée, vous voulez quoi encore : prendre notre place ?

Alors on se tait, on se fait tout petit, on demande pardon, on craint les représailles car on ignore ce qu'il leur passe vraiment par le travers du crâne, à ces dieux vénérables qui s'amusent de nous dans d'improbables cieux en bradant nos destins une chope à la main. On peut juste constater qu'afin de nous narguer, ou de mieux nous saisir dans les toiles d'araignées d'un quelconque inconscient qui finira freudien, ils laissent insidieusement traîner, sur nos chemins épars ou entre des planètes mâtinées de décans, quelques traces, quelques preuves, quelques cailloux au sol ou comètes au ciel afin que nous puissions, pauvres petits poucets humains bien trop humains, rêver de liberté en portant sur nos dos un paletot idéal tout parsemé d'étoiles. Ils laissent à ciel ouvert les indices d'un puzzle que nous allons devoir de notre chair construire sans n'en jamais connaître le motif intégral, sans n'en jamais goûter l'authentique texture. Ils savent que nous sommes constitués d'atomes, de cellules, de neurones, dont l'unique mission est de créer en nous de folles frustrations dont le seul but sera de nous faire ignorer de quoi ces frustrations ont bien pu nous frustrer. Ils cèdent pour nous distraire, dans le creux de nos doutes et dans les certitudes de notre incomplétude, une forme amoindrie du rocher de Sisyphe afin que nous puissions, dans cette cour d'école qui se nommera notre vie, jouer aux billes ou aux osselets avec nous-mêmes, ou morceaux de nous-mêmes, ce qui est déjà, de leur part, ne boudons pas nos joies, un bien joli cadeau.

DIXIÈME ET DERNIÈRE PARTIE

Naissance de la tragédie : ainsi régnait Elisabeth

1.

S'arrogeant des droits qu'elle ne possède pas et afin, également, d'avoir du grain à moudre pour sa biographie, Elisabeth décide de publier une réédition des œuvres de son frère qu'elle baptise déjà, sans ne rien savoir de ce que l'ensemble pourra bien contenir : *Œuvres complètes*. Elle se rend pour cela chez les trois éditeurs qui ont eu jadis le bon goût et la noble inconscience d'en avoir publié quelques-unes : Fritzsch, Schmeitzner et Naumann. Certains, en leurs locaux, possèdent encore des piles à foison de ces livres orphelins que l'on nomme *invendus.* D'autres n'ont plus de Nietzsche que des monceaux de dettes et, sitôt qu'ils la voient, ils se frottent les mains, lui présentant d'emblée, non des livres entassés en des piles incertaines comme châteaux branlants, mais des monceaux de factures et d'impayés que son frère, d'après eux, leur doit encore.

Elle écoute, étudie, négocie tout en restant affable. Mais sitôt qu'elle comprend qu'eux trois, étant dans leur bon droit, se sont unis pour la contrer, elle retourne à Naumburg et prépare la riposte.

Elle emprunte à sa mère, une fois encore, à sa façon à elle – l'emprunt tient davantage du rapt – une somme d'argent relativement considérable. Puis elle enfourche son cheval, caparaçon d'acier, Walkyrie furibonde ayant toujours en tête, pour motiver sa hargne, ces maudits colons qui osèrent la répudier. Elle n'a plus peur de rien, se battre est devenu sa raison d'exister. Elle pique des éperons et se lance au galop. Elle use des armes dont la vie l'a dotée : ténacité, orgueil, haute idée d'elle-même, sentiment de puissance et d'aristocratie à nul autre pareil – elle a du sang de Nietzsche qui bouillonne en ses veines, elle se sent femme d'Odin et de Thor, Athéna et Minerve à la fois, déesse de toutes les guerres, reine de tous les conflits : gare à qui se mettra en travers de ses pas. On ne veut pas lui céder les œuvres de son frère ? Qu'à cela ne tienne : elle va les conquérir. Elle sait que si elle gagne cette bataille, toutes les portes du monde s'ouvriront : elle régnera seule sur les publications, les multipliera comme Jésus le fit des pains et des poissons, en recueillera les bénéfices, fera croire à autrui que son frère lui a, en toute conscience, offert le droit de se vêtir du pouvoir de ses mots.

Ainsi retourne-t-elle, adoubée par son frère immobile et muet, harnachée de certitude et de saine fureur, chez les trois éditeurs. Elle ne s'y rend pas seule. À ses côtés : un régiment complet d'avocats, de juristes et autres hommes de loi dûment labellisés, lesquels à tour de rôle, comme s'ils interprétaient une pièce de théâtre – dialogues élaborés par un grand dramaturge aussi bon que roué –, les saoulent de paroles, d'arguments, d'arguties, sortent de leurs besaces des contrats falsifiés, des bilans fantaisistes, usent de mots latins dont eux-mêmes n'entendent rien, déterrent de vieilles lois pourvues d'alinéas datant d'Otton Ier, menacent effrontément ces pauvres artisans qui déjà souquaient ferme pour faire tourner boutique et n'y parvenaient pas. Ils les harcèlent et les glacent de mots qui font froid dans le dos : peines pénales, privation des droits civiques, mises sous séquestre, procès et frais de procès aux montants monstrueux, amendes démesurées, et vont jusqu'à parler de peines de prison. Ils manipulent leurs âmes, troublent leurs esprits, broient leurs cerveaux. Si bien que les pauvres éditeurs, une fois vaincus, spoliés et démunis de leur bon droit, outrageusement volés tout en étant eux-mêmes traités de sales voleurs, s'en trouvent presque heureux de ne plus rien leur devoir et d'être encore en vie. Elisabeth, radieuse, lance un dernier regard sur le champ de bataille désormais silencieux, et s'en retourne chez elle afin de préparer ce qu'en termes militaires on nomme *les grandes manœuvres*.

2.

À Naumburg, en cet automne 1893, au logis familial, elle a convoqué les deux seuls membres de sa famille que la loi a juridiquement nommés *seconds tuteurs officiels* de Nietzsche : le pasteur Oehler, frère de Franziska, et son fils Adalbert. Ce seront eux, en cas de décès de sa mère ou d'elle-même, qui géreront les affaires de Friedrich. Elisabeth les accueille donc, Franziska à leurs côtés, les fait asseoir, leur sert le thé et sans préambule, la rage aux lèvres, les informe que Lou Salomé, cette traînée, cette trois quarts putain dont le nom seul la fait vomir, serait en train d'écrire – elle vient d'apprendre cela par un ami de Berlin – un livre sur son frère qui serait soi-disant achevé et qu'elle ferait publier avant le sien, avant sa propre biographie à elle qui est tout de même, ne l'oublions pas : la propre et unique sœur de Nietzsche ! Cette femme, précise-t-elle, pauvre petite courtisane, demi-mondaine avérée, clame, de surcroît, qu'elle est la seule, de toute l'élite intellectuelle allemande, à avoir compris la pensée de mon frère, ce pourquoi elle aurait intitulé son ouvrage : *Friedrich Nietzsche à travers ses œuvres.*

La petite assemblée s'offusque d'une telle outrecuidance.

Tous les droits de mon frère, rugit-elle, m'appartiennent, et je veux, j'exige, qu'à partir de ce jour, aucun de ses mots ou de ceux écrits sur lui ne soit plus publié sans mon consentement ! Il faut absolument, martèle Lisbeth, nous serrer les coudes, nous autres les héritiers, nous unir et former sur-le-champ une association : la fédération des vrais amis de Nietzsche. On ne va tout de même pas, hurle-t-elle, se laisser croquer et dépouiller par des malandrins, des escrocs, des faquins et des catins !

Le pourquoi de cette réunion, tonne Elisabeth essoufflée par ses propres envols, est sans équivoque : récupérer le moindre centime des livres déjà vendus et de ceux actuellement en cours de réédition. Interdire toute publication sur la vie ou les œuvres de Friedrich sans notre aval à nous tous, nous autres les héritiers ; récupérer impérativement tous les écrits, papiers, brouillons et documents de mon frère qui se sont égarés entre les mains d'autrui ; et créer ici même, au sein de cette maison dans laquelle il a grandi – et où, de plus, il repose encore –, un lieu d'accueil, de réunion et de mémoire. Une sorte de musée que nous gérerons nous-mêmes. Franziska bondit : un lieu d'accueil ? Ici ? Dans ma maison ? Et qu'entends-tu par musée, ma fille ?

Laquelle ne répond pas et conclut, la main sur le cœur : nous devons être garants de son intégrité et les seuls à gérer sa légitimité.

Le pasteur et son fils applaudissent.

Elisabeth se lève, sort du salon, on l'entend farfouiller dans la pièce d'à côté qu'on nomme débarras, puis s'en revient, tenant entre ses bras un imposant carton, l'ouvre solennellement, en extrait les plans immenses qu'elle a concoctés à l'aide d'un architecte, lesquels dévoilent la nouvelle maison dévolue à son frère. Elle prend un des dessins, le lève face à tous, ainsi peuvent-ils lire, écrit dans un cartouche tout en haut de la feuille, en belles lettres gothiques, le nom du nouveau lieu :

Les Archives Nietzsche

Du bout d'un doigt, elle montre et explique la façon dont fut pensé l'aménagement. Le rez-de-chaussée sera uniquement consacré aux œuvres de son frère, classées et rangées dans des classeurs armoriés aux lettres de Zarathoustra et toutes frappées, au dos, de pictogrammes symbolisant ses animaux fétiches, l'aigle, le serpent et le lion. Le piano reposera au plein cœur de la pièce avec, exposées sous vitrine, les plus belles de ses partitions, celles, bien évidemment, qu'il composa et écrivit de sa main. Elle poursuit, sortant de son carton d'autres petites feuilles contenant des croquis, esquisses et idées gribouillées : le papier à en-tête, propice à appâter tous ceux qui souhaiteront venir se recueillir en ces lieux, devra être élégant et sera bien évidemment gravé au nom des *Archives Nietzsche*, auquel sera accolé celui du patronyme qu'elle portera bientôt de façon officielle : *Doktor Elisabeth*

Förster-Nietzsche, fondatrice et directrice. Bien évidemment, précise-t-elle, nous ne sommes pas encore en possession de toutes les œuvres de mon frère, mais le temps de commencer les travaux, de les achever, il va de soi que nous pourrons en récupérer, sinon la totalité, du moins un très grand nombre, suffisant pour en nourrir le lieu.

Le pasteur Oehler, sidéré, son fils Adalbert, émerveillé, ne peuvent que s'extasier, et adhérer : quelle belle et noble idée, ô chère Elisabeth, voilà ce qui s'appelle prendre soin de son frère, voilà un authentique acte d'amour, tu es, sans conteste, un modèle et une bénédiction pour toute notre famille !

Franziska, par contre, est livide – on le serait à moins. Sa salle à manger, sa cuisine, son salon tant aimé ainsi que les annexes dans lesquels elle vécut quasiment toute sa vie de femme, tout ça disparaîtrait ou déménagerait sans même qu'on lui demande son avis, son autorisation ? On la met à la porte de sa propre maison au nom d'un idéal qui se veut vertueux alors qu'il est, elle le sent, avant tout boutiquier ?

Franziska, pieuse à outrance, commet rarement de péchés, sinon quelques véniels – comme tout un chacun. Quand Fritz osa écrire que Dieu était mort, elle pria Ce Dernier, Lui demanda pardon en son nom à elle, affirmant de surcroît que, s'il le fallait, elle prendrait sur sa personne la plénitude du châtiment, fût-il éternel. Quand Lisbeth et Friedrich guerroyaient, et même se haïssaient, elle sut trouver les mots de lagon bleu et de fleur de lilas pour apaiser leurs âmes sans juger ni blesser quiconque. Jamais nul ne la vit en colère, vile, indigne ou délictueuse. Mais là, face à Lisbeth, le vase pieux déborde. Pire : il éclate. Ce pourquoi elle se lève, se saisit des plans et des papiers que celle-ci tient entre ses mains, et les déchire un à un. Après quoi elle les jette dans le fourneau de fonte et de faïence qui, en ce début d'automne, déjà chuinte et chantonne, et dit à tous, le rouge aux joues, les mains tremblantes, se signant malgré elle d'une façon machinale et quasi névrotique, qu'ils agiront comme bon leur semblera lorsqu'elle sera morte, mais que, tant qu'elle est en vie, on ne touchera pas à un meuble, pas au moindre bibelot dans sa propre maison.

3.

Franziska prie au chevet de son fils. Face à elle, au milieu d'un inconcevable fatras, sur un lit à une place coincé entre des meubles, des tapis enroulés et des chaises entassées, Friedrich est couché, les mains croisées sur sa poitrine comme un gisant de pierre. Il a les yeux ouverts mais ne regarde rien. Impassible, il n'est qu'une vie réduite à sa plus simple expression : inspirer, expirer. Peut-être est-il parvenu à devenir enfin ce qu'il rêvait d'être : un pur esprit, une buée sacrée, un simple souffle semblable à celui du Créateur quand il pensa le monde lors du premier matin.

Dans le couloir, un foutoir identique à celui de la chambre dévore l'espace. Une allée ridicule a été aménagée pour pouvoir accéder aux autres pièces, lesquelles sont tout autant saturées de bahuts, commodes et chiffonniers. L'impression de vivre dans un capharnaüm, un garde-meuble, une salle de ventes, une brocante. Tout ce que contenait le rez-de chaussée : salon, salle à manger, placards, débarras, annexes, a été monté et grossièrement entassé ici même, à l'étage, afin que les ouvriers, pioches, masses et barres à mine en main, puissent commencer, là en bas, leurs travaux de démolition auxquels, malgré ses refus aussi fermes que définitifs, elle n'a pu s'opposer.

Alors Franziska prie, elle n'a guère d'autre choix. Assise malgré elle dans un espace ridiculement étroit, face à un homme éteint qui ne peut plus parler, que faire d'autre que prier ? Elle pourrait, certes, s'aménager un petit coin, s'installer sommairement, coudre, tricoter, broder un canevas, mais elle ne le veut plus. Elle pourrait aussi lire, mais depuis quelques jours elle n'en a plus le goût. Il y a trois semaines de cela, sa fille lui a remis des feuilles manuscrites grossièrement reliées par un cordon à tresses, premier brouillon du livre qu'elle est en train d'écrire sur la vie de son frère. Elle le lui a tendu en lui disant de ne pas, d'emblée, pousser de hauts cris si des choses par mégarde, à l'intérieur du texte, la gênaient, ou l'indisposaient : ça n'est qu'un premier jet.

La lecture que Franziska fit du manuscrit de sa fille la fit plus que crier : elle a bondi, hurlé, découvrant, sidérée, qu'elle n'apparaît qu'à peine au sein de cet ouvrage. Tout juste est-elle brièvement citée, du bout de la plume, afin de signaler ceci : qu'elle enfanta. Le reste, l'amour qu'elle porta à son fils, ses années de dévouement, d'éducation, son rôle de mère présente et généreuse, sa porte toujours ouverte malgré les dissensions, les milliers de lettres que tous deux échangèrent durant plus de trente ans : tout cela n'a jamais existé. Elle n'est, dans ce texte, qu'une jument qui mit bas, un animal vêlant, une poule pondeuse ne méritant, pour cela, qu'une poignée de mots dépourvus de tendresse, simplement posés là puisqu'il qu'il faut bien, dans une biographie, justifier de parents et de leur état civil.

Elle avait été, à l'issue de sa lecture, extrêmement meurtrie. Et surtout très fâchée. Au point qu'elle avait menacé sa fille de représailles si celle-ci s'obstinait à vouloir publier cette chose dans cet état. Lisbeth avait ri, lui avait affirmé que cette biographie était la première, qu'on la remanierait, qu'il y en aurait d'autres, qu'on ne pouvait pas tout divulguer d'un coup, qu'il fallait conserver une part de mystère, garder dans son panier d'autres œufs pour l'omelette. D'autant que l'intimité de la famille Nietzsche n'était pas une priorité, on verrait ça plus tard, dans un autre tome. Puis, pressée comme toujours, son temps étant devenu plus précieux que le sang du martyr, elle lui avait envoyé un baiser du bout des doigts en lui disant : ne t'inquiète pas *Mamachen* bien-aimée, je ferai comme tu veux, j'apporterai toutes les modifications qui t'agréeront. Tout ce que je souhaite, du fond du cœur, c'est que tu sois heureuse.

Alors elle prie, Franziska, aux côtés de ce fils qui est si peu vivant qu'on peut se demander s'il n'est pas déjà mort ; puis, n'y tenant plus, reniant la promesse qu'elle s'était faite, elle ressort d'un tiroir, où elle l'avait enfoui, ce maudit manuscrit qu'Elisabeth, en quête de gloriole et de postérité, a déjà signé de son nom grotesque : *Doktor Elie Förster-Nietzsche*. Elle feuillette, maugrée, peste, relit quelques passages qui l'ont déjà courroucée, souligne les phrases dans lesquelles sa pauvre fille, orgueilleuse et stupide, se couvre de ridicule, telle celle-ci, entre mille autres, où elle apprend au lecteur que son frère vient d'être accepté au Collège royal de Pforta : *C'est là que Grand-Papa me trouva, allongée par terre, le visage profondément enfoui dans l'herbe, sanglotant à fendre le cœur. Ah ! Je n'étais pas une Spartiate, du moins pas quand je me croyais seule : Fritz allait à Pforta, il n'y aurait plus de jeux en commun, plus de petits plaisirs, plus d'heures de discussion, plus d'échanges quotidiens sur les livres que nous avions lus, plus de contes, plus de musique – j'étais inconsolable ! Moi pauvre lama me trouvai durement traitée (mal traitée) par le destin, refusai de manger et me couchai dans la poussière pour mourir.*

Franziska ne sait trop s'il faut en rire ou en pleurer. Elle cherche une fois encore si son nom par miracle ne serait pas cité dans quelque endroit caché, ou même de façon subliminale, mais ne le trouve hélas qu'au début de l'ouvrage, dans cette unique phrase : *Friedrich Wilhelm Nietzsche est né le 15 octobre 1844, à Röcken, de l'union de Carl Ludwig Nietzsche et de Franziska Oehler.*

Elle est inexistante, dans la vie de Friedrich. Sinon en mère porteuse. Juste un ovule. Un utérus. Le rôle dévolu aux femmes. Le seul qu'au fil des siècles le monde patriarcal leur aura octroyé. Il y a trois semaines de cela, après avoir tristement achevé sa première lecture, elle n'a pu s'empêcher d'écrire à l'un de ses amis les plus chers, le pasteur Schenk, un long courrier commençant ainsi : *Lieschen refuse d'admettre que j'aie pu avoir la moindre influence sur le développement de Fritz. La seule chose qu'elle ne puisse nier, c'est que je lui ai donné le jour.*

Dans les pages de son imposante missive, elle analysait, démontrait, disséquait, point par point, tous les défauts, omissions, extravagances, outrances et mensonges de l'ouvrage de sa fille. Le pasteur Schenk, à la lecture de cette lettre, en avait été autant bouleversé qu'offusqué et lui avait affirmé que, quoi qu'il puisse advenir, il serait toujours à ses côtés, prêt à l'aider, à la défendre s'il le fallait. Mais défendre quoi, songe Franziska, je n'ai pas pu empêcher les travaux de la maison, comment pourrais-je en empêcher la suite ? D'autant qu'elle sent ses forces qui déclinent. Il n'y a guère que Dieu qui puisse la secourir.

Des pas dans l'escalier. Elle cache vite les feuillets sous son chandail, telle une gamine surprise à lire en cachette des choses malhonnêtes. Elisabeth monte pour lui dire que bientôt il y aura du vacarme au rez-de-chaussée, qu'il ne faudra pas s'en inquiéter, mais qu'il serait bon de surveiller Fritz afin de le calmer si une crise soudaine venait à le saisir. Nonchalamment, elle abandonne sur le coin d'un buffet un flacon de somnifère et redescend aussitôt, sans un regard pour eux deux : les ouvriers l'attendent.

Franziska ne dit rien, elle attend que le bruit de ses pas s'éteigne, puis sort de sous son pull le manuscrit fripé. Elle en défroisse les feuilles, reprend sa lecture, repère d'autres excès, sottises, erreurs, menteries, découvre des horreurs qu'une première lecture lui avait épargnées. C'est fou comme Lisbeth, pourtant élevée dans l'amour de Dieu, parvient parfois à être immorale et malhonnête.

Lui reviennent alors en mémoire quelques mots que Friedrich avait jadis notés dans un de ses cahiers que l'on dit de jeunesse, qu'on écrit dans son lit tandis que l'aube naît ou que le soir s'effondre : *Je ne ressemblais pas à ma sœur, impulsive, coléreuse, osant se rouler par terre ou crier des mots grossiers à notre mère (…) moi je n'aurais pas osé, moi l'immoraliste, le tumultueux, le bagarreur, j'étais un homme doux.*

Oui, Friedrich est un doux, et Lisbeth une guerrière. Son petit visage d'ange n'est que masque de théâtre.

Des coups puissants, en bas, de marteaux, de pioches, de massettes, de burins. Puis le bruit effroyable d'une cloison qui s'effondre. De la poussière, des nuages de plâtre ou de chaux qui montent jusqu'à l'étage et s'approchent du lit où repose son fils. Franziska se lève, ferme la porte, se rassied, regarde son grand enfant qui s'ébroue, tressaille, crie quelques mots, et se rendort.

Elle soupèse le manuscrit qu'elle tient toujours en main, le tâte, le hume, le pose sur ses genoux et se jure à elle-même que, sitôt qu'il sera publié, elle ne l'ouvrira pas et ne voudra jamais, avec qui que ce soit, en débattre.

Sauf si Lisbeth le réécrit entièrement, mais elle n'y croit pas, elle l'a déjà trahie, elle la retrahira.

Elle le range au tréfonds d'un tiroir, puis se saisit de feuilles vierges que l'on avait posées sur la tablette de nuit dans l'espoir un peu fou que l'esprit de Friedrich un jour se rallumerait. Elle empoigne un crayon dont elle taille la pointe avec ce que le hasard lui place sous la main, un couteau de voyage reposant sur un meuble, au joli manche ivoire, cadeau de Friedrich quand il avait vingt ans et qu'il vivait à Bonn. Elle peut, elle aussi, donner sa version des faits, et l'écrire, sa biographie à elle. Après tout elle n'est pas si sotte que la rumeur le dit. Il suffit de commencer, d'être sobre et sincère, de ne jamais tricher, de laisser la mémoire, comme bateau de papier, couler au fil de l'encre. Elle retrouve le sourire, ses forces lui reviennent, elle inspire un grand coup et se met à écrire : *Je me nomme Franziska Oehler, je suis née le 2 février 1826, à Pobles, au pays de Saxe, je suis âgée de soixante-neuf ans et je suis actuellement au chevet de mon fils aîné, le philosophe Friedrich Wilhelm Nietzsche…*

Des bruits d'apocalypse, une fois encore, montent du rez-de-chaussée. On abat à coup sûr l'épais mur de pierre qui sépare la salle à manger de cette pièce étroite et sombre qu'on nomme pompeusement *le salon de musique* où repose, aussi muet que lui, le piano de Friedrich.

Elle n'arrive pas à croire qu'on casse tout chez elle et que Lisbeth soit responsable de cette destruction. Certes, sa fille a toujours été têtue, autoritaire et enragée parfois.

À se traîner par terre en tapant des deux pieds, à cracher sur son frère, allant parfois jusqu'à lui parler mal, à elle, sa propre mère. Mais elle fut également serviable, dévouée. Elle a tant aidé Fritz quand ce dernier souffrait. Peut-être, se dit Franziska pour se rassurer, ne cherche-t-elle pas sa gloire à elle, mais son succès à lui ? Peut-être va-t-elle réussir, à force de tout bousculer, tout gérer, tout massacrer, à sortir son frère de cet anonymat dans lequel il végète, à faire briller son nom entre étoiles et comètes ?

Elle aimerait bien, Franziska, que tout s'achève ainsi. Une fin de conte de fées.

Personne n'y croit, aux contes de fées. Pour ne plus trop penser, elle reprend sa plume et poursuit ses écrits : *... le philosophe Friedrich Wilhelm Nietzsche que j'ai mis au monde à Röcken le 15 octobre 1844, avec l'aide de Dieu et de mon époux Carl Ludwig Nietzsche, pasteur de son état en cette même commune...*

4.

Franziska a raison de s'inquiéter, Lisbeth a bien changé. Depuis qu'elle a perdu son trône, là-bas, au Paraguay, elle n'a qu'une seule idée : le reconquérir. Mais en plus beau, plus haut, plus grand, plus noble. Son nouveau royaume : les écrits de son frère. Que son nom, à elle, brille à côté du sien, mais en beaucoup plus gros. Si elle ne comprend rien à la philosophie, elle a tout bien saisi du maniement des êtres, de comment les soumettre, ou mieux, les asservir. À son frère alité, elle a fait la promesse qu'elle réussirait. Qu'importe la façon.

Ruses, mensonges, volte-face, fourberies, trahisons, perfidies, elle va user de tout pour édifier son nouveau sacre. La liste est certes impressionnante mais hélas monotone : c'est celle que manient tribuns et dictateurs. De l'*humain trop humain* comme l'écrivit son frère. Car ceux qui veulent le pouvoir dans le travers du monde usent des mêmes cordes et des mêmes discordes depuis la nuit des temps. Ils n'ont rien inventé, ne font que répéter les actes convulsifs et mots itératifs séculaires et flétris qu'ont su récupérer et placer en leurs œuvres, avec l'intelligence et le talent qu'on sait, Euripide ou Shakespeare.

Tout cela est d'un triste à faire pleurer les ruines.

Le premier à faire les frais de ses manœuvres sera ce pauvre docteur Gutjahr, médecin de la famille, proche de Franziska, ami de longue date de Fritz et de Lisbeth. Un jour qu'il vient ausculter Friedrich et visiter sa mère, Lisbeth le prend à part et lui demande de l'aider sans tarder à trouver quelqu'un de compétent pour s'occuper de son frère. Sa mère, dit-elle, est trop âgée et malhabile, voire dangereuse pour Fritz.

Le brave homme répond que Franziska est apte à tenir ce rôle qu'elle sublime, et même magnifie, par la vertu de cette réalité que nul ne saurait lui contester : son amour de mère. Réponse qui lui vaut une lettre de dix pages dans laquelle Lisbeth les traite tous deux d'incapables. Elle affirme que c'est de sa faute à lui, vieux médecin sans talent, et de sa faute à elle, mère irresponsable, si son frère à présent se trouve dans cet état. Ils sont fautifs de la folie de Fritz et pour cela elle menace de les traîner en justice. Elle le somme de prendre au plus vite ses jambes et sa sacoche à son cou, de ne plus jamais revenir, et en profite pour traiter sa propre mère de *femme dépourvue de caractère, peu aimée de ses enfants et incapable de les aimer*. Puis, pour enfoncer le clou, elle sort de sa mémoire un courrier que Friedrich lui aurait jadis envoyé, il y a fort longtemps de cela, dans lequel il affirmait que si Elisabeth n'était pas partie au Paraguay et lui, durant dix ans, au doux pays d'errance, leur mère les *aurait conduits au suicide ou à la folie.*

Cette lettre, dit-elle, fut perdue à Nueva Germania, mais elle se souvient de chaque mot. La machine est lancée, les pièces du jeu d'échecs font une belle trouée dans les rangs ennemis. Et ça n'est qu'un début.

Deux jours après sa lettre au docteur Gutjahr, elle écrit cette fois à l'un de ses oncles lointains, le pasteur Schenk, qu'elle reniera d'emblée vu qu'il prendra aussitôt le parti de Franziska : *Imagine, mon pauvre ami, l'horrible tragédie. Ce cher Fritz soigné par une mère qui se donne en spectacle dans tout ce qu'elle fait et qui monte en épingle les soins qu'elle dispense maintenant à son fils malade. Toute sa vie Fritz a redouté que cela se produise et c'est la raison pour laquelle c'est toujours moi qu'il appelait à ses côtés lorsqu'il avait besoin de quelqu'un pour prendre soin de lui. En 1880 il m'avait fait jurer solennellement de ne jamais laisser sa mère s'occuper de lui. Voilà la raison pour laquelle je suis rentrée à la maison, il y a trois ans, au moment où j'ai appris qu'il avait quitté l'asile.*

Sur ses champs de bataille, le mensonge à la hampe, amputée de son cœur de fillette qui jadis pour sa mère brilla de mille feux et de mille dévotions, elle piétine et saccage cinquante années d'amour. C'est à ce prix qu'on règne.

*

Une seule chose lui manque : d'avoir les mains libres. Franziska est toujours, vis-à-vis de la loi, la tutrice officielle, la seule qui empochera, lorsque, elle, Elisabeth, republiera les livres de son frère, les brassées d'or qui en découleront.

Elle se dit qu'il est temps d'avancer d'autres pions, d'attaquer davantage, avec cavaliers et fous et les canons qui tonnent : elle réunit deux ou trois financiers issus des cercles wagnériens qu'elle présente à sa mère comme étant des *donateurs anonymes*. Elle leur arrache des promesses de dons et de prêts, propose à Franziska de racheter les droits qu'elle a sur Fritz contre une rente annuelle de mille cinq cents marks, la prend tendrement en ses bras, lui affirme que tout ce qu'elle a entendu des lèvres de Gutjahr ou de l'oncle Schenk n'est que malentendus, mensonges et médisances, enfin voyons, ma chère maman d'amour, je te jure que si je deviens l'unique tutrice de Fritz, on nagera bientôt dans un bonheur complet et une richesse sans pareil : fais-moi confiance, tu sais combien je t'aime, jamais je ne pourrais te trahir.

Franziska lui répond qu'elle va réfléchir à tout ça. Puis elle attend qu'elle sorte pour écrire en cachette, une fois encore, à l'oncle Schenk :

Une confusion mentale s'est produite dans l'esprit de ma fille qui veut m'acheter avec de l'argent fourni par des étrangers les trésors littéraires de mon fils, notre malade bien-aimé à toutes deux, par conséquent le bien le plus précieux de la famille.

Franziska ne cède pas. Elle a bien réfléchi, pesé le pour et le contre, et elle fait désormais davantage confiance à Gutjahr et à Schenk qu'à sa propre fille dont elle sait qu'elle est prête à tout pour prendre le pouvoir et régner solitaire. Elle a peur de ce qui est à venir.

Elle n'a pas tort. Etant convaincue que sa mère ne cédera pas, du moins dans l'immédiat, Lisbeth la menace de terrifiants procès et dresse contre elle les chefs d'accusation : Franziska est allée retirer son cher frère de l'asile, et ce, uniquement afin d'en profiter à ses côtés, alors qu'elle ignorait comment le soigner. C'est elle qui l'a rendu tel qu'il est présentement : une momie. Elle qui, avec l'aide d'Overbeck (un Juif, comme par hasard), l'a fait revenir de Turin, profitant du fait que sa fille cadette tentait d'agrandir l'Allemagne en bâtissant courageusement des colonies dans des pays lointains. Elle encore, qui, par ses actes indus, a empêché son frère d'être vraiment soigné. Elle qui, tandis que la rumeur de sa gloire s'amplifiait, a fait la sourde oreille afin que les imprécations de son fils contre Dieu ne soient pas divulguées aux quatre coins d'Allemagne. C'est elle, et elle seule, qui est coupable et responsable de tout ce grand malheur.

Pour que tout aille au plus vite et afin de finir la partie sur un cinglant échec et mat, elle lève une armée de notables, d'hommes d'Église, de notaires véreux, d'avocassiers flairant la bonne affaire. Sans omettre toute une flopée d'oncles, de cousins, de membres de la famille, proches et lointains ancêtres ou se prétendant tels, tous conquis par Lisbeth, flairant les retombées, humant les bénéfices. Et qui s'en vont aller, avec obstination, haranguer Franziska, la menacer, la presser, la harceler et l'assaillir avec tant de vigueur qu'elle ne saura plus rien faire d'autre que tenir ses entrailles dans le creux de ses mains, souffrir à en mourir, mettre genou à terre et, finalement, signer sa reddition :

Je déclare ici présent que j'ai donné ma signature à l'instant sur l'acte de cession de la propriété littéraire des trésors de mon fils en échange d'une somme d'argent fournie par des étrangers, sur les instances expresses et pressantes de ma fille, Frau Doktor Förster – par conséquent sous la contrainte.

5.

Après avoir capitulé, toujours reléguée à l'étage entre les meubles, les chaises, les bibelots et son fils assoupi, tandis qu'au rez-de-chaussée une poignée d'ouvriers continue de détruire ce qui fut son passé, elle écrit. On lui a tout volé, ne lui reste que ça. Quelques feuillets épars, un crayon de papier. Et le noir sentiment de n'avoir, dans sa vie de femme, qu'à moitié existé :

Je me nomme Franziska Oehler, je suis née le 2 février 1826, à Pobles, au pays de Saxe, je suis âgée de soixante-neuf ans et je suis actuellement au chevet de mon fils aîné, le philosophe Friedrich Wilhelm Nietzsche que j'ai mis au monde à Röcken le 15 octobre 1844 avec l'aide de Dieu et de mon époux Carl Ludwig Nietzsche, pasteur de son état en cette même commune. Mon père était également pasteur, mais dans un autre lieu : il officiait au village de

Friedrich s'agite. Les travaux le perturbent. Il remue dans son lit, s'agite, puis se met à parler une sorte de bouillie dont émergent parfois quelques mots de latin, d'italien, voire de grec. Elle prête l'oreille mais elle n'y entend rien aux langues étrangères, surtout quand c'est son fils qui les massacre en gargouillant.

Elle se lève pour chercher le flacon de somnifère, mais se raccroche aussitôt au dossier de sa chaise et se rassied lourdement. Elle respire avec peine. Depuis un certain temps, un bon semestre au moins, elle se sent flétrir – elle n'ose dire pourrir – à l'intérieur d'elle-même. Les jours glissent entre ses doigts comme le fait l'eau bénite. Des combattants farouches galopent en ses entrailles et martèlent son ventre, en emplissent l'espace, en bouchent les issues, envahissent ses chairs. Elle sent sa vie qui fuit et qui abdique. Ses forces l'abandonnent. Les médecins, sous peu, nommeront cette intrusion au tréfonds d'elle-même : un cancer des organes. Elle en mourra en moins de deux ans. Elle se relève, s'agenouille tant bien que mal au pied du crucifix où un Christ décharné, cloué des quatre membres et couronné d'épines, veille sur l'âme de Fritz. Elle prie et Lui demande, dans le cas où la mort viendrait à la happer, de prendre soin de son fils et de n'être pas dupe : sa fille est bien plus folle que lui ne semble l'être.

6.

Tout est prêt pour le sacre, en ce 2 février 1894. La Salle des Archives sent la cire d'abeille et la peinture fraîche, la chaux encore humide et le pétale de rose. Sur le piano, placé au cœur de la pièce, trône un buste de plâtre représentant Friedrich en majesté, en train de méditer. Sur l'un des murs du fond, au-dessus d'une étagère bondée de livres et de dossiers tous nappés de grands *Z* dorés censés symboliser l'âme de Zarathoustra, est accroché un portrait du même Nietzsche commandé au peintre Stoeving. Çà et là des vitrines, des objets, quelques photographies, des plumes et plumiers, encres et encriers, manuscrits, partitions et classeurs armoriés aux symboles du penseur, aigle, serpent et lion. Écrit un peu partout, en petit, en moyen, mais surtout en très gros : le nom d'Elisabeth Förster-Nietzsche.

Laquelle entre en scène, salue, sourit, s'apprête à discourir face à une assistance triée sur le volet, sans doute comme jadis on triait les fèves et les pois dans une assiette en bois, écartant les impurs et conservant les purs. En la voyant se poser sur une basse estrade, la maîtresse des lieux qui donc les a élus, on fait silence et on s'apprête à l'écouter.

Après tout un charroi de phrases hypocrites tant convenues que vaines mais qui ont la vertu de flatter savamment l'âme de tout un chacun, elle se lance dans un récit pour le moins incongru qui laissera l'auditoire sceptique et décontenancé. Lors de la première représentation de *Siegfried* à Bayreuth, raconte-t-elle, il devait y avoir, sur la scène, un imposant dragon, sorte de marionnette géante construite par un atelier londonien. Quelques jours avant cette date, Richard Wagner réceptionna deux immenses caisses en bois, l'une contenant la tête, l'autre une partie de la queue. Le corps, le grand corps du dragon, avait été, par une erreur d'étiquetage d'un quelconque commis, expédié non pas à Bayreuth, mais, ironie du sort, à Beyrouth. Cette histoire, précise-t-elle, est absolument authentique, nulle personne raisonnable n'étant à même de pouvoir inventer des choses si peu crédibles. Wagner, dépité, plutôt que de baisser les bras, plaça la tête du dragon dans la coulisse de gauche, comme si elle surgissait de celle-ci, et fit de même avec le morceau de queue dans la coulisse d'en face. Ainsi pourrait-on avoir l'impression que le corps du dragon faisait, secrètement, par derrière les rideaux, tout le tour du théâtre. Si les machinistes, au moment où l'on mouvait manuellement, et conjointement, la queue et la tête du dragon, agitaient tous ensemble les tentures latérales et les tentures du fond, on aurait l'illusion de la présence d'un grand corps majestueux, volontairement dissimulé afin d'en conserver la puissance et le mystère, ce qui serait au bout du compte, pour l'imaginaire du spectateur, plus crédible qu'un animal de carton-pâte. Ainsi s'achevait son histoire.

Les invités présents, noblaillons bas de gamme, banquiers, commerçants et bourgeois provinciaux, financiers de petite maille, fanatiques wagnériens dont bon nombre appartiennent toujours aux cercles antisémites, ignorent le pourquoi de cet étrange récit. Dans le doute, ils sourient, ou froncent du sourcil. D'aucuns, plus téméraires, rient en se regardant rire.

Elisabeth s'approche alors du buste de son frère et en caresse le visage du revers d'une main. Puis elle montre de l'autre les étagères en bois où gisent bien rangés : dossiers, livres, papiers, brouillons, feuillets. Et leur dit en souriant : ces écrits alignés qui vous semblent nombreux, sont, en réalité, semblables à mon récit. De l'œuvre de mon frère, immense, volumineuse, on ne voit dans cette salle rien qu'un fragment de tête et quelques bouts d'écailles. L'essentiel de ses textes est disséminé, éparpillé ailleurs, protégé et caché dans de sombres coulisses où certains scélérats en détiennent, arbitrairement, le monopole. Pour récupérer ces écrits qui m'appartiennent et dont on me spolie, et faire de Nietzsche un être qui ne se réduira pas à quelques bribes bouffonnes de mauvais carton-pâte, je ne peux rien faire seule. J'ai besoin de votre aide. J'en appelle à vos financements. À votre engagement, moral et matériel. À votre investissement dans ma quête du Graal.

Messieurs, c'est désormais à vous de décider si le corps du dragon doit briller de mille feux dans la lumière du monde, ou bien rester caché, morcelé, dérisoire, derrière des rideaux noirs. Je vous remercie de votre écoute.

7.

Maintenant que les Archives, grâce aux dons en cascade, sont sûres de perdurer pendant au moins quelques années, Elisabeth, des écus plein les poches, peut partir à la chasse aux trésors qui quelque part sommeillent. Ce pourquoi, en ce mois d'août de l'an 1895, on la retrouve assise dans un wagon nappé de pourpre et d'or, tiré par une locomotive fabriquée en Allemagne qui pèse dorénavant plus de cinquante tonnes et avale en une heure un bon tiers de la Saxe, effaçant les frontières d'un seul jet de vapeur. Pour récupérer ses biens – ceux du moins qu'elle considère être siens –, elle se rend partout où son frère résida : Venise, Tautenburg, Marienbad, Nice, Sorrente, Gênes, Rome, Messine, Rapallo, Portofino, Stresa ou Sils-Maria. Elle tient en sa main droite la fameuse canne de marche, celle dont usait Fritz sur ses chemins d'aventures et d'illuminations. Une canne en châtaignier au rond pommeau de bronze, ferrée en son extrémité, qui claque sur le pavé et offre à la démarche une allure martiale. Partout où elle croise d'anciens amis de Fritz, c'est elle qu'en premier sitôt ils reconnaissent : *mais c'est la canne de Monsieur Nietzsche !* Alors elle verse une larme de rusée tragédienne, et répond oui, effectivement, c'est bien elle.

Durant toutes les années où Friedrich, solitaire, errait entre monts et vallées, hormis quelques courriers qu'elle reçut de lui du fond de sa colonie, Elisabeth ne sut pas grand-chose de sa vie. Mais, marchant chaque jour où il posa ses pas, elle a le sentiment de l'avoir retrouvé, de vivre ce qu'il a vécu, d'être de nouveau à lui, rétrospectivement, intimement unie.

D'autant plus que partout où elle frappe, à chaque porte, chaque porche, aux portillons, grilles, guichets, fenêtres ou vitraux, on l'accueille avec joie et profonde émotion. Baguée d'or en carats où le rouge du rubis côtoie sans état d'âme le bleuté du saphir, les cheveux relevés sous un chapeau à fleurs aussi vaste qu'un dais, vêtue d'une robe à fanfreluches où s'encanaillent en vrac taffetas de soie noire, cannetilles d'argent et fines dentelures, sitôt qu'on la voit paraître, on est impressionné. Son regard hautain, sa prestance rehaussée de dentelles d'antan et ses vêtements sombres où le grand deuil claironne, sa canne à la main qui de son bout ferré martèle un pan du seuil, font d'elle une figure impériale, semblable à celles de ces livres d'enfants joliment illustrés qui parlent avec candeur du nez de Cléopâtre, de la reine de Saba ou de Néfertiti. Serait-ce une Walkyrie que le ciel nous envoie ? se demandent les élus à l'huis desquels elle frappe. Non, c'est beaucoup mieux que ça : il s'agit de l'unique sœur de Nietzsche, gardienne de ce frère quasiment inconnu mais qui, maintenant, grâce à elle, lui doit tout de son avènement – ainsi l'a-t-elle écrit dans sa biographie.

Car le livre de Lisbeth fut un événement. Jamais on n'avait lu d'ouvrage si sincère sur l'amour qu'une sœur portait à son grand frère. Grâce aux éditions et rééditions des livres de Friedrich dont elle choisit elle-même les œuvres maîtresses qu'il faut d'urgence mettre sous presse, on découvre non seulement un écrivain de talent, mais un homme de cœur. Elle précise cependant : ce n'est qu'un commencement, mon humble biographie a tout juste tracé l'esquisse d'un squelette que mes prochains ouvrages enroberont de chair. Elle a passé sa vie aux côtés de Friedrich, et jure qu'elle passera ce qui lui reste à vivre à ne faire que glorifier tant l'humain que ses œuvres. Son frère commence tout juste à être lu, entendu, reconnu. Elle va reprendre en main le suivi de ses écrits. Confiez-moi simplement, dit-elle, tout ce que vous possédez qui provient de sa main, le moindre papier qu'il vous aurait donné, envoyé, délaissé.

Et la plupart des gens qui ont croisé Friedrich, notamment ceux avec lesquels il fut intellectuellement proche, lui rendent avec amour courriers, brouillons ou même davantage. Car son écriture, surtout vers la fin de ses errances, étant devenue brouillonne, il abandonnait parfois quelques manuscrits plus ou moins conséquents à certains de ses proches afin qu'ils puissent, dans la mesure de leurs compétences, les mettre au propre et les rendre lisibles. Ce dont s'acquittera, avec brio, son ami Köselitz.

*

Par les fenêtres des wagons de luxe derrière lesquelles le paysage, figé au garde-à-vous face aux locomotives, ne sait rien faire d'autre que l'unique métier dont on l'a investi, à savoir défiler tout en restant lui-même, elle ne regarde rien ; ni les collines rondes moutonnées de feuillus, ni les vignes aux raisins gorgés de suc et d'eau, ni les plaines étonnées d'être bordées de rails. Elle ne voit que le reflet d'elle-même que lui renvoie la vitre, et elle se trouve belle, si belle en ce miroir qu'elle pourrait le chanter sur un air de Gounod. Elle sait, modestement, dit-elle, un peu chanter : elle a fait partie d'une chorale ; Fritz aussi, d'ailleurs, à Pforta. Ils se produisaient parfois, tous deux, à la maison, lui au piano, et elle debout à ses côtés. Elle sourit en pensant que c'est elle, maintenant, qui tient la baguette, qui donne le tempo et dirige l'orchestre.

*

Et moulinent les bielles et martèle sa canne, de maisons en hôtels, de villages en villes, de bourgs en capitales, de ruelles en rues, de seuils en antichambres, de salons en salons et de tasses de thé en petits gâteaux ronds. Avec obstination, patience, acharnement, elle les retrouve tous, ceux qui ont croisé Nietzsche. Et les récupère toutes, chaque miette de sa vie, chaque bribe de sa pensée qu'il laissa par mégarde, inconscience, générosité ou tout à fait sciemment, entre les mains d'autrui : essais, esquisses, pensées, aphorismes ou poèmes, petits mots griffonnés sur des cartes de visite ou textes plus importants parfois dédicacés. Jusqu'aux billets de trains ou factures d'auberges, elle récupère tout. Elle veut tout savoir, tout avoir de cette vie dans laquelle elle ne fut qu'absence. Face aux récalcitrants qui semblent déceler dans son trop-plein d'amour quelque excès de rouerie, plutôt que de guerroyer, elle minaude, les flatte, les amollit, les prend en ses bras et dévore leur être. Puis, une fois asservis, elle leur vole sans vergogne tous les biens de son frère qu'ils pourraient posséder. Elle n'a aucun scrupule, aucun remords, aucun état d'âme ; elle va droit son chemin de labour, elle a bien retenu les leçons de Wagner : *Le monde me doit ce dont j'ai besoin.*

8.

Retour à Naumburg avec des malles pleines, la chasse fut excellente, le gibier abondant. Elle file derechef aux maisons d'édition, il faut vite publier, et publier encore, qu'importe l'état des textes, on verra ça plus tard. Il faut vendre, les amis, la demande est importante, je viens de faire le tour d'une partie de l'Europe, les lecteurs sont avides, impatients, ils veulent désormais tout connaître de Nietzsche, alors cessons de rêver, ne perdons plus de temps : que tournent les rotatives et que sortent les livres, les anciens, les nouveaux, les petits et les gros !

Les éditeurs sont loin de posséder son enthousiasme. Il n'y a pas, à dire vrai, tant de textes nouveaux que ça à publier, sinon ceux qui le furent déjà, et on ne peut pas décemment mettre sous presse, en l'état, ceux qu'elle a rapportés. Elle leur dit : pas de souci, je me charge de tout, comme je l'ai toujours fait face aux incompétents. Elle file dans la maison maternelle de Naumburg, ne s'aperçoit même pas que sa mère maigrit tant et tant qu'elle a tout juste la force de s'occuper de son

Fritz. Qu'à cela ne tienne. Lorsqu'elle le découvre, elle embauche vite une garde-malade et compte ses billets ; on ne peut pas être partout.

*

Franziska s'éteint le 20 avril 1897. On réunit bien sûr les membres de la famille – du moins ceux qui n'ont pas rompu avec Elisabeth –, on pose sa dépouille enrobée de sapin dans le caveau familial, encaquant son cercueil sur ceux de son époux et du petit Josef. On referme la dalle, on verse quelques larmes, on jette quelques pétales de fleurs auxquels viennent se mêler les traditionnels cantiques luthériens du deuil. Puis on rentre à la maison, on n'use pas sa langue en vaines condoléances, on capte l'héritage, on vide sa chambre afin qu'Elisabeth puisse s'en faire un bureau, et l'on tourne la page d'un passé révolu.

*

Sur une très longue table, dans cette pièce où stagnent encore de vieilles odeurs d'urine et d'embrocations, Elisabeth pose les liasses de papiers qu'elle a récupérés au cours de son *pieux pèlerinage* (puisque c'est ainsi qu'elle a décidé – dans ce qui sera sa seconde biographie – de nommer le périple qu'elle fit sur les traces de son frère). Puis elle descend à la cave, monte au grenier, fouille tous les lieux – couloirs, soupentes, annexes et débarras –, et recueille ainsi, bribe par bribe, l'intégrale des textes écrits de la main de Fritz qu'elle a accumulés et conservés depuis qu'elle a treize ans. Elle les mêle aux autres, la table en est couverte, s'assied sur une chaise, et avec la patience, la méticulosité et l'entêtement qu'on sait, elle se met à trier.

Le crayon à la main, les ciseaux en sautoir, la corbeille à papiers en guise d'oubliettes, une grande malle d'osier en guise de purgatoire où s'en iront croupir les textes aléatoires – elle trie, écarte, coupe, traque, truque, censure, déchire, jette, modifie, réécrit, s'approprie. Et surtout falsifie. Elle s'arroge tous les droits, s'offre tous les pouvoirs et règne en solitaire sur les mots de son frère. Écrit-il par exemple : « *Je n'ai pas d'opinion. Je suis comme l'eau. L'eau n'a pas d'opinion* » qu'elle trouve ces phrases niaises, indignes d'un penseur. Elle les met dans la malle d'osier en attendant de voir si la postérité, lorsque son tour viendra, saura goûter ce genre de denrée.

Écrit-il sur ces moments de grande joie au collège de Pforta quand les élèves allaient, les jours de canicule, bonnet rouge sur la tête, se baigner dans la Saale, la rivière toute proche, nommant cette aventure *la petite trempette*, qu'elle en rougit de honte et jette ça sans remords au fond des oubliettes. Elle veut de son frère n'offrir au monde qu'un visage de sage. Aucune *petite trempette* ne saurait être digne d'un homme dont elle désire qu'il passe aux yeux de tous pour un nouveau Messie.

Côté censure, elle s'en donne à cœur joie. Elle ne mégote pas : ratures, biffures, truquages, caviardages. Elle va jusqu'à brûler, à l'aide d'une bougie, quelques bribes de pages afin d'écornifler les phrases qui l'indisposent, affirmant par la suite qu'elle a récupéré, dans le foyer d'une quelconque masure, entre brindilles et bûches, ces feuilles abandonnées, noircies et brûlées, qu'on y avait jetées. Elle gratte certains mots de la pointe d'un couteau, en efface à la gomme, à la râpe, à la toile émeri ou au chiffon humide ; puis elle les couvre de taches qui donnent l'illusion que Friedrich dut avoir, un soir de maladresse, un geste malencontreux envers son encrier. Il se peut qu'elle ajoute également quelque chose de son cru, mais le plus fréquemment elle élague, taille et tranche, tel Boileau dans son *Art poétique* : *Ajoutez quelquefois et souvent effacez.*

Cependant, elle hésite encore et ne sait trop que faire avec *Zarathoustra*. Avec sa mère déjà, du temps des amours tendres et des complicités, elles avaient hésité, du peu de temps que dura leur brève collaboration, à faire republier cette œuvre en raison des violentes attaques contre le christianisme qu'il contenait. Elles risquaient, affirmaient-elles, en tant que tutrices légales, d'être saisies et emprisonnées pour infraction à la loi prussienne anti-blasphématoire. Franziska, en accord avec son frère le pasteur Oehler, avait même envisagé de faire détruire tous les exemplaires restants de cet ouvrage, ce pourquoi Heinrich Köselitz, l'un des rares compagnons de route de Nietzsche, ayant eu vent de cette fumeuse affaire, avait écrit, depuis Venise, à Franz Overbeck, l'ami fidèle qui demeurait toujours à Bâle : *Il y a de quoi mourir de rire à la pensée que deux pieuses femmes et un pasteur de campagne ont le droit de décréter ce qui est ou n'est pas publiable dans l'œuvre d'un écrivain des plus férocement athées et antichrétiens.*

Mais qu'importent à Lisbeth les jugements de Köselitz ou de tout autre que lui. Dictatrice sûre de son droit, elle s'instaure grande prêtresse d'un culte qui, de jour en jour, s'épanouit. Elle n'est plus la sœurette qui se sentait cruchon, elle n'est plus cette soumise qui vécut avec Fritz et reçut de ses mains quelques becquées de savoir : elle *est* Nietzsche. Elle parle par sa voix, elle pense par sa tête, elle habite son corps et son cœur ne bat plus qu'avec les ventricules du génie endormi. Elle est sa chair, son sang, sa cavale et sa voix. Elle seule a su l'aimer, elle seule en fut aimée. La dénigrer, c'est courir à sa perte. Méfiance : elle n'a perdu aucun de ses procès.

La demande étant très forte, les pré-ventes s'annonçant fabuleuses, elle fait fi de certaines résistances morales et religieuses, et décide de republier *Zarathoustra*. Afin d'en minimiser la portée, elle le comprime dans l'étau de ses propres ouvrages. Aussi publie-t-elle, dans le même temps, comme pour faire diversion ou montrer qui commande : *Das Leben Friedrich Nietzsche's*, *La vie de Friedrich Nietzsche*, second tome de sa biographie qui en contiendra trois, édité à Leipzig au printemps 1897 par l'éditeur Naumann qu'elle s'est mis dans sa manche et qu'elle a embauché après l'avoir maté. Le livre fait merveille, les libraires se l'arrachent, la presse est enthousiaste et le public conquis. On fait sur sa personne un transfert de sentiments : tombant amoureux des textes de Nietzsche qu'au fil des mois peu à peu on découvre, voire redécouvre, on tombe amoureux d'elle. Puisqu'elle est la seule qui sait, peut et doit *écrire et parler de son cher et unique frère chéri.*

Profitant de l'élan provoqué par le second tome de sa biographie, elle anime des débats dans l'Allemagne tout entière. On lui demande fréquemment quelle est la vérité sur l'état de Monsieur Friedrich Nietzsche, ceci sous-entendant : est-il vraiment fou, un peu, beaucoup, totalement, ou ne serait-ce qu'une rumeur infondée ?

Elle ne répond jamais d'une façon directe. Elle préfère biaiser, laisser planer dans l'air un silence énigmatique. Le mystère, elle le sait, est bénéfique au mythe.

Ce soir, par exemple, à Magdeburg, dans cette salle des fêtes tant bondée qu'il fallut rajouter des chaises et des bancs, à la question de savoir si Friedrich était fou, plutôt que d'y répondre, elle parle des années où il vécut tout seul, entre Italie et Suisse, marchant le jour durant, se nourrissant de peu, ne voyant qu'à grand-peine, écrivant pour personne, abandonné de tous, hormis de moi, sa sœur aimée, qui chaque jour que Dieu fait, malgré un océan d'écart, obstinément lui écrivais, sachant que mes courriers le soutenaient, le maintenaient en vie, sachant que dans mes mots d'amour il puisait la force de continuer et d'aller de l'avant au creux de ses déserts et de leurs incertitudes, publiant des ouvrages que personne ne lisait, écrivant des chefs-d'œuvre dont personne ne voulait.

En entendant le mot *chef-d'œuvre*, le public, comprenant qu'elle ne pipera mot sur l'état de son frère, n'attend plus qu'une seule chose : qu'elle leur parle enfin de *Zarathoustra.*

Le livre clef, le livre roi. Le seul sans doute qu'ils aient peut-être lu et dont ils se délectent : *Zarathoustra, gloria et alléluia !* Elisabeth jubile à l'idée de citer, face à tous ces dévots, le nombre d'exemplaires auquel on a vendu le dernier tome de cet ouvrage dont chacun prétend qu'il sera l'équivalent d'un Nouveau Testament. Ce chef-d'œuvre qu'aujourd'hui vous vénérez, Mesdames et Messieurs, claironne-t-elle comme pour les culpabiliser, il s'en vendit : quarante exemplaires ! Le public pousse un *oh !* d'affliction. Puis en pousse un second, de consternation, quand elle dit que ce livre fut édité par lui et payé de sa poche avec sa maigre retraite de professeur en retraite. D'aucuns dans la salle blêmissent, se fendent d'un hoquet ou d'un cri étouffé. Elle voit les plus fragiles se tamponner les yeux le mouchoir à la main. Heureusement, conclut-elle – puisque c'est là, au bout du compte, qu'elle voulait en venir –, que mon époux et moi l'avons, depuis nos colonies, de façon régulière, durant ces rudes années de doute, de solitude et, hélas, de pauvreté, aidé financièrement. Mais elle préfère sur ce sujet n'en dire pas davantage et demeurer pudique.

Elle achève toujours ses rencontres par le même texte de Nietzsche dont le choix, car elle manipule tout, n'est pas dû au hasard :

Demi-vivants qui m'entourez, et m'enfermez dans une solitude souterraine, dans le mutisme et le froid de la tombe ; vous qui me condamnez à mener une vie que mieux vaudrait appeler une mort, vous me reverrez un jour. Mort, j'aurai ma revanche ; nous savons revenir, nous autres posthumes. C'est un de nos secrets. Je reviendrai vivant, combien vivant !

Ce qu'elle cherche, c'est à les rendre indignes, tous ceux qui sont ici pieusement assemblés ; fautifs de n'avoir pas lu, ou repéré, les œuvres de son frère du temps où il vivait en quête d'amour et d'amitié, durant toutes ces années où il a publié des livres essentiels et lumineux que seuls le silence et la pénombre recueillaient. Jamais elle ne dira la vérité sur la réalité de l'état de son frère. Tout juste avouera-t-elle qu'il se repose, qu'il est très fatigué, lassé d'avoir été durant tant d'années délaissé, oublié. Pourquoi, conclut-elle, paraphrasant les dernières paroles du Christ, le monde l'a-t-il abandonné ?

Et tous ceux qui ont frôlé ses livres sans les avoir feuilletés, les lettrés qui n'ont pas décelé les pépites enfouies dans la glaise de ses phrases, tous ceux qui sont passés à côté d'un authentique génie tout en glorifiant, comme il est de coutume depuis que l'homme écrit, d'authentiques médiocres, elle les accable et les endeuille. Mais s'empresse d'ajouter qu'ils peuvent se rattraper, les œuvres sont en vente. Vous pouvez les acheter et tout sera pardonné.

*

Et le public achète. Lisbeth s'enrichit sur le dos de son frère à jamais alité, prépare une nouvelle édition d'*Œuvres complètes* qui ne le sont pas encore et qui sous sa gouverne ne le seront jamais. En un premier temps, elle réédite les livres qui jadis furent déjà publiés, surtout ceux dont le contenu ne comporte pas, selon ses critères d'obédience luthérienne, des relents amoraux, libertaires ou apostats : *La naissance de la tragédie à partir de l'esprit de musique*, ouvrage quelque peu excessif encensant Dionysos, grand prêtre des bacchanales, a cependant le mérite d'aduler Wagner et conquiert pour cela une place de choix au panthéon de ceux qu'il faut remettre en vente prioritairement. *Le gai savoir*, par contre, publié il y a plus de quinze ans puis remanié par Nietzsche en 1887 avec un ajout de poèmes qu'il nomma joliment les *Chants du Prince hors-la-loi*, est plus délicat à défendre. Il annonce la mort de Dieu tout en demeurant en équilibre instable aux lisières du blasphème, se contentant d'ouvrir, ou d'entrouvrir, la porte par laquelle entrera de plain-pied, peu de temps après lui, le texte qui chantera la venue imminente du démon absolu : *L'Antéchrist*.

Ce livre est un boulet que l'âme chrétienne d'Elisabeth refuse de traîner. Ce livre est un affront, une œuvre méphitique dont la republication plongerait son frère dans les limbes de Satan où se consument déjà, une plume à la main et pour les mêmes raisons, des troupeaux d'hérétiques à lui-même identiques. Elisabeth est même persuadée que Friedrich, en écrivant ce texte, n'était déjà plus dans son état normal. Mais avouer cela à la face du monde, c'est proclamer qu'il fut insane et qu'il put donc écrire quelques livres de fou : cela est hors de question.

L'ennui, c'est que certains admirateurs qui s'ornent désormais du titre de *fervents nietzschéens*, réveillés par les rares lecteurs qui, à sa sortie, ont encensé l'ouvrage, exigent qu'on réédite le livre iconoclaste. Elisabeth préférerait mourir que de devoir remettre en vente une telle abjection. Toutes les ruses seront bonnes afin d'y parvenir. À Heinrich Köselitz, le compagnon de Venise à qui, du temps de ses errances, Friedrich portait ses manuscrits afin qu'il les recopie, elle écrit, dans le secret des dieux : *Il ne faut dire à personne, absolument personne, que le livre est impubliable en raison de son contenu. En conséquence, le mensonge suivant m'est venu à l'esprit : un examen plus attentif du manuscrit a montré qu'il en manque une partie, et que tant que tous les manuscrits existants n'auront pas été répertoriés, copiés et enregistrés – ce qui prendra un temps considérable en raison de l'écriture extrêmement difficile à déchiffrer de l'auteur – toute publication est hors de question. Arrangez-vous pour qu'Overbeck et Naumann avalent ce mensonge.*

Elle fera de même pour bon nombre d'ouvrages. Les uns en raison de leur caractère blasphématoire, les autres pour des raisons plus intimes : dans *Ecce homo*, par exemple, autobiographie intellectuelle de Friedrich, généalogie pimpante et caustique de ses propres ouvrages, livre qu'il corrigea jusqu'au 2 janvier 1889, la veille de son effondrement, on peut, entre mille autres choses pétillantes et drôles, lire des phrases semblables à celle-ci : *Quand je cherche mon plus exact opposé, l'incommensurable bassesse des instincts, je trouve toujours ma mère et ma sœur, – me croire une « parenté » avec cette* canaille *serait blasphémer ma nature divine (…) mon objection la plus profonde contre le « retour éternel », ma pensée proprement* « abysmale »*, c'est toujours ma mère et ma sœur.*

Cet ouvrage inédit, dont elle possède le manuscrit auquel son frère tenait énormément puisqu'il s'agit du seul dans lequel il met son cœur à nu, elle ne le publiera qu'en l'an 1908, presque dix ans après la mort de Nietzsche, pressée par des amis à lui qui en connaissaient l'existence autant que le contenu. Elle le publiera, certes, mais à sa façon à elle, c'est-à-dire amputé ; ou, comme elle l'écrira de façon plus charmante : *amendé*. Pour la bonne version, enfin définitive, il faudra patienter encore une bonne soixantaine d'années.

9.

Naumburg est trop petit, susurre Elisabeth assise de nouveau au chevet de Friedrich en caressant sa main. Dans cette ville falote ne règnent que des bourgeois étriqués et incultes, agenouillés aux pieds des dieux de la finance et ceux de la bêtise. Naumburg n'irradie pas, c'est une ville sans tain qui ne peut refléter que le vide effarant de sa monotonie. Tu l'as toi-même écrit, mon petit Fritz chéri, lui glisse-t-elle, câline, penchée sur son oreille. Mais sais-tu que désormais, en à peine moins d'une heure, on peut se rendre à Weimar, la ville qui s'éveille, qui rutile, et dont on affirme qu'elle deviendra bientôt le grand berceau des arts, qu'elle surpassera Berlin. Weimar, Fritz, écoute-moi bien : la grande-duchesse Sophie von Sachsen-Weimar-Eisenach vient d'y fonder elle-même les Archives Goethe-et-Schiller dont le bâtiment neuf, tels ces aigles que tu admires tant, surplombe la cité comme s'il veillait sur elle. N'y vois-tu pas un signe annonciateur ? Archives Goethe-Schiller-Nietzsche en un même lieu réunies ! C'est là, lui dit-elle en posant un baiser sa joue, qu'il nous faut d'urgence aller.

Voici ce que je te propose : nous allons quitter cette vieille masure maternelle qui sent le chou, la cire et l'eau bénite et partir pour Weimar. Qu'en dis-tu, mon chéri ?

Le chéri n'en dit rien.

*

C'est alors qu'entre en scène, d'élégance et de noblesse vêtue, Barbara Margaretha von Salis-Marschlins, nommée communément Meta von Salis. C'est une Suissesse de naissance, doctorante en histoire, femme de tête et de cœur, issue de la vieille aristocratie grisonne, porteuse des valeurs d'une caste jadis chevaleresque. Amie fidèle de Nietzsche et dévouée à lui, lectrice talentueuse, elle fut la complice intellectuelle de cet homme qu'elle accueillit dans son logis helvète durant quelques semaines du temps de ses errances.

Ce fut, entre autres, à elle que Friedrich adressa, depuis Turin, daté du jour même où il s'effondra, l'un de ses derniers courriers – de ceux qu'on nommera les *billets de la folie* :

Mademoiselle von Salis

Le monde est illuminé car Dieu est sur la Terre. Ne voyez-vous pas comment tous les cieux se réjouissent ? J'ai à l'instant pris possession de mon royaume, jeté le pape en prison, fait fusiller Wilhelm, Bismarck et Stöcker.

Le Crucifié

En cette fin d'été 1897, la voici à Naumburg, Meta von Salis, invitée afin de découvrir cette salle sans éclat que Lisbeth, dans une de ses lettres, a présentée comme étant *les Grandes Archives Nietzsche* et dont elle est, fut-il précisé dans ce même courrier, fondatrice et directrice. Meta von Salis, que Lisbeth a visitée en Suisse lors de son *pieux pèlerinage* afin de lui demander aide, conseils et textes de Friedrich qu'elle aurait pu détenir, garde sur son visage ce masque de bienveillance et de dignité noble que son éducation a su sculpter en elle. En pénétrant dans les lieux, elle ne peut toutefois s'empêcher de trouver l'endroit laid, mesquin, plat, bouffi, dérisoire, d'une trivialité de m'as-tu-vu indigne d'un génie tel que Nietzsche.

Pour fuir cette pièce sans froisser la susceptibilité d'Elisabeth, elle dit qu'il lui presse de monter à l'étage pour se rendre au chevet de son si cher ami. Dans la chambre, le découvrant inerte et marmoréen, elle ne sait rien faire d'autre que retenir ses larmes.

Un autre visiteur, plus tard, le comte Harry Kessler, ami d'Elisabeth puisque noble et fils de banquier, saura mettre des mots sur le triste spectacle auquel, affligée, comme lui elle assiste :

(…) endormi sur son sofa, sa tête puissante à demi effondrée sur sa poitrine du côté droit, comme si elle était trop lourde pour son cou. Son front est vraiment gigantesque ; ses cheveux en crinière sont encore brun foncé, de même que sa grosse moustache proéminente. Des cernes d'un brun sombre sous ses yeux s'enfoncent profondément dans les orbites. Les

mains de cire, sillonnées de veines verdâtres et violacées, sont légèrement enflées comme celles d'un cadavre (...) L'air lourd et orageux l'a fatigué et, bien que sa sœur l'ait tapoté à plusieurs reprises et l'ait appelé tendrement « mon chéri, mon chéri », il ne voulut pas s'éveiller. Il ne ressemble pas à un malade ou à un aliéné, mais plutôt à un mort.

*

Le lendemain matin, les voici à Weimar, Meta et Elisabeth, bras dessus, bras dessous, flânant dans les ruelles de la jolie cité, semblables à deux touristes. Lisbeth a pris le prétexte de cette balade en dehors de Naumburg pour lui faire oublier le malade et son regard absent. Elles baguenaudent, le soleil les inonde et le vent les parfume. Elles arrivent ainsi, le hasard ou les dieux ayant guidé leurs pas, face à une jolie villa, sobre et fleurie, bâtie en contrebas des récentes et déjà célèbres Archives Goethe-et-Schiller. Elisabeth s'arrête, stupéfiée, comme frappée par la foudre, blêmit, frémit, sent ses jambes qui sous elle se dérobent, s'agrippe à une rambarde que la bien nommée providence aura su placer là, et dit à Meta von Salis, mains et voix tremblantes, qu'elle vient de recevoir, malgré elle, une révélation. Elle tombe à genoux, telle la petite Bernadette en la grotte de Massabielle, verse des baquets de larmes et des flots de hoquets qu'elle avait par avance savamment répétés.

Car tout fut calculé, au millimètre près.

Elle confesse à Meta que le Ciel et ses anges viennent de la guider au pied de cette maison dont elle sent, dont elle sait, qu'elle leur est destinée, à Friedrich et à elle. Une affichette signale, sur la porte d'entrée, qu'elle est d'ailleurs à vendre : Dieu est vraiment très grand dans tout ce qu'Il fait, jusque dans ces détails qu'on nomme immobiliers. Elle se relève, s'essuie, se mouche, remet un semblant d'ordre dans ses cheveux et dans ses vêtements, lui saute au cou en s'excusant d'une telle impertinence, puis la tutoie, arguant d'un amour fol qu'elle ne peut contenir : cette maison, crois-moi Meta, a été placée là par le Créateur, pour Friedrich et pour moi.

Elle cache évidemment qu'elle est venue ici la semaine passée avec son oncle Oehler, et que cette villa, qu'ils avaient repérée, ils l'ont non seulement déjà visitée, mais surtout préemptée en attente du miracle qui allait leur offrir la possibilité de l'acheter. Et ça marche à merveille : le miracle est présent, debout à ses côtés, a pour prénom Meta et pour nom von Salis. Elle retombe à genoux, Elisabeth, non plus sur le pavé mais aux pieds de la Suissesse, et la supplie, des sanglots dans la voix : en tant que femme aisée, amie de cœur et muse inavouée, tu peux faire, Meta, briller le nom de Nietzsche au fronton de Weimar, future capitale du grand monde des arts. Refuser cette aubaine serait maudire ta destinée, et renier les raisons pour lesquelles tu es née.

Un mois de harcèlements à la rendre coupable, un mois à l'accabler, à la faire frémir en lui affirmant que si elle, Elisabeth, devait encore demeurer, veuve et désemparée, à Naumburg, dans cette bourgade exsangue et cette maison flapie, à veiller sur son Fritz comme elle le fait déjà depuis plus de cinq ans, courant les jours à glorifier ses œuvres, usant ses nuits à veiller sur son corps, elle n'aura bientôt plus la force de se battre pour lui. Alors elle fermera à jamais ses si chères Archives Nietzsche qu'elle a bâties toute seule de ses petites mains, et se verra contrainte de reconduire son frère dans cet enfer cruel où il vécut jadis, vêtu d'une blouse blanche, parfois d'une camisole, entre médicaments et murs capitonnés.

Un mois d'assauts, de siège, de larmes et de manœuvres ; de pressions, de mensonges, de tourments, de chantages. Qu'en penserais-tu, Meta, s'il advenait qu'on dût de nouveau placer mon frère dans un asile, en compagnie de fous, tout cela par ta faute ?

Lasse, excédée et vaincue, Meta von Salis achète donc la villa, la lui loue à bas prix et s'en retourne en Suisse.

10.

La villa Silberblick, puisque tel est son nom, est très vite restaurée. Sans demander à Meta von Salis la moindre des permissions – les livres de Friedrich sortant des imprimeries quasi par wagonnets, les écus d'or abondent – Elisabeth embauche tout un panel d'artistes, peintres et décorateurs dont Weimar foisonne, pour faire de cette maison, selon son concepteur l'architecte Van de Velde, *une œuvre physiologique et physionomique totale d'esprit nietzschéen.*

On agrandit le jardin, façonne un terre-plein, embellit le pourtour pour donner l'illusion que l'on se trouve bien dans un petit château de Versailles. On clame haut et fort, à qui voudra l'entendre, que Weimar bientôt deviendra l'épicentre de la pensée mondiale. Ce pourquoi, sur la façade crépie d'un joli jaune crème, en lettres *Antiqua* aussi larges qu'épaisses, incluses dans un faux marbre où domine l'ocre clair, peut-on désormais lire :

NIETZSCHE-ARCHIV

*

Les pièces du rez-de-chaussée, utilisées jadis en guise d'appartement, ont été remaniées. Des cloisons furent abattues et d'autres élevées afin de transformer l'ensemble en salles de réunion, de lecture, de conférence ou de réception. Partout, sur les rambardes, les marches d'escalier, les tables et les chaises, surgit un nouvel art qui écrase l'ancien (le plus souvent hélas d'un rococo pompeux), et l'on sent déjà poindre l'ombre d'Edvard Munch. En attendant ce dernier – qui fera de Nietzsche un portrait légendaire –, artefacts, images et sculptures diverses, de bien moindre facture, glorifient un peu partout, chacun à sa façon, son visage inspiré, fréquemment tourmenté.

Un poêle en fonte d'un blanc laiteux, dans une pièce cernée de murs-bibliothèques où chante du bois clair, est surmonté, ancré dans un rond nappé de feuilles d'or, d'un gigantesque *N* qui se veut, toujours d'après le maître d'œuvre, d'un style résolument *napoléo-nietzschéen.* Tout doit être à l'échelle de Nietzsche : révolutionnaire. De nouvelles formes éclosent et les lignes s'affinent. Même la géométrie se plie avec talent aux caprices de l'esprit, les couleurs explosent et la beauté s'exalte dans un imaginaire étrange et perturbant qui tord le cou au réalisme. Quand la médiocrité aura conquis les masses qui bientôt voteront pour Adolf, Benito et consorts, on nommera tout cela de l'art dégénéré.

*

Découvrant par hasard les travaux fastueux entrepris sans son assentiment dans sa propre villa, apprenant de surcroît les sommes monstrueuses déboursées par cette prétendue pauvre femme qui lui certifiait, lors de l'achat des lieux, être totalement démunie et ne pas pouvoir y mettre le moindre kopeck, Meta von Salis, ulcérée, crie à la trahison et convoque Lisbeth.

Laquelle sur pied de guerre, Walkyrie bave aux lèvres, arrive comme une furie, vêtue de feu, de fer, d'armure, de folle obstination, de noble offuscation, et, sans même l'écouter, menace von Salis des pires représailles, l'injurie, lui dit qu'elle n'est qu'une vaniteuse, une bourgeoise décatie n'ayant jamais cherché qu'à capter la gloire intellectuelle de son frère, et que tout ce qu'elle fait ne sert qu'à embellir sa propre réputation : qu'elle vienne chipoter pour une somme qui se noie au milieu des millions, bijoux, châteaux, joyaux et émaux qu'elle possède, est bien le signe que tout ce qui l'intéresse, en Suissesse fortunée, c'est de placer de l'argent frais dans de l'immobilier. Mais au fond, et à la vérité, de Friedrich, de ses œuvres, des Archives et du reste, de tout ça elle n'a cure. Elle a pour unique souci sa vie de châtelaine alors que Friedrich, lui, chaque jour et chaque nuit, souffre comme un dément dans une grande solitude.

Meta von Salis, femme intègre et loyale, d'une grandeur d'âme à nulle autre pareille, malgré cette pudeur qui est propre à son rang, lui rappelle que cette villa lui appartient encore, qu'elle l'a achetée, sous pression de surcroît, afin que Friedrich Nietzsche, qu'elle adore en tant qu'homme et dont elle vénère l'œuvre, puisse vivre décemment dans un lieu autant digne de lui que de son immense génie. Affirmer que cet achat est une spéculation, n'est qu'une infamie. Elle ne pousse pas l'indécence jusqu'à lui rappeler que le loyer, à celle qui traîtreusement s'était dite ruinée, frise la gratuité. Elle argumente peu, se garde d'agiter ces liasses de courriers et de mots doux dans lesquels Elisabeth clamait, les deux mains en conque et le genou à terre :

Chère Meta,
Je pense à toi comme à un ange qui, au moment où mon frère bien-aimé et moi-même étions dans la détresse et le besoin d'être secourus, nous a ouvert les bras pour nous conduire dans cette maison où nous vivrons jusqu'à la mort.

Elisabeth aurait préféré que cette femme l'attaquât, mais le tact aristocrate ne mange pas de ce pain-là. Troublée, ne sachant plus comment manœuvrer, c'est elle qui de nouveau attaque, hurle, proteste, et massacre en quelques phrases tout ce que Meta possède de bonté et de gentillesse. Elle lui crache au visage des mots honteux et orduriers, la traite, la malmène et la roue de façon si perverse que, meurtrie, la noble généreuse finit par abdiquer et lui cède ce qu'au fond elle désire obtenir, à savoir la villa à un prix dérisoire.

Meta von Salis signe tous les papiers nécessaires à la vente, gravit les jolies marches récemment rénovées, pousse la porte de bois en palissandre rose sur laquelle on a peint un aigle majestueux aux ailes déployées, s'approche du corps de Fritz, saisit une de ses mains, la pose sur sa joue à elle, puis repose la main sur le plissé des draps, se penche sur son visage, lui murmure à l'oreille qu'elle pensera à lui tous les jours que Dieu fait, lui embrasse le front et l'une de ses paupières, et s'en retourne en Suisse.

11.

À Weimar, Elisabeth devient – du moins dans son esprit – ce qu'elle se rêvait d'être : *The Queen Elisabeth.* On l'invite partout, en cet automne 1898, chez les ducs et duchesses, chez les succédanés de princes et de princesses, chez tous ceux qui se prennent pour les grands de ce monde et qui le sont sans doute puisqu'ils le clament eux-mêmes et que d'aucuns les croient. Elle se rend aux cocktails, soirées et réceptions, en donne dans sa maison, fréquente le gratin et à lui s'acoquine. Elle embauche cochers, cuisiniers, jardiniers (certains vêtus de livrées pourpre et or, boutons de nacre inclus dans un rond de laiton où brillent les deux lettres *NA*, sigle des *Nietzsche-Archiv*). Les livres de son frère sont de plus en plus traduits, de plus en plus vendus. Friedrich est passé de l'ombre à la lumière le temps d'une *Blitzkrieg*, bientôt la terre entière pourra le lire, chacun de ses pays en langue vernaculaire. Nul ne peut expliquer, de façon rationnelle, le pourquoi de cette dévotion qui fait d'un inconnu une icône soudaine. Mais cela, à dire vrai, peut aisément se concevoir au regard de l'Histoire : les apôtres du Christ, après tout, n'étaient pas plus de douze, et l'humanité, en quelques décennies, sut accueillir leurs voix et mettre genou en terre face à la Sainte Croix.

*

Elisabeth vit très largement au-dessus de ses moyens, chaque jour il lui faut davantage. La villa Silberblick dans tout son équipage ira compter jusqu'à plus de dix-huit chevaux et vingt-cinq domestiques. Pour que tourne sans cesse la machine à billets, elle édite à tout va, donne des conférences, anime des réunions, écrit nombre d'articles dans nombre de revues, le tout rémunéré car il faut bien payer champagne et petits fours, abreuver les artistes, nourrir les parasites, épater le bourgeois.

À la tête des *Nietzsche-Archiv*, au fil des ans et des humeurs, des grâces et des répudiations, se succéderont une kyrielle de directeurs, gestionnaires, administrateurs, gérants ou responsables, peu importe leur nom, ils ne seront de toute façon que fantoches manipulés, petites marionnettes qu'on prend et qu'on rejette. Sous la houlette d'Elisabeth, ils travailleront afin d'élaborer le catalogue complet des écrits de Friedrich, du moins y rêveront-ils sans jamais y parvenir, la plupart d'entre eux quittant le navire dès le premier crachin. Partis, ou chassés, pour des raisons diverses qui auront en commun des conflits récurrents avec la sœur de Nietzsche, ils seront toutefois unanimes sur un point : la totale incompétence d'Elisabeth.

Fritz Koegel, un temps responsable des Archives, écrit *« (…) qu'elle ne comprenait rien à son frère, qu'elle falsifiait ses écrits, que tout ce qu'elle faisait était une imposture et qu'elle avait fondé les Archives dans le seul désir de satisfaire sa vanité ».*

Gustav Naumann, éditeur et un temps gestionnaire, confie que *« (…) tant qu'Elisabeth serait chargée de superviser la publication des œuvres de N., la maison serait à la merci d'une femme irresponsable ».*

Rudolf Steiner, futur fondateur de la théosophie, un temps lui aussi responsable des Archives, y va également de son couplet : *« Frau Förster-Nietzsche est tellement profane pour tout ce qui concerne la doctrine de son frère… Elle n'entend rien aux distinctions fines, voire rudimentaires et logiques ; elle n'a aucune cohérence logique et manque totalement d'objectivité. Elle croit à tout ce qu'elle dit (…). »*

Quant aux amis de Nietzsche, aisément quantifiables puisqu'il ne sont que deux, ils disent la même chose. Franz Overbeck, muraille d'honnêteté et de fidélité, l'anti-Judas qui jamais ne trahira, présent à son chevet tant à Bâle qu'au pied de son lit d'asile, s'insurge et se rassure en écrivant : *« On lui donne maintenant le bon Dieu sans confession. Mais cela ne durera pas. Un temps viendra où on la considérera comme l'exemple type d'une certaine catégorie : celle des sœurs abusives. »*

Heinrich Köselitz, enfin, ancien élève de Nietzsche à l'Université de Bâle qui, après ses études, partit très vite vivre à Venise et auquel Friedrich, durant plus de quinze ans, enverra et confiera la plupart de ses manuscrits afin qu'il les mette au propre, les écrive lisiblement, voire les améliore – ce qu'il osa parfois. Köselitz, depuis longtemps, haïssait Elisabeth pour tout le mal qu'elle avait fait à son Maître et ami : Lou Salomé bafouée, *Zarathoustra* récupéré par les antisémites, Fritz abreuvé de *moraline* par elle et par sa mère. À tel point que quand elle est rentrée du Paraguay, il eut envie de la souffleter.

Hélas, musicien raté et à court d'argent, il finira par lui vendre la plupart des textes de Fritz en sa possession, et, seul être sur terre étant à même de déchiffrer l'écriture de Nietzsche qui, vers la fin de sa vie d'errant, était devenue totalement illisible, il poussera la félonie jusqu'à s'en aller travailler auprès d'elle, aux Archives, lamentablement récupéré par cette diablesse sur laquelle, quelques années auparavant, il n'avait cependant pu s'empêcher d'écrire : *« (...) cette angélique dame (...) ne sait rien faire d'autre que d'inquiéter, de tourmenter ou de torturer les gens. Je me réjouis d'avoir envoyé promener le Lama si vivement à son retour d'Amérique (...) c'est une erreur lamentable pour la cause de Nietzsche que de m'avoir évincé, car j'aurais imprimé de lui et de son enseignement une image fort différente dans le cœur du public ».*

Une image fort différente dans le cœur du public : c'est justement ça qu'Elisabeth veut donner de son frère. Pas celle d'un vulgaire philosophe, encore moins celle d'un nihiliste, d'un révolutionnaire, d'un athée déicide ou d'un iconoclaste. Elle veut en faire un saint, un sage à vénérer. Jusqu'à la fin de ses jours elle va s'y atteler et, obstinée, elle va y parvenir.

12.

Son coup de génie : vêtir son frère d'un habit de brahmane. Une toge blanche, sorte d'aube, de soutane, faite de tulle, de coton ou de lin. Dans son fauteuil roulant que l'on sort désormais au cœur du balconnet lorsque le soleil luit, ou couché dans son lit les jours où il rechigne à se faire trimballer, ce n'est plus un humain qu'on présente à la foule, mais un nouveau Jésus, un enfant sanctifié, une âme béatifiée, un sage d'Extrême-Orient que d'aucuns viennent voir quasiment en priant. Ça ne pèse pourtant pas lourd, ce morceau de tissu fait de deux pans immaculés, c'est moins grand qu'une voile, plus court qu'un suaire, mais ça va faire de lui l'icône que jamais il n'aurait voulu être. En deux traits de ciseaux, trois coups de dé à coudre, Elisabeth transforme l'aigle en colombe, et le lion en chaton. Elle est comblée ; elle a conduit les lecteurs où elle voulait qu'ils aillent. Elle a caché la dynamite dont il s'était empli. Un Bouddha assoupi vaut mieux qu'un athée fou.

*

Weimar devient alors un lieu de procession équivalant à Chartres, Jérusalem, Lourdes, Fatima, le sanctuaire de Wies, Compostelle et Lisieux réunis. Dans le grand hall d'entrée, taillée dans un bloc de marbre blanc de Paros et posée sur un piédouche de deux mètres de haut, se dresse la statue d'un *Nietzsche-Hermès* qui, tel un dieu de l'Olympe, contemple les visiteurs et le temps qui s'enfuit avec placidité. Disséminés sur des étals, des tables, des présentoirs, des étalages ou des vitrines : des livres de Nietzsche, bon marché, ainsi que quelques éditions de luxe reliées en maroquin ou en vélin. Sans omettre un nombre incalculable d'objets frappés d'un *N*, estampillés d'un *Z* : aigles de toute taille, en plâtre, en fer, en bronze ; statuettes de Nietzsche assis, debout, couché, écrivant, dormant, rêvant, et même en fauteuil roulant, mais toujours en brahmane revêtu de son aube.

À l'entrée, accrochant le regard, fixée au mur dans un cadre cerné de fines baguettes d'or, trône la dédicace que Fritz lui écrivit par boutade sur la page de garde de son premier ouvrage, *Homère et la philologie classique* :

« À ma chère et unique
Sœur Elisabeth
En tant que
Zélée collaboratrice

Sur les champs de chaume
De la philologie. »

*

Ainsi fait-on commerce du sommeil d'autrui. La folie, il est vrai, Van Gogh en est témoin, est un très bon placement. Alors on brasse de l'argent, on produit et on vend, on invente avant l'heure le *merchandising*, on commande aux artistes les projets les plus fous et bientôt fleuriront, aux quatre coins des murs, dans toutes les salles et montées d'escaliers, des tableaux et sculptures à l'effigie de Nietzsche, réalisés par Olde, Klinger, Stoeving, Geyger, Bauer ou Munch, artistes de l'époque, certains déjà connus, d'autres en devenir.

Pour une somme relativement conséquente, on peut aussi monter à l'étage afin de visiter Nietzsche. Deux positions seront proposées au visiteur selon la somme versée : soit assis dans son fauteuil, soit couché dans son lit. Interdit de le toucher ou de lui parler ; plus on reste longtemps, plus le prix sera élevé – différence fondamentale qui distingue les Archives de ces zoos où l'on peut demeurer, le temps que l'on désire, face à un colibri, un éléphant d'Asie ou un phoque à moustaches, et ce, sans ne jamais avoir à débourser de supplément.

13.

Pour voir le sage vêtu de son habit de brahmane, on accourt de l'Europe et même de continents qui lui sont éloignés. Des dignitaires perses, émus et bouleversés que Nietzsche ait choisi, pour le plus réputé de ses ouvrages, le nom d'un de leurs sages, Zoroastre, afin d'en faire le prophète d'une nouvelle religion, viennent se prosterner face à son buste et le visitent ensuite, alité dans sa chambre ou assis dans son fauteuil au plein cœur du balcon – selon, évidemment, la somme dont ils se seront acquittés à l'entrée.

Des réceptions bruyantes, colorées, pétillantes, dansantes et chantantes, peuvent à présent, toute la nuit, se dérouler en bas, dans le grand hall au sol de marbre bleu turquin dont les dalles sont striées de jolies rainures blanches. On a capitonné les murs, isolé phoniquement les planchers à l'aide de chanvre, de paille et de terre humidifiée sur lesquels fut posé un beau parquet d'érable. Nietzsche peut désormais hurler à pleins poumons lorsque le vacarme des convives l'épouvante, on ne l'entendra plus. C'est arrivé jadis, lors des premières réceptions mondaines, et cela fut très gênant. Lisbeth avait dû vite monter dans sa chambre, lui verser dans le bec force tranquillisants, et redescendre ensuite en disant aux fêtards que son frère chéri faisait d'atroces cauchemars ou souffrait de folles rages de dents. Mais qu'on ne s'inquiète pas : elle l'avait soigné, comme elle l'a toujours fait.

Nietzsche est calme, d'ordinaire. Il ne bouge pas, ne parle pas, mais souffre tant, parfois, qu'il se met à hurler. En général, cela ne dure pas ; on lui donne des calmants, à doses d'équidés. Il soubresaute un peu, puis se rendort ou demeure allongé, yeux ouverts. Jusqu'à la fin de ses jours, il subira de semblables petites crises, disséminées au fil des mois. Mais on ne les craint plus, elles sont brèves, se résorbent fréquemment d'elles-mêmes ; de toute façon, qu'on les soigne ou non ne change pas grand-chose. Quant aux cris, désormais, on ne les entend plus.

*

Des mécènes à présent d'un peu partout essaiment. Marchands de canons, d'acier ou de cochons, enfants illégitimes d'une aristocratie moribonde, ils viennent à Weimar pour accrocher à leur veston la médaille qui manque à leur panoplie d'hommes du monde : celle de la Culture. Qu'ils se dépêchent d'en profiter, cela ne va pas durer. Dans moins de quinze années la Première Guerre mondiale remettra sans ambages leurs cerveaux à leur place : au fond d'une tranchée, dans cette boue dont eux-mêmes et leurs rêves sont faits.

Parmi les donateurs : de nombreux banquiers juifs. Lisbeth s'en accommode, allant même jusqu'à affirmer qu'elle partage avec son frère une vraie passion envers eux et leur religion. Elle n'hésite pas – prête à toutes les compromissions, lâchetés et trahisons pourvu que l'or ruisselle – à ressortir de ses tiroirs les textes sympathisants qu'il écrivit sur eux et auxquels, affirme-t-elle désormais la main sur le cœur, elle adhère intellectuellement, philosophiquement, et même, ajoute-t-elle après un temps, religieusement.

Aucune inquiétude quant à cette posture risible et pitoyable. Lorsque sonnera l'heure où Hitler régnera, elle saura les renier, les détruire en jouissant, ces textes bienveillants sur ce peuple dit élu qui bientôt, pour cela, sera exterminé.

On l'aura bien compris : elle agit à sa guise et ne désire qu'une chose : briller, régner, s'enrichir, dominer à tout prix. Lorsqu'elle refusera de vendre à des Américains certains manuscrits de son frère, cet acte insensé, uniquement guidé, clamera-t-elle, par un patriotisme hérité de Friedrich, couvrira d'encre grasse la *une* des journaux allemands et fera d'elle une héroïne à côté de laquelle Médée, Antigone ou Jeanne d'Arc ressembleront à de piètres gamines de cours de maternelle qui se seraient déguisées, un jour de carnaval, en fées, en elfes ou en princesses.

14.

Le samedi 25 août 1900, à midi, sous un soleil d'été qui venait de se poser juste à la verticale de la villa Silberblick, couché dans ses draps blancs en tenue de brahmane, Friedrich Wilhelm Nietzsche, refusant d'aller plus avant dans ce siècle nouveau dont il avait prédit qu'il serait barbare, inculte et décadent, s'endort paisiblement, une dernière fois, en murmurant bien sûr – on y croit dur comme fer – le prénom de sa sœur.

On l'enterre en chrétien avec tout ce qu'il faut de prêtres et de sermons, de dames de la haute et d'hommes d'ici-bas. Une fanfare joue du Brahms, une autre brame un psaume. Des universitaires, dont la plupart n'ont jamais lu la moindre ligne du récent macchabée, viennent, tout en se contemplant au miroir de leur prose, lire des textes laudateurs, interminables et fades, tellement alambiqués que nul n'y comprend rien. Friedrich, depuis longtemps déjà, les avait repérés et les avait jaugés, ces spécialistes patentés, savantissimes de tréteaux, dociles érudits emplis de moraline sur lesquels il n'avait pu s'empêcher d'écrire qu'ils *troublent leur propre eau pour la faire croire plus profonde.*

Tout ce sur quoi Friedrich durant sa vie cracha, la religion, l'académisme, la bourgeoisie naissante, l'intense bêtise étale, l'escroquerie programmée du paradis des âmes, on le lui offre ici lors de sa mise en terre dans un vaudeville grotesque, honteusement funéraire.

Mais cela a du bon, côté finances bien sûr : on vient de plus en plus nombreux, et surtout de partout, au sein des Archives Nietzsche. Érudits italiens ou savants japonais, Allemands de toutes sortes et de toutes provinces, étudiants espagnols ou philosophes hindous, américains, français, tous s'inclinent face à elle, assise sur un siège dans le grand hall d'entrée, présentent leurs condoléances et achètent par paniers livres et bibelots. On peut aussi, en versant quelque écot, grimper à l'étage et se rendre dans la chambre du défunt pour déposer un dernier hommage face à son masque mortuaire posé sur l'oreiller.

*

Du moment précis où Lisbeth prit en main les affaires de Friedrich, jusqu'à cette journée d'août quasi insignifiante où il rendit son âme, ne se seront écoulées que sept petites années.

Il lui en reste encore, à la divine sœurette, trente-cinq semblables à vivre. Trente-cinq au cours desquelles elle ne fera que répéter les actes délétères de son premier septennat. Trente-cinq années de pouvoir et de tricheries, de perfidies et de chantages, de malversations et de coups bas. À Franz Overbeck, par exemple, l'anti-Judas qui jamais ne trahira, l'ami fidèle qui possédait une montagne de lettres que lui avait adressées Friedrich, elle fera, avec obstination, puis avec haine, durant plus de dix ans, procès sur procès, engageant, lors de certaines séances, jusqu'à quinze avocats à la fois. Simple professeur, Franz ne pouvait assumer les frais de procédure. Il tint bon cependant, mais hélas il mourut. Qu'à cela ne tienne : elle s'en prit à sa veuve et poursuivit sa traque avec davantage de hargne, la sachant démunie. Elisabeth gagna, évidemment, et récupéra toutes les lettres personnelles et intimes que son frère avait écrites durant plus de vingt ans à son cher ami Franz.

Heureusement, les dieux, choqués par tant de méchanceté, permirent à Overbeck, avant sa mort, et à Köselitz, avant sa traîtrise, de cacher, dans des lieux secrets, les brouillons et les copies de textes ou de lettres dont elle n'eut jamais connaissance. Ils ressortiront après sa mort, permettant de rétablir bien des vérités. Les dieux, parfois, ont peur que la postérité ne pose sur leurs têtes – pourtant sacrées – un méchant bonnet d'âne.

15.

Le dimanche 7 février 1932, âgée de quatre-vingt-cinq ans, après avoir édité une quarantaine de livres signés du nom de Friedrich Nietzsche, ouvrages qu'elle aura, sans aucun état d'âme, quasiment tous tronqués, censurés, élagués, amendés,

après avoir publié, toujours sous le nom de Friedrich, un nombre considérable de textes, opuscules, plaquettes, fascicules ou brochures provenant de soi-disant manuscrits enfouis et inédits qu'elle aurait retrouvés dans une cave à Naumburg, une auberge à Turin, un coffre à Sils-Maria, chez quelque maudit receleur et même dans des malles secrètement déterrées aux abords d'Asunción ou de Nueva Germania par des aventuriers à qui elle racheta chaque page à prix d'or afin que la terre entière puisse enfin profiter de ces textes et courriers qu'au Paraguay son frère lui avait adressés et que de vilains colons lui avaient dérobés,

après avoir elle-même pondu plus d'une centaine d'articles, préfaces, introductions, traités, essais, succédanés de thèses, toutes et tous sur Nietzsche, dans divers magazines, quotidiens, mensuels, hebdomadaires, revues spécialisées ou dites grand public,

après avoir écrit, publié et vendu à un nombre d'exemplaires qui frise l'indécence une dizaine de livres sur son frère chéri, parmi lesquels : *La vie de Nietzsche en trois volumes*, *Le jeune Nietzsche*, *L'étrange Nietzsche*, *Le Nietzsche du futur*, etc.

après avoir vécu la Première Guerre mondiale en se frottant les mains, chaque soldat allemand étant parti en guerre avec, dans sa besace, en plus d'un litre de schnaps, un exemplaire illustré de *Zarathoustra* où des géants teutons, guidés par un aigle à deux têtes, d'une simple pichenette embrochent le félon et terrassent le pioupiou,

après avoir été sacrée, béatifiée, reconnue comme seule femme digne de pouvoir écrire sur son grand homme de Fritz que Dieu dans sa bonté a offert à l'Allemagne afin que celle-ci, guidée par sa flamme et ses mots, se venge du Gaulois et redevienne ainsi le géant qu'elle était,

après avoir récupéré, dans des procès sans fin, les droits d'auteur de Nietzsche et ayant obtenu, par le biais du Reichstag qu'elle harcela aussi, une rallonge de trente ans lui permettant de régner quasi indéfiniment sur toutes les royalties,

après avoir reçu, en mendiant à genoux, pétitionnant, criant, pestant, priant, une pension à vie du président Hindenburg lui-même afin que les Archives Nietzsche, et elle dans la foulée, n'aient plus à se soucier de ces petits tracas que l'on dit financiers, après s'être présentée trois fois au prix Nobel, rayon Littérature, et par trois fois aussi s'être fait recaler,

après avoir été la première femme à recevoir de l'Université de Iéna le grade de docteur *honoris causa* lui permettant dès lors de signer au bas des documents et de tous ses courriers : *Dr. Phil. h.c. Elisabeth Förster-Nietzsche*,

après avoir vécu et subi dévaluations, inflations, krachs boursiers, dettes de guerre, faillites temporelles dues aux grandes crises de 23, de 29, et à celles également qui les ont précédées mais s'en être toujours relevée en menant, éhontément, un train de vie princier tandis que pour le peuple le pain parfois manquait,

après avoir subi la chute des empires, la terreur bolchevique et la funeste création de cette République de Weimar qu'elle exècre et maudit,

le dimanche 7 février 1932, donc, âgée comme il fut dit de quatre-vingt-cinq ans, après cette série de coups fourrés, coups du sort, coups tordus et coups de Trafalgar, dans la ville de Weimar, elle se retrouve (*à sa grande surprise*, dira-t-elle par la suite) face au chef suprême du Parti national-socialiste, futur chancelier de la Grande Allemagne et génocideur en devenir : Adolf Hitler.

La scène se déroule dans le hall du Théâtre de la cour grand-ducale, tout récemment nommé Théâtre National Allemand, où il est venu assister à la représentation d'une pièce en trois actes et treize tableaux intitulée *Les Cent Jours*, drame sur Napoléon, son évasion de l'île d'Elbe, sa défaite à Waterloo et son abdication. Spectacle entièrement écrit par son alter ego en idéaux fascistes, Benito Mussolini. Elisabeth l'aime bien, ce Mussolini qui, naguère, lui a écrit une longue lettre dans laquelle il disait la vénération qu'il porte aux écrits de son génie de frère, ajoutant qu'il verserait d'ailleurs, très bientôt, une obole aux Archives. Raison pour laquelle, ayant lu son nom sur l'affiche, Elisabeth se rend ce soir-là au théâtre et croise Hitler, ce dictateur en herbe qui lui tend aussitôt, à l'issue du spectacle – *à sa grande surprise* – un beau bouquet de roses, rouges selon les uns, roses selon les autres. Sans doute ne saura-t-on jamais précisément la couleur de ces roses, l'Histoire a ses mystères qui font la joie des romanciers, mais une chose est certaine : jamais Hitler ne lut le moindre livre de Nietzsche. Ce qui n'est pas en soi une grande extravagance, Goethe l'avait écrit, ou prédit, il y a déjà un bon siècle de cela : *Là où commence l'Allemagne des penseurs, s'arrête l'Allemagne des politiques.*

Hitler, à cette époque, n'est pas aussi puissant qu'il le sera bientôt. Ce pourquoi, malgré ce geste tendre, l'inclinaison du buste, le claquement des talons et le sourire charmeur avec lesquels sans doute ces fleurs furent galamment offertes, Lisbeth n'a pour cet homme, dont l'adulation croît au sein du peuple allemand, qu'une modeste empathie. La République pour elle, fût-elle de Weimar, n'est que mot de canaille, victoire éhontée de ce fretin qu'elle exècre. Confier à la roture les mânes du pouvoir lui a toujours semblé être une folle hérésie. Elle aime le sang bleu et, bien que classifiée par son état civil femme sans particule, elle est persuadée qu'il en coule en ses veines. Son frère le lui a dit, quand ils étaient enfants : ils descendent de nobles polonais, les barons de Nitze, Nietzse ou Nietzsky, qu'importe l'orthographe, seules comptent les racines, lesquelles, selon Friedrich, datent de *Charles IV du Saint-Empire*. On ne peut guère remonter plus loin. De là à se prétendre fondatrice du royaume, il n'est qu'un pas qu'elle franchirait sans honte s'il était en son pouvoir de truquer les annales ainsi qu'elle le fait des textes de son frère.

Hitler, pour elle, est un simple caporal bas de gamme, fils plus ou moins aimé d'un fonctionnaire des douanes et d'une paysanne. Elle le trouve insignifiant, petit de taille et manquant de noblesse. Elle lui préfère Hindenburg, aristocrate de cœur et d'âme, descendant du comte Henri VI de Waldeck et qui, pour sauver les Archives (et surtout se défaire de son harcèlement), vient de lui verser une pension royale à vie. Raison pour laquelle elle recueille les roses de ses deux mains tendues, se fend d'une révérence, remercie Hitler d'un sourire poli, et part à reculons en baissant les paupières ainsi qu'il est d'usage chez les gens de qualité.

*

Mais les dieux qui Là-Haut caracolent en riant sur leurs chevaux à huit pattes et se retrouvent en cercle autour d'un feu de camp, descendant chopes sur chopes et s'amusant aux dés afin de bricoler, entre hydromel et bière, ces choses que nous autres ici-bas nommerons destinées, ne l'entendent pas de cette oreille. Ils avaient tout prévu, tout calculé, tout écrit noir sur blanc dans leur petit carnet : Lisbeth et Adolf vont se rencontrer, s'apprécier et faire affaire ensemble. Ils l'avaient résumé – car c'est une règle d'or sur la terre comme aux cieux : un bon synopsis se doit avant tout d'être bref. En une seule phrase, tout doit être dit. Cette phrase, la voici donc, dans toute sa nudité, dans toute sa radicalité, sa brièveté, telle qu'elle fut promulguée : *Nietzsche sera nazifié.*

Ci-gît l'unique acmé de tous ces dés lancés de Naumburg à Bâle et de Bâle à Bayreuth et de Bayreuth à Weimar en passant par les lacs, vallées, montagnes italiennes ou suisses ainsi que les marais, pampas et forêts d'Amérique. Sans cette fin diabolique qui sent le soufre et la malédiction, cette histoire ne serait jamais qu'un simple et ridicule petit conflit familial saupoudré, çà et là, de quelques mesquineries et autres chipotages : une histoire de fratrie d'une banalité à faire pleurer Homère. Pour que Nietzsche devienne, au cœur de l'Histoire, puis de la postérité, ce penseur ambigu dont les œuvres à elles seules devront porter en filigrane les prémices des camps et de leurs crématoires, il faut qu'avec Hitler, grâce à l'aide efficiente d'une sœur maléfique, son œuvre s'acoquine. Il faut que sur l'épaule de Nietzsche puisse être tatouée, de façon cohérente, admissible, acceptable et même, disons-le, espérée, non pas un aigle aux ailes déployées, mais bien une croix gammée.

Et ça les fâche un brin, ces dieux qui d'ordinaire, à cette heure précise, font valser les cruchons et péter les bouchons, de devoir sans arrêt se remettre au turbin. On avait, râlent-ils, tout prévu, calibré, millimétré, tout agencé et tout bien placé dans l'ordre : de l'épouse de Ritschl à celle de Wagner, de la mère de Lisbeth à Meta von Salis, de la mort de Förster jusqu'à celle de Fritz : des kilomètres de routes, de prose, d'âmes et de chairs savamment emmêlées. On lui avait mitonné, à cette damnée Lisbeth, un beau petit destin dont peu peuvent se vanter d'en posséder de tel. Et cette idiote, croyant régner sur tout – même sur l'univers et ceux qui y président – voudrait à elle seule changer le cours de son histoire ?

Mais pourquoi donc, tonnent les dieux qui ne décolèrent pas, cette vieille fille acariâtre, autoritaire et sotte, alors qu'il ne lui reste qu'une poignée de soupirs à engranger avant que la Camarde lui coupe l'arrivée d'air, alors qu'elle n'a plus rien à gagner de ce qui est sur terre et encore moins à perdre de ce qui l'attend au ciel, pourquoi fait-elle ainsi la mijaurée, la fiérote, l'omnisciente, inconsciente des dégâts qui pourraient retomber sur le coin de son nez ? Il n'y a rien à marchander et on va le redire de façon cadencée : si elle veut que son nom dans le marbre soit gravé, il faut qu'avec Hitler elle puisse s'affilier. Un Nietzsche non nazifié ne sera à jamais qu'un Nietzsche nanifié.

Décidément, pestent-ils, l'humain est vraiment décevant, il ne mérite pas qu'on s'attache à son sort, on devrait le laisser patauger dans la boue en compagnie des porcs auxquels il faut bien convenir que c'est hélas de cette étoffe que son âme est bâtie.

Allons, amis, fi d'amertume, concluent-ils agacés ; posons nos verres et remontons nos manches, il est temps de mettre fin à cette longue histoire qui n'a que trop duré et de montrer à tous, comme on le fait hélas depuis le paléolithique, que c'est nous les patrons et qu'il nous suffit, entre deux libations, d'une simple pichenette pour faire de ces bouffis un amas de squelettes.

16.

Les dieux ne traînent pas, ils connaissent leur métier et ils ont de surcroît, on l'aura deviné, des dates à respecter : le jeudi 2 août 1934, rongé par un cancer des poumons, dans sa maison de Neudeck, Hindenburg s'éteint, non pas paisiblement comme le dit cette formule passe-partout qui n'a comme mission que de rassurer l'entourage du défunt, mais, hélas, fort douloureusement. Ce qui laisse Lisbeth totalement de marbre. Qu'il ait ou non souffert n'appartient qu'à lui-même, chacun sa destinée. Elle feint de le pleurer, puisqu'il l'a soutenu, et même secouru, mais ce à quoi elle songe – et qui la fait intérieurement pester –, c'est sa pension à vie : le nouveau chancelier va-t-il amputer, renouveler ou supprimer, d'une simple signature au bas d'un document, cette somme un rien coquette qui permet aux Archives de conserver veaux, vaches, cochons, couvées, cuisiniers et chevaux, soirées mondaines, cocktails embourgeoisés, galas huppés mondains et valets revêtus de livrée où le nacre au laiton joliment s'entremêle ?

*

Raison pour laquelle, ce soir, il y a branle-bas de combat au sein des *Nietzsche-Archiv* : Lisbeth a convoqué ses collaborateurs. Présence obligatoire pour tous, aucune absence ne sera tolérée. Asseyez-vous, bonsoir Messieurs, ne perdons pas de temps et allons droit au but : la pension à vie attribuée par Hindenburg semble menacée. Le pays est en crise. Économie, dévaluation, inflation, chômage et misère sociale, le bas peuple n'a que ces mots à la bouche et mendie, avec une soumission qui soulève le cœur, son petit quignon de pain. On risque d'en faire les frais. Elisabeth hait la populace et cette démocratie que le vote sanctifie. Elle affirme que la plèbe, qu'elle nomme aussi troupeau, si elle prend le pouvoir, ne saura jamais niveler que par le bas. Un seul homme, aujourd'hui, regard clair, voix d'acier, est capable de redresser la barre. Nous pouvons, aux Archives, participer pleinement à cette renaissance. Notre mission est d'être là, à ses côtés ; ne ratons pas le coche. Alors elle clame haut et fort, à tous ses employés, subordonnés, éditeurs, greffiers et gratte-papier, qu'elle admire sincèrement Adolf Hitler, le nouveau Führer de notre Reichstag qui va remettre à flot ce bateau qui naufrage et qui se nomme l'Allemagne. Comme elle ne sait rien faire d'autre que mentir, elle affirme avoir toujours été persuadée, et même, avoir pressenti, que cet homme irait loin ; et si d'aucuns prétendent qu'il est petit de taille, celle-ci est compensée par une grandeur d'âme au-delà du commun. Elle sait depuis toujours qu'il est né pour sauver le pays, et donc, par ricochet, leurs Archives. Raison pour laquelle, Messieurs, il nous faut l'inviter, et, de façon subtile, préparer sa venue : mettre en valeur les textes de Friedrich les moins défavorables à la ligne du parti que dirige notre Führer. S'il le faut – et il le faudra nécessairement – arrangez-les, polissez-les, puis ressortez les dossiers relatifs à Förster et Nueva Germania qu'on mettra, sinon en avant, du moins en lumière. En un mot : que Hitler en nos murs arrive au plus vite et qu'en ces lieux précis il se sente chez lui. Nous sommes l'élite intellectuelle de ce pays qui boite, il a besoin de nous, Messieurs, sachons nous imposer, la réunion est close, vous pouvez disposer.

*

Peu de temps après, ils sont une bonne vingtaine marchant au pas de l'oie, bottés de cuir, vêtus de noir, brassard rouge au bras gauche sur lequel rutile, telle l'étoile du Berger, une svastika noire. À leur tête, le Führer qui, face au péristyle, soudainement s'arrête. Les sbires derrière lui tout aussitôt se figent : garde-à-vous impeccable, aucune tête ne dépasse. Seul, Hitler pénètre alors dans le hall, découvre le buste de *Nietzsche-Hermès* en marbre de Paros, beauté impressionnante et stature imposante, plus de deux mètres de haut. Cherchant à le toiser avec autant d'orgueil que de jalousie, il se jure que bientôt, au cœur du Reichstag, il possédera le même. Il fixe le visage de cet homme dont d'aucuns lui ont dit que son nom et son œuvre pourraient à son parti être fort bénéfiques. Il lève soudain son bras face au visage de marbre et, dans le même élan, s'écrie *Heil Hitler*, que reprennent aussitôt tous ceux qui sont restés sur le pas de la porte, brandissant spontanément le bras, hurlant à pleins poumons et claquant des talons, meute domestiquée, servile et prête à tout, dont rien que cette idée suffit à les combler.

D'un geste du doigt, Hitler les fait entrer et les somme d'explorer l'ensemble du bâtiment, ce dont ils s'acquittent avec compétence et célérité. Depuis les paillassons jusqu'au fond des placards, de la cave au grenier, du hall jusqu'aux toilettes, du moindre pot de fleurs jusqu'aux statuettes en marbre, ils inspectent ces lieux totalement dévolus à un homme qui écrit et qui pense, chose qui les fait tous ricaner sous cape, ne pouvant s'empêcher de songer à une phrase d'un des leurs : *Quand j'entends le mot culture, je sors mon revolver.* Ainsi agiraient-ils si on les laissait faire.

*

Mission accomplie : aucune bombe n'est cachée, nul anarchiste ne veille, nul Juif n'y est tapi. Ils retournent dehors et attendent, immobiles, tous de la même taille, cheveux blonds et yeux bleus, visages impassibles malgré la pluie qui désormais tombe et ruisselle sur leur peau, larmes de joie venues du ciel tant ils jubilent de vivre aux côtés du Führer.

Elisabeth arrive, respectant le protocole tel qu'il fut imposé par quelques fonctionnaires sans doute berlinois. Princesse un rien grotesque, tout de noir vêtue, en dentelles et froufrous, elle s'incline humblement et lui fait découvrir les fameuses Archives.

*

La visite, exceptionnellement, est enrichie d'une nouvelle salle, celle qui est consacrée à ce que furent la vie et l'œuvre de Förster, Bernhard de son prénom, soldat et croix de fer, colon à l'âme rude, Aryen de saine souche, Teuton de pure race et dont Elisabeth est fière d'avoir été l'épouse. Hitler découvre ensuite les autres salles, en sort heureux, cette halte ne fut pas vaine. Nietzsche, pense-t-il, pourra lui être utile. Il verra ça plus tard avec ses conseillers : s'annexer un penseur aujourd'hui mondialement reconnu, qui fait la gloire de l'Allemagne et l'honneur des Allemands, pourrait lui servir. Surtout si ses idées – ce qu'affirme sa sœur – sont souples et malléables.

La pluie s'est arrêtée, ça n'était qu'une averse et les soldats dehors, impassibles et figés, se contentent de goutter, sereins, imperméables à tout. Elisabeth et Hitler parviennent au seuil de l'édifice, les sbires s'ébrouent et claquent des talons. Un domestique en livrée surgit, tenant dans le travers de ses bras un objet masqué, de forme allongée, recouvert d'un tissu – on dirait un fusil ou chose de ce genre.

Sans s'être concertés les soldats un à un bondissent sur les marches, gravissent l'escalier, se posent de part et d'autre du corps de leur Führer, un doigt sur la gâchette. Elisabeth blêmit, flageole : aurait-elle commis un impair ? Hitler s'approche du domestique, se saisit de l'objet, en enlève le tissu et le papier de soie, et découvre, en s'esclaffant, une vieille canne en bois : la canne de marche de Nietzsche, cette canne en châtaignier au rond pommeau de bronze, ferrée en son extrémité, celle grâce à laquelle il écrivit ses textes tout en déambulant.

Je n'écris pas qu'avec la main, / Le pied veut sans cesse écrire aussi.

Hitler la contemple, elle lui plaît. Il remercie, s'incline, va pour partir, mais déjà surgit un nouveau larbin, un paquet dans les bras, mais petit celui-là, et rectangulaire : un livre, évidemment. Un ouvrage de son frère, précise Elisabeth, et même davantage : une nouveauté qu'elle vient tout juste d'éditer.

Il s'agit d'une édition de luxe, maroquin, papier vergé, marouflé, lettrines, enluminures, qui, à l'origine, avait été conçue pour être offerte à Hindenburg, d'où le splendide *H* embossé à la main sur la couverture. On n'a pas eu le temps d'en confectionner un autre spécialement pour Hitler, tout a été trop vite, mais celui-ci conviendra, le *H* de couverture étant polyvalent.

Pour Lisbeth, vendre son âme – en l'occurrence celle de son frère – à Dieu ou à Diable, est du pareil au même. La seule chose qui lui importe, surtout à ce stade de sa vie, c'est de maintenir son train de vie. Ne jamais plus déchoir. Elle aurait pu, afin d'y parvenir, vendre l'avenir des Archives et les écrits de Fritz à des sectes quelconques, à des conglomérats de puissants financiers, des trusts industriels, même à des banquiers juifs. Mais les dieux qui Là-Haut veillent sur sa destinée ont été inflexibles : en tant que veuve Förster elle ne peut vendre son âme qu'à un seul personnage nommé Adolf Hitler, homme dont la gloire – dans moins de dix années – laissera dans l'Histoire une trace indélébile.

Juste avant de partir, Hitler dit à cette vieille femme qui vient de lui offrir *La volonté de puissance*, dédicacée par elle-même de son nom régalien *Dr. Phil. h.c. Elisabeth Förster-Nietzsche*, qu'il prendra à sa charge les frais de la villa, qu'il maintient la pension qu'Hindenburg lui avait allouée.

Il ignore, évidemment, que *La volonté de puissance* qu'il tient entre ses mains a été entièrement bricolée par Lisbeth à partir de fragments, d'aphorismes, de notes de lecture que son frère avait prises. Il ignore tout autant que Nietzsche, à aucun moment de sa vie, n'a écrit cet ouvrage qui va pourtant le rendre célèbre auprès des extrémistes et nazis de tout poil qui ne feront rien d'autre qu'en ânonner le titre en le savourant puisqu'il contient tout ce qu'ils souhaitent devenir.

Durant le voyage de retour, un conseiller glisse à l'oreille du Führer que Nietzsche a émis également, dans sa philosophie, l'idée d'un être surhumain. Le mot seul éblouit, et fait même frémir le nouveau chancelier. En l'associant au titre de ce livre qu'Elisabeth vient tout juste de lui offrir, *Volonté de puissance*, *Surhumain*, tout est dit. C'est bien de lui qu'on parle. Pas besoin, dans le fond, d'en lire davantage.

17.

Moins d'un siècle après sa mort, Nietzsche est déjà traduit en italien, en français, en anglais, en mandarin, en arabe et en hébreu. Sans doute en marathi, en tamoul, en ukrainien, en yorouba ou même en guarani pour les Amazoniens. Il est l'un des auteurs les plus étudiés, commentés, analysés, disséqués ; et aussi l'un des plus controversés. Des monceaux de traités, de mémoires, d'essais, de thèses, antithèses et synthèses dissèquent son œuvre en une telle abondance qu'il faudrait plus d'une vie pour ne pouvoir en lire qu'un tiers de la moitié. Il est fêté, aimé, adulé, détesté, maudit, haï, incessamment cité. À tel point qu'on divise pour lui la terre en deux parties : nietzschéens d'un côté, anti-nietzschéens de l'autre. On le dit homme de gauche, de droite, d'extrême gauche, d'extrême droite, de centre dur, de centre mou. On écrit des ouvrages autant pour le maudire que pour le sanctifier. On le prétend escroc, bienfaiteur, illuminé, illisible, mécréant, chrétien, païen, athée, misogyne, fasciste, freudien, lacanien, stalinien, mussolinien, chemise noire, grise, bleue, verte. Tantôt prophète, nihiliste, blasphémateur, marxiste ; bouddhiste, hitlérien, antisémite, fumiste ; dégénéré, génial, démon, gourou, malsain ; destructeur, créateur, sauveur et antéchrist ; nombriliste, démagogue, imbécile, penseur tout court, penseur raté ou penseur fou ; lumière du monde, bouffon de pacotille, pessimiste, gibier de potence ou rédempteur.

Il le savait déjà et l'écrivit lui-même tout en sachant fort bien qu'il en ferait les frais : *Malheur à moi qui suis une nuance.*

Mais le monde n'a que faire d'un quelconque nuancier, il est manichéen et le sera toujours. Et les faiseurs de bien et les faiseurs de mal se coucheront côte à côte au creux des mêmes fosses, la bouche pleine de terre, sans même salir l'étole d'un juge inexistant. Car les dieux tout Là-Haut, quand Lisbeth rendra l'âme le 8 novembre 1935 à l'âge de quatre-vingt-neuf ans, oublieront aussitôt ce dossier parmi leurs milliards d'autres et l'abandonneront sans plus d'égards dans quelque pauvre endroit où la postérité, munie de son cabas, viendra faire ses achats si le cœur lui en dit.

ÉPILOGUE

Collège royal de Pforta, le 26 août 1859

Debout dans une salle aux voûtes ogivales, le professeur de philologie, vêtu d'une tunique noire à l'épitoge jaune, cesse soudain de pérorer. Il s'éponge le front, se dirige à pas lents vers la fenêtre close pomponnée de vitraux, l'ouvre, se saisit du thermomètre qui gît sur son rebord, le contemple, se tourne vers les élèves, lesquels anxieux se figent, puis il annonce d'une voix volontairement austère, caverneuse et sépulcrale : vingt-quatre degrés, Messieurs.

Et les élèves alors d'exulter sans tapage. Ils rangent dans leurs sacoches feuillets, livres et plumes, demeurent immobiles, buste droit, tête haute, les mains gauche et droite reposant bien à plat sur le bois du bureau qui leur sert d'écritoire, puis, sur un signe du Maître, ils se lèvent un à un et sortent de la classe en une file silencieuse et monacale. Ainsi quitte-t-on les classes même si au fond de soi tout n'est que foudre et joie.

Car il est de coutume, au Collège royal de Pforta, quand l'été canicule, d'emmener les élèves se baigner dans la rivière proche, la Saale, sitôt que le thermomètre propulse son mercure au-delà des vingt-trois degrés. Il faut alors quitter la classe comme il vient d'être dit, se rendre dignement aux vestiaires, enfiler slip de bain et poser sur son crâne un petit bonnet rouge. Puis on sort du collège, sans fracas ni vacarme, on franchit le portail, on tourne sur sa gauche, vingt mètres pas davantage. On prend ensuite à droite, on emprunte un mince sentier de terre nommé *Am Fischhaus*, *À la Maison du Poisson*, qui conduit sans détour au bord de la rivière, près d'une charmante plage que jouxte une auberge rustique porteuse du même nom.

Sitôt le pied posé sur cette étroite sente qui mène vers la plage par des champs nappés d'orge, d'avoine ou de blé selon la semaison, les élèves peuvent chanter, mais pas en confusion : en groupe, à l'unisson. Dans le respect du ton et de ses conventions. On ignore aujourd'hui quelles sortes de chansons cadençaient leurs élans, mais on s'en doute un peu : des chansons de courage, d'héroïsme, de sentences et de foi ; pas des chansons à boire et encore moins, hélas, de ces chansons d'amour et d'infidélité qu'on chante à la veillée en concassant des noix, en écossant des pois, et qui parlent à mi-mot d'un baiser que l'on donne, d'une bague perdue et d'un cœur que l'on brise. Ce genre de bluettes, les élèves de Pforta les chantent pour eux-mêmes en rêvant de naïades, le soir au fond des draps, et s'endorment ravis, dans de nobles érections pieuses et philologiques.

Parvenus à la plage les enfants demeurent au bord de la rivière, alignés, immobiles, impatients, attendent le signal et, celui-ci venu, plongent enfin dans l'eau, cabriolent et pirouettent comme chevaux follets, s'ébrouent et s'éclaboussent. Ils ont le droit de rire et parfois de crier, mais uniquement de façon modérée. C'est un troupeau paisible qu'on laisse en liberté, une meute obéissante, docile, mais vivante et fougueuse comme le sont des enfants auxquels on a ôté la moitié du licol. Et ils sont beaux à voir, tous ces gamins heureux coiffés d'un bonnet rouge, hennissant sobrement, caracolant dans le roulis des eaux, petits poulains sauvages moitié domestiqués, piaffant élégamment.

Les élèves de Pforta, toutes classes confondues, nomment ce moment estival, aussi rare que festif : *la petite trempette*.

Il l'aura passionnément aimée, Friedrich Wilhelm Nietzsche, cette *petite trempette* durant les six années où il étudia les sciences et les humanités au sein de son collège. De l'âge de quatorze ans jusqu'à l'âge de vingt ans, maillot de bain au corps et bonnet rouge au crâne, il s'en émerveillera. Il écrira sur elle des textes éblouis que sa sœur jugera mièvres et jettera aux orties.

Mais peut-être, durant les onze années au cours desquelles s'éternisa ce qu'on nommera sa folie, années durant lesquelles, assis sur un fauteuil, allongé dans un lit, immobile du matin jusqu'au soir, Elisabeth le faisant visiter en payant une entrée comme on fait dans les zoos avec les chimpanzés, peut-être était-il retourné au pays de l'enfance, en ce moment précis de *petite trempette*, et que, jour et nuit, apaisé, porté par les flots, il barbotait dans la Saale, riant, chantant des ritournelles dans des éclaboussures et des gerbes gracieuses, l'amas de bonnets rouges en guise de fanal et son corps de jadis, son corps d'adolescent, conduisant par la main son corps inanimé vers un néant radieux cerné de gouttes d'eau et de rires éblouis.

N'est pas fou qui le veut.

Il a touché du doigt la croûte de l'indicible, il a domestiqué le ciel percé d'étoiles, il est tout à la fois puissance du vouloir et choc des origines. Il est l'enfant qui tourne en cercle sur lui-même et peu importe alors qu'il soit vivant ou mort, la danse des atomes n'est qu'un recommencement et le temps à ses pieds s'est couché comme un chien qu'il ne peut caresser que d'un regard éteint.

Ils chantent, les enfants, vêtus de leurs dix ou seize ans. Ils chantent à foison les deux pieds dans la Saale, l'eau fraîche qui s'écoule est leur seule partition.

Il faut ne voir danser, danser au fond de lui, danser au bord de l'eau, dans l'eau bleue de la mort et dans celle, plus opaque, du chemin qui l'y mène, que petits bonnets rouges, roue qui tourne d'elle-même, innocence et oubli, don sacré de dire oui. Zarathoustra s'endort dans l'idéale toge de sa sage élégance.

La mer rit, l'Inouïe, comme il fut déjà dit.

À Franziska Nietzsche

Pforta, 27 août 1859

Chère maman !

Enfin je t'écris à nouveau. J'ai reçu les culottes de gymnastique, ainsi que les poires, et je t'en remercie. Je suis heureux de songer à ce dimanche où nous nous voyons à Almrich. Mercredi dernier nous avons chanté à la Buchenhalle ; il y avait ici culte de la Société Gustave-Adolphe, et presque tous les hôtes de l'établissement thermal étaient présents. M. le diacre Lincke, de Eckartsberga, a fait un très beau sermon, d'une grande élévation. – Hier les cours de l'après-midi ont été supprimés à cause des 24° de chaleur et nous sommes tous allés nous baigner (...)

REMERCIEMENTS

À Chloé DESCHAMPS, mon éditrice, pour toutes les corrections qu'elle m'a – avec amour – administrées,

À l'équipage entier du vaisseau GRASSET, du mousse au capitaine et du matelot à l'amiral : pour sa disponibilité, sa compétence, sa bienveillance, son travail acharné (jours sans fin, nuits trop courtes) afin que nos mots puissent, dans l'océan des lettres et celui des humains, être imprimés et lus,

À Jean-Baptiste BOLEY, mon premier lecteur,

À Thierry PONCET, chevalier des forges, mon premier relecteur,

À Michèle NESASTEFANOPOLI, statue grecque épanouie au jardinet d'amour,

À Aurélien KAIRO, frère de rage et de cœur, ma seule étoile dansante.

SOURCES BIBLIOGRAPHIQUES

Pages 97, 118, 119, 119, 123, 173 : *Correspondance* de Friedrich Nietzsche. Tomes I et II. Textes établis par Giorgio Colli et Mazzino Montinari. Traduction de Jean Bréjoux et Maurice de Gandillac, placée sous la responsabilité de Maurice de Gandillac, Editions Gallimard, 1986.

Pages 182, 185, 230, 231, 255, 287, 287, 359 et 469 : *Correspondance* de Friedrich Nietzsche. Tomes III, IV et V. Textes établis par Giorgio Colli et Mazzino Montinari. Traduction et notes sous la responsabilité de Jean Lacoste, Editions Gallimard, 2008, 2015 et 2019.

Page 241 : *Nietzsche. Lettres choisies.* Choix et présentation de Marc de Launay. Textes établis par Giorgio Colli et Mazzino Montinari. Traductions d'Henri-Alexis Baatsch, Jean Bréjoux, Maurice de Gandillac et Marc de Launay, Editions Gallimard, Folio Classique, 2008.

Page 47 : *Ainsi parlait Zarathoustra. Un livre qui est pour* tous *et qui n'est pour* personne. Textes et variantes établis par Giorgio Colli et Mazzino Montinari. Traduit de l'allemand par Maurice de Gandillac, Editions Gallimard, Folio Essais, 1971.

Pages 141, 264, 201 : *Nietzsche. Biographie*, Curt Paul Janz. Tome 1 : *Enfance, jeunesse, les années bâloises.* Traduit de l'allemand par Marc de Launay, Violette Queuniet, Pierre Rusch, Maral Ulubeyan, Editions Gallimard, 1984.

Pages 39, 146, 232, 416 : *Ecce homo. Comment l'on devient ce que l'on est.* Texte établi par Giorgio Colli et Mazzino Montinari. Traduit de l'allemand par Jean-Claude Hémery, Editions Gallimard, Collection Idées poche, 1974.

Pages 45, 73, 86, 96, 166, 257, 265, 267, 339, 363, 364 : *Friedrich Nietzsche. Œuvres*, Editions Flammarion, Mille et une pages, 1969-2000.

Page 224 : Luther, Martin. *Von den Juden und ihren Lügen*, 1543.

Pages 147, 255, 300, 303, 330, 343, 344, 384, 391, 392, 394, 410, 415, 419, 426, 430, 434 : *Nietzsche et sa sœur*, H.F. Peters. Traduit de l'anglais par Monique Poublan, Editions du Mercure de France, 1978.

Pages 108, 266, 413 : *Nietzsche*, Daniel Halévy, Editions Grasset, 1944.

Pages 354, 363, 418 : *Nietzsche. Dernières lettres. Hiver 1887-hiver 1889. De la volonté de puissance à l'Antichrist.* Traduction, présentation et notes par Yannick Souladié, Editions Manucius, 2011.

Page 368 : *Friedrich Nietzsche. Dernières lettres.* Préface de Jean-Michel Rey. Traduit de l'allemand par Catherine Perret, Editions Rivages, 1989.

Pages 157, 386 : *Frédéric Nietzsche, roman*, Isabelle Prêtre, Editions Belfond, 1990.

Pages 80, 84, 85, 261 : *Friedrich Nietzsche. Premiers écrits. Le monde te prend tel que tu te donnes.* Traduction de l'allemand et préface de Jean-Louis Backès, Le Cherche Midi Editeur, 1994.

Page 169 : *Lucien.* Traduction, présentation et notes par Odile Zink, Editions Livre de Poche, Les classiques d'aujourd'hui, 1996.

Pages 11, 46, 366 : *Nietzsche.* Présentation par Pierre Garnier, Pierre Seghers Editeur, Poètes d'aujourd'hui, 1957.

Page 104 : « Théognis de Mégare », Dominique Richard, *Encyclopaedia Universalis* (Internet, article en ligne).

Pages 41, 46, 47, 47, 76, 87, 109, 252, 311 : *L'effondrement de Nietzsche*, E. F. Podach. Traduit de l'allemand par Andrée Vaillant et Jean R. Kuckenburg, Editions Gallimard, 1931 (domaine public).

Cet ouvrage a été imprimé par
CPI Brodard et Taupin à la Flèche
pour le compte des Editions Grasset
en juin 2023

Mise en pages
PCA 44400 Rezé

PAPIER À BASE DE FIBRES CERTIFIÉES

Grasset s'engage pour l'environnement en réduisant l'empreinte carbone de ses livres. Celle de cet exemplaire est de :
550 g éq. CO_2
Rendez-vous sur www.grasset-durable.fr

N° d'édition : 22863 – N° d'impression : 3053393
Dépôt légal : août 2023
Imprimé en France